# 달을 판 사나이

# The Man Who Sold the Moon

## 달을 판 사나이

고호관 김창규 배지훈 서제인 옮김

로버트 A. 하인라인 중단편 전집 1

Future History I

# ROBERT A. HEINLEIN

아작

# 차례

INTRODUCTION OF FUTURE HISTORY
미래사 서문
7

LIFE-LINE
생명선
15

LET THERE BE LIGHT
빛이 있으라
43

THE ROADS MUST ROLL
도로는 굴러가야 한다
69

BLOWUPS HAPPEN
폭발은 일어난다
119

THE MAN WHO SOLD THE MOON
달을 판 사나이
181

작품해설: SF는 미래를 예언하지 않는다 319

하인라인 미래사 연대표 324

# 미래사 서문

## Introduction of Future History

김창규 옮김

✦ 1967년 3월 로버트 A. 하인라인의 '미래사 시리즈'를 모은 선집
《과거부터 내일까지(The Past Through Tomorrow)》에 수록

1967년 현재, 퇴역 제독 로버트 A. 하인라인은 캘리포니아주의 카멀에서 정원을 손질하고 있다. 그는 1929년에 임관하여 제2차 세계대전 동안 영예롭게 복무하고 몇 년간 항공공학을 가르쳤다. 그리고 꽤 성공한 전자회사를 공동으로 경영하기도 했다. 그 뒤로 동업자나 해군 시절 친구들은 그의 소식을 전혀 듣지 못했다. 몇몇 이웃 사람을 제외하고는 말이다.

꽤 그럴듯해 보이는 얘기이긴 하지만 사실과는 거리가 먼 소문이다. 현실은 훨씬 더 기묘하다. 하인라인은 해군사관학교를 졸업하고 6년 뒤에 구축함에서 복무하다가 폐결핵에 걸렸다. 그는 침대에서 몇 년을 보내다 27세에 전역했다.

로버트 루이스 스티븐슨이 폐결핵 환자였고 마크 트웨인이 강에서 배를 몰다가 전쟁에 휩쓸린 것처럼, 하인라인은 어쩌다 보니 글을 쓰게 됐다. 더 활동적인 삶을 영위하고 싶었지만 그럴 수 없었기 때문이었다. 해군과 연을 끊고 카멀 지역의 정원에 있는 장미와도 멀어지자 하인라인은 물리와 수학을 전공했다. 천문학자가 되겠다는 옛꿈을 이루기 위해서였다. 하지만 건강 때문에 또 한 번 그만두어야 했다. 하인라인은 은 광산, 정치, 부동산에 손을 대봤지만 이렇다 할 성공을 거두지 못했다.

1939년, 하인라인은 〈스릴링 원더 스토리즈〉라는 잡지에서 아마추어 단편소설 공모전을 연다는 소식을 접한다. 상금은 50달러였다. 큰돈은 아니었지만 무시할 만한 금액도 아니었다. 하인라인은 〈생명선〉이라는 첫 단편소설을 썼지만 공모전 담당자가 아니라 〈어스타운딩 사이언스 픽션〉지의 편집자인 존 W. 캠벨에게 보낸다. 캠벨은 그 글에 돈을 지급했다. 다음 글에도, 그다음 글에도. 하인라인의 반응은 이랬다.

"이게 얼마나 오래 계속될까? 왜 이런 걸 얘기해준 사람이 없었지?"

제2차 세계대전이 벌어지는 동안 필라델피아에 있는 해군 항공 실험 기지에서 '항공 기술에 꼭 필요한 지루함'을 견뎌야 했던 기간을 제외하고는, 하인라인은 두 번 다시 생계를 위해 다른 일을 하지 않았다.

*

1941년 2월에 발간한 〈어스타운딩 사이언스 픽션〉에는 하인라인의 글이 두 편 실렸다(한 편에는 앤슨 맥도날드라는 필명을 썼다). 편집자는 이런 글을 덧붙였다.

"로버트 A. 하인라인은 다음 달에도 표제작 〈제국의 논리〉와 함께 여러분을 찾아옵니다. 〈제국의 논리〉는 하인라인의 다른 작품들과 마찬가지로 믿을 만한 글이며 속도감 있는 모험담이고 그 자체만으로도 훌륭합니다. 본 잡지의 정기 독자들 중 몇 분은 이미 알고 계실지도 모르겠지만, 이쯤에서 한 가지 말씀드릴 것이 있습니다. 하인라인이 쓴 모든 SF는 미국과 전 세계의 가상 미래사를 배경으로 합니다. 하인라인은 작품 하나마다 미래의 역사를 구체적으로 그리고 있습니다. 즉 그의 소설 속에 등장하는 인물이나 중요한 발견이 이뤄진 날짜 등은 미리 구상하고 그려놓은 미래사에 따르고 있습니다. 저는 그 연대표의 복사본을 달라고 조르는 중입니다. 손에 넣는다면 책에 실을 예정입니다."

편집자는 3개월 뒤 문제의 연대표를 펴냈다. 약간의 수정과 첨삭이 있긴 하지만 본서에 실린 것이 바로 그 연대표다. 물론 하인라인은 그달의 잡지에 〈우주〉라는 작품을 표제작으로 게재했다.

사실 '미래사(Future History)'라는 말을 지어낸 것은 하인라인이 아니라 캠벨이다. 저자인 하인라인은 가끔 그 사실 때문에 당황하곤 했다. 이 시리즈를 구성하는 연작들은 미래를 예언하지 않는다. 역사이지 미래가 아니기 때문이다. 물론 여기서의 미래란 "어쩌면 그럴지도 모르는" 미래를 말한다(퇴역한 해군 소장이 장미를 돌보기도 하는 바로 그 미래 말이다). 이 미래는 그 자체로 완결되고, 극적이며, 눈으로 알아볼 수 있을 만큼 우리의 실제 과거와 가깝게 연결되어 있다. 미래사 연작들은 계속 이어지지 않는다. 그보다는 피라미드에 가깝다. 앞선 작품은 뒤를 잇는 작품이 탄탄하게 서도록 기반을 제공한다.

하인라인의 독자들은 실제 세계의 고작 몇 년 또는 몇십 년 뒤를 투영하는 또 다른 세계 속으로 들어간다. 피라미드처럼 쌓여가는 배경 덕분이기도 하고 저자의 지식이 방대하기 때문이기도 하다. 게다가 그의 지식은 순식간에 더 늘어난다. 물론 변화가 있는 것은 당연하다. 하지만 적응하기가 별로 어렵지 않을 것이다. 사람은 어디까지나 사람이니까. 역사는 달라도 여전히 〈타임〉을 읽고 돈 걱정에서 벗어나지 못하며 담배를 피우고 배우자와 싸우는 게 사람이다.

이상적인 SF 작가가 어떤 사람인지를 말로 하기는 쉽다. 재능이 있고 상상력이 넘쳐야 하며 물리학과 사회학과 공학을 익혀야 한다. 여러 분야의 다양한 사람들과도 만나봐야 한다. 과학자와 공학자뿐 아니라 비서, 변호사, 노동 관리자, 광고기획자, 신문기자, 정치인, 사업가에 이르기까지. 문제는 제정신을 가진 사람치고 그저 SF를 쓰기 위해서 그런 훈련을 하고 경험을 쌓느라 시간을 보낼 사람은 없다는 사실이다. 하지만 하인라인은 그 모든 것을 가졌다.

하인라인의 작품 가운데 실제 경험에서 나온 것은 여러분이 생각하는 것보다 훨씬 많다. 하인라인은 지나치게 성실한 장인이기 때문에 모르는 것이 있으면 짐작으로 넘어가지 않는다. 직접 가서 확인한다. 그의 작품에는 정확한 세부 묘사와 정성 들인 연구가 가득하다. 그러나 이야기의 상당수는 직접 겪은 일에서 기인한다. 고지식한 독자들을 괴롭히는 이야기도 포함해서 말이다. 많은 예 중에 몇 가지만 뽑아보자.

《여름으로 가는 문》에서 가사로봇을 설계하는 중에 연결 문제를 놓고 복잡한 토론을 벌이는 부분. 하인라인은 해당 부문을 전문으로 하는 공학자였다.

〈심연〉이나 《영광의 길》 등의 이야기에서 영웅들이 사용하는 격투 기술. 하인라인은 숙달된 저격수이며 검술가였고 싸움꾼이기도 했다.

《인형술사》를 비롯한 여러 작품에서 등장하는 붉은 머리의, 믿을 수 없을 만큼 다재다능한 여주인공. 하인라인의 부인인 버지니아는 머리 색이 붉으며 화학자, 생화학자, 항공 시험 기술자, 실험 원예가였다. 그녀는 뉴욕 대학에 재학할 때 수영, 다이빙, 농구, 필드하키 분야에서 우수상을 받았다. 그리고 졸업 후 피겨스케이트 선수가 되었다. 버지니아는 현재 7개 국어를 구사하며 여덟 번째 언어를 배울 예정이다.

〈므두셀라의 아이들〉의 장수하는 '일족'. 하인라인의 여섯 형제 가운데 다섯 명이 생존해 있다. 그의 모친도 마찬가지다. 모친은 현재 87세이고 '몸은 약하지만 아주 활발하며 정신적으로도 활동적이다'. 아직도 살아갈 날은 끝나지 않았다.

《구르는 돌》 등의 작품에서 등장하는 팔방미인 가족조차 엉뚱한 상상의 산물은 아니다. 하인라인은 글자를 배우기 전에 체스를 두었다. 그의 형제 중 한 명은 전기공학 교수이고 또 한 명은 정치학 교수이며 다른 한 명은 퇴역한 소장이다. 세 번째 사람은 '어렵게 그 자리에 올랐다. 즉 대학은 근처에도 못 가봤으며 하사관으로 시작해 차근차근 진급했다.'

*

하인라인이 보여주는 강한 현실성은 다른 작가들의 냉소와 전적으로 다르다. 하인라인은 뿌리까지 윤리주의자다. 그는 용기, 명예, 자기 수양, 사랑이나 임무를 위한 자기희생 등을 진심으로 믿는다. 게다가 다른 무엇보다도 자유주의자다. “어떤 정부건 어떤 교회건 따르는 자들에게 이건 읽지 마라, 이건 보지 마라, 이건 알아선 안 된다고 말하기 시작한다면 그 결과는 횡포이며 탄압이다. 동기가 아무리 신성하다 해도. 눈을 가린 사람은 아주 작은 힘만으로도 조종할 수 있다. 반대로 자유인은, 정신이 자유로운 사람은 아무리 큰 힘을 써도 조종할 수 없다. 그렇다. 고문으로도, 핵폭탄으로도, 그 어떤 것으로도 불가능하다. 자유인은 정복할 수 없다. 기껏해야 죽일 수 있을 뿐이다.”

저자 자신이 본서의 내용은 예언이 아니라고 여러 차례 부인한 바 있다. 그러나 하인라인의 작품에 스며 있는 예견 가운데에는 분명 이미 현실로 다가온 것들이 있다. 문자 그대로가 아니라 상징적으로 말이다. 〈도로는 굴러가야 한다〉는 도심 확장 현상을 예언했고, 전 국가적인 교통 파업을 일으키겠다고 협박했던 노동운동가 지미 호파의 등장을 예견했다. 〈므두셀라의 아이들〉에서 ‘광란의 시기’를 그리기 위해 사용했던 1969년판 신문의 기사 제목은 1941년보다 지금의 시각에서 더 친숙해 보인다. 광란의 시기란 하인라인이 작품상 해당 시기를 가리키는 용어이다.

〈폭발은 일어난다〉는 핵폭탄이 등장하기 5년 전에 출간된 작품이다. 이 작품은 여러 가지 날카로운 통찰에 기반을 두고 썼지만 실제로 그런 일은 일어나지 않았다. 작품의 주된 모순은 결코 실현되지 않았다. 하지만 1945년 이래 우리가 겪고 있는 현실적이고 고통스러운 모순을 반영한다.

몇몇 작품들은 오락성이 떨어지지만 적어도 그중 하나는 거의 예술에 가깝다. 〈달을 판 사나이〉는 믿을 수 없을 만큼 쉽고 단순한 작품이지만 그러면서도 대여섯 단계의 다중적인 의미가 들어 있다. 이 작품은 달을 정복한 남자의 이야기이자 악덕 자본가를 낳는 자본주의에 대한 통렬한 소고인 동시에 따뜻하고 아주 설득력 있는 이야기이며 비범한 인간의 초상이기도 하다.

본서는 아직 다가오지 않은 미래를 놓고 이정표를 제시하며 경고도 잊지 않는다. 하인라인은 우리에게 끊임없이 얘기한다. 역사는 진행 중인 과정이지 죽어서 미라로 만든 다음 교과서에 넣어놓은 물건이 아니라고. 궁극적인 문제는 인간이 스스로 만든 발명품을 어떻게 통과하는가에 있다. 석궁이나 핵폭탄처럼 사소한 것들을 말하는 게 아니라 언어, 문화, 기술처럼 커다란 발명품들 말이다. 우리는 거칠고 재치가 있으며 사려가 깊은 패거리들이다. 하지만 우리 후손들은 더 거칠어야 하고 더 많은 재치가 필요할 것이다.

상황은 우리에게 아주 불리하다. 별은 멀고 인생은 짧으며 도박장은 항상 수수료를 떼어간다. 하지만 인류는 아주 낮은 확률을 뚫고 존재하기 때문에 그것만으로도 논의해볼 가치가 있다. 하인라인은 인류에게 돈을 건다. 나는 다음 세기쯤 그의 판단이 옳았다는 사실이 증명될 거라는 예감이 든다.

— 펜실베이니아주 앵커리지 밀포드에서

데이먼 나이트, 작가

# 생명선

## Life-Line

김창규 옮김

✦ 1939년 8월 〈어스타운딩 사이언스 픽션(Astounding Science Fiction)〉에 발표, 로버트 A. 하인라인의 첫 소설

의장이 장내를 진정시키려고 소리를 질렀다. 질서를 유지하려고 자발적으로 나선 진행 요원들이 성질 급한 몇 사람을 자리에 앉히자 비난과 야유가 점점 잦아들었다. 강단 위에서 의장 옆에 서 있는 발표자는 소란에 신경 쓰지 않는 것처럼 보였다. 그의 얼굴은 온화하면서도 살짝 오만해 보였으며, 감정은 드러나지 않았다. 의장이 발표자를 바라보고는 분노와 귀찮음을 간신히 억누른 목소리로 말을 걸었다.

"피네로 박사님." 의장은 '박사'라는 단어를 제대로 발음하지 않았다. "말씀하시는 동안 부적절한 소란이 있었던 점 사과드립니다. 제 동료들이 과학계 인사께 보여드려야 할 품위를 상실하고 발언까지 가로막다니 저도 당황했습니다." 의장은 잠시 입을 닫았다가 말을 이었다. "아무리, 아무리 심한 도발을 받았기로서니 말입니다." 피네로가 미소를 지었다. 공개적인 모욕으로 해석해도 이상하지 않을 미소였다. 의장은 눈에 띌 만큼 두드러지게 화를 참고 말했다. "저는 오늘 발표회가 질서 있는 가운데 깔끔하게 끝나기를 바라 마지않습니다. 말씀을 계속해주십시오. 단, 교육을 받은 사람이라면 말도 안 된다는 걸 금세 알 수 있는 사실로 우리

지능을 모욕하는 행동은 삼가주십시오. 새로 발견한 사실만 언급해주시기를 부탁합니다. 진짜로 발견한 사실만 말입니다."

피네로는 손바닥을 아래로 향하면서, 희고 통통한 두 손을 좌우로 벌렸다. "여러분 머릿속에 있는 망상을 제거하지 않고서는 새로운 생각을 집어넣을 수 없습니다."

청중이 동요하고 웅성거렸다. 강당 뒤쪽에서 한 사람이 소리를 질렀다. "더 듣기 싫으니 저 사기꾼을 끌어내시오!"

의장이 의사봉을 두드렸다.

"여러분! 진정하십시오!" 그리고 의장이 피네로에게 말했다. "박사께선 이 단체 회원이 아닙니다. 우리가 초대하지도 않았고요. 그 점을 잊지 마십시오."

피네로가 눈썹을 치켰다. "그래요? 내가 기억하기로, 아카데미에서 보낸 편지 머리글에 분명히 초대장이라고 적혀 있었는데요?"

의장은 아랫입술을 깨문 다음 대답했다. "그건 맞습니다. 그 초대장을 쓴 사람이 바로 접니다. 하지만 그건 이사 가운데 한 분이 요청했기 때문입니다. 그분은 공공을 위하는 분이긴 하지만 과학자도 아니고, 아카데미 회원도 아닙니다."

피네로는 보는 이를 짜증 나게 하는 미소를 지었다. "그래요? 그건 몰랐군요. 합동생명보험사의 비드웰 영감을 말씀하시는 거지요? 사실 나이가 그리 많은 사람도 아니지만 말입니다. 그 사람이 숙달된 부하들을 동원해서 나를 사기꾼으로 몰아가려고 한 것 아닙니까? 내가 사람의 사망일을 알아맞힐 수 있으면 그 잘난 보험은 아무도 안 들 테니까. 그래도 내 얘기를 먼저 듣지 않고서 어떻게 반박을 하시게요? 내 얘기를 이해할 만한 지능이 있긴 한지 모르겠습니다만. 흥! 사자를 찢어발기겠다고 자칼을 보냈다 이거지." 피네로는 의도적으로 청중에게 등을 돌렸다. 사람들은 더 큰 소리로, 악의가 담긴 목소리로 웅성거렸다. 질서를 지켜달라는 의장의 고함은 아무 소용이 없었다. 앞줄에 앉아 있던 사람 한 명이 일어섰다.

“의장님!”

의장은 그 기회를 덥석 붙잡고 소리를 질렀다. “여러분! 밴 라인스미트 박사께서 한 말씀 하시겠답니다.” 그러자 소란이 잦아들었다.

라인스미트는 목청을 가다듬고, 멋진 백발 앞머리를 매만진 다음 말쑥한 맞춤 정장 바지의 주머니에 한 손을 찔러 넣었다. 여성 클럽에서 흔히 보이던 것과 같은 태도였다.

“의장님, 그리고 과학 아카데미의 동료 회원 여러분, 인내심을 좀 가집시다. 하물며 살인자도, 국가가 행위에 적합한 대가를 결정하기 전까지는 주장을 펼칠 권리가 있습니다. 우리도 그 정도는 해야 하지 않을까요? 지적으로 판단했을 때 상대의 유죄가 확실할지라도요. 나는 이번 8월 회의에서 비회원이 누릴 수 있는 모든 권리를 피네로 박사에게 허가하고 싶습니다. 설령….” 라인스미트는 피네로를 보고 살짝 상체를 숙였다. “그가 학위를 받은 대학에 대해 들어본 적은 없을지라도요. 그가 주장하려는 바가 거짓이라면 우리는 아무 손해도 보지 않을 겁니다. 그의 말이 사실이라면 우리도 알아야 하겠지요.” 라인스미트의 교양 있고 부드러운 말투에는 청중을 달래고 진정시키는 효과가 있었다. “저명하신 피네로 박사님의 태도가 우리가 보기에 약간 세련되지 못하다면, 박사께서 예의를 크게 신경 쓰지 않는 지역이나 계급 출신이라고 생각하면 되지 않겠습니까? 우리 모두의 좋은 친구이자 후원자인 분께서 피네로 박사의 얘기를 듣고 그 주장의 가치를 신중하게 평가해달라고 부탁하시지 않았습니까. 품위를 갖추고 예의를 다해 그 부탁에 따릅시다.”

라인스미트는 박수갈채를 받으며, 지적인 사회 지도층으로서 자신의 명성이 한층 높아졌을 거라는 생각에 뿌듯한 마음으로 자리에 앉았다. 내일 자 신문에는 ‘미국에서 가장 품위 있는 대학 총장’이 얼마나 양식 있으며 사리분별이 분명한 사람인지 또 한 번 실릴 것이었다. 어쩌면 비드웰이 수영장 기부 건으로 연락을 해올 수도 있었다.

박수 소리가 잦아들자 의장이 이 모든 소란의 중심인 사람을 쳐다보았다. 피네로는 깍지 낀 손을 볼록 튀어나온 복부에 올려놓고, 평온한 얼굴로 앉아 있었다.

"피네로 박사님, 이야기를 계속하시겠습니까?"

"그럴 필요가 있을까요?"

의장이 어깨를 으쓱했다. "그것 때문에 오셨잖습니까."

피네로가 일어섰다. "맞습니다. 그렇고 말고요. 하지만 과연 잘한 일이었을까요? 열린 마음으로, 얼굴을 붉히지 않고, 사실을 직시할 수 있는 사람이 여기 한 명이라도 있을까요? 내가 보기에는 그렇지 않습니다. 여러분에게 내 얘기를 들어보라고 했던 멋진 신사분조차 나를 예단하고 모욕했지요. 그분이 바란 건 질서이지 진실이 아닙니다. 진실이 질서를 오염시킨다 해도 그분이 받아들였을까요? 의장님은 어떠십니까? 내 생각에는 두 분 다 질서가 우선일 겁니다. 하지만 내가 얘기를 하지 않으면 여러분이 아무 힘도 들이지 않고 이기겠죠. 바깥세상에 있는 일반인들은 당신네처럼 평범한 사람들이 내가, 이 피네로가 사기꾼이고 거짓말쟁이라는 사실을 밝혀냈다고 생각하겠죠. 그건 내 계획과 다르므로 얘기를 해야겠습니다.

내가 발견한 사실을 한 번 더 반복해서 얘기하겠습니다. 간단히 말하자면, 나는 사람의 수명을 알 수 있는 기술을 발명했습니다. 나는 미래에 사신이 건네줄 영수증을 지금 드릴 수 있습니다. 검정 낙타가 언제 집 앞에서 무릎을 꿇을지 알려줄 수도 있고요. 내 장비를 5분만 사용하면 인생의 모래시계에 모래알이 얼마나 남았는지 확인할 수 있단 말입니다." 피네로는 말을 마친 다음 팔짱을 끼었다. 잠시 동안 아무도 입을 열지 않았다. 청중은 점점 불안해했다. 마침내 의장이 나섰다.

"할 얘기가 더 남았겠지요, 피네로 박사님?"

"필요한 얘기는 다 했는데요?"

"말씀하신 기술의 원리를 알려주셔야죠."

피네로가 단박에 눈을 크게 떴다. “아이들이 갖고 놀도록 내 연구의 결과물을 내놓으라는 얘기입니까? 그건 위험한 지식입니다, 의장. 그래서 이해할 수 있는 사람에게만 알려줄 생각입니다. 나 자신 말입니다.” 피네로가 가슴을 두드렸다.

“그럼 그토록 대담한 주장에 어떤 근거가 있는지 알 수 없잖습니까?”

“그건 간단합니다. 위원회를 꾸려서 보내면 시연해 보이겠습니다. 그걸 확인하면 얘기는 끝나죠. 여러분은 사실을 인정하고 세상에 공표하면 됩니다. 재연이 안 되면 내 주장이 틀린 것이니 사과하겠습니다. 피네로라는 사람이 사과를 하겠다 이 말입니다.”

마르고 상체가 구부정한 남성이 강당 뒤쪽에서 일어섰다. 의장이 지목하자 남자가 이야기했다.

“의장님, 훌륭한 학자라면 진심으로 저런 검증 방식을 제시할 리가 없습니다. 대상자가 죽을 때까지 이삼십 년 동안 지켜보다가 자신의 주장을 증명하라는 얘기 아닙니까?”

피네로는 의장의 의사 진행을 기다리지 않고 곧장 대답했다.

“허! 그걸 말이라고 하는 겁니까? 불특정 다수로 구성된 집단이라면 곧 죽을 사람이 최소한 한 명은 있다는 통계적 상식도 모를 만큼 무식한 겁니까? 제안을 하겠습니다. 이곳에 있는 사람을 모조리 검사하게 해주십시오. 그러면 앞으로 2주가 지나기 전에 죽을 사람의 이름을 맞히겠습니다. 그 사람이 죽을 날과 시각까지도요.” 피네로는 그 자리에 있는 사람들을 모조리 쏘아보았다. “받아들이시겠습니까?”

살집이 있는 다른 남성이 일어서더니 또박또박 말하기 시작했다. “여기 그 실험에 찬성할 수 없는 사람이 한 명 있습니다. 의학에 몸담은 사람으로서, 나는 여기 계신 연장자 동료 중 상당수가 심각한 심장 질환의 징후를 보인다는 슬픈 사실을 이미 알고 있었습니다. 피네로 박사는 아마도 그런 증상을 알고 계실 겁니다. 희생양을 그중에서 고른다면 해당 인물은 그 기간 안에 죽을 겁니다. 그걸로는 저 고귀하신 발표자께서 만들었다는 달걀 완숙 타이머가 제대로 작동한다는 증거가 될 수 없어요."

곧이어 다른 사람이 남자의 반론에 동의했다. "셰퍼드 박사 말이 맞습니다. 이런 주술 같은 장난에 왜 시간을 낭비합니까? 나는 '박사'라고 자처하는 저 사람이 자신의 주장에 권위를 얹으려고 우리 단체를 이용한다고 생각합니다. 이렇게 바보 같은 일에 동참하면 저 사람 손에 놀아나는 셈이란 말입니다. 뭘 해서 먹고사는 사람인지는 모르지만, 우리를 이용해서 자신의 계획을 홍보하는 방법을 알아낸 건 분명합니다. 의장님, 나는 정례적인 모임 일정이나 진행하자고 제안합니다."

박수 소리가 그 제안을 지지했지만 피네로는 앉지 않았다. "정숙하세요! 정숙!" 의장의 고함이 들리는 가운데, 피네로는 청중을 향해 마구 고갯짓을 하면서 말을 이었다.

"야만인들! 멍청이들! 바보 같은 얼간이들! 바로 당신들 같은 족속이 태초부터 위대한 발견을 깨닫지 못하도록 가로막은 거야. 이렇게 무지한 오합지졸 때문에 갈릴레오는 아직도 무덤에서 탄식하고 있다고! 저 뚱뚱하고 엘크 같은 이빨이나 내두르는 사람이 의사라고? 차라리 주술사라고 부르고 말지! 저 대머리 꼬맹이는… 당신 말이야! 스스로 철학자라고 칭하면서 인생과 시간을 단순하게 구분해놓고 수다를 떠는 사람이지? 당신이 뭘 알아? 기회가 생겼을 때 진실을 검증하지도 않으면서 어떻게 새로운 사실을 배우겠다고! 하!" 피네로는 무대에 침을 뱉었다. "이런 게 과학 아카데미라고? 오만한 선배들의 생각에 방부제 바를 생각이나 하는 장의사 모임이겠지."

피네로는 숨을 쉬려고 입을 다물었다가 발표회 진행 위원 두 사람에게 양팔을 붙들리고 무대 측면으로 쫓겨났다. 기자 몇 사람이 언론인석에서 황급히 일어나 뒤를 따랐다. 의장은 휴회를 선언했다.

신문기자들은 무대 출입문으로 나가는 피네로를 따라잡았다. 피네로는 가볍고 생기 넘치는 걸음걸이로 이동하면서 작게 휘파람을 불고 있었다. 조금 전과 달리 호전성이라고는 조금도 보이지 않았다. 기자들이 피네로를 에워쌌다. "회견은 어떠셨습니까, 박사님?" "현대 교육을 어떻게 생각하십니까?" "아까 분명히 말씀하셨는데요. 사후 세계를 어떻게 보십니까?" "박사님, 모자를 벗고 여기 좀 봐주시죠."

피네로는 기자들을 보며 싱긋 웃었다. "한 사람씩 합시다, 여러분. 너무 서두르지 말고요. 나도 한때 기자 일을 해봤어요. 내 방으로 가서 얘기하는 게 어떻겠습니까?"

몇 분 뒤 기자들은 지저분한 피네로의 침실 겸 거실에서 방 주인의 시가에 불을 붙이면서 앉을 자리를 찾고 있었다. 피네로는 날카로운 눈으로 주위를 둘러보았다. "스카치와 버번이 있는데 뭐로 하시겠습니까?" 피네로는 마실 것을 나눠주고 본론에 들어갔다. "자, 여러분, 뭘 알고 싶으시지요?"

"솔직하게 얘기해주세요, 박사님. 아까 말씀하신 게 진짜입니까, 아닙니까?"

"진짜라고 확실히 말씀드립니다, 젊은 기자 양반."

"그럼 원리를 알려주세요. 아까 교수들에게 내놓은 허풍은 안 통할 겁니다."

"이보시오, 기자 양반. 이건 내 발명입니다. 이걸로 돈을 벌 생각이고요. 그런데 제일 먼저 질문한 사람에게 그냥 내주라는 얘긴가요?"

"박사님, 생각을 좀 해보세요. 아침 신문에 기사를 싣고 싶으시면 뭐든 내놓으셔야 하지 않겠습니까. 그 장비라는 게 뭔가요? 수정구슬인가요?"

"그럴 리가 있나요. 내 장비를 보고 싶으십니까?"

"물론이죠. 이제야 본론이 나오는군요."

피네로는 기자들을 옆방으로 이끌고 손을 흔들었다. "바로 저겁니다." 기자들이 마주한 장비의 크기는 대략 의사들이 진찰실에서 쓰는 엑스레이 기계와 비슷했다. 전기를 사용하는 기계임은 분명했지만 문자판 몇 개가 누구나 알 수 있는 항목에 맞추어져 있다는 점을 빼면 단순히 겉모양만으로는 진짜 용도를 파악할 수 없었다.

"그래서 원리가 뭡니까, 박사님?"

피네로는 입을 꾹 다물고 생각에 잠겼다. "생명이란 것이 본래 전기 활동이라는 뻔한 사실이야 다들 잘 알고 있겠지요? 그 뻔한 사실만으로는 아무 의미가 없지만 여러분이 기본 원리를 이해하는 데에 도움은 될 겁니다. 시간이 4차원이라는 얘기도 들어봤겠죠. 믿는 사람도 있을 테고, 안 그런 사람도 있겠고요. 어쨌든 너무 자주 들은 얘기라서 이제는 아무 의미도 남지 않았어요. 그저 떠버리들이 바보를 놀라게 하는 데 쓰는 말처럼 흔한 클리셰가 돼버렸죠. 하지만 이제 그 사실을 시각적으로 상상하고 감정적으로 느껴봅시다."

피네로는 기자 한 사람에게 다가섰다. "이 사람을 예로 들어봅시다. 이름이 로저스 맞지요? 자, 로저스, 당신은 네 방향으로 유지되고 있는 시공상의 사건입니다. 키는 180센티미터가 못 되고, 너비는 50센티미터쯤 되고, 두께는 25센티미터쯤이겠죠. 시간상으로 보자면 당신이라는 시공상의 사건은 아마 1916년까지 이어져 있을 겁니다. 우리가 여기서 보는 당신의 모습은, 시간축에 직교하는 방향으로 그 연장선과 교차하면서 보게 되는 단면이죠. 그 단면의 두께는 현재만큼이고요. 저쪽 끝에는 시큼한 우유 냄새를 맡으면서 턱받이에 아침 식사를 흘리는 아기가 있습니다. 반대편 끝에는, 아마도 1980년대쯤에 사는 노인이 있을 겁니다. 우리가 로저스라고 부르는 시공상의 사건이 기다란 분홍 벌레라고 상상해봅시다. 그 벌레는 긴 세월을 관통합니다. 한쪽 끝은 어머니의 자궁에 있고 다른 끝은 무덤에 닿아 있습니다. 벌레는 지금 여기 있는 우리를 스쳐 지나가는데, 우리 눈에는 그 단면이 단일한 신체처럼 보입니다. 하지만 그건 환상이에요. 분홍 벌레는 오랜 세월을 살아가면서 물리적인 연속성을 획득합니다. 사실 이런 관점으로 본다면 종 전체에도 물리적인 연속성이 있습니다. 분홍 벌레는 다른 분홍 벌레로부터 갈라져 나왔으니까요. 따라서 종이란 건 가지를 꼬아 가면서 새싹을 내보내는 덩굴 식물이라고 볼 수 있어요. 우리는 덩굴의 단면만 취하기 때문에 새싹만 보고 독자적인 개인이라고 착각하는 겁니다."

피네로는 말을 멈추고 기자들의 얼굴을 훑어보았다. 그중 무뚝뚝하고 냉소적인 사람 하나가 끼어들었다.

"거 아주 재미있는 얘깁니다, 피네로 씨. 사실이라면 말이죠. 그런데 그게 어쨌다는 겁니까?"

피네로는 말을 한 기자에게 불쾌함이 담기지 않은 미소를 지어 보였다. "조금 기다려보세요. 아까 생명을 전기 활동으로 생각해보시라고 했지요? 우리 기다란 분홍 벌레가 전도체라고 생각해봅시다. 여러분은 전기 기술자가 특성 수치를 측정하면 직접 가보지 않아도 대서양을 관통하는 전기 케이블의 단선 지점을 정확히 예측할 수 있다는 얘기를 들어봤을 겁니다. 나는 분홍 벌레를 두고 똑같은 일을 할 수 있습니다. 내가 발명한 기계를 이 방에 있는 단면에 사용하면 그 단선이 어디에 있는지 알 수 있습니다. 다시 말하면 사망이 발생하는 순간을 알 수 있다 이겁니다. 다른 식으로 표현할 수도 있어요. 시공상의 연결점을 거슬러 올라가서 태어난 날을 맞힐 수 있습니다. 하지만 그건 재미가 없죠. 본인이 태어난 날은 이미 알고 있으니까요."

무뚝뚝한 기자가 빈정거렸다. "박사님 얘기에는 허점이 있는데요. 인간 종이 정말로 분홍 벌레 덩굴과 같다면 개인의 출생일을 알아낼 수 없을 테니까요. 개체가 탄생하는 순간에도 종은 계속 이어지잖습니까. 따라서 전도체를 따라가면 어머니를 거쳐서 인류 최초의 조상에 도달하게 됩니다."

피네로가 기자를 노려보았다. "맞습니다. 똑똑하시군요. 하지만 비유를 너무 멀리 끌고 갔어요. 내 발명은 전도체의 길이를 측정하는 것과 똑같지는 않습니다. 어떻게 보면 긴 복도 한쪽 끝에서 메아리를 일으켜서 복도의 길이를 재는 것과 더 비슷합니다. 출생하는 순간 복도에는 일종의 뒤틀림이 발생합니다. 제대로 측정하면 그 뒤틀림에서 메아리를 감지

할 수 있고요. 내가 결과를 정확히 얻지 못하는 경우는 단 한 가지뿐입니다. 여성이 실제로 임신한 경우지요. 그 사람과 태아의 생명선을 구분할 수 없거든요."

"증명해주시죠."

"좋습니다, 기자 양반. 실험 대상이 되실 겁니까?"

다른 기자가 말했다. "루크, 지금 저 사람이 도전한 거야. 나서지 못할 거면 입을 다물라고."

"하죠. 뭘 하면 됩니까?"

"먼저 종이에 출생일을 적어서 동료 기자에게 건네시죠."

루크가 그의 말에 따랐다. "그다음에는요?"

"겉옷을 벗고 이 측정기 위로 올라오세요. 자, 이제 질문에 답해주세요. 지금보다 훨씬 더 말랐거나 훨씬 더 살이 찐 적이 있습니까? 없다고요? 태어날 때 몸무게가 몇이었지요? 4.5킬로그램이라고요? 우량아였구먼요. 요즘엔 그렇게 큰 아기가 없는데."

"무슨 속임수를 쓰는 겁니까?"

"루크 씨, 난 지금 기다란 분홍 벌레의 평균 단면을 산출하고 있습니다. 이제 여기 앉으세요. 그리고 이 전극을 입에 무세요. 아니요, 아프지 않을 겁니다. 전압이 아주 낮거든요. 1마이크로볼트 미만입니다. 하지만 연결 상태가 좋아야 해요." 피네로는 그를 남겨두고 기계 장치의 뒤로 이동했다. 그리고 가림막을 머리에 뒤집어쓴 다음 조종을 시작했다. 밖에서 볼 수 있는 문자판 몇 개가 반짝거리더니 기계에서 작은 진동음이 들렸다. 소리가 멈추자 박사가 작은 은신처에서 튀어나왔다.

"계산 결과는 1912년 2월 어느 날입니다. 답이 적힌 종이를 누가 가지고 있지요?"

한 기자가 접힌 종이를 내밀고 열어보았다. 기자가 내용을 읽었다. "1912년 2월 22일이군요."

옹기종기 모인 기자 무리의 가장자리에 있던 사람이 입을 여는 바람에 침묵이 깨졌다. "박사님, 한 잔 더 해도 되겠습니까?"

그 덕분에 긴장이 풀리자 여러 사람이 동시에 말했다. "이번엔 제가 해보죠." "나를 먼저 해주세요, 박사님. 난 고아라서 진짜 생일이 궁금하거든요." "박사님, 천천히 다 해보면 어떨까요?"

피네로는 미소를 지으면서, 굴에서 나온 두더지처럼 몸을 숙이고 가림막을 드나들며 요구를 들어주었다. 모든 기자가 박사의 기술을 증명해주는 쪽지를 한 쌍씩 손에 들게 되자 루크가 긴 침묵을 깨고 입을 열었다.

"피네로 씨, 이제 죽음을 예측하는 것도 보여주시죠."

"원하신다면 하지요. 누가 해보겠습니까?"

아무도 대답하지 않았다. 몇 사람이 루크를 떠밀었다. "자네가 해, 잘난 친구. 먼저 말을 꺼냈잖아." 루크는 스스로 의자에 앉았다. 피네로는 스위치 조합을 바꾼 다음 가림막 안으로 들어갔다. 진동음이 멎자 피네로는 밖으로 나와서 두 손을 부산하게 비벼댔다.

"자, 이제 시연은 다 끝났습니다, 여러분. 이 정도면 기삿거리는 충분하지요?"

"예측 결과는요? 그래서 루크는 언제 하늘나라로 간답니까?"

루크가 피네로를 마주 보았다. "그래요. 결과를 알려주시죠. 해답이 뭡니까?

피네로는 고통스러워 보였다. "여러분, 나는 여러분에게 놀랐습니다. 사망 정보 제공은 유료입니다. 게다가 전문적인 확신이고요. 의뢰인 외에는 아무에게도 결과를 발설하지 않습니다."

"난 상관없습니다. 사람들 앞에서 얘기해주세요."

"정말 유감입니다. 그건 거절할 수밖에 없겠어요. 나는 방법을 알려준다고 했지 결과를 주겠다고 약속하진 않았습니다."

루크는 담배 끝을 바닥에 문질렀다. "이봐, 이건 사기야. 아마 도시에 있는 기자들의 생일을 전부 조사한 다음 이런 상황을 유도했겠지. 피네로 씨, 그런 식으로는 안 될 겁니다."

피네로는 슬픈 표정으로 루크를 응시했다. "기자 양반, 결혼은 했습니까?"

"아니요."

"부양가족은 있습니까? 가까운 친인척은요?"

"없어요. 그건 왜 묻습니까? 날 입양이라도 하려고요?"

피네로는 서글픈 얼굴로 고개를 저었다. "이런 사실을 전하게 되어 정말이지 유감입니다, 루크 씨. 당신은 내일이 되기 전에 죽을 겁니다."

✶

'과학이 폭동으로 종말을 맞이하다'

'현자가 말하길, 학자들은 무너졌다'

'죽음이 출근 도장을 찍어주다'

'박사의 마약이 기자를 죽이다'

'과학계 지도자들이 '사기'라고 선언하다'

"…피네로 박사가 괴상한 예측을 한 지 20분도 지나기 전에 루크 티몬스는 자신의 직장인 〈데일리 헤럴드〉 사무실로 가기 위해 브로드웨이를 걷다가 추락하는 간판에 맞았다.

피네로 박사는 논평을 거부했지만 자신이 발명한 '시생계측기'를 이용해서 루크 티몬스의 사망을 예측했다는 사실은 인정했다. 로이 경찰서장은…."

✶

미래가 두려우십니까?

점쟁이에게 돈을 낭비하지 말고 상담하십시오.

생물학 컨설턴트인 휴고 피네로 박사가 기다리고 있습니다.

확실한 과학적 수단을 통해 미래 설계를 도와드립니다.

절대로 속임수가 아닙니다.

'영혼'의 전언도 없습니다.

예측을 보증하기 위해 1만 달러를 담보금으로 예치했습니다.

요청 시 안내장을 보내드립니다.

'시간의 모래' 주식회사

주소: 마제스틱 빌딩 700호실

(이상 광고)

---

## 법적 공지

이 글을 읽어주셔서 감사합니다. 본인 존 캐벗 윈스럽 3세는 윈스럽, 윈스럽, 디트마스 앤 윈스럽 법률사무소 소속입니다. 저는 우리 시에 거주하는 휴고 피네로 씨의 의뢰를 받아, 다음과 같은 조건으로 제가 선임한 합법 은행에 미합중국 법정 화폐 1만 달러를 제3자 예탁했음을 보증합니다.

**— 다 음 —**

휴고 피네로 또는 '시간의 모래' 주식회사에 수명 예측을 의뢰한 고객 가운데 수명이 예측 수치의 1퍼센트를 초과해 유지되는 고객이 발생하는 경우, 첫 해당자에게 예탁금 전액을 지급한다. 또는 동량의 오차를 초과하는 만큼 예측된 수명을 유지하지 못하는 고객이 발생하는 경우, 예탁금 전액을 해당 고객의 재산에 귀속한다. 두 조건 중 시간상 앞서는 경우에 예탁금 지급이 이루어진다.

또한, 본인은 위 조건과 관련한 3자 예탁금을 우리 시의 공정제일국립은행에 오늘 예탁하였음을 보증합니다.

서명 및 선서자: 존 캐벗 윈스럽 3세

작성일: 4월 2일

미합중국과 우리 주의 공인 공증인, 앨버트 M. 스완슨 본인 입회하에 서명 및 선서가 진행되었음.

본 공증은 1951년 6월 17일까지 유효함

---

"안녕하십니까, 저녁 라디오 청취자 여러분. 오늘 뉴스를 정리해봅니다! (찰칵!) 출신을 알 수 없는 기적의 사나이, 휴고 피네로 씨가 천 번째 사망 예측을 해냈습니다. 그가 승리하지 못할 경우 지급하겠다고 맡겨놓은 상금을 수령한 사람은 아직 아무도 없습니다. 휴고 피네로 씨의 고객 가운데 열세 명이 사망한 가운데, 그가 낫을 든 사신의 집무실에 직통 전화를 연결해두었다는 사실이 수학적으로 분명해지고 있습니다. 하지만 저는 그런 뉴스만은 개인적으로 알고 싶지 않군요. 따라서 우리 방송사는 앞으로 예언자 피네로 씨의 고객이 될 일은 없을…."

✶

판사의 힘 없는 바리톤 음성이 법정의 퀴퀴한 공기를 가로질렀다. "윔스 씨, 이제 부디 본론으로 돌아갑시다. 본 법정이 변호인의 청구 신청을 받아들인 것은 어디까지나 질서를 유지하기 위한 임시 조치일 뿐으로, 확정판결이 난 건 아닙니다. 이에 반해 피네로 씨는 당신이 어떤 이유도 제시하지 않았고, 따라서 법원 명령이 철회되어야 한다고 주장하고 있습니다. 또한 변호인의 의뢰인이 피네로 씨의, 이른바 '단순하고 합법적인 사업'을 방해하려는 모든 시도를 중단하도록 법정 명령을 내려달라고 요청하고 있습니다. 배심원단 앞에서 연설하지 않겠다고 했으니 수사적인 표현은 전부 빼고 일반적인 단어를 사용해서 내가 그 청원을 받아들이면 안 되는 이유를 설명해보십시오."

윔스는 턱을 신경질적으로 주억거리고, 단단하고 높은 목깃 밖으로 넘쳐 나온 축 늘어진 회색 목살을 잡아당기면서 말을 이었다.

"본 법정이 허락한다면 저는 시민을 대변하여…."

"잠깐만요. 변호인은 합동생명보험사를 대변하고 있잖습니까."

"그렇습니다, 판사님. 공식적으로는요. 하지만 광범위하게는 그 밖에도 다수의 대형 보험사와 신탁사와 금융기관을 대변합니다. 또한 해당 법인의 주주와 보험계약자를 대변하고 있으며, 그분들이 곧 다수 시민을 구성하기도 합니다. 그와 동시에 조직되어 있지 않고, 의사를 분명히 표하지 못하고, 어떤 방법으로도 보호받지 못하는 사람들을 보호한다고 생각합니다."

"공공을 대변하는 건 내 역할입니다만." 판사가 무뚝뚝하게 단언했다. "유감이지만 본 법정은 변호인이 기록상의 의뢰인을 대변한다고 간주하겠습니다. 계속하시죠. 논지가 뭡니까?"

나이가 지긋한 변호사는 힘겹게 침을 삼키고 말을 이어갔다. "존경하는 판사님, 저는 두 가지 이유 때문에 이 금지 명령이 영구적으로 유지되어야 한다고 주장합니다. 또한 둘 중 하나만으로도 금지 명령을 유지하기에 충분하다고 생각합니다. 첫째, 저 인물은 예언 행위로 돈을 벌고 있습니다. 이는 관습법과 법률로 금지되어 있는 행위입니다. 저 인물은 흔히 볼 수 있는 점쟁이이고, 속기 쉬운 보통 사람들을 노리는 질 나쁜 사기꾼입니다. 하지만 저 사람은 손금이나 보는 평범한 집시나 점성술사, 야바위꾼보다는 영리하기 때문에 그만큼 더 위험합니다. 현대 과학의 방법론을 엉터리로 이용해서 마술에 가짜 권위를 부여했습니다. 저 인물의 엉터리 주장에 관한 전문가 견해를 듣기 위해 과학 아카데미의 대표자를 이 자리에 모셨습니다.

둘째, 어디까지나 논점을 펼치기 위함이긴 해도, 아주 어리석은 생각이긴 합니다만, 저 인물의 주장이 사실이라고 가정해보지요." 윔스는 입가에 떠오르는 미소를 감추지 않았다. "저는 그의 행위가 일반적인 공공 이익에 반하는 것은 물론이고, 특히 제 의뢰인의 이익에 불법적으로 손해를 입히고 있다고 주장합니다. 저는 합법적인 지식의 관리인들을 통해 여러 가지 근거를 제출할 준비가 되어 있습니다. 저 인물이 시민들로 하여금 더없이 소중한 생명보험을 해지하도록 종용하는 발언을 직접 했거나, 하게 만들었고, 그 결과 시민의 복지가 크게 손상되었으며 제 의뢰인 또한 재정상 불이익을 당했다는 점을 입증해줄 근거입니다."

피네로가 자리에서 일어섰다. "판사님, 몇 마디 해도 될까요?"

"무슨 얘기를 하려는 겁니까?"

"짧게 요약할 기회를 주신다면 상황이 분명해질 것 같습니다."

"판사님." 윔스가 피네로의 말허리를 잘랐다. "그건 관례에 어긋납니다."

"윔스 씨, 진정하세요. 댁에게 불이익이 가진 않을 겁니다. 내가 보기에 이번 건은 혼란을 줄이고 사실을 더 분명히 할 필요가 있습니다. 지금 피네로 박사에게 발언을 허락해서 그 과정을 단축시킬 수만 있다면 난 그렇게 하고 싶습니다. 피네로 박사, 발언하세요."

"감사합니다, 판사님. 윔스 씨가 마지막으로 지적한 부분부터 시작하죠. 저는 윔스 씨가 언급한 발언을 공개적으로 했다는 사실을 기록으로 남길 준비가…."

"박사, 잠깐만요. 지금 본인의 변호사 자격으로 발언하고 있는데요. 정말 자신의 이익을 대변할 역량이 있다고 자신하는 겁니까?"

"그렇게 해볼 생각입니다, 판사님. 제가 명시한 바는 여기 있는 여러 친구들이 기꺼이 보증해줄 겁니다."

"알겠습니다. 계속하시죠."

"저는 다수의 사람들이 제 행동의 결과로 생명보험 계약을 파기했다는 사실을 인정합니다. 하지만 그 파기로 인해 어느 누구도, 어떤 손해나 피해를 입지 않았다는 사실을 보여줄 생각입니다. 제 활동 때문에 합동생명보험사의 사업 일부가 축소된 것은 사실이지만 그건 제 발견에 따르는 자연스러운 결과입니다. 현대에 와서 활과 화살이 쓸모없어진 것처럼 보험도 시대에 뒤처져버린 것입니다. 그런데도 금지 명령이 내려진다면,

저는 석유램프 공장을 세우고 나서 에디슨과 제너럴 일렉트릭 사를 상대로 백열전구 생산을 중지해달라는 청원을 할 수 있을 겁니다.

저는 사망예측 사업을 벌였다는 사실을 인정합니다. 하지만 마술을 시연했다는 주장은 부정합니다. 그게 흑마술이든, 백마술이든, 무지갯빛 마술이든 간에요. 과학적인 방법으로 예측하는 게 불법이라면, 합동생명보험사에서 통계를 담당하는 직원들도 징역형에 처해야 할 겁니다. 다수로 구성된 특정 집단의 연령별 사망률을 정확히 예측하고 있으니까요. 저는 사망을 예측하는 소매상이고 합동생명보험사는 도매상인 셈이죠. 그 사람들의 활동이 합법이라면 제 사업이 불법일 이유가 없습니다.

제 주장이 사실인 경우와 아닌 경우에 차이가 있다는 점은 인정합니다. 그리고 이른바 과학 아카데미 소속 전문가라는 증인들이 제 주장을 부정할 거라는 사실을 보장하겠습니다. 하지만 그 증인들은 제 기술에 관해 아무것도 모르기 때문에 증언할 전문 자격이 없습니⋯."

"박사, 잠시만요. 윔스 씨, 당신이 신청한 전문가 증인이 피네로 박사의 이론과 기술에 정통하지 못하다는 게 사실입니까?"

윔스의 얼굴에 근심이 서렸다. 윔스는 탁자 위를 두드리다가 대답했다. "허락해주신다면 잠시 대답을 유예하고 싶습니다."

"그러시죠."

윔스는 귓속말로 동료와 다급하게 상의하더니 판사석을 바라보았다. "필요한 절차를 제안하고 싶습니다, 판사님. 피네로 박사가 먼저 증인대에 서서 이론을 설명하고 문제의 기술을 시연하면 뛰어난 과학자들이 그 주장의 정당성에 관해 법정에 조언을 할 수 있을 겁니다."

판사는 피네로의 반응을 기다렸다. 피네로가 대답했다. "저는 저 제안에 응할 생각이 없습니다. 제가 사용하는 방법이 사실이든 거짓이든 바보와 엉터리 과학자들의 손에 넘겨주는 건 위험한 일입니다." 그는 손을 내저어 앞줄에 앉은 일군의 교수를 가리켰다. 그리고 잠시 기다렸다가 사악하게 웃었다. "저 신사분들도 그 점은 잘 알고 있을 겁니다. 게다가,

제 기술이 효과를 보는지 확인하려고 과정을 알 필요는 없습니다. 닭이 알을 낳는다는 사실을 알기 위해서 생식 작용의 복잡한 생물학적 기적을 이해해야 합니까? 제 예측이 옳다는 점을 입증하기 위해서 지식 관리자라고 자처하는 사람들을 재교육하고 지나친 자의식에 물든 미신적 믿음까지 치료해줘야 할까요? 과학에는 의견을 형성하는 길이 두 가지밖에 없습니다. 과학적인 방법과 기존 학문에 의존하는 방법이지요. 우리는 실험을 통해 결론을 내릴 수도 있고, 권위를 맹목적으로 받아들일 수도 있습니다. 과학적으로 생각하는 사람에게 중요한 건 실험을 통한 증거뿐입니다. 이론은 기술하기에 편리할 뿐이니 더 이상 성립하지 않으면 폐기해야 합니다. 반면에 탁상공론을 중시하는 사람은 권위가 전부라고 생각하고, 권위자가 물려준 이론에 맞지 않을 경우 사실 쪽을 폐기해버립니다.

이렇게 생각하면 됩니다. 학문에 의존하는 정신이란 반증된 이론에 착 달라붙어 사는 굴과 같습니다. 역사적으로 볼 때 그런 정신이 지식 발전을 가로막았습니다. 저는 실험으로 기술을 입증할 준비가 되어 있음은 물론, 또 다른 법정에 섰던 갈릴레오와 마찬가지로 주장하겠습니다. '그래도 지구는 움직입니다!'

저는 지금 이 자리에 와 있는 자칭 전문가 집단에게 증거를 제시하겠다고 한 바 있습니다. 그런데 거절당했지요. 지금 다시 제안하겠습니다. 저는 과학 아카데미 회원들의 수명을 계측하겠습니다. 위원회를 만들어서 그 결과를 판정해주십시오. 저는 계측 결과를 두 개의 편지봉투에 적고 봉인하겠습니다. 한 봉투에는 겉면에 회원명을, 안쪽에 사망일을 적겠습니다. 다른 봉투는 겉면에 날짜를, 안쪽에 이름을 적겠습니다. 위원회 측은 봉투를 금고에 넣어뒀다가 가끔 만나서 해당 봉투를 열어보면 됩니다. 합동생명보험사 측이 낸 통계치가 맞다면 과학 아카데미처럼 큰 모집단에서는 1, 2주에 한 사람씩 사망자가 나올 겁니다. 이 방식을 이용하면 위원회도 피네로라는 사람이 거짓말쟁이인지 아닌지 판가름할 근거 자료를 아주 빨리 모을 수 있습니다."

피네로는 말을 마치고는 좁은 가슴을 작고 둥근 배와 구분되지 않을 때까지 내밀었다. 그리고 땀을 흘리는 저명한 학자들을 노려보았다. "어떻습니까?"

판사가 눈썹을 치키고 윔스와 마주 보았다. "받아들이겠습니까?"

"판사님, 저 제안은 아주 부적절하고…."

판사가 윔스의 말문을 막았다. "저 제안만큼 합리적인 동시에 진실에 도달하는 방안을 제시해보시지요. 그러지도 못하면서 제안을 받아들이지 않으면, 그 사실 자체가 재판에 불리하게 작용할 거라고 분명히 말해두겠습니다."

윔스가 입을 열었다가 생각을 바꾸고는, 학식 높은 증인들의 얼굴을 훑어보다가, 판사석으로 눈을 돌렸다. "받아들이겠습니다, 판사님."

"좋습니다. 세부 사항은 양측이 합의하십시오. 임시 금지 명령은 철회합니다. 피네로 박사가 사업을 지속하지 못하도록 방해하는 행위는 있어선 안 됩니다. 영구 금지 신청에 관한 판단은 증거가 모이는 동안 어떤 선입견도 없는 상태로 보류하겠습니다. 본 건을 마무리하기 전에, 윔스 씨가 의뢰인의 손해 운운하면서 내비친 이론에 관해 한마디하고 싶습니다. 우리 나라의 특정 집단들이 점점 이상한 생각을 하고 있습니다. 개인이나 기업이 여러 해 동안 대중을 상대로 사업을 벌이고 이윤을 남긴 경우, 상황이 바뀌고 대중의 이익과 상충하는 한이 있어도, 그 이윤을 미래에 보장해줘야 할 의무가 정부와 법원에 있다는 생각입니다. 그 어떤 법령이나 관습법에도 그렇게 이상한 원칙은 없습니다. 개인이든 기업이든 사적인 이익을 추구해야 하니 역사의 시계를 멈추거나 되돌리라고 법원에 요구할 권리는 없습니다. 이상입니다."

*

비드웰은 골치가 아파 투덜거렸다. "윔스, 저쪽의 제안보다 나은 걸 생각해내지 못하면 합동생명보험사는 자네를 수석변호자 자리에서 쫓아낼 거야. 금지 명령이 철회되고 10주가 지났어. 그 밤톨만 한 놈이 돈을 긁어모으는 동안 이 나라에 있는 보험사들은 전부 파산할 지경이라고. 호스킨스, 현재 손실률이 어떻게 되지?"

"비드웰 씨, 유감입니다만 매일 상황이 점점 나빠지고 있습니다. 이번 주에만 큰 계약이 열세 건 해지되었습니다. 전부 피네로가 일을 시작한 뒤 일어난 일입니다."

체구가 작은 또 한 사람이 그 말에 동의했다. "비드웰 씨, 그러니까 저희 유나이티드 사는 대상자가 피네로와 상담하지 않았다는 사실을 확인할 만한 시간적 여유가 생기기 전까지는 신규 신청을 받지 않을 겁니다. 과학자들이 피네로의 속임수를 폭로할 때까지 기다리면 안 될까요?"

비드웰이 콧소리를 냈다. "한심한 낙관주의자들 같으니라고! 과학자들은 피네로를 검증하지 않을 거야, 올드리치. 아직도 진실을 모르겠나? 그 조그마한 뚱보 놈은 허풍을 치는 게 아니야. 방법은 모르겠지만. 이 싸움은 끝내야 해. 기다리면 진다고." 그는 재떨이에 시가를 던지고 다소 거칠게 새 담배를 물었다. "다 나가, 전부 다! 내가 알아서 처리하지. 올드리치, 자네도 나가. 유나이티드는 기다릴지 몰라도 합동생명보험사는 안 그럴 거야."

윔스는 걱정스럽게 헛기침을 했다. "비드웰 씨, 방침을 크게 바꾸실 생각이라면 그 전에 저와 상담을 하시겠지요?"

비드웰이 침묵으로 불만을 표했다. 사람들이 줄지어 밖으로 나갔다. 문이 닫히고 아무도 남지 않자 비드웰은 내선 전화의 스위치를 켰다. "됐어. 들여보내."

바깥으로 통하는 문이 열렸다. 약간 작고 말쑥한 남자가 문턱 앞에서 잠시 머뭇거렸다. 남자는 들어오기 전에 작고 검은 두 눈으로 방 안을 얼른 훔쳐본 다음 가벼운 종종걸음으로 비드웰에게 다가섰다. 그러고는 굴곡이 없고 감정도 실리지 않은 목소리로 비드웰에게 말을 걸었다. 동물처럼 활발하게 움직이는 두 눈을 제외하면 남자의 얼굴은 무표정했다.

"나와 얘기를 하고 싶다고요?"

"그렇습니다."

"뭘 제안하실 겁니까?"

"일단 앉은 다음 얘기를 시작합시다."

✶

피네로는 안쪽 사무실 문 앞에서 한 쌍의 젊은이를 맞이했다.

"들어오십시오, 여러분. 들어와요. 앉으시고요. 긴장할 필요 없습니다. 자, 이 피네로가 뭘 해드리면 될까요? 젊은 분들이니 생의 마지막을 간절히 알고 싶진 않으실 테고."

젊은 남자의 정직해 보이는 얼굴에 약간의 혼란이 깃들었다. "음, 저기, 피네로 박사님. 저는 에드 하틀리라고 하고 이 사람은 제 아내인 베티입니다. 우리는… 그러니까 베티가 곧 아이를 낳을 텐데…."

피네로가 상냥하게 웃었다. "알겠습니다. 다음 세대를 위한 준비에 만전을 기하려고 얼마나 살지 알고 싶으신 거군요. 아주 현명하십니다. 두 분 다 알고 싶으십니까, 아니면 남자분만?"

여자가 대답했다. "둘 다 알아야 할 것 같아요."

피네로가 여자를 바라보았다. "물론 그러셔야죠. 저도 같은 생각입니다. 여자분은 지금 당장은 기술적인 어려움이 조금 있습니다만, 일단 어느 정도 정보는 드릴 수 있습니다. 남은 부분은 아이가 태어난 다음에 가능할 겁니다. 자, 두 분께서 제 실험실로 들어가시면 시작하겠습니다." 피네로는 사람을 불러 부부의 병력을 기록한 다음 둘을 작업 공간으로 안내했다. "부인 먼저 하겠습니다. 저 장막 뒤로 가서 신발과 외투를 벗어주십시오. 걱정하지 마세요. 저는 노인이니 의사를 만난다고 생각하시면 됩니다."

피네로는 뒤로 돌아서 장비를 조금 조정했다. 에드가 고개를 끄덕이자 베티가 장막 뒤로 들어갔다가 실크로 된 옷 두 점만 걸친 채 거의 즉시 걸어 나왔다. 피네로는 흘끗 눈을 들어 베티가 젊고 아름다우며 애처롭게도 부끄러워한다는 사실을 알아챘다.

"이쪽으로 오시지요. 우선 몸무게를 재야 합니다. 저기에서요. 이제 저 발판에 올라서세요. 전극을 입에 무시고요. 아니, 에드 씨, 부인께서 회로와 연결되어 있는 동안에 만지시면 안 됩니다. 얼마 안 걸리니까 가만히 계시고요."

피네로가 기계의 머리덮개 안으로 들어가자 문자판들이 빛을 냈다. 그러나 그는 당황한 얼굴을 하고 금세 밖으로 나왔다. "에드 씨, 혹시 부인을 만졌습니까?"

"아닙니다, 박사님." 피네로는 다시 몸을 숙이고 기계 안으로 들어갔다. 이번에는 시간이 조금 더 걸렸다. 피네로는 밖으로 나오더니 베티에게 내려와서 옷을 입으라고 말했다. 그리고 남편을 바라보았다.

"에드 씨, 이제 당신 차례입니다."

"베티의 결과는 어떤가요, 박사님?"

"약간 문제가 있습니다. 그래서 남편분을 먼저 검사하려고요."

피네로는 검사를 마친 다음 더욱 곤란한 표정을 지으며 밖으로 나왔다. 에드는 무슨 문제가 있는지 물었다. 피네로는 어깨를 으쓱하고 미소를 지었다.

"두 분이 걱정할 일은 아닙니다. 기계 조정에 조금 문제가 있는 것 같습니다. 오늘은 검사 결과를 알려드릴 수 없겠습니다. 기계를 전부 점검해야겠어요. 내일 한 번 더 오실 수 있을까요?"

"아, 그럼요. 기계에 문제가 생기다니 힘드시겠어요. 큰 문제가 아니면 좋겠습니다."

"큰 문제는 아닙니다. 잠깐 제 사무실에서 얘기라도 나누다가 가시지요?"

"고맙습니다, 박사님. 아주 친절하시군요."

"여보, 난 엘렌을 만나러 가야 하는데."

피네로는 자신이 가진 매력을 총동원해서 베티에게 말을 건넸다. "부인, 제게 잠깐만 시간을 허락해주시지 않겠습니까? 나이를 먹고 나니 반짝거리는 젊은 분들과 이야기하는 시간이 좋답니다. 그럴 기회가 거의 없거든요. 부탁입니다." 피네로는 부부를 친절하게 사무실 안으로 유도했고 자리에 앉혔다. 그런 다음 레모네이드와 과자를 요청해서 내놓았고, 두 사람에게 담배를 권한 뒤 자신의 담배에 불을 붙였다.

40분 뒤 에드는 넋이 나가서 이야기를 듣고 있었다. 반면 베티는 눈에 띄게 날카로운 상태였고, 피네로가 젊은 시절 티에라델푸에고에서 겪은 모험으로 이야기를 옮기자 당장에라도 자리를 박차고 싶은 심정이 되었다. 피네로가 시가에 다시 불을 붙이려고 말을 멈추자 베티가 일어섰다.

"박사님, 이제 정말 가야겠어요. 나머지 이야기는 내일 들으면 안 될까요?"

"내일이라고요? 내일은 그럴 시간이 없을 겁니다."

"오늘도 시간이 없으시잖아요. 비서분이 벨을 다섯 번이나 울렸는데요."

"몇 분만 더 내줄 수 없을까요?"

"오늘은 정말 안 돼요, 박사님. 약속이 있거든요. 만날 사람이 기다리고 있어요."

"설득할 방법이 전혀 없을까요?"

"죄송하지만 없어요. 에드, 가자고."

피네로는 두 사람이 떠난 뒤 창가로 걸어가서 도시 풍경을 쏘아보기 시작했다. 곧 사무실 건물을 나선 부부의 자그마한 모습이 눈에 들어왔다. 피네로는 두 사람이 길모퉁이까지 서둘러 이동하고, 신호가 바뀌기를 기다리다가 길을 건너려고 발을 떼는 모습을 지켜보았다. 그들이 길을 어느 정도 건넜을 때 귀를 찢는 사이렌 소리가 들렸다. 자그마한 사람 둘이 주저하다가 물러서고는 멈췄다가 뒤로 돌았다. 그때 차가 그들을 덮쳤다. 쾅 소리를 내고 멈춘 차 밑으로 그들의 형태가 드러났다. 사람 모습은 더 이상 찾아볼 수 없었고, 남은 거라고는 흐느적거리며 뒤섞인 옷더미뿐이었다.

피네로는 결국 창가를 등졌다. 그리고 수화기를 집어 비서에게 말했다.

"오늘 남은 약속은 전부 취소해요…. 아니… 전부 다요…. 상관없으니까 다 취소해요."

피네로는 의자에 앉았다. 시가는 불이 꺼진 상태였다. 방이 어두워진 뒤로도 그는 한참 동안이나 불붙지 않은 시가를 들고 있었다.

✴

피네로는 식탁 앞에 앉아서 눈앞에 펼쳐진 미식가의 만찬을 찬찬히 살폈다. 특별히 신경을 써서 식사를 주문했고, 제대로 즐길 생각에 평소보다 조금 일찍 귀가한 참이었다.

잠시 후 피네로는 피오리 달피니 몇 방울을 혀에 떨어뜨리고 음미하다가 목 너머로 흘려 넣었다. 걸쭉하고 향기로운 액체가 입안을 달구자 동명의 자그마한 들꽃이 머릿속에 떠올랐다. 피네로는 한숨을 쉬었다. 음식은 좋은 정도가 아니라 우아했으며 이국적인 술과 딱 어울렸다. 피네로의 생각은 정문 밖에서 들리는 소란스러움 때문에 방해를 받았다. 나이 많은 하녀가 큰 소리로 항의를 하고 있었다. 묵직한 남성의 목소리가 하녀의 말을 가로막았다. 뒤이어 복도 쪽에서도 소동이 일어나더니 식당문이 활짝 열렸다.

"세상에! 들어가면 안 돼요! 주인님께서 식사하고 계시다고요!"

"앤젤라, 괜찮아요. 저 신사분들을 만날 시간이 있으니까. 들어오시지요." 피에로는 험악한 표정을 짓고 있는 침입자들의 대표를 마주 보았다. "내게 볼일이 있는 거지요?"

"그래. 훌륭한 분들께서 네 허튼소리에 질렸다더군."

"그래서요?"

무리의 대표는 곧장 대답하지 않았다. 남자의 뒤편에서 작고 날렵한 사람이 걸어 나와 피네로를 마주 보았다.

*

"시작해도 되겠군요." 위원회 의장인 베어드가 자물쇠에 열쇠를 꽂고 돌렸다. "웬젤 씨, 오늘 자 봉투 좀 꺼내주시겠습니까?" 그때 누군가가 베어드의 팔을 잡아 진행을 막았다.

"베어드 박사님, 박사님을 찾는 전화가 왔습니다."

"알았네. 이리 가져오게."

전화기가 전달되자 베어드는 수화기를 귀에 대었다. "여보세요…. 네, 제가… 뭐라고요? 아니요, 아무 소식도 못 들었습니다만…. 기계가 부서졌고… 죽었다고요! 어떻게요? …아닙니다! 발표할 게 없습니다. 전혀요…. 나중에 다시 전화 주십시오…."

베어드는 수화기를 거칠게 내려놓고 전화를 옆으로 치웠다.

"무슨 일입니까?"

"누가 죽었답니까?"

베어드가 한 손을 들어 다른 사람들의 말을 막았다. "여러분, 제발 조용히 좀 해주십시오! 피네로 씨가 조금 전에 자택에서 살해당했답니다."

"살해당했다고요?"

"그게 전부가 아닙니다. 같은 시각에 폭도가 그의 사무실에 침입해서 장비를 부쉈답니다."

곧장 입을 여는 사람은 아무도 없었다. 위원회 구성원들은 서로 흘끗거릴 뿐이었다. 가장 먼저 입을 떼고 싶은 사람이 없는 듯했다.

마침내 한 사람이 말했다. "가져오지요."

"뭘 가져오자는 겁니까?"

"피네로 씨 이름이 적힌 봉투 말입니다. 그것도 함께 들어 있습니다. 제가 봤어요."

베어드는 봉투를 찾고 천천히 개봉했다. 그러고는 단 한 장의 종이를 펼치고 살펴보았다.

"어떻습니까? 읽어주시죠!"

"오후 1시 13분… 날짜는 오늘입니다."

위원회 구성원들은 침묵 속에서 그 말이 뜻하는 바를 깨달았다.

탁자를 사이에 두고 베어드의 반대편에 앉아 있던 회원이 잠긴 상자에 손을 뻗자, 일행의 요동치는 심정을 뒤덮고 있던 침묵이 깨졌다. 베어드가 손을 내밀어 그를 가로막았다.

"뭐하시는 겁니까?"

"제 예측을 보려고요…. 그 안에 들어 있거든요. 우리 모두에 관한 예측이 다 들어 있단 말입니다."

"맞아요, 맞습니다. 우리에 관한 예측이 전부 들어 있습니다. 꺼내봅시다."

베어드가 양손을 상자 위에 얹었다. 베어드는 맞은편에 앉은 사람의 눈을 들여다보면서 아무 말도 하지 않았다. 그리고 입술을 핥았다. 입꼬리가 꿈틀거렸고, 두 손이 흔들렸다. 그래도 베어드는 말을 하지 않았다. 건너편에 앉은 사람이 긴장을 풀고 의자에 몸을 실었다.

"물론, 박사님 생각이 맞습니다." 맞은편 사람이 말했다.

"쓰레기통 좀 가져다주시죠." 베어드의 목소리는 작고 긴장이 깃들어 있었지만 단호했다.

베어드는 쓰레기통을 받아들고 내용물을 바닥 깔개 위에 쏟았다. 그리고 양철로 된 쓰레기통을 눈앞 탁자 위에 올려두었다. 그는 대여섯 개의 봉투를 집어 둘로 찢고, 성냥으로 불을 붙인 다음 통 속에 넣었다. 그리고 한 번에 열 개씩 봉투를 찢어 불길 속에 계속 집어넣었다. 연기 때문에 기침이 나왔고 눈이 얼얼해 눈물이 흘렀다. 누군가가 일어서서 창문을 열었다. 베어드는 작업이 다 끝나자 쓰레기통을 멀리 치우고, 아래를 본 다음 말했다.

"탁자 위를 더럽혀서 죄송합니다."

# 빛이 있으라

## Let There be Light

김창규 옮김

✦ 1940년 5월 〈수퍼 사이언스 스토리즈(Super Science Stories)〉에 라일 먼로라는 필명으로 발표

이학사이자 이학박사이고 철학박사인 아치볼드 더글러스는 귀찮은 기색이 역력한 채로 전보를 읽었다.

오늘 늦게 도시 도착. 그쪽 실험실 무열광 논의 희망. 밤 10시.

— M. L. 마틴 박사

마틴 박사가 누구지? 누군데 나한테 전보를 보내지? 이 사람은 도대체 우리 실험실을 뭐라고 생각하는 거지? 호텔로 보는 건가? 게다가 전보값만 들이면 마음대로 부릴 수 있을 만큼 나라는 사람을 싸구려로 취급하는 건가? 더글러스는 그런 생각을 하면서, 머릿속으로 상대를 정중하게 좌절시키는 답신의 내용을 작성하고 있었다. 그러다가 발신지가 중서부 공항이라는 사실이 눈에 들어왔다. 그래, 올 테면 오라지. 더글러스는 상대를 만날 생각이 전혀 없었다.

하지만 그는 타고난 호기심 때문에 《과학인명사전》을 꺼내어 자신을 공격한 사람의 이름을 찾아보았다. 'M. L. 마틴: 생화학자, 생태학자.

P.D.Q, X.Y.Z, N.R.A, C.I.O. ….' 마틴 박사는 여섯 명분의 학위를 혼자 취득한 사람이었다. '구겐하임 재단 지원 오리노코강 동물상(相) 조사단 감독, 저술 논문: 〈목화 바구미의 상호수평공생〉….' 작은 활자로 적힌 논문 목록은 그 뒤로 10센티미터가량 이어졌다. 이 노인은 꽤 유능한 인물처럼 보이긴 했다.

더글러스는 잠시 뒤 실험실 욕실에서 거울 속 자신을 들여다보았다. 그는 더러운 실험복을 벗고, 조끼 주머니에서 빗을 꺼낸 다음 번들거리는 흑발을 조심스럽게 다듬었다. 그리고 공들여 재단한 체크 재킷을 걸치고 남성용 중절모를 쓰면서 외출 준비를 마쳤다. 그는 까무잡잡한 피부 때문에 더 도드라져 보이는 오른쪽 뺨 위의 희끄무레한 흉터를 손가락으로 만져보았다. 비록 흉터가 있어도 못생긴 외모는 아니라고 생각했다. 코뼈만 부러지지 않았다면 꽤 괜찮았을 얼굴이라고.

더글러스는 빈자리가 남아 있는 식당에서 혼자 저녁을 먹었다. 극장들이 상영을 끝내야 비로소 식당에 활기가 돌겠지만 스윙 밴드의 연주 실력이 좋았고 음식도 훌륭하다는 게 감사했다. 식사를 마칠 무렵 젊은 여성이 그의 식탁을 스쳐 지나가더니, 한 자리 너머에 있는 식탁을 차지하고 그와 마주 보는 방향으로 앉았다. 그는 여성을 신중하게 가늠했다. 예쁘고 화려한 사람이었다. 체형은 댄서 같았고, 옥수숫빛 머리카락은 풍성했으며, 주근깨도 귀여웠다. 옅은 청색 눈동자는 크고 아름다웠다. 얼굴이 조금 멍청해 보였지만 그 정도는 큰 단점이라고 할 수 없었다.

더글러스는 여성을 초대해서 같이 한잔하기로 마음먹었다. 일이 잘 풀리면 마틴 박사 따위는 완전히 무시할 생각이었다. 그는 메뉴 뒷면에 몇 자를 적은 다음 웨이터를 불렀다.

"레오, 저 사람 누구야? 연예인인가?"

"아닙니다, 선생님. 처음 보는 사람인데요."

더글러스는 긴장을 풀고 결과를 기다렸다. 여성의 도발적인 눈빛을 알아볼 수 있었기 때문에 긍정적인 결과를 자신하고 있었다. 여성은 웨이터에게서 받은 쪽지를 읽더니 조금 웃으면서 그를 흘끗 바라보았다. 그는 흥미를 담은 미소로 답했다. 여성은 웨이터에게 연필을 빌리고 메뉴 뒷면에 글을 적었다. 마침내 레오가 여성의 답신을 건네주었다.

'미안해요. 초대는 감사하지만 약속이 있어서요.'

더글러스는 식사비를 내고 실험실로 돌아왔다.

*

실험실은 더글러스의 아버지가 소유한 공장의 최상층에 있었다. 더글러스는 마틴 박사가 올 것에 대비해 바깥문을 열어두고 엘리베이터도 1층에 내려보냈다. 그리고 원심분리기에서 이상한 소음이 나는 원인을 찾느라 바쁘게 움직였다. 10시 정각이 되자 엘리베이터가 소리를 내면서 움직였다. 그가 사무실의 바깥문에 도달하자 마침 손님이 도착했다.

더글러스가 식당에서 초대하려다 실패한 매력적인 여성이 그를 마주보고 있었다.

그는 즉시 분개했다. "여긴 도대체 어떻게 온 거죠? 미행했습니까?"

여성의 태도가 곧장 얼어붙었다. "난 더글러스 박사와 약속이 있어요. 내가 왔다고 전해주세요."

"약속은 무슨 약속. 지금 장난치는 겁니까?"

여성은 감정을 드러내지 않으려 했지만, 표정까지 감출 수는 없었다. "더글러스 박사가 잘 설명해줄 거예요. 가서 내가 왔다고 전해요. 당장."

"여기 있잖습니까. 내가 더글러스 박사입니다."

"댁 같은 사람이! 못 믿겠어요. 댁은 그… 조직폭력배 같은데요."

"어쨌든 내가 더글러스입니다. 그러니 광대짓은 때려치우고, 사교계에서는 이런 장난까지 치는 건지 말이나 해봐요. 이름이 어떻게 됩니까?"

"난 M. L. 마틴 박사예요."

더글러스는 완전히 충격을 받았다. 그리고 흥미가 생겨 목소리를 높였다. "장난이 아니라고요? 시골 사람을 놀려먹는 건 아니겠죠? 들어오세요, 들어와요."

마틴은 불안한 개처럼 의심을 거두지 않은 채로 더글러스의 뒤를 따랐다. 상대가 조금이라도 도발하면 공격할 준비가 되어 있었다. 그녀는 더글러스가 내준 의자에 앉고 한 번 더 질문했다. "정말 더글러스 박사가 맞아요?"

더글러스가 씩 웃었다. "맞습니다. 증명할 수도 있고요. 그쪽은 어떻습니까? 난 이게 아직도 미인계를 이용한 장난이라고 생각하는데요."

마틴의 태도가 다시 싸늘해졌다. "어떻게 증명할까요. 출생증명서라도 보여줄까요?"

"엘리베이터에서 진짜 마틴 박사를 죽이고 통로 밑에 시체를 감춰뒀을지도 모르죠."

마틴은 일어서서 장갑과 지갑을 챙기고 나갈 준비를 했다. "더글러스 박사를 만나려고 2천4백 킬로미터를 날아왔어요. 방해해서 죄송하게 됐군요. 안녕히 계세요, 더글러스 박사."

더글러스는 즉시 태도를 누그러뜨렸다. "아이고, 화내지 마시고요. 그냥 좀 심술을 부린 것뿐이니까요. 그 유명한 마틴 박사께서 마릴린 먼로와 닮았다는 사실이 흥미로워서 그랬습니다. 우선 다시 앉으시고…." 그는 마틴이 손에 쥐고 있던 장갑을 정중하게 건네받았다. "아까 거절하셨던 술을 한 잔 대접하게 해주시죠."

마틴은 화가 잔뜩 난 상태로 주저했다. 하지만 착한 심성 때문에 결국 더글러스의 말을 받아들이기로 하고 긴장을 풀었다. "알겠어요, 건달 씨."

"다행입니다. 뭐로 하시겠어요, 스카치? 버번?"

"버번으로 할게요. 물은 너무 많이 넣지 마세요."

마실 것이 준비되고 담배에 불이 붙자 긴장 상태가 해소되었다. "그러면…." 더글러스가 말했다. "이 만남에서 제 역할은 뭘까요? 저는 생물학은 하나도 모르는데요."

마틴은 담배 연기로 고리를 만든 다음 그 안으로 분홍색 손톱을 찔러

넣었다. "《물리 논평》 4월호에 실었던 논문 기억하시죠? 무열광(無熱光)을 낼 수 있는 방법이 있다고 하셨잖아요."

더글러스가 고개를 끄덕였다. "〈형광체의 전압발광과 화학발광현상 비교〉였죠. 생물학자가 관심을 가질 만한 요소는 별로 없는데요."

"그런데 나도 같은 문제를 연구하고 있었어요."

"어떤 방향에서 접근했죠?"

"반딧불이가 빛을 내는 방법을 연구하고 있어요. 남미에서 화려하게 빛을 내는 종을 발견하고 연구하게 됐죠."

"흠, 진짜 중요한 사실을 발견한 건지도 모르죠. 그래서 뭘 알아내셨어요?"

"새로운 사실은 별로 없어요. 이미 알고 계시겠지만, 반딧불이는 믿기 어려울 만큼 효율적인 광원이죠. 효율이 최소한 96퍼센트 이상이니까요. 일반적으로 판매되는 텅스텐-필라멘트식 백열전구의 효율이 얼마나 될 것 같아요?"

"제일 좋은 제품도 2퍼센트를 못 넘죠."

"그 정도면 훌륭한 편이에요. 그런데 지능도 낮고 자그마한 벌레가 눈썹 하나 까딱하지 않고 그것보다 50배는 더 일을 잘한단 말이죠. 인간은 별로 대단한 존재가 아니에요. 안 그래요?"

"맞아요." 더글러스가 인정했다. "벌레 얘기를 계속해보시죠."

"음, 반딧불이의 복부에는 활성화된 유기 화합물이 있어요. 이름은 루시페린이고 아주 복잡한 화합물이죠. 루시페라아제라는 촉매가 있는 상태에서 루시페린이 산소와 결합하면 산화환원반응의 에너지가 전부 녹색광으로 전환돼요. 열은 발생하지 않고요. 거기에 수소를 첨가하면 전 과정이 처음부터 다시 시작돼요. 난 실험을 통해서 그 과정을 재현했고요."

"끝내주는데요! 축하합니다! 날 찾아올 필요도 없었네요. 가게 문 닫겠습니다."

"좀 기다려봐요. 상업적인 의미는 거의 없다고요. 장비가 아주 많이 필요하고 너무 골치 아파요. 그리고 빛이 강하질 않아요. 우리가 힘을 합치고, 가진 정보를 한데 모아서 실용적인 결과를 얻을 수 있을지 알아보려고 여기까지 찾아온 거예요."

*

3주 뒤 새벽 4시에 M. L. 마틴은(그녀의 친구들은 약칭을 메리 루라고 풀어서 불렀다) 분젠 버너로 달걀프라이를 만들고 있었다. 그녀는 반바지와 스웨터 위에 기다란 작업용 고무 앞치마를 걸쳤고 긴 옥수숫빛 곱슬머리는 아래로 풀었다. 균형 잡히고 긴 다리 때문에 여성 모델을 소개하는 잡지에서 걸어 나온 것처럼 보였다.

그녀는 기진맥진한 채 한심한 몰골로 커다란 안락의자에 큰 대자로 뻗은 더글러스를 바라보았다. "저기, 고릴라 씨. 커피 추출기가 타버린 것 같아요. 대신 분별 증류기로 만들까요?"

"당신이 거기 뱀독을 넣지 않았었나요."

"맞아요. 먼저 씻어야겠네."

"세상에, 이봐요! 본인이 그걸 먹을 수도 있다는 생각은 못 해요? 내가 먹을 수도 있고."

"젠장, 뱀독은 먹어도 괜찮아요. 싸구려 술을 먹어서 위에 궤양이라도 있으면 모를까. 식사 준비 다 됐어요!"

마틴은 앞치마를 옆으로 내던지고 의자에 앉아서 다리를 꼬았다. 더글러스는 무의식적으로 눈앞의 광경을 바라보았다.

"메리 루 마틴, 실험실에 있을 때는 옷 좀 챙겨 입어요. 내 로맨틱한 본성을 일깨우니까."

"웃기지 말아요. 그런 거 없잖아요. 연구 얘기나 해요. 지금 우리 상황이 어떻죠?"

더글러스는 손으로 머리를 만지작거리면서 입술을 깨물었다. "단단한 벽에 부딪힌 셈이죠. 지금까지 시도해본 바로는 아무 희망이 보이지 않아요."

"문제점은 본질적으로 복사 에너지를 가시주파수대에 국한하는 데에 있어요."

"그렇게 얘기하니까 별문제 아닌 것 같군요. 그나저나 눈이 참 맑으시네."

"빈정거리지 말고요. 어쨌든 일반적인 전기 불빛은 그래서 에너지를 낭비하는 거예요. 필라멘트는 백열광을 내니까 아마 에너지의 2퍼센트를 빛으로 바꾸겠죠. 나머지는 적외선과 자외선으로 바뀌고요."

"당신은 참 아름답군요. 설명도 정확하고요."

"얘기에 집중 좀 해라, 이 덩치 큰 고릴라야. 피곤한 건 알겠지만 엄마 말 좀 들으라고. 파장을 정교하게 제어할 방법이 분명히 있을 거예요. 라디오 방송에서 쓰는 방법은 어떨까요?"

더글러스는 조금 기운을 차렸다. "이 문제에는 쓸 수 없을걸요. 고유공명주파수가 가시주파수 영역에 있는 유도-정전 회로를 어떻게 만들어 낸다고 해도, 광원 하나마다 장비가 너무 많이 필요해요. 조정 범위에서 벗어나면 빛이 아예 생성되지 않을 테고요."

"주파수를 조절하는 방법이 그것밖에 없어요?"

"그래요. 음, 실용적으로는요. 무선 방송국 가운데 몇 군데는, 특히 아마추어 무선 방송국은 고유주파수가 특별한 석영 결정을 별도로 깎아서 파장을 조절해요."

"그러면 우리도 고유주파수가 가시영역대에 있는 결정을 깎아서 쓰면 되잖아요."

더글러스가 앉은 채로 상체를 벌떡 일으켰다. "아, 바로 그거야! 답을 찾은 것 같은데요."

그는 일어서더니 큰 걸음으로 실내를 오가면서 말했다.

"일반적인 주파수대에는 보통 석영 결정을 사용해요. 단파 방송에는 전기석을 쓰죠. 진동수는 결정을 깎는 방법에 직접적으로 영향을 받아요. 공식은 간단해요." 그는 걸음을 멈추고 인도지(紙)로 된 두꺼운 참고서적을 꺼냈다. "어디 보자…. 여기 있군요. '석영의 경우 결정 두께가 1밀리미터 늘어날 때마다 파장이 백 미터 길어진다.' 주파수는 당연히 파장에 반비례하고요. 전기석에도 비슷한 단파장 공식이 있어요."

그는 책을 계속 읽었다. "'이런 결정들은 전기 부하가 걸릴 경우 수축하는 특성이 있다. 역으로, 수축하는 경우 전하가 생성된다. 수축 주기는 각 결정의 고유한 특성이고, 결정의 기하 비례에 따라 다르다. 결정을 무선 통신 회로와 연결할 경우, 그 회로를 이용해서 결정에서 단 하나의 고유 주파수만 발생시킬 수 있다.' 바로 이거예요! 깎이고 나서 가시광선 주파수대로 진동할 수 있는 결정만 찾아내면 끝나요. 전기 에너지를 열 손실 없이 빛으로 바꿀 수 있다고요!"

마틴이 감탄하는 뜻으로 혀를 찼다. "어이구, 잘했구나. 엄마는 네가 해낼 줄 알았단다. 노력을 안 해서 문제지."

*

그 뒤 6개월이 다 되어갈 무렵, 더글러스는 결과를 보여주기 위해 아버지를 실험실로 초대했다. 그는 성품이 온화한 백발 노인을 성스러운 비밀 공간으로 안내했다. 그리고 차양을 내리도록 마틴에게 신호를 보냈다. 그는 천장을 가리키고 말했다.

"아버지, 이걸 보세요. 이게 바로 무열광이에요. 일반 조명에 드는 비용의 극히 일부만 사용한 거죠."

노인이 고개를 들어 바라보니 천장에 회색 장막이 매달려 있었다. 장막은 크기와 모양이 포커 게임용 탁자에 덮는 탁자보와 비슷했다. 마틴이 스위치를 켰다. 그러자 장막이 밝게 빛나면서, 하지만 눈이 부실 만큼 밝지는 않게, 진주층처럼 무지갯빛을 펼쳤다. 눈길을 끌 만한 불길이 보이지 않는 강한 백색광이 방을 밝히고 있었다.

젊은 과학자는 주인이 머리를 두드려주기를 바라는 강아지처럼 기쁘게 웃으면서 아버지를 바라보았다. "아버지, 마음에 드세요? 밝기가 촛불의 백 배예요. 일반 전구라면 전기가 백 와트는 필요하죠. 그런데 이건 2와트밖에 안 써요. 전압은 4볼트고 전류는 0.4암페어죠."

노인은 눈을 깜빡거리면서 멍하니 장막을 바라보았다. "아주 멋지구나. 정말 멋져. 네가 이걸 완성시켜서 정말 기쁘다."

"아버지, 저 장막을 뭐로 만들었는지 아시겠어요? 흔히 볼 수 있는 점토예요. 거기서 뽑아낸 규산알루미늄이죠. 흔한 진흙이나 알루미늄이 함유된 광물만 있으면 만들 수 있고 값도 싸요. 보크사이트든 빙정석이든 거의 모든 걸 사용할 수 있어요. 연방에 속한 어느 주에서든 굴착기로 광물을 모을 수 있다고요."

"전체 과정을 완성하고 특허권도 확보했니?"

"어, 네, 그럴 거예요, 아버지."

"그럼 네 사무실로 가서 좀 앉자. 할 말이 있어. 저 젊은 숙녀분도 함께 가자."

더글러스는 아버지의 말에 따랐다. 아버지가 엄숙한 태도를 보인 탓에 그의 기분이 가라앉았다. 모든 사람이 자리에 앉자 더글러스가 말했다.

"무슨 문제라도 있으세요, 아버지? 제가 도와드릴까요?"

"그럴 수 있으면 나도 좋겠구나. 하지만 그럴 수가 없단다. 아무래도 실험실을 닫아야 할 것 같다."

더글러스는 조금도 움찔거리지 않고 그 말을 받아들였다. "그래요?"

"난 네 연구를 늘 자랑스럽게 생각했다. 네 엄마가 죽은 뒤로는 네 실험에 필요한 돈과 장비를 지원하는 게 삶의 중요한 목표였지."

"지금까지 너무나 관대하게 돌봐주셨죠."

"내가 하고 싶어서 한 일이야. 그런데 공장 사정 때문에 네 연구를 더는 지원하지 못할 듯싶다. 사실 공장문을 닫아야 할 거다."

"아버지, 그 정도로 심각해요? 지난 사분기에 주문을 받은 줄 알았는데요."

"주문이야 아주 많이 들어오지. 그런데 이익을 못 내고 있어. 주 의회에서 지난 회기에 공공기업법을 통과시켰다고 내가 전에 얘기했지?"

"자세히는 기억나지 않아요. 하지만 주지사가 거부권을 행사한 줄 알았어요."

"했지. 그런데 거부권과 상관없이 통과됐어. 우리 주에서 이렇게 뻔뻔한 부패 사건이 일어난 건 이번이 처음이란다. 힘 있는 로비스트들이 상원과 하원을 전부 매수했어. 몸부터 마음까지 전부 다." 노인은 무력감과 분노에 목소리를 떨었다.

"그런데 그게 우리하고 무슨 상관이죠?"

"표면적으로는 상황에 맞도록 결정권을 동등하게 분배한다는 법이야. 하지만 실제로는 위원회가 원하는 대로 소비자를 차별할 수 있도록 허가하는 법이란다. 너도 내가 얘기하는 위원회가 뭔지 알겠지. 난 늘 정치적으로 지는 쪽 편만 들었잖니. 이제는 위원회가 내가 저항할 수 없는 힘으로 벽에 몰아붙이고 있단다."

"말도 안 돼. 아버지, 이럴 수는 없어요. 금지 명령을 신청하세요!"

"우리 주에서?" 노인이 하얀 눈썹을 치켰다.

"소용없겠군요." 더글러스가 일어서서 걷기 시작했다. "뭔가 다른 방법이 꼭 있을 거예요."

노인이 고개를 저었다. "그자들이 시민의 힘을 대변한다는 명목으로 권력을 휘두른다는 게 뭣보다 화가 난단다. 연방 정부의 계획 때문에 싸구려 권력이 너무 많아졌어. 그걸로 나라를 부강하게 만들어야 하는데, 지역 강도들이 그걸 쥐고 자유 시민을 협박하는 몽둥이처럼 휘두르거든."

*

마틴은 노신사가 떠난 뒤 조용히 다가와서 더글러스의 어깨에 손을 얹고 그의 얼굴을 물끄러미 내려다보았다.

"불쌍하기도 해라!"

더글러스는 아버지가 있는 자리에서 숨겼던 당혹감을 더 이상 감추지 않았다. "뭐 이런 경우가 다 있죠. 상황이 막 좋아지려던 참인데 말이에요. 하지만 내가 제일 걱정하는 건 아버지예요."

"나도 알아요."

"그런데 아무것도 할 수가 없어요. 정치잖아요. 그 돼지 같은 무법자 놈들이 우리 주를 쥐고 흔든다고요."

마틴은 실망하면서 조금 냉소적인 태도를 취했다. "아치볼드 더글러스! 덩치만 커가지고 애처럼 굴지 말아요! 저 깡패들과 붙어보지도 않고 내버려둘 거예요?"

더글러스가 멍한 표정으로 그녀를 바라보았다. "물론 그건 아니죠. 싸울 거예요. 하지만 아무 때나 그럴 수 없다는 것도 알아요. 정치는 내 전문 분야하고 거리가 멀다고요."

마틴은 화가 나서 방을 가로질렀다. "참 대단한 사람이네요. 발전기가 나온 이래 세상에서 가장 위대한 발명을 해놓고 전문 분야가 아니라는 소리나 하다니."

"그건 당신이 만들었죠."

"바보예요? 특별한 결정형을 찾아낸 사람이 누구죠? 그걸로 전체 주파수 대역을 얻어낸 건 누구예요? 게다가, 전문 분야가 아닌 것도 아니에요. 지금 문제가 뭐죠? 힘이잖아요! 지금 저놈들이 힘으로 당신을 쥐어짠다고요. 당신 물리학자죠? 저놈들한테 얻는 게 아니라 다른 방법으로 힘을 만들어낼 방법을 생각해봐요."

"어떤 힘을 얘기하는 거죠? 원자력?"

"더 현실적인 걸로 생각해봐요. 원자력위원회 소속도 아니면서."

"지붕에 풍차를 달 수 있겠군요."

"차라리 그게 더 낫네요. 쓸모는 별로 없겠지만. 자, 척수 위쪽에 매달린 매듭 좀 제대로 써먹어봐요. 난 커피를 끓일게요. 또 철야 작업을 해야겠어요."

더글러스가 그녀를 보면서 웃었다. "알았어요, 캐리 네이션* 씨. 움직여볼게요."

마틴이 행복하게 웃으면서 그를 바라보았다. "그렇게 나와야죠."

더글러스는 일어서서 그녀에게 다가간 다음 한쪽 팔을 허리에 두르고 키스했다. 그녀는 힘을 빼고 그에게 안겨 있었다. 하지만 입술이 떨어지자 더글러스를 밀어냈다.

✶

새벽 동이 틀 무렵 두 사람의 얼굴은 창백하고 생기가 없었다. 그들은 나란히 걸려 있는 두 개의 무열광 장막을 조작하고 있었다. 더글러스는 장막의 간격을 3센티미터로 맞추었다.

"자, 이제 1번 장막에서 나온 빛이 실질적으로 2번 장막을 때릴 거예요. 1번 장막을 켜봐요."

마틴이 스위치를 올렸다. 1번 장막이 빛을 내면서 2번 장막에 광휘를 뿌렸다.

"자, 이제 우리가 발견한 아름다운 공식이 맞는지 봐야죠." 더글러스는 2번 장막의 양 끝에 전압계를 고정하고 그 아래쪽에 있는 작고 검은 버튼을 눌렀다. 바늘이 2볼트까지 뛰어올랐다.

마틴이 더글러스의 어깨너머를 걱정스럽게 훔쳐보았다. "어때요?"

"됐어요! 의심의 여지가 없어요. 저 장막들은 양방향으로 작용해요. 한쪽에 전기를 넣으면 다른 쪽에서 빛이 나와요. 빛을 넣으면 전기가 나오고요."

"전력 손실은 어때요?"

"잠깐만요." 더글러스는 전류계를 끌어당겨서 수치를 읽고 계산자를

* 기독교 근본주의자. 금주 및 금연운동가로 유명했다. 도끼를 들고 술집, 경마장, 오락실을 때려 부수기도 했다.

꺼냈다. "어디 봅시다. 손실률은 30퍼센트 정도네요. 장막 가장자리로 새어 나간 빛이 큰 원인이겠죠."

"해가 떴어요. 2번 장막을 갖고 지붕으로 올라가자고요. 태양광으로 해봐요."

두 사람은 몇 분 뒤 2번 장막과 전기 계측 장비를 갖고 지붕에 올랐다. 더글러스는 장막이 떠오르는 태양을 마주 볼 수 있도록 밝은 하늘을 향해 설치했다. 그리고 양 끝에 전압계를 붙인 다음 수치를 읽었다. 바늘은 즉시 2볼트를 가리켰다.

마틴이 펄쩍 뛰어올랐다가 착지했다. "작동하네요!"

"당연히 그래야죠." 더글러스가 말했다. "반대편 장막에서 온 빛으로 전기를 쏟아낸다면 태양광도 그럴 수밖에 없어요. 전류계를 걸어봐요. 전력을 얼마나 얻을 수 있나 봅시다."

전류계는 22.4암페어를 가리켰다.

마틴은 계산자로 결과를 계산해보았다. "22.4 곱하기 2니까 전력은 44.8와트예요. 마력으로 환산하면 0.06마력이고요…. 얼마 안 되는군요. 더 클 줄 알았는데."

"그럴 수밖에 없어요. 지금은 가시광선만 사용하고 있잖아요. 태양을 광원으로 보면 효율은 15퍼센트 정도예요. 나머지 85퍼센트는 적외선과 자외선이고요. 작대기 좀 줘봐요." 마틴이 계산자를 건넸다. "태양의 출력은 태양빛이 수직으로 비치는 지구 표면 1제곱미터당 1.8마력쯤 돼요. 와트로 환산하면 1343와트죠. 정오의 사하라 사막이라고 해도 대기층이 약 3분의 1가량을 흡수하니까 제곱미터당 1.2마력이에요. 지금은 해가 막 떴으니까 제곱미터당 0.4마력 이상은 안 나올 테고요. 효율이 15퍼센트라는 점까지 적용하면 0.06마력이군요. 딱 맞네요. 증명 끝. 우울할 이유가 없잖아요?"

"지붕에서 공장을 돌릴 만한 태양 에너지를 얻기 바랐어요. 그런데 17제곱미터에서 1마력이 나온다면 부족하잖아요."

“기운 내요. 우리가 생각해낸 건 가시광선 대역에서 진동하는 장막일 뿐이에요. 아무래도 원자의 힘을 이용해봐야겠어요. 모든 파장에서 진동하는 걸 만든다는 얘기예요. 그러면 부딪치는 복사 에너지를 전부 흡수해서 전력을 내놓을 거예요. 이 지붕 면적이면 아마 정오에 1천 마력을 생산할 수 있을 거예요. 그러면 다량의 축전지를 준비해서 전력을 저장했다가 흐린 날이나 야간작업에 쓸 수 있죠.”

마틴은 크고 푸른 눈을 깜빡거리면서 더글러스를 바라보았다. “더글러스, 머리 안 아파요?”

20분 뒤 더글러스는 책상으로 돌아가서 예비 계산에 몰두했고, 마틴은 있는 재료를 모아 서둘러 아침 식사를 만들었다.

마틴이 더글러스의 작업을 방해하고 물었다. “술병 어디에 숨겨놨어요?”

더글러스가 그녀를 보며 대답했다. “벌건 대낮에 술을 먹는 건 부도덕한 일인데.”

“밑바닥 삶에서 좀 빠져나와요. 이 핫케이크로 크레프 쉬제트를 만들려고 하는데 브랜디 대신 옥수수 술을 쓸 거라고요.”

“창의적인 요리는 절대 하지 말아요, 마틴 박사. 난 정석대로 먹을 거예요. 건강해야 이 연구를 끝낼 수 있으니까요.”

마틴이 몸을 돌려 그에게 프라이팬을 휘둘렀다. “말씀대로 하죠. 더글러스, 당신은 교육을 과하게 받은 네안데르탈인이에요. 인생에 더 높은 가치가 있다는 걸 모르잖아요.”

“그 점은 부인할 수가 없군요. 그건 그렇고 이것 좀 봐요. 답을 찾았어요. 모든 진동수로 진동할 수 있는 장막 말이에요.”

“장난치는 거 아니죠?”

“장난 아니에요. 아까 했던 실험에 이미 구현되어 있었어요. 우리가 너무 바빠서 무작위로 진동하는 장막을 만들겠다는 생각을 못 한 거죠. 그래서 몰랐던 거예요. 게다가 다른 사실도 발견했어요.”

"얼른 말해봐요!"

"무열광 장막을 만든 것처럼 적외선을 복사하는 장막도 쉽게 만들 수 있어요. 알아들었어요? 경제적이고, 화재에 안전하며 아이들 걱정이 되지 않게끔 고압 전류가 발생하지 않도록 발열장치를 만드는 거예요. 크기와 모양도 적당하죠. 우리가 이 장막을 어떻게 설계할 수 있느냐 하면요." 더글러스는 손가락으로 항목을 하나씩 짚어나갔다. "첫째, 백 퍼센트에 가까운 효율로 태양에서 에너지를 뽑아낼 수 있어요. 둘째, 그걸 무열광으로 바꿀 수 있어요. 셋째, 열로 변환할 수 있어요. 넷째, 전력으로 바꿀 수 있어요. 그걸 모아서 직렬로 연결하면 원하는 전압을 만들 수 있어요. 병렬로 연결하면 원하는 전류값을 얻을 수 있고요. 게다가 이 에너지는 완전히 공짜예요. 시설 설치비만 빼면요."

마틴은 우뚝 서서 아무 말도 없이 몇 초간 그를 바라보다가 말했다. "더 싸게 빛을 얻으려다가 그걸 전부 알아냈단 말이군요. 와서 아침 먹어요, 전기 공학자 씨. 옥수수죽만 먹으면 일을 할 수 없으니까."

두 사람은 새로 떠오른 생각에 집중하느라 아무 말도 없이 식사했다. 마침내 더글러스가 입을 열었다. "마틴, 이게 얼마나 대단한 일인지 실감 나요?"

"생각하는 중이에요."

"엄청나다고요. 수도꼭지를 열어서 에너지를 가져올 수 있다니, 믿을 수가 없을 정도예요. 태양은 늘 2백30조 마력의 에너지를 뿜어내고 있는데 우리는 그걸 거의 안 쓰고 있거든요."

"그렇게 많아요?"

"내가 계산해놓고도 결과를 믿을 수가 없었어요. 그래서 리처드슨의 천문연감을 조사해봤어요. 자, 우리는 도시 한 구역에서 2만 마력 이상의 에너지를 회수할 수 있어요. 그게 무슨 뜻인지 알겠어요? 공짜 에너지라고요! 모두 부자가 된다 이거죠! 증기기관이 발명된 이래 가장 멋진 일이에요." 그는 마틴이 침울하다는 사실을 깨닫고 갑자기 말을 멈췄다.

"왜 그래요? 내 말이 틀렸어요?"

마틴은 포크를 만지작거리다가 대답했다. "아니에요, 더글러스. 당신 말은 틀리지 않았어요. 나도 생각하고 있었거든요. 이제 도시집중화가 끝나고, 모든 사람이 노동을 줄여주는 기계를 소유하고, 사치품들까지… 다 가능한 일이에요. 하지만 난 아주 지저분한 문제가 시작될 거라는 느낌이 들어요. '파손 유한회사'라고 들어봤어요?"

"그게 뭐죠? 폐품 수거 회사 이름이에요?"

"그것과는 조금도 관계가 없는 말이에요. '미국 기초공학학회 회의록' 같은 것만 읽지 말고 조지 버나드 쇼의 책도 좀 읽어봐요. 그 사람이 쓴 《므두셀라로 돌아가라》의 서문에서 나온 말이에요. 산업기업체는 연합해서 제 이익을 위협하는 변화를 방해하는데, 그 모습을 냉소적으로 표현한 말이죠. 당신은 산업체제 전반을 위협하게 될 거예요. 바로 이 순간부터 위험에 처한다고요. 원자력을 발견한 사람들에게 무슨 일이 일어났는지 몰라요?"

더글러스는 의자를 뒤로 밀었다. "에이, 그렇지 않아요. 당신이 피곤하고 흥분해서 그렇게 생각하는 거예요. 산업체는 새로운 발명을 환영해요. 거대기업은 전국에서 가장 우수한 인재를 모아서 연구부서를 만들고 일을 시킨다고요. 그 기업들이 원자력에 몰두하고 있어요."

"맞아요. 똑똑하고 젊은 발명가는 그런 회사에서 일할 수 있겠죠. 그 순간부터 묶인 몸이 되고요. 발명은 회사에 귀속되고, 그중에서 당대 권력의 방식에 맞는 것만 세상 빛을 볼 수 있어요. 나머지는 뒤로 밀려나고요. 당신 같은 프리랜서가 수십억 달러짜리 시장을 뒤엎는 꼴을 가만히 보고만 있겠어요?"

더글러스가 인상을 찡그렸다가 긴장을 풀고 소리 내 웃었다. "에이, 그만해요. 그렇게 심각한 일은 아니에요."

"그거야 당신 생각이죠. 셀라니즈 보일이라고 들어봤어요? 못 들어봤을 거예요. 드레스 재료인 시폰을 대체하겠다고 나왔던 합성옷감이죠.

시폰보다 오래가고 물세탁도 가능해요. 가격은 1야드당 40센트밖에 안 돼요. 시폰은 그것보다 네 배나 비싸죠. 그런데 셀라니즈 보일은 더 이상 판매되지 않아요.

면도날도 그래요. 남동생이 5년 전에 갈 필요가 없는 면도날을 사 왔어요. 아직도 쓰고 있죠. 하지만 그걸 잃어버리면 다시 구식 면도날을 써야 해요. 지금 쓰는 제품이 시장에서 사라졌거든요.

휘발유보다 우수하고 저렴한 연료를 만들었다던 사람 얘기 들어봤어요? 그 사람은 4년 전에 나타나서 자신의 주장을 증명했어요. 그런데 2주 뒤에 물놀이 사고로 익사했어요. 그 사람이 살해당했다고 주장하진 않을게요. 하지만 그 사람의 제조 공식이 사라졌다는 건 우연치고는 너무 웃기지 않아요?

생각나는 게 또 있어요. 〈로스앤젤레스 데일리뉴스〉에서 오려낸 기사를 본 적이 있는데요. 어떤 남자가 샌디에이고에서 표준식 대형차를 산 다음 휘발유를 채우고 로스앤젤레스까지 타고 갔어요. 휘발유를 7리터밖에 안 썼죠. 그다음에 아구아 칼리엔테에 갔다가 샌디에이고로 돌아왔어요. 이번엔 11리터밖에 쓰지 않았어요. 일주일 뒤에 자동차 판매상이 그 사람을 찾아와서 차를 바꿔달라고 뇌물을 줬어요. 팔면 안 되는 차를 실수로 팔았다는 거죠. 더 좋은 기화기가 달렸던 차였어요.

1리터로 30킬로미터를 가는 대형차를 본 적 있어요? 못 봤을 거예요. 파손 유한회사가 지배하는 동안에는요. 하지만 이런 상황은 전적으로 합법적이에요. 기록을 찾아보면 나올 거예요.

그리고, 자동차가 오래가도록 만들어진 기계가 아니라는 건 다들 알잖아요. 자동차는 처음부터 고장 나도록 제조되는 거예요. 그래야 사람들이 새 차를 사니까요. 시장이 유지될 만큼 질 나쁘게 만드는 거죠. 증기선은 자동차보다 진동이 훨씬 심한데 30년이 넘게 사용하잖아요."

더글러스가 그녀의 이야기를 웃어넘겼다. "암울한 얘기 좀 그만해요. 당신은 지금 피해망상에 사로잡혀 있는 거예요. 더 희망찬 얘기나 하죠.

예를 들어 우리 두 사람에 관한 얘기요. 당신은 커피를 잘 만들잖아요. 우리가 함께 살 수 있는 합법적인 허가증을 받으러 가는 건 어떨까요?"

마틴은 그의 말을 무시했다.

"아니, 왜 그래요. 난 젊고 건강하다고요. 나 정도면 괜찮은데."

"더글러스, 남아메리카 원주민 추장이 나한테 열망을 품었다는 얘기 한 적 있던가요?"

"못 들은 것 같은데요. 그 사람이 뭘 했죠?"

"결혼하자고 하더군요. 결혼해주면 아내 열일곱 명을 전부 죽여서 피로연 음식으로 내놓겠다고까지 말했어요."

"그게 내 제안과 무슨 관계가 있죠?"

"그때 받아들일 걸 그랬어요. 요즘은 여자가 좋은 제안을 거절하기 힘든 시대잖아요."

*

더글러스는 실험실 안을 오가면서 미친 듯이 담배를 피웠다. 마틴은 작업대에 걸터앉아서 불편한 표정으로 그를 지켜보았다. 더글러스가 마지막으로 남은 한 대에 불을 붙이려고 걸음을 멈추자 마틴이 그의 주의를 끌어보았다.

"똑똑한 악당 두목 아저씨, 상황이 어때요?"

더글러스는 담배에 불을 붙이다가 손을 데고 단조로운 말투로 욕을 한 다음 대답했다. "아, 예언자 카산드라, 당신 말이 맞았어요. 내가 상상했던 것보다 훨씬 큰 곤경에 처했어요. 태양에서 동력을 얻는 소형전기차를 만들었는데 그걸 모퉁이에 주차해놨더니 누군가가 와서 등유를 붓고 불을 질렀어요. 그건 크게 신경 쓰지 않아요. 사소한 일에 불과하니까. 하지만 그 기술을 안 팔겠다고 했더니 온갖 허위 소송을 걸어서 우리가 배앓이를 하는 아이라도 되는 것처럼 꼼짝 못 하게 묶어버렸죠."

"저쪽은 최종적으로 승소할 법적 근거가 없잖아요."

"그거야 나도 알죠. 하지만 저쪽은 돈이 무한대인데 우리는 그렇지 않잖아요. 아마 소송을 여러 달 동안 끌고 갈 거예요. 여러 해가 걸릴 수도 있고요. 우리가 그만큼 버틸 수 없다는 게 문제죠."

"다음 작전은 뭐예요? 그 약속 장소에 갈 거예요?"

"그러고 싶지 않아요. 또 나를 매수하려 들 테고, 협박도 하겠죠. 고상한 방식으로. 아버지 문제만 아니라면 엿이나 먹으라고 해주고 싶어요. 아버지 집에 누군가가 벌써 두 번이나 침입했어요. 아버지는 너무 연로하셔서 버티시기 어렵고요."

"어르신은 공장에서 일어난 노동 쟁의도 걱정되실 거예요."

"그거야 당연하죠. 우리가 상업적인 규모로 장막을 생산한 바로 그 날부터 일이 시작됐으니, 그것도 저쪽 계획임이 분명해요. 그전까지 아버지 공장에는 한 번도 노사문제가 없었어요. 아버지는 늘 공장에 노조를 두셨고 직원을 가족처럼 대했거든요. 불안하실 만도 하죠. 나도 가는 곳마다 미행이 붙는 상황에 점점 지쳐가고 있어요. 긴장을 늦출 수가 없으니."

마틴이 담배 연기를 뿜었다. "나도 두어 주 동안 미행당하고 있어요."

"어떻게 그럴 수가! 마틴, 그 얘기를 듣고 결심했어요. 오늘 이 일을 끝장낼 거예요."

"팔아넘기려고요?"

"아니요." 더글러스는 책상으로 걸어가서 서랍을 열고 38구경 자동권총을 꺼내서는 주머니에 집어넣었다. 마틴이 작업대에서 뛰어내려 그에게 달려갔다. 그녀는 더글러스의 어깨를 두 손으로 붙들고 공포에 질린 표정으로 그를 노려보았다.

"더글러스!"

그가 부드럽게 대답했다. "네."

"더글러스, 무모한 짓 하지 말아요. 당신한테 무슨 일이라도 생기면…, 내가 정상적인 남자와 잘 지낼 수 없다는 건 당신도 잘 알잖아요."

더글러스가 그녀의 머리를 매만졌다. "요 몇 주간 내가 들은 말 중에 제일 마음에 드네요."

✷

더글러스는 오후 1시쯤 돌아왔다. 마틴은 엘리베이터에서 그를 맞이했다. "어떻게 됐어요?"

"똑같은 노래에 똑같은 춤이었어요. 내가 용감하게 약속을 내걸었지만 아무것도 달라지지 않았고요."

"협박하던가요?"

"대놓고 그러지는 않았어요. 얼마짜리 생명보험을 들어놓았느냐고 물어보더군요."

"그래서 뭐라고 했어요?"

"아무 말도 안 했어요. 손수건을 꺼내려고 손을 넣은 다음 총이 있다는 걸 보여줬죠. 그러면 그자들이 세워놓은 다음 계획을 변경할 거라고 생각했거든요. 그 뒤로는 대화가 실패로 끝났고 나는 나왔어요. '메리의 작은 양'은 평상시처럼 집까지 나를 따라왔고요."

"어제 미행했던 그 못생긴 깡패요?"

"그 사람 아니면 쌍둥이 형제겠죠. 그런데 생각해보니 쌍둥이는 아니겠어요. 그랬다면 태어날 때 서로 쳐다보고 놀라서 죽었을 테니까요."

"그거 맞는 말이네요. 점심은 먹었어요?"

"아직 안 먹었어요. 작업실 간이 식당으로 가서 뭘 좀 먹고 식품점에도 들르자고요. 걱정은 나중에 하고요."

간이 식당은 적막했다. 두 사람은 거의 이야기를 나누지 않았다. 마틴은 파란 눈으로 더글러스의 머리 위를 공허하게 쳐다보았다. 그녀는 두 잔째 커피를 마시다가 손을 뻗어서 그를 만졌다.

"더글러스, 옛 중국인들이 범죄자의 습격을 앞둔 젊은 여성에게 뭐라고 조언했는지 알아요?"

"아니요. 뭐라고 했어요?"

"딱 한 문장이에요. '힘을 빼라.' 우리도 그래야 해요."

"무슨 말인지 모르겠어요."

"찬찬히 설명해줄게요. 우리가 왜 공격을 받을까요?"

"적이 원하는 걸 갖고 있으니까요."

"완전히 틀렸어요. 그 사람들이 격리해두고 싶은 물건이 우리에게 있기 때문이에요. 다른 사람이 그걸 손에 넣는 게 싫어서 저러는 거예요. 그러니까 우리에게서 사버리든가, 아니면 우리가 겁을 먹고 포기하게 만들려는 거예요. 그게 안 통하면 더 강력한 수단을 동원하겠죠. 우리가 저들에게 위험한 존재고 저들이 우리를 위험에 빠뜨리는 건 우리에게 비밀이 있기 때문이에요. 그게 더 이상 비밀이 아니라면 무슨 일이 생길까요? 모든 사람이 그걸 알게 된다면요?"

"그놈들은 엄청난 고통에 시달리겠죠."

"맞아요. 그럼 어떻게 나올까요? 아무것도 안 할 거예요. 재벌들은 현실적이거든요. 우리를 괴롭혀도 자신의 지갑에 동전 하나 들어가지 않으면 그럴 이유가 없어요."

"그럼 어떻게 하자는 얘기예요?"

"비밀을 포기해요. 제작 원리를 온 세상에 알려요. 전력 장막과 빛의 장막을 원하는 사람이라면 누구든 생산하게 해요. 화합물의 열처리 과정은 아주 간단하니까, 우리가 방법만 알려주면 제조업에 종사하는 화학자 누구라도 똑같이 만들 수 있어요. 지금 쓰는 기계 설비 그대로 집 문 앞에 있는 재료를 가져다가 장막을 생산할 수 있는 공장은 최소한 천 곳이 넘을 거예요."

"하지만 세상에, 마틴. 그러면 우리는 버려질 텐데요."

"잃을 게 뭐 있겠어요? 그 비밀을 지키면서 번 돈이라고 해봐야 고작 몇천 달러밖에 안 돼요. 하지만 그 비밀을 세상에 풀어도 특허는 여전히 당신에게 있잖아요. 그리고 소액의 사용료를 받을 수 있어요. 물론 우리가 이겨서 손에 넣으려고 했던 돈에 비하면 사용료는 얼마 안 되죠. 하지만 생산된 장막 1제곱야드에 10센트를 받는다고 쳐봐요. 첫해에만 수백만 제곱야드가 생산될 거예요. 그러면 첫해에 수십만 달러를 벌 테고, 평생을 생각하면 큰돈이 모여요. 이 나라에서 가장 좋은 실험실을 차릴 수 있다고요."

더글러스는 냅킨을 탁자에 내던졌다. "당신 말이 맞아요."

"그리고 절대로 잊지 말아요. 이 나라를 위해서 당신이 할 일을. 남서부 지역 전역에 금세 공장들이 생길 거예요. 햇살이 비추는 곳이라면 어디든지요. 공짜 전기잖아요! 당신은 새로운 해방자가 될 테고요."

더글러스는 눈을 반짝거리면서 일어섰다. "합시다! 아버지께 말씀드리고 올 테니 30초만 기다려요. 그리고 나가서 해치웁시다."

2시간 뒤 전국의 신문사 사무실에 있는 텔레타이프가 그 이야기를 찍어내기 시작했다. 더글러스는 제작 과정의 기술적인 세부 사항을 기사 내용에 반드시 포함해야 배포를 허가하겠다고 조건을 붙여놓았다. 그와 마틴이 연합신문사 건물을 걸어 나올 때쯤 첫 번째 속보가 거리에 등장했다. '천재가 대중에게 공짜 전기를 주다.' 더글러스는 신문을 한 부 산 다음 자신을 미행하던 근육질 남성을 손짓해서 불렀다.

"이리 와, 친구. 이제 소화전 흉내는 그만 내도 되니까. 내 심부름이나 하나 해줘." 더글러스는 그 얼간이에게 신문을 건넸다. 미행자는 쉽사리 받으려 하지 않았다. 미행자는 오랜 세월 동안 비도덕적인 경력을 쌓으면서 그처럼 예의를 차리는 미행 대상을 본 적이 없었다. "이 신문을 두목에게 갖다주고 아치볼드 더글러스가 보내는 경고장이라고 전해. 그렇게 서서 노려보지 말고! 꺼져, 안 그러면 그 커다란 머리통을 박살 낼 테니까!"

더글러스는 미행자가 인파 속으로 사라지는 모습을 지켜보았다. 마틴이 더글러스의 손 안에 자기 손을 집어넣었다. "이제 기분이 좀 나아졌어요?"

"아주 많이요."

"걱정거리도 안 남았고요?"

"딱 하나 남았어요." 더글러스는 마틴의 어깨를 붙잡고 한 바퀴 돌았다. "당신하고 합의를 볼 문제가 있어요. 따라와요!" 그는 마틴의 손목을 쥐고 횡단보도로 끌어당겼다.

"뭐 하는 거예요! 이거 놔요!"

"싫어요. 저 건물 보여요? 법원이에요. 창문 너머로 보이는 곳에서 개 사육 허가증을 내주는데, 그 옆에 혼인신고서 발급처가 있어요."

"난 당신하고 결혼 안 해요!"

"잘도 안 하겠네. 내 실험실에서 열 번도 넘게 밤을 새웠잖아요. 내 평판이 떨어졌다고요. 그러니까 나를 정직한 사람으로 만들어줘야겠어요. 안 그러면 이 길거리에서 소리를 지를 거예요."

"이건 협박이잖아요!"

두 사람이 건물에 들어가는 동안 마틴은 계속 저항했다. 하지만 너무 심하게 저항하지는 않았다.

# 도로는 굴러가야 한다

The Roads Must Roll

배지훈 옮김

✦ 1940년 6월 〈어스타운딩 사이언스 픽션(Astounding Science Fiction)〉에 발표, 2016년 레트로 휴고상 수상

"누가 도로를 굴리는가!"

연단에 선 연설자가 가만히 서서 청중의 대답을 기다렸다. 불만스럽고 성난 중얼거림을 뚫고 여기저기서 외치는 대답이 들렸다.

"우리다!" "우리다!" "당연하지!"

"대중이 손쉽게 타는 동안 누가 '하층 내부'에서 더러운 일을 하는가!"

이번에는 한목소리로 외쳤다. "우리다!"

연설자는 흐름을 타고 마치 노도처럼 말을 쏟아냈다. 그는 청중 쪽으로 몸을 기대며 대답하는 사람 한 명 한 명과 눈을 맞추었다. "무엇이 사업을 돌아가게 하나? 길이다! 사람들이 먹는 음식은 누가 옮기나? 길이다! 출근은 어떻게 하나? 길이다! 무엇을 타고 퇴근해서 아내에게 가나? 길이다!" 그는 효과를 살리기 위해 잠시 멈추고 목소리를 낮췄다. "여러분이 길을 굴리지 않는다면 대중은 어떻게 될 것 같습니까? 모두 곤경에 빠질 거라는 것을 모든 사람이 알고 있습니다. 하지만 누가 고마워하던가요? 그럴 리가! 우리가 너무 많은 걸 바랐나요? 우리의 요구가 비이성적인가요? '원할 때 사직할 수 있는 권리.' 다른 직종에 있는 사람들에겐 모두 보장된 권리입니다. '공학자와 동일 임금을 달라.' 왜 안 되는 걸까요? 여기서 진짜 공학자가 누구란 말입니까? 웃기는 모자를 쓴 생도가 되어야 베어링을 닦고 회전자를 고칠 수 있단 걸까요? 누가 밥값을 하고 있나요. 조종실에 있는 '신사'분들? 아니면 '하층 내부'에 있는 여러분? 또 무엇을 요구했던가요. '공학자를 직접 선출할 수 있는 권리.' 대체 왜 안 된다는 걸까요? 우리 말고 누가 공학자를 고를 수 있겠습니까? 기술자들일까요? 아니면 '하층 내부'를 직접 본 적도 없고 회전자 베어링과 계자 코일도 구별 못 할 멍청한 이사회일까요?"

그는 말의 속도를 자연스럽게 바꾸고는 목소리를 더욱 낮췄다. "형제들이여, 교통위원회에 진정서를 넣는 헛짓거리는 그만두고 직접 행동에 나서야 할 때입니다. 놈들은 민주주의나 붙잡고 울라고 합시다. 모두 사기니까. 우리에겐 힘이 있고 우리야말로 중요합니다!"

연설자의 장광설이 계속되는 동안 대회장 뒤편에서 한 남자가 일어났다. 연설자가 잠시 멈춘 사이에 그가 발언했다. "의장 형제님." 남자가 천천히 말했다. "제가 한마디 해도 될까요?"

"발언하세요, 하비 형제."

"제가 물어보고 싶은 것은, 대체 목표가 뭐죠? 어느 기계공 조합보다 더 많은 시급을 받고 있고 완전 보험에 퇴직연금도 보장받고 있는 데다 귀머거리 될 일도 없이 안전한 근무 환경이잖아요." 하비는 쓰고 있던 소음방지 헬멧을 귀 뒤쪽으로 밀었다. 여전히 작업복을 입고 있는 걸 보니 근무시간을 마치고 바로 온 것 같았다. "물론 일을 그만두기 90일 전에 통고해야 하지만, 맙소사, 그건 입사할 때부터 알고 있었잖아요. 도로는 굴러가야만 해요. 어느 게으른 멍청이가 일에 질려 그만둘 때마다 멈출 수는 없단 말입니다.

그리고 지금 소피가…."

의사봉 두드리는 소리가 하비의 말허리를 잘랐다. 그래도 하비는 말을 이었다.

"죄송합니다. 소피 형제가 우리가 얼마나 강하며 어느 방향으로 가야 하는지를 말하고 있다는 건 알겠습니다. 맙소사! 물론 도로를 막아버리고 온 사회를 엉망으로 만들 수 있겠죠. 하지만 그건 나이트로글리세린을 가진 미친놈도 할 수 있는 짓입니다. 그런 짓을 하자고 기술자가 될 필요도 없어요.

우리만 중요한 사람들이 아니라는 얘기입니다. 우리의 직업이 중요하냐 하면, 맞아요. 중요하죠. 하지만 농부나 철강노동자, 아니면 다른 수십 개나 되는 기술자와 직업이 없다면 우리는 어떻게 되겠어요?"

혈색이 나쁘고 뻐드렁니에 키가 작은 남자가 끼어들었다. "잠시만요, 의장 형제님. 하비 형제님에게 질문이 하나 있습니다." 그는 하비를 돌아보며 비열한 목소리로 물었다. "지금 조합을 위해 말하는 건가요, 형제님, 아니면 당신 자신을 위해 말하는 건가요? 아마도 조합에 대한 믿음이 없나 보죠? 설마 당신…." 그는 말을 멈추고 눈을 가늘게 뜨며 하비의 여윈 몸을 위아래로 훑어보며 말했다. "프락치 아니야?"

하비는 음식 접시에서 오물을 발견한 듯한 눈빛으로 질문자를 바라봤다. "제길." 그가 말했다. "당신이 작지만 않았으면 당신 이빨을 뽑아 목구멍에 쑤셔 넣어버렸을 텐데. 난 조합 창설 때부터 있었소. 1976년 파업에도 참여했단 말이오. 1976년도에 당신은 어딨었지? 밀고자랑 같이 있었나?"

의장이 의사봉을 두드렸다. "거기까지만 합시다." 그가 말했다. "우리 노조의 역사를 아는 사람이라면 하비 형제의 충정을 의심하는 사람은 아무도 없을 거라고 믿습니다. 일정대로 계속 가겠습니다." 그는 목청을 가다듬었다. "우리는 보통 외부인에게 연단을 열어주지 않습니다. 여러분 중에는 우리 위에 서 있는 공학자를 싫어한다고 말하는 사람이 있을 겁니다. 하지만 과중한 업무에서 해방될 때마다 우리에게 시간을 내주는 이 한 분의 공학자 말은 모두 듣고 싶어 할 겁니다. 그건 아마 이분도 우리처럼 손을 더럽히며 일하기 때문이겠죠. 여하튼 소개해드립니다, 쇼티

반 클릭 씨입니다….”

외치는 소리가 들려왔다. “반 클릭 형제라고 부르시오!”

“알겠습니다, 반 클릭 형제. 우리 로드시티의 부공학국장이십니다.”

“감사합니다, 의장 형제님.” 초빙 연설자는 대중의 인정이 기뻤는지 크게 웃으면서 연단을 향해 힘차게 나아갔다. “감사합니다, 형제 여러분. 아마 의장님 말씀이 옳을 겁니다. 저는 언제나 바로 이곳 새크라멘토 구역의 조합회관이 어느 조합회관, 아니 어느 공학자 클럽하우스보다도 훨씬 편안하게 느껴지니까요. 저 애송이 공학자 생도 놈들은 정말 거슬린단 말입니다. 아마도 그럴싸한 기술 연구소에 갔어야 했나 봅니다. 그랬다면 소위 적절한 관점을 가졌을 테니까요. 여러분처럼 ‘하층 내부’에서 본 관점이 아니라요.

지금 여러분들이 교통위원회에 제출한 요구가 묵살당한 건에 대해서 말인데요, 자유롭게 말해도 될까요?”

“당연하지, 쇼티!” “우릴 믿어도 돼요.”

“글쎄요, 이런 말 하면 안 되는 건데, 여러분이 어떻게 느끼는지 저는 충분히 이해가 됩니다. 이제 도로는 거대한 산업이고 여러분이 바로 이 도로를 굴리는 장본인이죠. 여러분의 의견이 반영되어야 하는 것은 당연한 자연의 이치입니다. 아마 정치인조차도 그걸 알아볼 정도의 머리는 있을 것이라 말하는 사람도 있을 겁니다. 가끔은 밤중에 갑자기 깨서 왜 우리 기술자가 모든 것을 접수하면 안 되는지….”

*

“사모님이 전화하셨습니다, 게인즈 국장님.”

“연결하게.” 래리 게인즈가 수화기를 들고 화면으로 몸을 틀었다. “그래요, 여보. 약속했다는 건 알아요. 하지만…, 당신이 완벽하게 옳다니까요! 여보. 하지만 워싱턴에서 특별히 블레킨솝 씨에게 무엇이든 보여드리라고 했단 말이에요. 그가 오늘 도착한다는 건 몰랐어요…. 안 돼요,

부하에게 넘길 수는 없어요. 그러면 의전에 어긋나요. 그분은 호주 교통부 장관이에요. 말했잖아요…. 알았어요, 여보. 예의가 집에서 시작되는 걸 알아요. 하지만 도로는 굴러가야 하잖아요. 이게 내 일이에요. 나랑 결혼할 때 이미 알았잖아요. 그리고 이것도 내 일의 일부분…. 그렇지. 아침은 확실히 같이할 수 있을 거예요. 아예 말이 나온 김에 아침 식사를 주문해두는 게 어때요. 소풍을 갑시다. 베이커스 필드에서 만나요. 항상 가던 곳에서. 잘 자요, 여보. 우리 아들에게도 굿나잇 키스 전해주고."

화면에서 아름답지만 화가 난 아내의 얼굴이 사라지자 게인즈는 수화기를 책상에 내려놓았다. 젊은 여성이 사무실로 들어왔다. 문이 열리자 명패가 보였다. '디에고-리노 로드시티 공학국장 래리 게인즈'라고 적혀 있었다. 그는 피곤한 눈으로 여성을 바라보았다.

"아, 자네였군. 공학자랑은 결혼하지 말게, 돌로레스. 화가랑 결혼해. 그 사람들은 집에 있는 시간이 많을 테니."

"네, 게인즈 국장님. 블레킨숍 장관님이 오셨습니다."

"벌써? 이렇게 일찍 올 줄은 몰랐는데. 호주에서 온 배가 미리 좌초된 게 틀림없군."

"맞습니다, 게인즈 국장님."

"돌로레스, 감정이라는 걸 가져본 적 있나?"

"네, 게인즈 국장님."

"흠, 이건 정말 대단하군. 하지만 자네는 절대 실수를 안 하니까. 블레킨숍 장관님을 들여보내줘."

"알겠습니다, 게인즈 국장님."

게인즈는 방문자를 맞이하기 위해 자리에서 일어났다. 악수를 하고 정식 응대를 하면서 별로 눈에 띄는 구석은 없는 작은 남자라고 생각했다. 접힌 우산과 중절모는 과하게 말쑥했다. 호주 억양에서 생략된 발음과 입술을 벌리면서 생기는 콧소리를 옥스퍼드 악센트가 가려주고 있었다.

"만나서 반갑습니다, 블레킨숍 장관님. 여기서 머무시는 동안 즐거운 경험이 되셨으면 좋겠군요."

작은 남자는 웃었다. "그럴 거라 믿습니다. 이 멋진 나라에 방문하는 것은 처음이니까요. 벌써 집처럼 편안하군요. 유칼립투스 나무도 있고요. 마치 브라운힐…."

"하지만 주로 일 문제로 방문하신 거죠?"

"네, 맞습니다. 제 주요 목적은 미국의 로드시티를 연구한 다음 놀라운 미국의 방법론을 호주의 사회문제 해결에 적용할 수 있을지 우리 정부에 조언하는 겁니다. 제가 왜 국장님을 방문했는지를 이미 알고 계시리라 이해했는데요."

"네, 알고 있었습니다, 대략적으로는 말이죠. 장관님께서 무엇을 보려고 오셨는지는 몰랐고요. 장관님은 우리 로드시티가 어떻게 만들어졌고 어떻게 운용되는지 보려고 오신 거군요."

"사실 미리 읽어보기는 했습니다. 하지만 저는 기술자가 아니에요, 게인즈 국장님. 공학자도 아니죠. 제 전공은 사회학과 정치학입니다. 저는 이 놀라운 기술적 전환이 국민에 어떤 영향을 끼쳤는가를 보고 싶습니다. 제가 완전히 무지하다고 생각하고 도로에 대해 말씀해주시면 될 것 같군요. 그러고 나면 제가 질문을 하죠."

"실용적인 계획 같군요. 그나저나, 일행은 몇 명이나 되시죠?"

"저 혼자뿐입니다. 비서는 워싱턴으로 보냈죠."

"알겠습니다." 게인즈는 손목시계를 보았다. "거의 저녁 시간이 다 되어가는군요. 스톡턴 노선으로 가서 저녁을 하는 게 좋겠습니다. 거기 단골 중국식당이 있거든요. 아마 1시간 정도 걸릴 텐데 가면서 어떻게 운용하는지 보여드리면 되겠군요."

"아주 좋습니다."

게인즈가 책상의 버튼을 누르자 반대편 벽에 있는 커다란 화면에 그림이 나타났다. 화면 너머에 각진 인상의 젊은 남자가 반원형 조종 탁자에 앉아 있는 모습이 나왔다. 뒤에는 복잡한 계기가 보였다. 남자는 입가에 담배를 물고 있었다.

젊은 남자가 게인즈를 보더니 웃으면서 화면 너머로 손인사를 했다.

"반가움과 경의를 표합니다, 국장님. 무엇을 도와드릴까요?"

"안녕, 데이비슨. 자네 저녁 당직이지? 지금 저녁 먹으러 스톡턴 구역에 갈 예정이야. 반 클릭은 어딨나?"

"어디 집회에 갔다던데요. 어딘지 말은 안 했습니다."

"보고할 것은 있나?"

"없습니다. 도로도 잘 굴러가고 그 위에 타고 있는 사람들은 집에 밥 먹으러 가고 있습니다."

"알았어, 계속 굴리도록."

"계속 굴러갑니다, 국장님."

게인즈는 연결을 끊고 블레킨숍을 돌아봤다. "반 클릭은 제 주임 부관입니다. 정치보다는 도로에 시간을 좀 쏟았으면 좋겠는데 말입니다. 데이비슨이 일을 잘 처리할 테니 상관없겠죠. 가실까요?"

두 사람은 전기 계단을 타고 내려가, 시속 10킬로미터의 속도로 운행하는 북행 노선을 탈 수 있는 통로에 이르렀다. 그리고 '남쪽 도로행 구름다리'라고 적혀 있는 계단을 돌아서 가장 먼저 보이는 노선 끄트머리에서 정지했다. "컨베이어 노선을 타본 적 있으신가요?" 게인즈가 물었다. "꽤 간단합니다. 타실 때 움직이는 방향을 마주 봐야 한다는 것만 기억하시면 됩니다."

두 사람은 퇴근하는 사람들을 뚫고 노선에서 노선으로 옮겨 탔다. 시속 30킬로미터 노선의 한가운데에 내려가자 열린 지붕에 거의 닿을 정도로 큰 유리 칸막이가 있었다. 블레킨숍 장관은 눈썹을 치키며 무엇인지 궁금한 표정을 지었다.

"아, 저거요?" 게인즈가 패널 문을 열고 손님을 들여보낸 다음 묻지 않은 질문에 답했다. "바람막이입니다. 다른 속도로 움직이는 노선의 공기 흐름을 막아줄 무언가가 없다면 시속 160킬로미터 노선에 탔을 시점엔 아마 바람 때문에 우리 옷이 모두 찢기고 말 테니까요." 게인즈는 도로 표면에서 휘몰아치는 공기 흐름과 군중의 소음, 움직이는 노선 밑에 숨어서 작동하고 있는 기계 장치의 낮은 소리를 뚫고 블레킨숍 쪽으로 고개를 숙여 말했다. 도로 중간으로 진입하면서 소음이 뒤섞인 탓에 더 이상의 대화는 불가능했다. 60, 100 그리고 시속 130킬로미터 노선을 통과하며 세 개의 바람막이를 지나고 나서야 두 사람은 최고 속도 노선인 시속 160킬로미터 노선에 도달할 수 있었다.

블레킨숍은 통로에 6미터 너비의 또 다른 칸막이가 있는 걸 발견했다. 바로 건너편에는 진열장이 보였다.

제이크의 스테이크하우스 4호점

가장 빠른 도로 위의 가장 빠른 식사!

"달리면서 식사하면 몇 킬로미터가 지나갑니다!"

"놀랍군요!" 블레킨숍이 말했다. "마치 전차에서 식사하는 것 같겠군요. 정말 제대로 된 레스토랑인가요?"

"최고의 레스토랑이죠. 고급은 아니지만 제대로입니다."

"아, 제 말은, 우리 여기서…."

게인즈가 웃었다. "여기서 드셔보고 싶은 거군요, 장관님."

"국장님 계획을 망칠 생각은 없습니다만…."

"괜찮습니다. 저도 배고픈 참이었으니까요. 또 스톡턴은 1시간이나 떨어져 있는 걸요. 들어갑시다."

게인즈는 지배인을 마치 오랜 친구처럼 대했다. "안녕하세요, 매코이 부인. 오늘 밤은 어떤가요?"

"국장님 아니세요! 정말 오래간만에 얼굴을 비춰주시네요." 매코이 부인은 퇴근하며 저녁 식사를 하는 사람들에게서 조금 떨어진 부스로 두 사람을 안내했다. "두 분께서는 식사하시겠죠?"

"네, 매코이 부인. 주문은 하겠는데 스테이크는 꼭 포함해주세요."

"5센티미터 두께, 행복하게 죽은 수송아지요." 매코이 부인은 뚱뚱한 몸매였지만 놀라울 정도로 우아한 걸음걸이로 멀어져 갔다.

공학국장에게 전화가 필요할 것이라고 현명하게 예측한 매코이 부인은 휴대용 전화를 테이블에 놓고 갔다. 게인즈는 부스 옆에 있는 통신 잭을 전화에 연결한 후 다이얼을 돌렸다. "여보세요, 데이비슨? 국장일세. 지금 저녁 먹으러 제이크의 식당 4호점에 있네. 나에게 연락하려면 10-L-6-6으로 연락하면 될 거야."

수화기를 놓자 블레킨숍이 예의 바르게 물었다. "이렇게 항상 연락이 닿아야 하나요?"

"꼭 필요한 것은 아닙니다." 게인즈가 말했다. "하지만 연락이 되는 편이 제 마음이 편해서요. 당직 공학자가, 지금은 데이비슨이겠군요, 선임 공학자인 반 클릭이나 저, 둘 중의 한 명에게는 즉시 연락할 수 있어야 합니다. 진짜 비상사태가 일어나면 당연히 제가 그곳에 가야 하니까요."

"진짜 비상사태란 뭘 말하는 거죠?"

"기본적으로 두 가지가 있습니다. 차축에 공급되는 동력이 끊겨서 도로가 정지하는 바람에 160킬로미터에 걸쳐 수백만 명의 사람들 발을 묶어놓는 상황이 있겠군요. 만약 러시아워 중에 그런 일이 일어난다면 도로에 있는 수백만 명의 사람들을 대피시켜야 합니다…. 쉬운 일이 아니죠."

"수백만 명이라고 하셨는데, 그렇게나 많습니까?"

"네, 그렇습니다. 천2백만 명이나 되는 사람들이 인접한 건물에서 생활하고 일하며 의존하고 있습니다. 각각 10킬로미터 범위 지역에 말이죠."

✳

동력의 시대는 교통의 시대로 거의 눈치채지도 못하는 사이에 변해갔지만 두 개의 획기적인 사건만은 돋보였다. 바로 저렴한 태양광 발전 개발과 최초의 기계 도로 설치였다. 드물게 상식적이 될 때만 제외하고는

20세기 전반 미국은 발전 원료인 석유와 석탄을 부끄러울 정도로 낭비했다. 동시에 말 없는 마차에서 초라한 시작을 한 자동차는 백 마력이 넘는 강철 몸체의 괴물로 성장해 시속 160킬로미터를 능가하는 속도로 달릴 수 있었다. 시골 지역에서 자동차들은 마치 발효된 효모처럼 들끓었다. 1955년에는 미국인 두 명 중 한 명이 자동차를 소유할 것이라는 추산이 있었다.

하지만 자동차는 파괴의 씨앗을 안에 품고 있었다. 불완전한 인간이 조종하는 강철 괴물 8백만 대가 고속으로 움직인다는 것은 전쟁보다 파괴적인 결과를 낳았다. 기준 연도 동안 자동차 소유자가 내야 하는 강제 의무 보험료와 재산 손괴 보험료의 총합이 그해 자동차 구매 비용 전체를 초과하게 되었다. 안전 운전 캠페인은 항상 진행중이었지만, 벽에서 떨어져 부서진 험프티 덤프티를 다시 붙여보려는 것처럼 현실성 없는 시도에 불과했다. 그렇게 붐비는 대도시에서 안전하게 운전한다는 것은 물리적으로 불가능했다. 냉소적인 사람들은 보행자를 두 가지로 분류했다. 재빠른 자 그리고 죽은 자.

보행자란 주차 공간을 찾아낸 사람으로 정의될 수도 있었다. 자동차 덕에 거대한 도시의 형성이 가능해졌지만 바로 그 숫자로 인해서 도시는 질식해 죽어가고 있었다. 1900년 허버트 조지 웰스는 도시 규모의 포화도를 교통 시설을 이용해 수학적으로 예측 가능하다고 연구한 바 있었다. 속도라는 관점만으로 보면 자동차 덕에 도시는 지름 320킬로미터라는 크기로 성장할 수 있지만 강력한 동력의 개인 차량이 가진 불가피하고 근본적인 위험성 때문에 이러한 가능성은 사라졌다.

1955년 로스앤젤레스에서 시카고로 가는 66번 연방 고속도로, 일명 '미국의 메인 스트리트'가 최저 속도 백 킬로미터인 자동차를 위한 초고속도로로 변모했다. 중공업을 부흥시키기 위한 공공사업으로 기획되었지만 초고속도로는 뜻하지 않은 효과를 낳았다. 시카고와 세인트루이스라는 대도시가 서로를 향해 촉수를 뻗쳐 일리노이주 블루밍턴에서 만난 것이었다. 두 개의 부모 도시 인구는 실질적으로 줄어들었다.

같은 해 샌프란시스코는 낡은 전차를 더글러스 마틴 태양광 발전기로 동력을 얻는 이동 계단으로 교체했다. 그해 역사상 가장 많은 자동차 면허가 발행되었지만 자동차의 시대도 끝을 보이기 시작했다.

1957년 국가 방위 법안에는 적절한 경고가 담겨 있었다. 통과 당시 위원회에서 가장 치열한 논쟁을 거친 이 법안은 전쟁에 있어서 석유를 가장 중요하며 제한할 물질로 규정했다. 이미 채취되었든 그렇지 않든 모든 석유는 일단 군대에 가장 먼저 배정되었고 8백만여 대의 민간 차량은 비싸고 부족한 배급 석유에 기대야 했다. 제2차 세계대전에 시작된 이 '임시 조치'는 영구히 계속되었다.

그 시대의 초고속도로를 생각해보자. 그 전체에 걸쳐 있는 도심을. 거기에 샌프란시스코 언덕의 기계화된 거리를 더하자. 그리고 즉각적인 휘발유 부족 사태로 인해 부글부글 끓도록 한다. 마무리로 양키의 창의력을 뿌리면 완성. 그렇게 1960년 신시내티와 클리블랜드 사이에 최초의 기계화 도로가 개통되었다.

그 도로는 예상할 수 있다시피 십수 년 전에 만들어진 광물 벨트 컨베이어를 기초로 하여 비교적 원시적으로 설계되었다. 가장 빠른 노선이 겨우 시속 50킬로미터밖에 내지 못했고, 꽤 좁아서 노선 위에 소매점을 놓을 가능성조차 생각하지 못했다. 그러나 어쨌든 이는 이후 20년간 미국 사회를 지배할 사회 양식의 원형이 되었다. 농촌과 도시가 모두 동등하게 참여해서 만들어진 빠르고 싸며 안전하고 편리한 교통에 기반을 둔, 하지만 농촌도 아니고 도시도 아닌 사회 양식이었다.

지붕에 태양광 발전 스크린이 달린 낮고 넓은 공장이 마찬가지로 태양에서 동력을 얻는 도로의 양열을 뒤덮었다. 그 공장 뒤와 사이사이에는 상업 호텔과 상가, 극장, 아파트가 들어섰다. 이 길고 얇고 좁은 지대 너머에는 탁 트인 시골이 있었고 인구의 상당수가 그곳에 살았다. 집들은 언덕과 샛강변과 농장 사이에 점점이 위치했다. 그들은 '도시'에서 일했지만 '시골'에 살고 있었고 그 사이를 오가는 데 10여 분밖에 걸리지 않게 되었다.

*

매코이 부인이 국장 일행에게 식사를 직접 대접했다. 두 사람은 훌륭한 스테이크가 나오자 대화를 멈췄다.

1천 킬로미터 길이의 상하행 노선을 책임지는 당직 지역 공학자는 소구역 기술자로부터 시간별 보고를 받고 있었다. "소구역 1번, 이상 무!" "소구역 2번, 이상 무!" 장력계 수치, 전압, 부하량, 베어링 온도, 동기 회전 속도계 수치…. "소구역 7번, 이상 무!" 작업복을 입은 억세고 능력 있는 남자들은 수백 킬로미터에 달하는 노선 아래의 '하층 내부'에서 돌아가는 회전자의 날카로운 소리와 연결 권축의 툴툴대는 소리 사이에서 저감되지 않은 소음을 들으며 인생 대부분을 보내고 있었다.

데이비슨은 프레즈노 구역 주조종실에 펼쳐져 있는 도로의 작동형 모형을 살펴보았다. 그는 거의 알아볼 수 없을 정도로 기어 다니듯이 움직이고 있는 160킬로미터 노선 모형을 살펴보며 무의식적으로 제이크의 스테이크하우스 4호점 위치와 국장이 말한 임시 번호를 외워뒀다. 국장은 곧 스톡턴에 도착할 것이었고 시간별 보고가 들어온 후 전화를 하면 됐다. 당직이 끝나기 전에 졸음이 쏟아질 것 같았다. 그는 당직 공학자 생도 쪽을 바라보았다. "반스 군."

"네."

"커피를 마시는 게 좋을 것 같군."

"좋은 생각입니다. 시간별 보고가 들어오는 대로 주문하겠습니다."

조종판 시계의 분침이 12를 가리켰다. 당직 생도 장교가 스위치를 넣었다. "전 구역 보고하라!" 그가 힘차면서도 어딘지 수줍음이 있는 말투로 말했다.

화면에 두 명의 남자가 나타났다. 젊은 쪽이 감독을 받는 듯한 분위기로 말했다. “디에고 서클, 굴러갑니다!”

화면이 바뀌고 다른 두 명이 나타났다. “엔젤레스 구역, 굴러갑니다!”

그러곤. “베이커스 필드 구역, 굴러갑니다!”

그리고. “프레즈노 구역, 굴러갑니다!”

마지막으로 르노 서클이 보고를 하자 생도가 데이비슨을 보고 보고했다. “정상적으로 굴러가고 있습니다.”

“좋군. 계속 굴리도록!”

화면이 다시 한 번 켜졌다. “새크라멘토 구역, 보충보고.”

“보고하라.”

“구역 공학자 생도로서 시찰하고 있던 건터 생도의 보고입니다. 소구역 기술자로 당직 중이던 알렉 진스 생도와 같은 구역에서 당직 중이던 2등 기술자 R. J. 로스가 카드게임을 하고 있던 현장을 적발했습니다. 두 사람이 소구역 순찰을 게을리한 시간이 얼마나 되는지는 정확히 알 방법이 없습니다.”

“피해는?”

“회전자 한 개의 온도가 올라갔지만, 여전히 동기화 중이었습니다. 모두 빼내서 교체했습니다.”

“좋아. 회계주임더러 로스의 근무시간을 다른 사람으로 채우라고 한 다음 민간 경찰에게 넘겨. 진스 생도는 체포한 다음 나에게 데려오도록.”

“알겠습니다.”

“계속 굴려!”

데이비슨은 조종 탁자로 돌아가 게인즈 공학국장의 임시 번호로 전화를 걸었다.

“도로에 일어날 수 있는 대형 문제가 두 가지가 있을 수 있다고 말씀하셨는데요. 게인즈 국장님, 그런데 회전자의 동력전달 실패만 말씀하셨군요.”

게인즈는 대답하기 전에 잘 안 잡히는 샐러드 조각을 포크로 쫓았다.

"사실 두 번째 대형 문제는 존재하지 않는다고 봐야 합니다. 그럴 일은 없을 테니까요. 하지만 지금 우리는 시속 160킬로미터의 속도로 여행하고 있죠. 이 노선이 고장 나면 어떻게 될지 상상이 가시나요?"

블레킨숍은 불편한 듯 의자에서 자세를 고쳤다. "흠, 불편한 생각이군요. 안 그래요? 제 말은 지금 고속으로 움직이고 있다는 것을 거의 느끼지도 못하는 아늑한 실내에서는 말입니다. 무슨 결과가 벌어질까요?"

"걱정하지는 마세요. 노선은 부서지지 않습니다. 도로는 중첩된 구역 위에 있고 안전도가 12분의 1을 넘게 되어 있으니까요. 위급상황에선 수 킬로미터에 걸쳐 있는 회전자들이 동시에 꺼지고 나머지 노선이 부서질 만큼 충분한 장력이 전해지기 전에 다른 선로의 회로 차단기가 멈춥니다.

딱 한 번 노선이 부서진 적이 있긴 합니다. 필라델피아-저지시티 도로였죠. 우리는 그 일을 잊지 못합니다. 초기에 만들어진 곳이었고 엄청난 수의 승객수와 함께 중량급 화물도 싣고 있었죠. 매우 산업화한 지역이었으니까요. 그 노선은 그저 컨베이어 벨트보다 조금 나은 것일 뿐이었습니다. 중량을 얼마나 싣고 다니게 될지 아무도 예측을 하지 않았죠. 당연한 얘기지만 사건이 일어났을 때는 최대 중량이 실려 있었고 사람으로 붐비고 있었습니다. 노선이 몇 킬로미터나 부분적으로 부서져서 벗어났고 승객들은 시속 130킬로미터의 속도로 천장에 부딪혔습니다. 구역 제동기의 전방이 마치 채찍처럼 찢어졌어요. 승객들이 느린 노선으로 흘러넘쳐 하측 내부에 있는 노출된 권축과 회전자로 떨어지곤 다시 천장으로 내팽개쳐졌죠.

그 사건 하나로 3천 명이 넘는 사람들이 죽었습니다. 그리고 도로를 없애자는 운동이 일어났죠. 사실 대통령 명령으로 1주일 동안 운행 중단까지 갔습니다. 하지만 결국 어쩔 수 없이 다시 재가동해야 했습니다. 다른 대안이 없었으니까요."

"진짜요? 이유가 뭐죠?"

"시골 지역이 도로에 경제적으로 의존하고 있었기 때문이죠. 산업 지역 교통에서 도로는 주요 교통수단이었고 경제적 중요성으로 보자면 사실상 유일한 수단이었죠. 공장이 문을 닫고 식료품 운반도 멈췄습니다. 사람들이 굶주리게 되자 대통령은 어쩔 수 없이 도로를 다시 굴리게 했죠. 할 수 있는 일은 그것밖에 없었던 겁니다. 사회 방식이 한 가지 형태로 결정된 상태에서 하룻밤 새에 그걸 바꿀 수는 없었던 거죠. 산업화한 대규모 인구에는 대규모 교통수단이 반드시 필요했어요. 사람들을 위해서만이 아니라 상업을 위해서도요."

블레킨숍은 냅킨으로 입을 닦고는 다소 자신 없는 목소리로 말했다. "게인즈 국장님, 당신네 위대한 국민의 독창적인 해결책을 비하하려는 의도는 없습니다만, 한 가지 기계의 기능에 모든 경제가 의존하게 되다니 한 군데에다 너무 많은 것을 투자한 것은 아닐까요?"

게인즈는 이를 냉정하게 판단했다. "무슨 말씀을 하시는지는 알겠습니다. 맞기도 하고 틀리기도 한 얘기군요. 원시촌락을 벗어난 모든 문명은 어떤 주요 기계에 의존해왔습니다. 옛날 미국 남부는 목화에서 씨를 분리하는 조면기에 기반을 두었죠. 대영제국은 증기기관 덕에 존재할 수 있었습니다. 거대 인구에는 동력을 만들며 교통을 담당하고 생산을 하는 기계가 있어야만 합니다. 기계가 없었다면 거대 인구는 결코 성장하지 못했을 겁니다. 그건 기계의 잘못이 아니라 기계의 미덕인 겁니다.

기계류를 개발하여 거대 인구의 높은 생활 수준을 부양하는 시점에 이르게 되면 이 기계를 계속 돌려야만 합니다. 안 그러면 치명적인 결과를 낳게 되는 것도 사실입니다. 하지만 진짜 장애는 기계가 아니에요. 기계를 돌리는 사람이죠. 이 도로는 기계로서 괜찮습니다. 튼튼하고 안전하며 설계된 대로 움직여주죠. 그래요. 기계가 문제가 아니에요. 사람이 문제입니다.

모든 인구가 하나의 기계에 의존하게 된다면 그 기계를 다루는 사람의 포로가 되는 겁니다. 사람들의 의욕이 높고 의무감이 강하다면…."

레스토랑 앞쪽에 있던 사람이 라디오의 볼륨을 높였고 커다란 음악

소리에 게인즈의 말이 묻혀버렸다. 소리가 다시 거의 들릴락 말락 한 정도로 낮춰지자 그가 말했다.

"저걸 보세요. 바로 저게 제가 말하고자 하는 것을 보여주는군요."

블레킨숍이 음악에 귀를 기울였다. 귀에 잘 들어오는 리듬의 행진곡을 현대적으로 편곡한 곡이었다. 어떤 사람 귀에는 반복적으로 덜컥거리는 기계 울음소리로 들렸을 것이었다. 호주인의 얼굴에 음악이 뭔지 알아들었다는 즐거운 미소가 피어올랐다. "당신네 야전 포병 군가인 〈탄약통을 굴려라〉가 아닌가요. 하지만 저는 무슨 연관인지는 잘 모르겠네요."

"맞습니다, 이건 〈탄약통을 굴려라〉였죠, 과거에는요. 이 노래는 우리 목적에 맞도록 개사한 겁니다. 지금은 〈교통 생도의 행군가〉라고 부릅니다. 기다려보시죠."

행진곡의 끈질긴 울림이 계속되었고 도로 아래에서 오는 진동과 섞여 마치 팀파니 연주처럼 느껴졌다.

저들의 얘기를 들어라!
저들이 달리는 걸 보아라!
오, 우리 일은 끝이 없다네.
우리 도로는 굴러야 하니까!
당신이 타는 동안
당신이 미끄러지는 동안
우리는 '하측 내부'를 돌보지.
도로가 계속 굴러가도록!

아, 하이! 하이! 히!
우리는 회전자 기술자
구역을 힘차게 점검하지 (대화투로) 하나! 둘! 셋!
어디에 가든

알아야만 해
당신의 도로도 같이 굴러간다!
(외침) 계속 굴려라!
당신의 도로도 같이 굴러간다!

"아시겠습니까?" 게인즈가 목소리에 좀 더 활기를 담아 말했다. "아시겠죠? 저게 바로 미국 교통사관학교의 진정한 목적인 겁니다. 교통 공학자가 강력한 규율을 가진 준 군사직인 이유죠. 우리가 바로 모든 산업과 경제 활동의 병목이고, 필수조건인 겁니다. 다른 산업이 파업을 하게 되면 일시적이고 부분적인 실업이 일어납니다. 농작물은 흉작이 일어날 수도 있고 불경기가 일어날 수도 있겠죠. 하지만 도로가 굴러가기를 멈추면 모든 것이 멈추게 됩니다. 총파업과도 같은 효과가 일어나겠죠. 아주 중요한 차이점이 있겠지만요. 총파업에는 인구 대부분이 필요하죠. 해고를 당하고 억울한 심정을 가진 사람들이 있어야 총파업이 가능합니다. 하지만 도로를 운영하는 사람들은 얼마 되지 않음에도 똑같은 완전 마비를 일으킬 수 있습니다.

그런 도로 파업이 있었던 적 있습니다. 1976년이었죠. 제 생각에 정당한 파업이었습니다. 덕분에 직장 내 비리를 제대로 척결할 수 있었죠. 그래도 다시는 일어나서는 안 될 일입니다."

"그런 일이 다시 일어나지 않는 이유가 뭐죠, 게인즈 국장님?"

"사기(士氣)죠. 단결심 말입니다. 도로국 기술자들은 자신의 직업이 성스러운 소임이라는 것을 끊임없이 주입받습니다. 사회적 지위를 올려주기 위한 일을 모두 하고 난 다음의 일이긴 하죠. 하지만 더욱 중요한 것은 사관학교입니다. 우리는 졸업한 공학자에게도 같은 충성심을 심어주도록 애씁니다. 똑같이 강철 같은 자기 규율과 어떤 대가를 치르고서라도 사회에 봉사하겠다는 결단력을요. 바로 아나폴리스와 웨스트포인트와 고다드에서 졸업생에게 성공적으로 심어주었던 바로 그것 말이죠."

"고다드요? 아, 네. 로켓 발사장 말이군요. 그리고 지금까지 성공적이었다고 생각하시는 거겠죠?"

"아마 완전한 성공은 아닙니다만 앞으로 그리될 겁니다. 전통을 만들어가는 데는 시간이 걸리니까요. 십 대에 사관학교를 들어간 생도들이 이제 성인이니 해결된 문제라고 봐도 될 것 같군요."

"국장님도 졸업생이시겠죠?"

게인즈가 웃었다. "그런 말씀 들어 기쁘군요. 제가 꽤 젊어 보이나요. 아닙니다. 저는 육군에서 전속해 왔습니다. 1976년 파업 이후 국방성이 석 달간 도로를 운영하면서 조직을 재정비했습니다. 저는 당시 조정위원회에서 임금 인상과 노동 환경을 조종하는 일을 했습니다. 당시 저는…."

휴대용 전화기 신호등에 빨간 불빛이 들어왔다. 게인즈가 말했다. "잠시 실례하겠습니다." 그가 수화기를 들었다. "네?"

블레킨솝은 반대편 통화자의 목소리를 엿들을 수 있었다. "데이비슨입니다, 국장님. 도로는 굴러가고 있습니다."

"좋네. 계속 굴리도록!"

"새크라멘토 구역에서 문제 보고가 또 있었습니다."

"또? 이번엔 뭔가?"

데이비슨이 대답하기도 전에 통화가 끊겼다. 게인즈가 다시 전화를 걸려고 하는데 반쯤 찬 커피 컵이 그의 무릎 위로 엎질러졌다. 블레킨솝은 테이블 끄트머리로 부딪치면서 도로에서 나는 낮은 웅웅 소리가 변화했다는 것을 느낄 수 있었다.

"무슨 일이죠, 게인즈 국장님?"

"모르겠습니다. 비상 정지군요. 이유는 신만이 아시겠죠." 게인즈는 맹렬하게 전화를 걸었다. 잠시 후 전화를 끊고 수화기를 걸이에 다시 올리지 않고 내려버렸다. "전화가 끊겼군요. 갑시다! 아니, 장관님은 여기 계시는 게 안전하겠군요. 기다리세요."

"꼭 그래야 합니까?"

"글쎄요, 그럼 따라오십시오. 바짝 붙어 계시고요." 게인즈는 돌아서며 호주 내각 장관에 대한 생각을 머리에서 없애려고 했다. 노선이 천천히 정지하고 있었고 거대한 회전자와 무수한 권축이 마치 관성 바퀴처럼 작동하여 급정지의 재난을 막아주고 있었다. 이미 통근자 중에서는 저녁 식사를 멈추고 레스토랑 문으로 뛰쳐나가려고 하는 사람이 있었다.

"모두 멈추세요!"

복종을 받는 데 익숙한 사람이 내리는 명령에는 복종심이 들게 하는 무언가 특별한 것이 있었다. 말투 때문인지 아니면 사나운 맹수를 길들이는 동물 조련사와 같은 신비한 힘 때문인지 알 수 없었다. 하지만 그 힘은 존재했고 복종에 익숙하지 않은 사람에게도 강제력을 행사할 수 있었다.

통근자들은 그 자리에서 멈췄다.

게인즈가 계속했다. "대피 준비가 될 때까지 레스토랑 안에서 머무십시오. 나는 공학국장입니다. 이곳에는 아무 위험도 없습니다. 거기 당신!" 그는 문 근처에 있는 덩치 큰 사람을 가리켰다. "당신을 지금 대리로 임명합니다. 적절한 권한을 가진 사람이 아니면 누구도 나가지 못하게 하십시오. 매코이 부인, 저녁 식사를 계속 대접하세요."

게인즈가 성큼 문을 나갔고 블레킨숍이 뒤를 따랐다. 바깥 상황은 방금처럼 그렇게 간단한 방법으로 통제될 수가 없었다. 시속 160킬로미터 노선만이 멈춰 있었고 몇 미터 떨어진 옆 노선은 방해받지 않고 시속 150킬로미터로 달리고 있었다. 마치 비현실적인 판자 인형처럼 보이는 승객들이 깜빡이며 지나갔다.

고장이 일어났을 때 6미터 너비의 최고속 노선에 사람들로 들이차 있었다. 이제 상점과 노점의 고객들과 여러 사업장에 있던 사람들, 라운지에 머무르고 있던 사람들, 텔레비전 극장의 관객들이 모두 보도로 쏟아져 나와 무슨 일이 있나 살피고 있었다. 첫 재난은 거의 즉시 일어났다.

군중들이 몰려오면서 중년 여성을 끄트머리로 밀쳤다. 그녀는 균형을 되찾으려다가 무서운 속도로 움직이고 있는 150킬로미터 노선 끄트머리에 발을 디디려고 했다. 그녀도 곧 끔찍한 실수를 저질렀다는 것을 알고 발이 바닥에 닿기도 전부터 비명을 질렀다.

그녀는 빙글 돌면서 움직이는 노선에 육중하게 내려서서 굴렀다. 시속 150킬로미터, 초속 42미터의 속도로 움직이던 노선이 그 옆 노선과 무게를 분산하려고 했기 때문이었다. 그녀의 몸이 굴러 떨어지자 마치 잔디를 깎는 낫처럼 판자 인형 인간들의 모습이 베어졌다. 순식간에 그녀의 모습은 시야에서 사라졌고, 신분과 부상 정도와 생사여부를 알 수 없는 채로 멀어졌다.

하지만 재난의 여파는 거기서 끝나지 않았다. 번뜩거리며 지나가던 판자 인형 한 명이 그녀의 상대 관성 때문에 160킬로미터 노선으로 떨어졌고 군중에 처박혔다. 그제야 인형이 아니라 사람, 그것도 상처 입고 피를 흘리는 사람으로 보였다. 그 주위에는 그의 거친 비행을 가로막고 있던 불운한 피해자들이 쓰러져 있었다.

불운은 이어졌다. 재난은 근원지에서 퍼져나갔다. 불운한 인간 볼링 핀들은 서로를 밀치며 위험으로 가득한 가장자리로 밀리지 않으려고 했으나 결국 튕겨 나가며 겨우 평형상태를 되찾았다.

이제 재난의 진원지는 블레킨솝의 시야에서 벗어났다. 그는 개개인의 사람들을 큰 숫자로 다루도록 사고하는 데 익숙해져 있었기 때문에 방금 목격한 비극적인 사건의 결과가 컨베이어 노선 2천 킬로미터에 걸쳐서 일어날 거라고 상정하고 곱셈을 해보았다. 그러자 속이 뒤틀려왔다.

블레킨솝은 게인즈가 부상당한 사람을 구조하려는 노력도, 공포에 전염된 군중을 진정시키려는 시도도 하지 않는 것을 보고 놀랐다. 게인즈는 대신 무표정한 얼굴로 레스토랑을 보았다. 블레킨솝은 게인즈가 다시 레스토랑에 들어가려는 것을 보고 소매를 붙들었다. "저 불쌍한 사람들을 도와야 하지 않나요?"

게인즈가 차가운 얼굴로 대답했다. 몇 분 전에 자신을 대접해주며 보였던 소년 같은 얼굴과 온화한 표정은 온데간데없었다. "아니요, 행인들이 도울 겁니다. 저는 전체 도로에 대해 생각해야 합니다. 방해하지 마세요."

블레킨숍은 묵살당해서 화가 났지만 그의 말대로 했다. 이성적으로는 공학국장이 옳다는 것을 알고 있었다. 수백만 명의 안전을 책임지는 사람이 자기 임무를 저버리고 한 명을 구하려 직접 도움을 줄 수는 없었다. 하지만 저렇게 감정적으로 초연한 관점에는 비위가 상했다.

게인즈는 레스토랑으로 들어갔다. "매코이 부인, 탈출구는 어딨죠?"

"식료품 저장실에 있어요."

게인즈는 서둘렀고 블레킨숍도 뒤를 따랐다. 준비 중이던 채소를 게인즈가 바닥에 아무렇지도 않다는 듯이 쏟아버리고 그 위에 올라가자 보고 있던 겁많은 샐러드 담당 요리사가 움츠러들었다. 바로 머리 위에는 손에 닿을 만한 높이에 원형 맨홀이 있었고 중앙에 있는 손잡이가 평형추를 움직여 열리게 되어 있었다. 게인즈는 입구 끄트머리에 걸려 있는 짧은 강철 사다리를 바르게 편 다음 걸개로 고정했다.

블레킨숍은 게인즈를 따라 사다리를 재빨리 오르려고 애쓰는 사이에 모자를 잃어버렸다. 건물 옥상으로 나오자 게인즈는 작은 회중전등을 꺼내 도로 천장을 살피기 시작했다. 옥상과 천장 사이에 1미터 정도의 공간밖에 없어서 웅크린 자세로 발을 질질 끌며 움직여야 했다.

게인즈는 15미터 떨어진 곳에서 찾고자 하는 것을 찾았다. 아래쪽에서 탈출할 때 통과했던 것과 비슷한 맨홀이었다. 맨홀 잠금장치를 열어 만든 공간에서 일어선 다음 양쪽을 손으로 잡고 한 번의 유연한 동작으로 도로 지붕 위로 뛰어올랐다.

두 사람은 어둠 속에 서서 차갑고 가느다란 빗방울을 얼굴로 느꼈다. 발 아래쪽에서는 시선이 사라지는 곳까지 양편으로 뻗어 있는 태양광 스크린이 희미한 형광색으로 빛나고 있었다. 태양의 복사 에너지가 가용 전기에너지로 변환되면서 발생하는 작은 퍼센트의 비효율성이 마치 약한 인광(燐光)처럼 빛나고 있었다. 그 효과는 조명이라기보다는 별빛 아래 눈밭이 으스스하게 빛나는 것에 가까웠다.

비 때문에 잘 보이지 않는 도로 경계의 건물 벽으로 가는 길이 이 빛 덕분에 보였다. 완만한 곡선을 그리며 펼쳐져 있는 천장 위의 암흑 속으로 굽이굽이 난 좁은 검은색 줄무늬가 길이었다. 두 사람은 미끌거리는 바닥과 어둠 속에서 이 길을 따라 종종걸음으로 최대한 속도를 내며 나아갔다. 그동안 블레킨숍은 게인즈가 완전히 감정적으로 분리된 듯 보이는 문제에 대해서 여전히 고심하고 있었다. 블레킨숍은 예리한 지성을 지녔지만 그의 본성은 따뜻한 인간의 연민이 지배하고 있었고 이런 정치인이라면 다른 어떤 장점이나 결점과는 상관없이 오래 성공하기 마련이었다.

바로 이 기질 때문에 블레킨숍은 오로지 논리만으로 생각하는 사상을 본능적으로 불신했다. 그는 엄격한 논리의 관점에서 보면 인류가 계속해서 존재해야 할 이성적인 이유는커녕 자신이 따라야 할 인간의 가치조차 이유를 찾을 수 없다는 것을 알고 있었다.

동행이 무엇에 집착하고 있는지 꿰뚫어 볼 수 있다면 안심할 수 있었을 것이다. 표면적으로 게인즈의 엄청나게 총명한 지능은 마치 전자 적 분기와 같은 동작이 가능한 것 같았다. 주어진 자료를 분류하고, 필요한 데이터가 생길 때까지 편견 없이 판단을 미루며 잠정적인 결정을 하면서도 대안을 모색하는 일. 그 아래에는 엄격한 자기 훈련으로 격리된 내면의 무대에서 자책이라는 고통스러운 감정의 폭풍이 몰아치고 있었다. 게인즈는 자신이 본 광경에 비탄하며 고통을 받고 있었고 똑같은 일이 노선 여기저기에서 반복되리라는 것도 잘 알고 있었다. 그는 자신이 직무에 소홀한 적이 있는지 알지 못했지만 권위는 또한 책임에서 오므로 어쨌든 그의 탓이었다.

게인즈는 왕이 가지고 있을 만한 초인적인 부담감을 너무 오래 끌어안고 있었다. 멀쩡한 사람이라면 가볍게 담아둘 수 없는 부담이었고 지금 이 순간 마음속은 마치 배와 함께 가라앉으려 하는 선장과도 같이 위험한 상태였다. 지금 그를 버티게 해주는 것은 건설적인 행동이 당장 필요하다는 사실뿐이었다.

하지만 이러한 갈등은 표면으로 전혀 드러나지 않고 있었다.

건물 벽에는 왼쪽을 가리키는 녹색 화살표가 빛나고 있었다. 좁은 통로 막다른 곳에는 '하층 입구'라고 적힌 간판이 붙어 있었다. 블레킨숍이 게인즈의 뒤를 따라 벽에 있는 출입문으로 들어가자 전구가 하나 달린 좁은 계단이 나왔다. 게인즈는 계단을 뛰어 내려갔고 블레킨숍은 계속 뒤를 따랐다. 두 사람은 북쪽 도로에 인접한 혼잡하고 시끄러운 정지 보도로 나오게 되었다.

계단 바로 오른쪽에는 공중전화부스가 있었다. 유리로 된 문 건너편으로 풍채 좋고 옷도 잘 입은 남자가 화면 너머에 있는 마찬가지의 모습을 가진 여성과 대화하고 있었다. 부스 앞에는 세 명의 시민이 기다리고 있었다.

게인즈는 그 사람들을 밀어버리고 문을 열어버린 다음 어리둥절해 하며 화가 난 남자의 어깨를 잡아 밖으로 내쫓고 발로 문을 닫아버렸다. 그는 화면의 여성이 항의하기 전에 손짓 한 번으로 화면을 꺼버린 다음 비상전화 단추를 눌렀다.

게인즈가 개인 암호 번호를 넣자 잠시 후 당직 공학자인 데이비슨의 곤란한 표정이 떠올랐다.

"보고하게!"

"국장님이시군요! 하느님 감사합니다! 어디 계십니까?" 데이비슨이 처절할 정도로 안도했다.

"보고하라니까!"

선임 당직 장교는 감정을 억누르고 명령에 따라 문장을 조립했다. "오후 7시 9분경 새크라멘토 구역 20번 노선에서 장력 수치가 갑작스레 상승하는 것이 감지되었습니다. 대처하기도 전에 20번 노선의 장력이 비상 수준을 초과했고 연동 장치가 가동, 해당 노선의 동력이 차단되었습니다. 고장 원인은 모릅니다. 새크라멘토 조종실에 직접 통신도 실패했습니다. 보조 회선으로도, 상업용 회선으로도 응답하지 않고 있습니다. 통신을 재구축하려는 노력을 계속하고 있습니다. 스톡턴 소구역 10번에서 전령을 급파했습니다.

사상자는 보고되지 않았습니다. 방송회로가 경고 방송을 내보내서 19번 노선을 비웠습니다. 대피가 시작되었습니다."

"사상자는 여럿 있다." 게인즈가 끼어들었다. "경찰과 병원에 비상대처를 실시하라. 움직여!"

"알겠습니다!" 데이비슨은 정신을 차리더니 엄지로 뒤를 가리켰다. 하지만 그의 휘하 당직 생도는 벌써 명령을 시행하러 가고 없었다. "다른 도로 동력도 끊을까요, 국장님?"

"아니. 첫 번째 고장 이후 더 이상의 사상자가 나올 것 같지는 않다. 계속 경고 방송을 내보내도록. 계속 다른 노선을 굴려, 안 그러면 지옥에서 악마가 와도 풀지 못할 교통정체가 일어날 테니까." 게인즈는 현재 걸리는 부하에서 도로가 제 속도로 가속하기가 불가능하다는 것을 알고 있었다. 만약 전 도로가 멈춘다면 모든 노선을 대피시켜야 할 것이고 20번 선로의 문제를 해결하고 모든 노선을 제 속도까지 다시 올리고서야 하루 중 가장 교통량이 많은 때에 축적된 정체를 움직일 수 있게 될 것이었다. 그동안 5백만의 길 잃은 승객들은 엄청난 치안 문제를 일으킬 터였다. 차라리 지붕 위로 20번 노선 승객들을 대피시키고 나머지 노선으로 귀가시키는 편이 나았다. "시장과 주지사에게 모든 비상 대권을 내가 이어받는다고 통보하도록. 경찰청장에게도 마찬가지고, 그를 자네 명령하에 두도록 하게. 지휘관에게 모든 가용 생도들을 무장시키고 명령을 기다리라고 전해. 움직여!"

"알겠습니다. 비당직 기술자를 불러들일까요?"

"아니. 이건 기술 고장이 아니야. 수치를 들여다보게. 모든 구역이 동시에 나갔지. 누군가가 회전자에서 직접 끊은 거야. 비당직 기술자들은 대기상태에 두게. 하지만 무장은 시키지 말고 하측 내부로 보내지도 말도록. 지휘관에게 가용 가능한 생도 상급생들을 10번 스톡턴 소구역 사무실로 집결시키고 나에게 보고하라고 해. 텀블벅하고 총, 그리고 수면 폭탄을 장비시키도록."

"알겠습니다." 한 사무원이 데이비슨의 어깨에 고개를 숙여 귀에 무언가 속삭였다. "주지사가 대화하고 싶다고 합니다, 국장님."

"못 해. 자네도 하지 말도록. 자네 후임 근무자는 누구지? 불러들였나?"

"허버드입니다. 방금 들어왔습니다."

"허버드에게 주지사, 시장, 언론을 상대하라고 하게. 백악관까지 누구든 연락을 하면 다 상대하라고 말이야. 자네는 계속 당직을 서게. 난 끊지. 정찰 차량을 찾는 대로 통신으로 들어오겠네." 게인즈는 화면이 다 꺼지기도 전에 부스를 나갔다.

블레킨숍은 감히 말을 걸지는 못했지만 북행 30킬로미터 노선으로 따라갔다. 게인즈는 바람막이가 못 미치는 곳에 서더니 뒤를 돌아 정지 보도 너머의 벽을 바라보았다. 어떤 지형표지물이나 간판을 찾아낸 것처럼 보였다. 하지만 블레킨숍의 눈에는 보이지 않았고 게인즈는 '일라이자가 얼음을 건너듯이'* 매우 빠른 속도로 보도로 돌아갔다. 블레킨숍은 30여 미터나 뒤처져서 거의 놓칠 뻔했지만, 그때 게인즈가 몸을 숙여서 출입구에 들어갔고 계단통에서야 간신히 따라잡았다.

두 사람은 좁고 낮은 통로에서 '하층 내부'로 나오게 되었다. 거대한 소음이 두 사람을 덮쳤고 몸과 귀를 후려쳤다. 어두웠지만 블레킨숍은 소음의 벽을 이겨내려 하면서 주위를 파악했다. 앞쪽에는 소듐 전극의 불빛으로 노란색 단색으로 물들어 있는 10킬로미터 노선을 돌리는 회전자가 보였다. 회전자에는 정지한 계자코일 중심에 거대한 통 모양의 전기자가 천천히 돌아가고 있었다. 통의 상층표면은 움직이는 길의 하부를 압박하여 동력을 전달하는 중이었다.

좌우 각각 백 미터 밖에 회전자가 보였고 그 너머 눈으로 볼 수 없는

* 해리엇 비처 스토의 소설《톰 아저씨의 오두막》에 등장하는 인물. 흑인 노예 여성으로 탈출을 위해 얼어붙은 오하이오강을 건넜다.

곳까지 비슷한 간격으로 다른 회전자들이 있었다. 회전자 사이의 공간에는 더 작은 회전자가 마치 담배 상자 안의 시가처럼 몰려서 노선이 연속으로 굴러가도록 이어 지지해주고 있었다. 계속 맞물려 이어지는 회전자의 열 사이 공간에 있는 강철 대들보 아치가 권축을 이어갔고, 회전자들은 다음 회전자로 이어지며 마지막에 이르기까지 단계마다 계속 빨라졌다.

좁은 통로를 한 줄로 이어진 강철 기둥 지지대가 분리하고 있었고 그와 평행하게 회전자에서 나오는 옆길이 이어졌다. 이 옆길은 얕게 포장된 인도였고 샛길을 통해서 이곳과 경사로로 합쳐졌다. 게인즈는 터널의 위와 아래를 살펴보며 명백하게 불쾌한 표정을 지었다. 블레킨숍은 무슨 문제라도 있느냐고 물어보려 했지만 주위 소음에 목소리가 묻혀버렸다. 수천 개 회전자의 포효와 수십만 개의 권축이 끽끽대는 소리를 뚫을 수 없었다.

게인즈는 입 모양을 보고 질문을 추측했다. 그리고 블레킨숍의 오른쪽 귀에 손을 갖다 대고 소리를 질렀다. "차가 안 보이는군요. 한 대는 있을 거라 예상했는데."

호주인은 도움이 될까 하며 게인즈의 팔을 잡고 뒤쪽에 있는 기계의 정글을 손으로 가리켰다. 게인즈가 그 방향을 보자 다른 생각을 하다가 놓친 것을 찾아볼 수 있었다. 몇 노선 떨어진 곳의 회전자 주위에 여섯 명의 사람이 일하고 있었다. 그들은 회전자를 분리해서 표면의 도로와 접촉하지 않도록 한 다음 교체를 준비하고 있었다. 교체할 회전자는 바로 옆에 있는 낮은 중형 트럭에 놓여 있었다.

공학국장은 알았다며 웃음과 함께 고마움을 표시하고 그 집단을 향해 회중전등을 비췄다. 그는 불빛의 초점을 얇고 강하게 조절해 마치 빛의 바늘처럼 만들었다. 기술자 한 명이 올려보자 게인즈는 변칙적으로 불을 켰다 끄기를 반복했다. 한 사람이 무리에서 벗어나더니 그들 쪽으로 달려왔다.

작업복을 입은 호리호리한 젊은이였는데 귀마개와 어울리지 않는 필박스 모자에는 반짝이는 금색 매듭과 함께 휘장이 있었다. 그는 공학국장의 얼굴을 알아보자 얼굴의 웃음을 지우고 소년 같은 진지한 표정으로 경례했다.

게인즈는 회중전등을 주머니에 쑤셔 넣고 두 손으로 깨끗하고 명확한 동작을 아주 빠른 속도로 했다. 이 동작은 농인이 쓰는 수어만큼이나 복잡하고 의미가 있었다. 블레킨숍은 애호가 수준의 인류학 지식을 끄집어내 손가락의 춤추는 움직임을 보고 아마 미국 원주민 수어일 것으로 생각했다. 하지만 필요 때문에 다른 특정 전문용어로 전용했을 수도 있었다.

생도도 마찬가지로 대답했고 인도의 가장자리로 향하며 남쪽으로 회중전등을 비췄다. 그는 아직 먼 거리에서 무모한 속도로 다가오는 차를 골랐다. 차는 감속하면서 그들 옆에 와서 정지했다.

차는 작고 달걀 모양으로 중심선을 따라 두 개의 바퀴가 달려 있었다. 차 앞쪽의 상부 표면이 열리자 운전자인 또 다른 생도가 보였다. 게인즈는 잠시 수어로 대화를 나누고는 블레킨숍을 비좁은 승객석에 앉혔다.

유리로 된 지붕이 제자리를 찾아 닫히고 바람이 휘몰아쳐 부딪쳐왔다. 호주인이 위를 보자 훨씬 커다란 차량 세 대가 옆을 빠르게 지나갔다. 그 차는 최소한 시속 3백 킬로미터는 넘는 속도로 북쪽으로 향하고 있었다. 블레킨숍은 세 대의 차 중 마지막 차의 차창 너머로 생도가 쓰는 작은 모자를 본 것 같았지만 확신할 수는 없었다.

하지만 궁금해할 시간이 없었고 운전도 그만큼 성급했다. 게인즈는 가속의 여파를 무시했다. 그는 벌써 차내용 통신기로 데이비슨을 부르고 있었다. 차 문이 닫히자 내부가 비교적 조용해졌고 중계국의 여성 교환원 얼굴이 화면에 나타났다.

"선임 당직 장교 데이비슨을 연결하도록!"

"오! 게인즈 국장님이셨군요! 시장님이 얘기하고 싶으시답니다, 게인즈 국장님."

"대기시키고 데이비슨을 즉시 연결하도록!"

"알겠습니다, 국장님!"

"그리고 이 회로를 데이비슨의 조종반에 연결해두고 내가 직접 끊으라고 할 때까지 내버려두게."

"알겠습니다." 그녀가 당직 장교 쪽을 바라보았다.

"국장님이십니까? 일은 진행 중입니다. 도로는 운행 중이고 변화는 없습니다."

"좋았어. 자네는 이 회로에 나를 올려둘 수 있겠지. 아니면 10번 소구역 사무실로 보내거나. 당장 하게." 데이비슨의 얼굴이 중계 교환수를 향했다.

"사모님이 전화하셨습니다, 게인즈 국장님. 연결해드릴까요?"

게인즈는 그다지 정중하지 않은 말을 내뱉더니 대답했다. "그러게."

게인즈 부인이 화면에 나타났다. 그는 아내가 입을 열기도 전에 속사포처럼 떠들었다. "여보, 난 괜찮으니 걱정하지 말아요, 때 되면 집에 갈 테니. 지금 가봐야 해요." 그가 이 말을 단숨에 토하고는 통신장치를 때려서 끄자 화면도 꺼졌다.

두 사람은 10번 소구역 당직 사무실로 올라가는 계단 옆에 급정거한 다음 내렸다. 세 대의 대형 트럭이 경사로를 따라 올라왔고 그 옆에 흐트러진 열로 선 3개 소대의 생도들이 다가왔다.

생도 한 명이 빠른 걸음으로 게인즈에 다가와서 경례를 했다. "린지입니다, 국장님. 당직 공학 생도입니다. 당직 공학자가 조정실로 즉시 오시라고 합니다."

그들이 들어오자 당직 공학자가 고개를 들었다. "국장님, 반 클릭의 연락이 들어왔습니다."

"연결하게."

커다란 화면에 반 클릭이 나타나자 게인즈가 인사를 건넸다.

"안녕한가, 반. 어디에 있지?"

"새크라멘토 사무실이오. 이제 들으시오…."

"새크라멘토? 그거 잘됐군! 보고하게."

반 클릭은 기분 상한 표정으로 말했다. "보고하라니, 웃기네! 난 이제는 당신 부관이 아니야, 게인즈. 이제 당신이…."

"대체 무슨 얘기를 하는 건가?"

"잘 들어. 그리고 내 말 끊지 마! 곧 알게 될 테니. 넌 끝장났어, 게인즈. 내가 새질서회의 지역조정위원회 감독으로 뽑혔단 말이다."

"반, 정신 나갔나? 그게 무슨 말이야, '새질서회의'라니?"

"알게 될 거야. 바로 기능주의자 혁명이 일어나는 것이다. 우리는 뛰어들었지. 너희는 아니고. 우리가 무슨 일을 할 수 있는지 맛보기로 보여주려고 20번 노선을 멈췄다."

✶

《기능에 대하여: 사회의 자연 질서에 대한 논고》는 1930년에 출판되어 기능주의자 운동의 성서가 되었다. 이 책은 기능주의가 사회적 관계에 대한 과학적으로 정확한 이론이라고 주장했다. 작가인 폴 데커는 민주주의와 인간 평등이라는 이념이 "낡고 무익하다"고 주장했고 그것을 대체할 시스템에서 인간을 각자 알맞은 경제적 역할에 속하도록 '기능적으로' 평가해야 한다고 주장했다. 근본적인 논지는 사람이 자신의 기능에 내재된 권력을 무엇이든 가지게 되면 다른 사람들에게 행사하는 것이 옳고 적절하다는 것이었고 '자연의 질서'에 비하자면 다른 사회기관은 무엇이든 어리석고, 몽상에 불과하다는 것이었다.

현대의 경제생활이 서로 완전히 의존하고 있다는 사실은 철저히 잊은 모양이었다.

그 사상은 앞마당 가금류끼리 보이는 사회 질서와 파블로프의 유명한 개의 조건반사 실험을 근거로 하여 기계론적 유사 심리학을 치장한 것이었다. 그는 인간이 개도 아니고 닭도 아니라는 사실을 지적하지 못했다. 늙은 파블로프 박사는 데커를 완전히 무시했고, 자신의 중요하며 엄격하게 제한된 실험을 맹목적이고 비과학적으로 교리화하는 자들 역시 무시했다.

기능주의는 즉시 받아들여지지는 않았다. 1930년대에는 트럭 운전사부터 휴대품 보관소 여직원까지 거의 모든 사람들이 '세상을 바로잡을 여섯 가지 비법' 같은 것을 썼고 그중에 놀랄 만큼 많은 수가 출판까지 되었던 것이다. 하지만 이 사상은 점차 퍼지기 시작했다. 기능주의는 특히 필수불가결한 직업을 가진 특정 직업인들에게 인기가 있었다. 그들은 이 '자연의 질서'에 의하면 최고위층이 되어야 했다. 수많은 기능이 사실 필수불가결한 직업인 것을 생각해보면 그런 자기 설득은 쉬운 일이었다.

게인즈는 대답하기 전에 반 클릭을 잠시 노려보았다. "반…." 그는 천천히 말했다. "이런 일을 저지르고서 벗어날 수 있을 거라 생각하는 건 아니겠지?"

작은 남자는 가슴을 쭉 폈다. "왜 안 되나? 우리는 이미 벗어났다. 내가 허락하지 않는 한 20번 노선을 가동할 수도 없어. 그리고 필요하다면 도로 전체를 멈출 수도 있지."

게인즈는 비이성적인 자만에 빠진 자와 마주하고 있다는 불편한 진실을 깨닫고 참을성 있게 자신을 억눌렀다. "물론 그럴 수 있을 거야, 반. 하지만 나라의 다른 곳은 어쩌라는 거지? 미국 육군이 조용히 앉아서 자네들이 캘리포니아를 개인 왕국으로 만드는 걸 구경만 하고 있을 거라고 생각하나?"

반 클릭은 비열한 표정을 지었다. "그에 대한 계획도 있어. 방금 성명서 방송을 나라에 있는 모든 기술자에게 보냈지. 우리가 무슨 일을 하고 있는지 알리고 봉기하여 자신의 권리를 쟁취하라고 말이야. 이 나라의 모든 도로가 멈추게 되면 사람들이 굶주리게 되고 대통령은 군대를 보내 우리와 얽히기 전에 생각을 고칠 거야. 오, 군부대를 보내 나를 잡아가 죽일 수도 있겠지. 난 죽는 게 무섭지 않아! 하지만 감히 도로 기술자 계급을 쏴 죽일 수는 없을걸. 이 나라는 우리 없이는 돌아가지 않으니까.

결국, 대통령이 우리를 따르게 될 거야. 우리가 내건 조건대로 말이지!"

그가 한 말에는 씁쓸한 진실도 담겨 있었다. 만약 도로 기술자들이 총궐기를 일으킨다면 이를 무력으로 막는다는 것은 두통을 고치자고 머리에 총을 쏘는 것이나 다름없는 짓이라는 진실이었다. 하지만 총궐기가 일어날까?

"왜 나라의 나머지 지역에 있는 기술자들이 자네를 따를 거라고 생각하지?"

"왜 안 따르겠어? 이거야말로 자연의 질서란 말이야. 지금은 기계의 시대고 진정한 권력은 사방에 있는 기술자에게 있는데 그들은 낡아빠진 캐치프레이즈에 속고 있어. 그리고 모든 계층의 기술자 중에 가장 중요하고 완전히 필수불가결한 기술자는 도로 기술자야. 지금부터 그들이 모든 것을 장악할 것이다. 그것이 만물의 자연 질서니까!" 반 클릭은 잠시 물러나서는 책상에 있는 종이를 뒤적거리고서 말했다. "여기까지다, 게인즈. 지금 백악관에 전화해서 대통령에게 어떻게 일이 돌아갈 것인지 알려야 하니까. 얌전히 가만히 있으면 다치진 않을 거다."

게인즈는 화면이 꺼진 뒤에도 몇 분이나 가만히 앉아 있었다. 그래서 이렇게 된 거군. 그는 반 클릭의 파업 선동이 다른 곳에 있는 도로 기술자들에게 어떤 효과가 있을지, 있기나 할지 생각했다. 아무 일도 없을 것으로 생각했다. 하지만 자신의 휘하 기술자들에게 이런 일이 일어날 줄은 꿈도 꾸지 못했다. 아마도 도로 밖에 있는 사람들과 얘기를 거부하는 실수를 저지른 것일지도 몰랐다. 아니, 만약 멈춰서 주지사나 신문기자하고 얘기했다면 지금까지도 떠들어야 했을 것이다. 그래도….

그는 데이비슨에게 전화를 걸었다.

"다른 구역에는 문제없나, 데이비슨?"

"없습니다, 국장님."

"다른 도로는 어떤가?"

"아무 보고 없었습니다."

"나와 반 클릭이 한 대화 들었나?"

"제가 중계했습니다. 네, 들었습니다."

"잘했어. 허버드한테 대통령과 주지사에게 전화 하라고 해. 사건이 도로에 국한되어 있는 한 군병력을 사용하는 건 내가 강력하게 반대한다고 말이야. 도움을 요청하기 전에 개입했다가 일어날 일에 대해서는 책임을 못 진다고 전하게."

데이비슨은 의뭉스러운 표정이었다. "그게 현명한 일일까요, 국장님?"

"그래! 만약 반과 그의 수하들을 그 자리에서 폭파해버리면 이번에는 전국에 걸쳐 진짜 봉기가 일어날지 모르네. 더구나 그자는 도로를 파괴해버릴지도 모르지. 그렇게 되면 하느님이 와도 못 고칠 거야. 지금 수송분량은 어떤가?"

"저녁 피크타임에 53퍼센트입니다."

"20번 노선은 어떤가?"

"거의 다 대피했습니다."

"잘됐군. 그 도로 위의 모든 교통수단을 다 치워버리게. 경찰청장에게 도로 진입로에 경비를 세워서 새로운 진입을 막으라고 하고. 언제 반이 모든 노선을 멈출지 모르지만 나 역시 그럴 필요가 있을지도 몰라. 이게 내 계획이네. 나는 무장한 생도와 함께 '하층 내부'에 가겠어. 거기서 북진하면서 만나는 반격 세력을 모두 제압할 거야. 자네는 당직 기술자와 수리공들을 소집해서 바로 우리 뒤에 따라오도록 하게. 각 회전자에 도달하게 되면 분리해서 스톡턴 조종반에 연결하도록. 안전 잠금장치 없이 임시변통을 해야 하니 문제가 발생하기 전에 충분히 많은 당직 기술자들이 살펴보도록 하게.

만약 이 작전이 성공하면 반의 발밑에 있는 새크라멘토 구역의 조종권을 우리에게 가져올 수 있을 거야. 그리고 반이 새크라멘토 사무실에 갇혀서 배가 고파지게 되면 그때는 말이 통하겠지."

게인즈는 통신을 끊고 소구역 당직 공학자를 바라봤다.

"에드먼즈, 헬멧과 권총을 주게."

"네, 국장님." 에드먼즈는 서랍을 열어 얇고 치명적으로 보이는 무기를 건넸다. 게인즈는 무기를 벨트에 차고 헬멧을 받은 다음 머리에 쓰곤 반소음 귀마개를 끼웠다. 블레킨숍이 목을 가다듬었다.

"저도… 어… 저에게도 그 헬멧을 주실 수 있을까요?" 블레킨숍이 물었다.

"네?" 게인즈가 관심을 돌렸다. "오, 당신에게는 필요 없을 겁니다, 블레킨숍 장관님. 제가 연락할 때까지 바로 여기서 머물러 계십시오."

"하지만…" 호주 정치인은 말을 시작했지만 생각을 고쳐먹고 침묵했다.

문 쪽에서 당직 공학 생도가 공학국장을 불렀다. "게인즈 국장님, 밖에 기술자가 뵙자고 하는데요. 이름이 하비라고 합니다."

"못 만나."

"새크라멘토 구역에서 왔다고 합니다."

"오! 들여보내."

하비는 오후의 조합 모임에서 보고 들었던 것을 게인즈에게 말하면서 조언도 곁들였다. "그자들이 지껄이는 사이 저는 역겨워서 나와버렸습니다, 국장님. 20번 노선이 멈출 때까지 그들에 대해선 생각도 안 하고 있었습니다. 그런데 새크라멘토 구역에 문제가 발생했다는 얘기를 듣고 나서 국장님을 만나야겠다고 생각했습니다."

"이 일이 얼마나 오래 벌어지고 있었나?"

"아마 꽤 되었나 봅니다. 어떤지 아시잖아요. 어딜 가나 불평 많은 사람은 있기 마련이고 그중 꽤 많은 사람이 기능주의자죠. 하지만 정치적 의견이 다르다고 해서 같이 일하길 거부할 수는 없는 일이잖습니까. 자유 국가니까요."

"자네는 더 일찍 날 찾아왔어야 했네, 하비." 하비는 고집스러운 표정이었다. 게인즈가 그의 얼굴을 살폈다. "아니야, 자네 말이 맞아. 자네 동료를 감시하는 건 내 일이지 자네가 할 일은 아니야. 자네가 말했다시피,

여긴 자유 국가니까. 또 뭔가 있나?"

"글쎄요, 일이 이렇게 되고 보니 제 생각에 주모자를 골라내는 데 도움이 될 수 있을 것 같습니다."

"고맙네. 자네는 나에게 붙어 있게. '하층 내부'에 내려가서 이 난장판을 해결해야 하니."

사무실 문이 갑자기 열리고 기술자 한 명과 생도 한 명이 무언가 짐을 짊어지고 들어왔다. 그러고는 바닥에 그걸 내려놓고 기다렸다.

짐은 젊은 남자였고, 죽은 것이 확실했다. 작업복 앞쪽이 피범벅이었다. 게인즈는 당직 장교를 바라보았다. "누구지?"

에드먼즈가 시체를 바라보던 시선을 거두고 대답했다. "휴즈 생도입니다. 통신이 고장 났을 때 새크라멘토에 보냈던 전령입니다. 보고가 없자 마스턴과 젠킨스 생도를 보냈었습니다."

게인즈는 뭔가 중얼거리더니 돌아섰다. "따라오게, 하비."

아래서 기다리고 있던 생도들의 분위기가 바뀌어 있었다. 게인즈는 그들이 띠고 있던 소년 같은 흥분과 집중력이 지금 더욱 추한 무언가로 대체되었다는 것에 주목했다. 한참 동안 수신호를 주고받고 몇 명은 자신의 권총이 장전되어 있는지를 확인했다.

그는 생도들을 잘 살피고는 생도 대장에게 신호를 보냈다. 다시 짧은 신호가 오갔다. 생도가 경례하고 부하들을 보더니 짧게 수신호를 보냈고 자신의 무기를 절도 있게 집어넣었다. 그들은 위층으로 몰려가 비어 있는 대기실로 들어갔고 게인즈도 뒤를 따랐다.

실내로 들어가 소음이 가라앉자 게인즈가 발언했다. "제군들도 휴즈가 업혀 오는 모습을 봤을 것이다. 이 일을 저지른 기생충 같은 놈을 죽이고 싶다고 생각하는 자가 얼마나 되지?"

생도 세 명이 거의 즉시 열에서 앞으로 한걸음씩 걸어 나왔다. 게인즈는 그들을 냉혹하게 노려보았다. "아주 좋아. 너희 세 명은 무기를 반납하고 숙소로 돌아가라. 나머지 생도들도 이게 사적인 복수나 사냥이라고 생각한다면 같이 돌아가도록." 그는 말을 잇기 전에 잠시 침묵이 이어지도록 했다. "새크라멘토 지역은 허가받지 않은 자들에 점거되었다. 우리는 그곳을 수복할 것이고 가능하다면 양측 모두에 사상자가 발생하지 않게 할 것이다. 그리고 또 가능하다면 도로도 정지시키지 않을 것이다. 계획은 '하층 내부'로 가서 회전자를 하나씩 점령하고 그걸 스톡턴 쪽으로 연결하는 것이다. 이 집단의 임무는 '하층 내부'에서 북쪽으로 진군하면서 만나는 모든 사람을 제압하는 것이다. 너희가 만날 대부분의 사람은 죄가 없을 가능성이 있다는 것을 염두에 두도록. 따라서 수면 가스폭탄 사용을 우선할 것이며 사살은 마지막 수단으로서만 써라.

생도 대장, 열 명씩 소대를 구성하고 소대장을 임명하라. 각 소대는 '하층 내부'에 산병선*을 짜서 텀블벅에 탄 채로 북쪽을 향해 시속 24킬로미터 속도로 진군한다. 후속 산병부대와는 150미터 거리를 유지하도록. 사람이 한 명이라도 보이면 선두 부대 전체가 집중 공격하고 체포한 뒤 수송차에 이송하고 최후방 부대로 후퇴한다. 수송차에 죄수를 받아서 여기에 데려오도록 지시하게. 운전자에게는 제2소대와 평행되게 가도록 하고.

소구역 조종실을 탈환하기 위한 공격부대를 구성해야 하지만 모든 소구역은 스톡턴과 교차 연결되기 전에 공격하면 안 된다. 연락은 그에 따라서 하도록.

자, 질문 있나?" 게인즈가 젊은이들의 얼굴을 훑어보았다. 아무 말도 없자 생도 대장에게 명령권을 넘겼다.

"알겠습니다, 국장님. 명령을 즉시 시행하겠습니다!"

*

배치가 끝났을 무렵에는 후속 기술자들이 도착했고 게인즈는 담당 공학자에게 지침을 내렸다. 생도들은 차렷 자세로 텀블벅을 타고 나란히

* 산개로 이루어진 전투대형

서 있었다. 생도 대장이 명령을 기대하는 표정으로 게인즈를 바라보았다. 그가 고개를 끄덕이자 생도들이 무기를 절도 있게 내렸으며 제1소대가 텀블벅에 탑승하고 움직이기 시작했다.

게인즈와 하비는 선두 부대의 20미터 뒤에서 생도 대장과 나란히 텀블벅을 타고 있었다. 공학국장은 이 바보 같아 보이는 조그마한 차량에 꽤 오래간만에 타서 어딘가 어색했다. 텀블벅은 부엌 의자 크기에 자이로스코프로 균형을 잡는 바퀴 하나가 달린 차량으로 탑승자에게 위엄을 갖춰주는 차량은 아니었다. 하지만 남자 어깨너비의 공간이면 통과할 수 있고 조종이 쉬웠으며 끈기 있게 똑바로 서 있으면서도 대기를 하거나 탑승자를 내려줄 수 있어서 기계의 미궁으로 이루어진 '하층 내부'를 순찰하기에 완벽하게 적합한 기계였다.

작은 정찰 차량이 회전자 사이를 이리저리 오가면서 게인즈 바로 뒤를 따라오고 있었고 내장된 텔레비전과 무선 통신 장치가 게인즈를 부하와 연결했다.

새크라멘토 구역에 진입한 후 첫 2백 미터 동안은 아무 일도 없다가 회전자 바로 옆에 텀블벅이 한 대 주차되어 있는 것을 발견했다. 회전자 기저 부분에 있던 기술자는 측정치를 확인 중이었고 그들이 다가가는 것을 보지 못했다. 비무장이었으며 반항도 하지 않았지만 놀란 데다가 당황한 만큼 화도 난 것처럼 보였다.

작은 선두 집단이 뒤로 빠졌고 새로운 집단이 선두로 나섰다.

그들은 5킬로미터를 지나가면서 서른일곱 명을 체포했고 아무도 죽지 않았다. 생도 두 명이 조금 다쳐 퇴각하도록 지시받았다. 체포한 자들 중 네 명만이 무장했는데 하비는 그중의 한 명이 확실히 주모자라고 지목할 수 있었다. 하비는 무슨 일이 일어난다면 일단 무법자들과 협상을 진행해보겠다고 했다. 게인즈도 일단 동의했다. 하비가 노조 지도자로서 긴 경력과 명성을 유지하고 있다는 것을 게인즈는 알고 있었다. 최소한의 폭력으로 성공하기 위해선 무엇이든 할 생각이었다.

잠시 후 제1소대가 또 다른 기술자를 몰아냈다. 기술자는 회전자 건너편에 있었고 발견되기도 전에 잡힐 뻔했다. 그는 무장하고 있었음에도 반격을 하려 하지 않았기에 딱히 기록할 만한 사건도 아니었다. 그가 회전자 기저 부분에 있는 전화기로 달려가서 수화기를 꽂고 전화를 걸지만 않았더라면.

게인즈는 기술자를 체포한 부대와 합류했다. 그는 부드러운 고무 마스크로 된 수화기를 기술자의 입에서 거칠게 벗겼다. 너무 거칠어서 남자의 이 사이에 있는 골전도 수화기판을 느낄 수 있을 정도였다. 죄수는 부러진 이빨을 뱉어내고 노려보면서 신문을 무시하려 했다.

게인즈는 작전을 최대한 신속하게 진행했지만 이제 기습의 이점을 잃어버렸을 확률이 매우 높았다. 죄수가 도로 아래쪽에서 공격이 진행되고 있다는 사실을 보고했을 것이라고 가정할 필요가 있었다. 더욱 주의하길 바란다고 생도들에게 통신으로 알렸다.

게인즈의 비관주의는 곧 현실화되었다. 백여 미터 바깥에서 한 무리의 남자들이 텀블벅을 타고 다가오고 있었다. 최소한 스무 명이었으나 접근하면서 회전자를 엄폐물로 이용하고 있었기 때문에 정확히 병력이 얼마인지는 파악할 수가 없었다. 하비는 게인즈에게 고개를 끄덕였고 생도 대장이 부대를 정지시켰다.

하비는 비무장 상태로 손을 머리 위로 들고 체중만으로 차량의 균형을 잡으며 앞으로 나아갔다. 무법자 집단은 속도를 줄이더니 결국 완전히 멈췄다. 하비도 두 개의 기둥을 사이에 두고 마찬가지로 멈췄다. 대장으로 보이는 자가 나서서 수어로 말을 걸었고 하비도 똑같이 대답했다.

나머지는 너무 멀리 있었던 데다 노란 불빛 때문에 대화를 따라가기 힘들었다. 대화는 몇 분가량 계속되다가 잠시 멈췄다. 대장은 뭘 어떻게 해야 하는지 확신이 없어 보였다. 그의 부하 중 한 명이 앞으로 나오더니 권총을 총집에 돌려놓고 대장과 대화를 나눴다. 그는 거친 동작을 보였고 대장은 고개를 저었다.

그 남자는 다시 주장을 펼쳤지만 역시 똑같은 부정적인 반응이었다. 그는 마지막으로 역겹다는 듯한 느낌의 동작을 했고 대장이 반대하자 권총을 꺼내 하비를 겨눠 쏴버렸다. 하비는 복부를 움켜쥐며 앞으로 기울었다. 그 남자가 다시 총을 쐈고 하비의 몸이 꺾이더니 바닥에 쓰러졌다.

생도 대장은 게인즈가 알아채기도 전에 총을 겨눴다. 살인자는 위를 올려보는 도중에 총에 맞았다. 그는 마치 뭔가 이상한 일이 일어나서 당황한 것뿐이라는 표정이었고, 죽음을 아직 인지하지도 못하는 것처럼 보였다.

생도들은 계속 사격했다. 선두 부대가 수적으로 상대의 절반밖에 되지 않았지만 적의 사기가 상대적으로 저하된 것에 도움을 받고 있었다. 맹렬한 첫 공방 이후부터는 거의 호각이 되었다. 첫발이 발사되고 30초도 되지 않아 폭도 집단은 모두 죽거나 다치거나 체포되었다. 게인즈 편에서는 두 명(하비를 포함해서)이 죽고 두 명이 부상을 당했다.

게인즈는 바뀐 환경에 맞춰서 전략을 수정했다. 이제 은밀함은 사라졌으니 속도와 화력이 제일 중요했다. 제2소대는 제1소대의 바로 뒤에 거의 닿을 듯이 따라오도록 했다. 제3소대는 비무장한 사람은 무시하고 제4소대에 맡기지만 무장한 사람은 보이자마자 사살하도록 명령을 받았다.

게인즈는 다친 사람은 사살하지 말라는 경고를 내렸지만 거의 따르기 불가능한 명령이라는 것을 잘 알고 있었다. 살상은 일어날 것이었다. 원하는 일은 아니었지만 다른 방법이 없는 것 같았다. 무장한 무법자는 잠재적인 살인자였고, 부하들에게만 불공평하게 너무 많은 제약을 줄 수는 없었다.

새로운 진군 명령에 따른 준비를 마치자 게인즈는 생도 대장에게 전진하라고 신호를 보냈고 제1소대와 2소대가 일제히 출발했다. 텀블벅은 최대속도인 시속 30킬로미터가 조금 안 되는 속도로 빠르게 나아갔다. 게인즈는 뒤를 따랐다.

가면서 하비의 시체를 피했지만 어쩔 수 없이 내려다보게 되었다. 얼굴은 추하게 뒤틀려 있었고 소듐 불빛에 노란색으로 보였지만 죽은 자의 성품이 보이는 견고한 아름다움이 깃들어 있었다. 그걸 보고 나니 게인즈는 사격 명령에 대한 후회를 거둘 수 있었다. 하지만 잃어버린 개인의 명예는 이전보다 더 무겁게 그를 짓눌렀다.

✴

이후 몇 분 동안 기술자 몇 명을 마주쳤지만 총격은 없었다. 게인즈는 무혈 승리를 거둘 수 있을지도 모른다고 희망적으로 생각하기 시작할 참이었다. 그러다 그는 헬멧에 달린 두꺼운 소음방지 귀마개로도 다 막지 못하는 끊임없는 기계음에 변화가 생겼다는 것을 느꼈다. 귀마개를 열자 회전자와 권축이 조금씩 느려지면서 기계음이 점점 더 작아지는 덜컹거리는 디미누엔도 끝자락을 들을 수 있었다.

도로가 멈췄다.

"전원 정지!" 게인즈가 생도 대장에게 외쳤다. 명령은 비현실적으로 텅 빈 침묵 속을 메아리쳤다.

뒤를 보자 정찰 차량 선두에 있던 차가 다가와서 섰다. "국장님!" 안에 있던 생도가 소리쳤다. "중계국에서 부릅니다."

화면에 보이는 여성이 게인즈의 얼굴을 알아보자마자 데이비슨을 바꿨다. "국장님." 데이비슨이 바로 말했다. "반 클릭이 전화를 걸었습니다."

"누가 도로를 멈췄지?"

"그자입니다."

"상황에 주요한 변화는 있나?"

"없습니다. 정지할 당시에 도로는 거의 비어 있었습니다."

"잘됐군. 반 클릭을 연결하게."

반역의 우두머리는 게인즈의 얼굴을 보자 주체 못 할 분노로 얼굴이 누르락푸르락했다. 그는 말을 쏟아내기 시작했다.

"결국 나타나셨군! 내가 속을 줄 알았나, 어? 이제 뭘 할 생각이신가, 공학국장 게인즈 나리?"

게인즈는 자신이 생각하는 바를, 특히 반 클릭에 대해 어떻게 생각하는지 그대로 말하고 싶은 충동과 싸워야 했다. 저 똥자루의 움직임, 말투까지 모든 것이 마치 칠판을 손톱으로 긁는 것처럼 거슬렸다.

하지만 솔직함이라는 사치를 누릴 수가 없었다. 게인즈는 허영심을 달래기에 적절한 말투로 말하려고 했다. “자네의 수법이 이겼다는 것을 인정해야겠네, 반. 도로가 멈췄네. 하지만 내가 자네를 심각하게 생각하지 않는다고 여기진 말아주게. 나는 자네를 너무 오래 봐 온 탓에 과소평가한 것이니까. 자네가 진심이라는 것도 알고 있네.”

반 클릭은 칭송에 즐거워하면서도 티를 내지 않으려고 했다. “그렇다면 이제라도 정신 차리고 항복하는 게 어때?” 그는 공격적으로 말했다. “넌 못 이겨.”

“아마도 못 이기겠지, 반. 하지만 시도는 해봐야 하지 않겠나. 그나저나….” 게인즈는 말을 이었다. “왜 내가 이길 수 없다는 거지? 자네도 말했잖나, 미 육군 전체를 불러들일 수도 있는데 말이야.”

반 클릭은 의기양양하게 웃었다. “이거 보여?” 그는 긴 전선이 달린 서양배 모양의 전기 버튼을 들어 보였다. “내가 이걸 누르기만 하면 도로 전역에서 폭발이 일어날 거야. 마치 세상의 종말이 온 것처럼 터지는 거지. 그리고 일을 확실히 하도록 떠나기 전에 조종실을 박살 낼 거야.”

게인즈는 지금 진심으로 심리학에 대해서 더 잘 알았더라면 하고 바라고 있었다. 그저 최선을 다해 본능을 이용해서 올바른 답을 하는 수밖에 없었다. “그건 너무 과하지 않나, 반. 그래도 여전히 우리가 항복해야 할 이유는 모르겠는걸.”

“몰라? 더 생각해보는 게 좋을 거야. 가령 너 때문에 어쩔 수 없이 도로를 폭파하게 된다면 함께 폭사할 사람들이라든가?”

게인즈는 맹렬하게 머리를 굴렸다. 반 클릭이 이 협박을 실행에 옮기지 못할 것 같지는 않았다. 그의 말씨, 마치 어린아이같이 토라진 “너 때문에 어쩔 수 없이…”라는 표현을 보면 자신의 사고 작용에서 가장 위험하고 불합리한 부분을 무심코 드러내고 있었다. 그리고 인구가 밀집되어 있는 새크라멘토 구역에서 폭발이 일어난다면 아파트 건물 한두 채 정도는 파괴될 것이고 20번 노선에 포함된 상가의 상인들도 죽을뿐더러 제3자마저 피해를 입을 가능성이 있었다. 반이 완벽하게 옳았다. 이 일에 대해서 전혀 알지도 못하고 위험에 대해서 동의한 적도 없는 제3자의 목숨까지 위태롭게 할 수는 없었다. 도로가 다시는 굴러가지 못한다 해도 말이다.

그 점에 대해서라면, 도로에 대형 피해가 일어난다는 것이 마음에 들지 않았다. 그러나 죄 없는 목숨을 위험에 빠뜨린다는 사실 앞에서 그는 무력했다.

머릿속에서 노래가 계속 울려 퍼졌다. '저들의 얘기를 들어라! 저들이 달리는 걸 보아라! 오, 우리 일은 끝이 없다네.' 어떻게 해야 할까? 어떻게 해야 할까? '당신이 타는 동안 당신이 미끄러지는 동안 우리는….' 이래서는 아무 결론도 나오지 않을 것 같았다.

화면으로 고개를 돌렸다. "이보게, 반. 자네도 이유 없이 도로를 폭파하고 싶진 않을 걸세. 나도 마찬가지고. 자네 사령부에 내가 가서 이야기를 해보는 것이 어떤가. 합리적인 사람 둘이서 협상할 수도 있잖나."

반 클릭은 의심하는 눈치였다. "무슨 속임수를 쓰려고?"

"어떻게 속인단 말이지? 난 비무장으로 혼자 갈 거야. 차를 타고 최대 속도로 말이지."

"자네 부하들은?"

"그들은 내가 돌아올 때까지 지금 위치에 머무를 걸세. 자네가 감시자를 보내서 확인해도 좋아."

반 클릭은 함정일지 모른다는 공포와 직속상관이 자신에게 와서 협상을 구걸하는 모습을 보는 즐거움 사이에서 갈등하며 시간을 끌었다. 그는 결국 마지못해 동의했다.

게인즈는 데이비슨에게 어떻게 할 것인지 지침을 남겼다. "1시간 내에 돌아오지 않으면 자네가 맡게, 데이비슨."

"조심하십시오, 국장님."

"그러겠네."

게인즈는 정찰 차량의 운전사로 있던 생도를 내보내고 차를 몰아 인도로 내려간 뒤 북쪽을 향해 속도를 냈다. 비록 시속 3백 킬로미터로 달리고 있었지만 생각을 정리할 기회였다. 이 속임수가 통한다고 쳐도 여전히 변화가 필요했다. 두 가지 교훈이 아프게 다가왔다. 먼저 노선을 안전 연동 장치로 교차 연결해서 노선이 느려지거나 멈춰도 인접한 노선과 위험할 정도로 속도 차가 나지 않도록 만들었어야 했다. 20번 노선에서 일어났던 일이 재발해선 안 된다!

하지만 그건 기본적이고 기계적인 세부사항에 불과했다. 진정한 실패는 사람에 있었다. 심리 분류 시험을 개선해서 오로지 양심적이고 믿음직한 사람만 뽑도록 해야 했다. 하지만 맙소사, 현행 분류 시험이 바로 그 일을 의문의 여지 없이 해냈어야 하는 노릇이었다. 그가 알고 있는 한 향상된 흄-워즈워스-버튼 기법 시험은 단 한 번의 실패도 없었다. 오늘 새크라멘토 구역에서 일이 일어나기 전까지는 말이다. 어떻게 반 클릭이 반항심이 있는 사람들로 한 구역 전체를 채울 수 있었을까?

말이 안 됐다.

인사는 이유 없이 오류를 일으키지 않는다. 한 명이라면 예측할 수 없겠지만 다수가 되면 기계나 수치처럼 신뢰할 수 있었다. 사람들은 측정되고, 검사되고, 분류된다. 그는 마음속으로 인사과 사무실을 그렸다. 늘어선 서류 캐비닛들, 사무원들… 알았다! 알았어! 반 클릭은 선임 부관으로서 사실상 전 도로의 인사 담당 장교 역할을 수행하고 있었다!

이것만이 모든 사실에 부합하는 설명이었다. 인사장교만이 모든 썩은 사과들을 골라내 하나의 사과 통에 담을 수 있었다. 의심할 여지 없이 아마 수 년 동안 품성 분류 시험에 부정이 있었고, 반 클릭이 서류를 조작한 다음 일부러 자신에게 필요할 만한 사람들을 한 구역에 전출시켰을 것이었다.

그리고 또 다른 교훈이 있었다. 장교에게는 더 엄격한 시험을 치르게 할 것. 그리고 직접적인 감독과 조사 없이 분류와 임무 배정을 하지 말 것. 이에 따르면 게인즈 그 자신마저도 감시를 받아야 했다. *Qui custodiet ipsos custodes?* 누가 같은 수호자를 수호하는가? 라틴어는 이미 사어지만 옛 로마인들이 바보는 아니었다.

결국 자신이 어디서 실패했는지 알아낸 게인즈는 그 사실에서 우울한 쾌락을 느꼈다. 감독과 조사, 확인과 재확인이 답이었다. 아마 부담되고 비효율적이겠지만 적절한 안전장치를 위해서는 어느 정도의 효율은 희생해야만 했다.

반 클릭에 대해서 더 잘 알기 전에 너무 많은 권한을 부여해서는 안 되는 거였다. 그리고 지금 이 순간에도 그에 대해 더 잘 알 필요가 있었다. 비상 정지 버튼을 누르자 차가 현기증 나도록 갑자기 멈췄다. "중계국! 내 사무실을 연결할 수 있나?"

돌로레스의 얼굴이 화면에 비췄다. "아직 거기 있었군. 잘됐네!" 게인즈가 그녀에게 말했다. "퇴근한 줄 알았는데."

"돌아왔습니다, 게인즈 국장님."

"잘했어. 반 클릭의 인사 서류를 보여주겠나? 그자의 분류 기록을 보고 싶군."

그녀는 엄청난 속도로 돌아와 서류의 기호와 퍼센티지를 읽었다. 데이터를 보고 자신의 감이 맞았다는 걸 알게 되자 게인즈는 고개를 끄덕였다. 가면 아래 숨긴 열등감 콤플렉스. 확인되었다.

"위원회의 조언." 돌로레스가 읽어 내렸다. "통합 프로필 곡선에서 A와 D에서 최댓값을 보여 불안정성을 보이나 이 장교는 어쨌든 임무에 적합하다고 위원회는 판단한다. 그는 매우 뛰어난 기록을 가지고 있으며 특히 사람을 다루는 데 뛰어나다. 따라서 현직에 유지 또는 승진을 추천한다."

"됐어, 돌로레스. 고맙네."

"네, 게인즈 국장님."

"이제 대결하러 가봐야겠군. 기도해주게."

"하지만 게인즈 국장님…." 프레즈노에 있는 돌로레스는 꺼진 화면을 노려보게 되었다.

✴

"반 클릭 씨에게 데려다주게!"

이 말을 들은 자가 게인즈의 품 안에 있던 총을 가져가려 했고 게인즈는 마지못해 내줬다. 이 말은 공학국장을 계단 위로 올려보낸다는 의미였다. 게인즈는 차에서 나와 명령에 응했다.

반 클릭은 행정 사무실이 아니라 구역 조종실에 자리를 잡고 있었다. 여섯 명의 무장한 자들과 함께였다.

"안녕하신가, 반 클릭 국장." 작은 남자는 게인즈가 가칭 직책명을 확신하며 불러주자 눈에 띄게 좋아했다.

"여기서는 직책이 별로 큰 의미가 없소." 반 클릭이 아무렇지도 않은 체하며 말했다. "그냥 하던 대로 반이라고 부르시오. 앉으시오, 게인즈."

게인즈가 앉았다. 다른 자들을 내보낼 필요가 있었다. 그는 지겹다는 표정으로 그들을 바라보았다. "비무장인 사람을 혼자서 다루지도 못하나, 반? 아니면 기능주의자들은 서로 믿지도 못하나 보지?"

반 클릭의 얼굴에 짜증이 묻어났다. 하지만 게인즈의 웃음은 꺾이지 않았다. 결국 반 클릭은 책상에서 권총을 꺼낸 뒤 문 쪽으로 손짓했다. "자네들은 나가 있게."

"하지만 반…."

"나가라고!"

다른 자들이 나가자 반 클릭은 화면 너머로 게인즈에게 보여줬던 전자 버튼을 꺼내서 보여주며 권총으로 자신의 이전 상사를 겨눴다. "좋았어.” 그가 으르렁대듯 말했다. “헛수작을 하기만 하면 터지는 거야! 당신의 제안은 뭐야?”

게인즈의 짜증 나는 웃음이 더욱 밝아졌다. 반 클릭은 얼굴을 찌푸렸다. “뭐가 그리 웃기지?”

게인즈는 베풀듯이 대답했다. “반, 자네는 말이야…. 이건 정말 할 말이 많군. 기능주의자 혁명을 일으켜놓고는 자네가 생각한 유일한 기능이라는 것이 직책을 정당화시키려고 도로를 폭파하는 것이라니. 말해보게.” 그가 말을 이었다. “대체 뭘 그리 무서워하는 건가?”

“난 아무것도 안 무서워!”

“안 무섭다고? 자네가? 거기 앉아서 그 장난감 같은 버튼으로 할복자살을 하려고 들면서, 무서운 게 없다니. 만약 그동안 지키려고 싸워온 것을 자네가 언제라도 버릴 수 있다는 걸 부하들이 알게 되면 바로 총으로 쏴버릴걸. 부하들도 무서운 거지, 안 그래?”

반 클릭은 버튼을 치워버리면서 일어났다. “아무것도 안 무섭다니까!” 그는 고함을 지르고는 책상을 돌아 게인즈에게 다가왔다.

게인즈는 계속 가만히 앉아서 웃었다. “하지만 무섭잖아! 넌 지금 이 순간 나도 무서워하고 있어. 자네가 저지른 일 때문에 책임을 물게 될까 봐 두려워하고 있어. 자네에게 경례하지 않는 생도도 무섭고. 뒤에서 비웃을까 봐 무섭지. 저녁 만찬에서 잘못된 포크를 사용할까 봐 무섭고. 사람들이 너를 쳐다보는 것도 무섭겠지. 그리고 넌 사람들이 네가 있는 줄도 모를까 봐 무서워하고 있어.”

“아니라니까!” 반 클릭이 반박했다. “너, 이 더럽고 거만한 속물아! 네가 사관학교를 나왔다고 해서 다른 사람보다 우월한 줄 아는데.” 그는 목이 멘 것 같았다. 그리고 눈에 분노의 눈물을 보이며 앞뒤가 안 맞는 말을 했다. “너와 그 더러운 생도 놈들….”

게인즈는 주의 깊게 보고 있었다. 저자의 성격 결함은 뻔히 보였다. 왜 이제까지 보지 못했는지 궁금해졌다. 한번은 복잡한 계산을 하고 있길래 도와주겠다고 했지만 반 클릭은 고마워할 줄도 몰랐던 적이 있었다.

지금 문제는 약점을 계속 공략하는 것, 그래서 위험한 폭파 버튼의 존재를 까먹도록 정신을 팔리게 하는 것이었다. 다른 생각을 전혀 못 하게 만들고 뒤틀린 시야를 게인즈에게 집중하도록 만들어야 했다.

하지만 너무 조심성 없이 건드려서도 안 되었다. 그랬다가는 총에 맞는 것은 게인즈 자신이 될 수 있었고 도로 통제권을 둘러싼 피비린내 나고 의미 없는 싸움을 피할 방도를 잃게 될 것이었다.

게인즈는 낄낄대며 웃었다. "반…." 그가 말했다. "넌 애처롭도록 속 좁은 녀석이야. 그것도 많이 순화해서 말이지. 난 널 완벽하게 이해하고 있어. 넌 삼류야, 반. 그리고 평생 네 속마음을 꿰뚫어볼 누군가가 있지나 않을까 무서워했겠지. 계급의 밑바닥으로 끌어내릴 그 누군가를 말이야. 국장이라니! 만약 기능주의자 중에서 최고의 인물이 너라면 앞으로 그냥 무시해도 되겠어. 썩어빠진 비효율 덕에 자멸할 테니까." 그는 의자를 휙 돌려 일부러 반 클릭과 그의 총구에 등을 돌렸다.

반 클릭은 자신을 고문하는 자에게 다가가다가 몇 미터 밖에서 멈추더니 외쳤다. "너… 내가 보여줄 거야…. 총알을 박아주지. 쏴버리겠어!"

게인즈는 다시 돌아서 자리에서 일어나 그에게 똑바로 걸어갔다. "다치기 전에 딱총 내려놔."

반 클릭은 한 발자국 물러났다. "가까이 오지 마!" 그는 비명을 질렀다. "접근하지 마. 안 그러면 쏘겠어. 못 쏘나 봐라!"

지금이라고 게인즈는 생각했고 덤벼들었다.

총이 발사되었고 총알이 귀를 스쳤다. 흠, 한 발은 안 맞았다. 두 사람은 바닥에서 뒹굴었다. 반 클릭은 체구가 작은 것치고는 제압하기 힘든 사람이었다. 총이 어딨더라? 저기 있다! 총을 쥐었다. 게인즈가 물러나서 섰다.

반 클릭은 일어나지 않았다. 그는 바닥에 웅크린 채로 누워 있었고 감은 눈으로 눈물을 흘리며 칭얼거리는 아이처럼 엉엉 울었다.

게인즈는 동정의 눈길로 잠시 바라보다가 조심스럽게 권총 손잡이로 귀 사이를 내려쳤다. 그는 문으로 다가가서 그 너머의 소리를 들은 후 조용히 잠갔다.

버튼에서 나온 전선은 조종반으로 이어졌다. 게인즈는 회로를 살펴본 다음 조심스럽게 뽑았다. 그러고 난 뒤 조종 책상 화면에 고개를 돌려 프레즈노에 전화를 걸었다.

"됐네, 데이비슨." 게인즈가 말했다. "이제 공격하라고 해, 서둘러!" 그러고는 화면을 끄면서 당직 장교에게 자신이 얼마나 떨고 있는지 들키지 않기를 바랐다.

✶

다음 날 아침, 프레즈노로 돌아온 게인즈는 흡족한 마음에 젖어 주조종실을 돌아다녔다. 도로는 굴러가고 있었고 오래지 않아 제 속도를 되찾게 될 것이었다. 기나긴 밤이었다. 모든 공학자, 모든 가용 가능한 생도들이 동원되어 새크라멘토 구역을 샅샅이 검사했다. 그리고 부서진 소구역 조종반 두 개를 교차 연결했다. 하지만 도로는 굴러가고 있었다. 그는 바닥에서 익숙한 리듬을 느낄 수 있었다.

게인즈는 수염이 덥수룩하고 초췌한 남자 옆에 섰다. "퇴근 안 하나, 데이비슨?" 그가 물었다. "맥퍼슨이 여기서부터는 맡아서 할 수 있네."

"국장님은 어떠세요? 오월의 신부처럼 보이지는 않는데요."

"아, 나중에 사무실에서 낮잠을 좀 자야지. 아내에게도 전화를 걸었고 못 갈 거라 전했네. 아내가 내 쪽으로 온다고 하는군."

"화나셨던가요?"

"괜찮아." 게인즈는 조종반을 보며 여섯 개의 구역에서 오는 '혼잡도'가 찰칵거리며 올라가는 모습을 지켜봤다. 샌디에이고 서클, 앤젤레스 구역, 베이커스 필드 구역, 프레즈노 구역, 스톡턴… 스톡턴? 스톡턴! 맙소사, 블레킨숍! 호주 내각 장관을 밤새 스톡턴 사무실에 처박아두고 있었다니!

그는 문 쪽으로 가며 어깨너머로 말했다. "데이비슨, 차 한 대 불러주겠나? 빠른 거로 말이야!" 그는 홀을 가로질렀고 데이비슨이 명령을 복창하기도 전에 개인 사무실로 들어갔다.

"돌로레스!"

"네, 게인즈 국장님."

"아내에게 전화 걸어서 스톡턴으로 간다고 전해주게. 만약 벌써 집을 나왔거든 여기서 기다리라고 하고. 그리고 돌로레스…."

"네, 게인즈 국장님."

"아내 화를 좀 진정시켜줘."

그녀는 입술을 깨물었지만 무표정을 유지했다. "네, 게인즈 국장님."

"그래야지." 그는 사무실을 나와서 계단을 내려가기 시작했다. 도로층에 다다르자 굴러가는 노선의 모습을 보고 마음이 따뜻해졌고 거의 즐거운 기분이 되었다.

게인즈는 활기찬 걸음으로 조용히 휘파람을 불면서 '하층 통로'라고 쓰인 문으로 향했다. 문을 열자 몰아치는 '하층 내부'의 기계 소리가 들려왔고 그의 휘파람 소리가 굉음에 파묻혔다.

오, 하이! 하이이 히!
우리는 회전자 기술자
구역을 힘차게 점검하지! 하나! 둘! 셋!
어디에 가든
알아야만 해
당신의 도로도 같이 굴러간다!

# 폭발은 일어난다

**Blowups Happen**

고호관 옮김

✦ 1940년 9월 〈어스타운딩 사이언스 픽션(Astounding Science Fiction)〉에 발표

"렌치 내려놔!"

그 소리를 들은 남자가 천천히 몸을 돌려 목소리의 주인공을 바라보았다. 전신을 보호하고 있는 육중한 납-카드뮴 보호복의 일부인 기괴한 헬멧에 가려 표정은 보이지 않았지만, 대답하는 목소리에는 불안감 섞인 짜증이 담겨 있었다.

"대체 왜 그러는 거야, 박사?" 남자는 문제가 된 도구를 그대로 들고 있었다.

두 사람은 마치 헬멧까지 모두 차려입고 시합 개시를 기다리는 펜싱 선수 두 명처럼 서로 마주 보았다. 먼저 말한 남자의 목소리는 마스크 뒤에서 흘러나왔는데, 좀 더 높은 데다가 명령조였다. "못 들었어, 하퍼? 당장 그 렌치 내려놓으라고. 그리고 '방아쇠'에서 떨어져. 에릭슨!"

보호복을 입은 제3의 인물이 제어실 끝에서 나타났다. "왜 그래, 박사?"

"하퍼는 근무에서 빠질 거야. 자네가 대신 당직을 맡아. 대기자 보내 달라고 하고."

"알았어." 세 번째 남자는 침착한 목소리와 말투로 별다른 말 없이 상황을 받아들였다. 방금 근무에서 빠지게 된 원자력 기술자는 이리저리 시선을 돌리더니 조심스럽게 렌치를 도구함에 내려놓았다.

"하라는 대로 하지, 실라드 박사. 하지만 자네 대체자도 보내달라고 해. 난 즉각적인 심리를 요청하는 바야!" 하퍼는 화를 내며 밖으로 나갔다. 납을 덧댄 장화가 바닥을 울려 쿵쿵 소리를 냈다.

실라드 박사는 20분 동안 유쾌하지 못한 기분으로 자신의 대체자가 오기를 기다렸다. 어쩌면 자신이 성급했을 수도 있었다. 원자로라는, 세계에서 가장 위험한 기계를 다룬다는 긴장감 때문에 하퍼가 마침내 정신을 놓아버렸다고 생각했던 게 틀렸을 수도 있었다. 하지만 설령 실수를 했다고 해도 안전한 범위 안에 있어야 했다. 이 계통에서 실수란 일어날 수 없는 일이었다. 실수 하나로 거의 10톤에 달하는 우라늄238과 우라늄235, 그리고 플루토늄이 폭발할 수도 있는 상황에서는.

실라드는 그러면 어떻게 될지 상상해보려고 했지만, 되지 않았다. 우라늄의 잠재적인 폭발력이 TNT의 2천만 배나 된다는 이야기는 들은 적이 있었다. 그렇게 수치로 말해서는 감이 오지 않았다. 그 대신 고성능 폭탄 수억 톤이 쌓여 있는, 아니 히로시마에 떨어진 원자폭탄 천 개가 쌓여 있는 모습을 떠올렸다. 그래도 아직 감이 오지 않았다. 실라드는 예전에 공군에서 기질 분석가로 복무하던 시절에 원자폭탄이 떨어지는 모습을 한 번 본 적이 있었다. 그런 폭탄 천 개가 폭발하는 광경은 도무지 상상이 되지 않았다. 뇌의 능력 밖이었다.

어쩌면 이들 원자력 기술자는 할 수 있을지도 몰랐다. 수학 능력이 훨씬 더 뛰어나고 핵분열로 안에서 실제로 일어나는 일을 좀 더 잘 아는 사람이라면 그 차폐막에 갇힌 채 벌어지는 놀랍고 무서운 일을 조금이나마 생생하게 떠올릴 수 있을지도 몰랐다. 그렇다면 그 사람들이 폭발하듯 화를 내는 경향이 있는 것도….

실라드는 한숨을 쉬었다. 에릭슨이 선형공명가속기에 조정을 가하다 말고 고개를 돌렸다. "뭐가 문제야, 실라드 박사?"

"아무것도 아니야. 하퍼를 끌어내려야 했던 게 기분이 좋지 않아서."

실라드는 덩치 큰 스칸디나비아인의 날카로운 시선을 느낄 수 있었다. "자네도 신경과민이 된 건 아니지? 가끔은 당신들 심리학자도 폭발하곤 한다니까."

"내가? 아닐걸. 난 저 안에 있는 게 무서워. 미치지 않고서야 그럴 수밖에 없지."

"나도 그래." 에릭슨이 담담하게 말하고는 다시 가속기를 제어하는 일로 돌아갔다. 가속기 자체는 또 다른 차폐막 안에 완전히 들어가 있었다. 끝 부분은 마지막 차폐막과 원자로 사이로 사라지며 원자로 안에 있는 베릴륨 표적을 향해 끔찍할 정도로 가속된 아원자 입자 총알을 끊임없이 쏘아 보내고 있었다. 두들겨 맞은 베릴륨은 중성자를 내놓았고, 중성자는 사방에 있는 우라늄 속으로 날아갔다. 중성자 일부는 우라늄 원자의 핵을 정통으로 맞혀 반으로 쪼개놓았다. 이렇게 생긴 조각은 바륨, 크세논, 루비듐 같은 새 원소였다. 어떤 비율로 쪼개지느냐에 따라 달라졌다. 새로 생긴 원소는 보통 불안정한 동위원소였고, 연이은 방사성 붕괴를 일으켜 더 많은 원소로 쪼개졌다.

그러나 이 두 번째 변화는 비교적 안전했다. 진짜 중요하고 위험한 건 우라늄 핵이 쪼개지는 원래 반응이었다. 이 반응으로 핵이 뭉쳐 있게 해주던 2억 전자볼트라는, 믿기 어려울 정도로 막대한 에너지가 방출됐다.

우라늄은 중성자로 맞혀 더 많은 연료를 증식하는 용도로 쓰였다. 우라늄이 쪼개지면 더 많은 중성자가 나와 더 많은 우라늄 핵을 때려서 쪼갤 수 있었기 때문이다. 만약 조건이 맞아떨어져 이런 반응이 점점 많이 일어나게 된다면, 통제를 벗어나 찰나의 순간에 완전한 핵폭발을 일으킬 수 있었다. 원자폭탄 따위는 장난감 총으로 보일 정도였다. 인간의 경험을 넘어서는 수준의 폭발이라 자신의 죽음이라는 생각과 마찬가지로 전혀 이해 불가능했다. 두려워할 수 있지만, 이해할 수는 없는.

그러나 완전한 폭발이 일어나기 직전 수준의 연쇄 핵분열 과정은 증식로의 작동에 필수적이었다. 베릴륨에서 나온 중성자로 우라늄 핵을 때려서 최초의 분열을 일으키는 데는 그 원자가 내놓을 수 있는 것보다 더 많은 에너지가 필요했다. 증식로가 계속 작동하기 위해서는 베릴륨에서 나온 중성자에 쪼개진 각 원자가 반드시 더 많은 핵분열을 일으켜야 했다.

이 연쇄 반응이 항상 줄어드는, 즉 꺼지는 방향으로 가야 한다는 것 또한 마찬가지로 반드시 지켜야 했다. 핵분열이 늘어나면 큰일이었다. 측정할 수조차도 없는 시간 안에 우라늄 덩어리가 폭발할 것이었다.

그 시간을 측정할 수 있는 사람도 남지 않겠지만.

원자로에서 근무 중인 원자력 기술자는 '방아쇠'라는 수단을 이용해 이 반응을 제어할 수 있었다. 방아쇠란 기술자들이 선형공명가속기, 베릴륨 표적, 카드뮴 제어봉, 관련 제어기기, 계기판, 전력 공급원 등을 포함해서 부르는 용어였다. 그러니까 베릴륨 표적을 두들기는 정도에 변화를 줘서 원자로의 작동 수준을 높이거나 줄일 수 있고, 카드뮴 제어봉으로 원자로의 '유효 질량'을 바꿀 수 있고, 또한 계기를 보고 내부의 반응이 감소하는지, 아니 정확히는 극미한 시간 이전에 감소했는지를 알 수 있다는 뜻이었다. 지금 당장 원자로 안에서 무슨 일이 벌어지고 있는지를 알 수 있는 방법은 없었다. 아원자의 속도는 너무 컸고, 시간 간격은 너무 작았다. 기술자는 마치 뒤로 날아가는 새와 같았다. 자신이 어디 있었는지는 볼 수 있지만, 지금 어디로 가고 있는지는 결코 알 수 없었다.

그렇지만 이건 기술자의 임무였다. 누구도 대신할 수 없었다. 원자로의 효율을 높게 유지하면서도 반응이 임계점을 넘어가 대폭발을 일으키지 않도록 관리하는 것.

하지만 그건 불가능했다. 기술자라고 해도 확신할 수 없는 일이었다. 절대 확신할 수 없었다.

기술자라면 최상급의 교육으로 습득한 내용과 기술을 이 일에 적용할 수 있었다. 그리고 이를 이용해 재해가 일어날 수학적 확률을 가능한 한 낮출 것이었다. 그러나 아무리 뛰어난 패를 갖고 있다고 해도, 아원자 입자의 활동을 지배하는 예측 불가능한 확률 법칙이 로열스트레이트 플러시를 내밀면 패배할 수도 있었다.

그리고 원자력 기술자라면 누구나 알았다. 자신의 목숨뿐만 아니라 수많은, 어쩌면 지구에 있는 모든 인간의 목숨을 건 채 도박을 하고 있다는 사실을 모두가 알았다. 다만 그런 폭발이 일어난다면 어떻게 될지는 아무도 몰랐다. 한 보수적인 예측에 따르면, 원자력발전소와 가까이 있는 사람들은 완전히 날아가버리는 데다가 북쪽으로 160킬로미터 떨어진 곳에 있는, 인구가 많고 여행객도 많은 로스앤젤레스-오클라호마 로드시티의 상당 부분도 찢어발긴다고 했다.

원자력에너지위원회가 원자력발전소를 승인한 근거로 삼은 공식적이고 낙관적인 관점은, 그 정도 질량의 우라늄은 몰 규모에서 자체적으로 붕괴하므로 연속적이고 가속하는 핵폭발이 전체 질량에 영향을 끼치기 전에 파괴 범위를 제한한다는 수학적 예측 결과에서 나왔다.

원자력 기술자의 대다수는 이 공식 이론을 별로 신뢰하지 않았다. 그들은 수학을 이용한 이론적인 예측을 그 자체로서만 받아들였다. 실험으로 확인하기 전까지는 전혀 받아들이지 않았다는 뜻이다.

그러나 공식적인 관점을 따른다고 해도 근무 중인 원자력 기술자 모두는 자신만이 아니라 다른 수많은 사람의 목숨을 책임지는 것이었다. 그 수가 얼마나 많은지는 생각하지 않는 편이 나았다. 어떤 조종사도, 장군도, 의사도 이들만큼 타인의 목숨에 대해 매일 절대 벗어날 수 없는 책임을 짊어지고 있지는 않았다. 원자력 기술자가 매번 근무에 나설 때마다, 스크루 하나를 건드리거나 계기를 읽을 때마다 짊어진 책임이었다.

이 기술자들은 지성과 기술적인 능력뿐만 아니라 성품과 사회적 책임감까지 따져서 선발되었다. 감수성이 좋은 사람이 필요했다. 자신이 맡은 책무의 중요성을 완전히 이해할 수 있는 사람이. 그렇지 못한 사람은 이 일을 할 수 없었다. 그러나 책임이 너무 막중한 나머지 아무리 감수성이 뛰어난 사람이라고 해도 이를 무한정 감당하지는 못했다.

그런 심리적 불안정은 어쩔 수 없이 생겼다. 정신착란은 직업병이었다.

커밍스 박사가 나타났다. 방사선을 막기 위한 보호복의 끈을 아직 조이는 중이었다. "무슨 일이야?" 커밍스가 실라드에게 물었다.

"하퍼를 근무에서 빼야 했어."

"그랬군. 오다가 만났어. 아주 열을 받았는지 그냥 나를 노려보던데."

"알아. 곧바로 심리를 열자는 거야. 그래서 자네를 불렀지."

커밍스가 투덜거렸다. 그러더니 보호복으로 몸을 감싸 누군지 알 수 없는 기술자를 향해 고개를 끄덕였다. "나한테 걸린 게 누구야?"

"에릭슨."

"잘됐네. 북유럽 놈들은 미치지 않으니까. 안 그래, 에릭슨?"

에릭슨이 잠깐 고개를 들어 대답했다. "그건 네 문제지." 그리고 다시 일에 집중했다. 커밍스는 실라드를 향해 말했다. "정신의학자는 여기서 인기가 없는 모양이야. 알겠어. 당신과 교대합니다요."

"알겠소이다."

실라드는 통제실을 둘러싼 외부 차폐막 속에서 지그재그로 움직였다. 그는 차폐막 밖으로 나간 후 거추장스러운 보호복을 벗어 제공받은 로커룸에 둔 뒤 서둘러 승강기로 갔다. 지하에 있는 고리형 기지에 내려서는 비어 있는 캡슐을 찾아 두리번거리다 빈 걸 하나 찾은 실라드는 캡슐 좌석에 앉아 벨트를 매고 밀폐문을 닫은 뒤 곧 있을 가속에 대비해 머리를 뒤로 기댔다.

5분 뒤 실라드는 30킬로미터 떨어진 곳에 있는 총괄감독관의 사무실 문을 두드렸다.

증식로 자체는 애리조나 고원 위 사막 언덕의 움푹 팬 곳에 있었다. 발전소가 작동하는 데 직접적으로 필요하지 않은 행정사무실, 방송국 따위는 언덕 너머에 있었다. 이런 부수 시설이 있는 건물은 기술이 허용하는 한 내구성을 최대로 발휘할 수 있도록 만들었다. 만약 그 날이 온다면 건물 안에 있는 사람들은 통 안에 든 채로 나이아가라 폭포에서 떨어져서 살아남는 것과 비슷한 생존 가능성을 기대할 수 있었다.

실라드가 문을 다시 두드렸다. 남성 비서인 슈타인케가 그를 맞이했다. 실라드는 전에 슈타인케의 진단 이력을 읽었던 기억이 났다. 한때 가장 유망하고 젊은 기술자였지만, 갑자기 수학식을 다루는 능력을 완전히 잊어버리는 증상을 겪었다. 평범한 기억상실증이었지만, 이 불쌍한 친구가 할 수 있는 일은 없었다. 그는 계속 근무하기를 갈망했지만, 결국 사무직원으로 재교육을 받았다.

슈타인케가 감독관의 개인사무실로 실라드를 안내했다. 먼저 와 있던 하퍼가 정중하지만 냉랭하게 인사했다. 감독관은 친절했지만, 실라드는 그 사람이 피곤해 보인다고 생각했다. 24시간 내내 긴장하고 있어야 한다는 게 너무 큰 짐인 듯했다.

"들어오게, 박사. 들어와 앉게나. 이야기 좀 해보지. 난 사실 좀 놀랐어. 난 하퍼가 가장 안정적인 사람이라고 생각하고 있었거든."

"그렇지 않다는 건 아닙니다."

"그러면?"

"하퍼에게 전혀 문제가 없을지도 모릅니다. 하지만 제가 받은 지시는 조금의 위험도 감수하지 말라는 것이었습니다."

"그야 물론이지." 감독관은 조용히 긴장한 채로 앉아 있는 기술자를 향해 곤란하다는 듯한 시선을 보냈다가 다시 실라드를 바라보았다. "자세히 이야기 좀 해보게."

실라드는 심호흡을 했다. "통제실에서 심리관찰자로 근무하면서 저는 해당 기술자가 평소보다 집중하지 못하고 자극에 반응하지 않는 것 같다고 느꼈습니다. 지난 며칠 동안 제가 비번일 때 이 건을 관찰한 결과 집중력 저하가 일어나고 있다고 의심하게 됐습니다. 예를 들어, 카드놀이를 할 때도 현재 해당 기술자는 이따금 얼마나 걸었는지를 다시 살펴보자고 요청합니다. 과거의 행동 패턴과 배치되는 일입니다.

이와 비슷한 다른 데이터도 있습니다. 간단히 말하면, 오늘 3시 11분,

당직 근무 중일 때 저는 아무런 합리적인 이유 없이 냉각수 차폐 밸브를 조절할 때만 쓰는 렌치를 집어 들고 방아쇠에 다가가는 하퍼를 목격했습니다. 저는 하퍼를 근무에서 배제하고 통제실 밖으로 내보냈습니다."

"감독관님!" 하퍼는 잠시 흥분을 가라앉히고 말을 이었다. "만약 이 돌팔이가 발진기에 딸린 렌치에 대해 알았다면, 제가 뭘 하고 있던 건지 알았을 겁니다. 그 렌치는 잘못된 도구함에 있었어요. 저는 그걸 알아채고 올바른 위치에 돌려놓으려 했습니다. 가는 길에 멈춰서 계기를 확인했고요!"

감독관이 질문하는 듯한 시선으로 실라드 박사를 바라보았다.

"사실일지도 모릅니다. 그게 사실이라고 쳐도, 그러나." 정신의학자는 완강했다. "제 진단은 여전히 유효합니다. 자네의 행동 패턴은 바뀌었어. 지금 자네의 활동은 예측 불가능해. 나는 완전한 검사를 받기 전까지는 자네를 중요한 책무에 투입할 수 없어."

총괄감독관 킹은 책상을 두드리며 한숨을 쉬었다. 그리고 천천히 하퍼에게 말했다. "하퍼, 자네는 괜찮은 친구야. 진심이야. 자네 기분이 어떤지 알아. 하지만 어쩔 수 없어. 가서 정신감정을 받도록 해. 그리고 위원회가 어떤 처분을 내리든 받아들이라고." 킹이 잠시 말을 멈췄지만, 하퍼는 말없이 아무 표정도 짓지 않았다. "이렇게 하지. 며칠 휴가를 내는 건 어떻겠나? 그리고 돌아와서 위원회 앞에 서는 거야. 아니면 폭탄으로부터 먼 다른 부서로 이동하든가. 어느 쪽이든 원하는 대로 하게." 킹은 괜찮냐는 듯이 실라드를 바라보았고, 실라드는 고개를 끄덕였다.

그러나 하퍼는 끈질겼다. "아니요, 감독관님." 하퍼가 항의했다. "그렇게는 안 될 겁니다. 뭐가 문제인지 모르시겠어요? 이 끊임 없는 감시가 문제라고요. 면도도 혼자 할 수 없습니다. 우리는 별거 아닌 행동을 할 때조차 자기도 반쯤 돌아버린 웬 정신의학자가 지켜보면서 우리가 일을 망칠 징후라고 생각할까 봐 두렵단 말입니다. 젠장, 뭘 바라는 겁니까!" 한바탕 쏟아낸 하퍼는 계속해서 빈정거렸다. "좋아요. 저한테 구속복을 입힐 필요는 없습니다. 조용히 사라지지요. 감독관님도 괜찮은 녀석이었어요." 하퍼가 덧붙였다. "감독관님 밑에서 일할 수 있어서 좋았습니다. 안녕히 계세요."

킹은 눈가에 어른거리는 고통을 말투에 드러내지 않았다. "잠깐만 기다려, 하퍼. 아직 안 끝났어. 휴가는 잊어버리게. 자네를 방사선 연구실로 전출하지. 어쨌거나 연구에 참여하는 거야. 내가 특급 직원이 부족하지만 않았어도 자네를 거기서 데려다 근무를 서게 하지 않았을 거야.

끊임없는 심리 관찰에 관해서 말하자면, 나 역시 자네만큼이나 그게 싫어. 나는 근무 중인 기술자보다 두 배나 더 면밀하게 관찰되고 있다는 걸 아는지 모르겠군." 하퍼는 놀랐다는 표정을 지었지만, 실라드는 침착하게 그렇다는 뜻으로 고개를 끄덕였다. "하지만 우리는 이런 감시를 해야 한다네…. 자네 매닝이라고 기억하나? 아니, 자네가 오기 전에 있던 사람이군. 그때는 심리 관찰을 하지 않았어. 매닝은 능력 있고 영리했지. 게다가 항상 사람이 밝았어. 무엇에도 개의치 않는 듯했지.

나는 그 친구가 원자로에서 일하는 게 좋았어. 항상 정신이 말짱했으니까. 그리고 원자로에서 일하는 것 때문에 초조해하지도 않는 것 같았어. 오히려 근무를 서면 설수록 점점 더 들뜨고 즐거워했지. 난 그게 몹시 나쁜 징후였다는 걸 알았어야 했어. 하지만 몰랐지. 그걸 내게 알려줄 사람도 없었고.

어느 날 밤 기술자 한 사람이 매닝을 때려야 했어…. 카드뮴 부속품에서 안전장치를 제거하고 있었거든. 불쌍한 매닝은 끝내 회복하지 못했어. 그 뒤로 계속 말도 못하게 정신이 나가 있지. 매닝이 무너진 뒤로 우리는 근무 때마다 자격 있는 기술자 두 명에 관찰자 한 명을 두는 현 시스템을 만들었다네."

"그렇군요." 하퍼가 중얼거렸다. 이제 화가 난 표정은 아니었지만, 아직 기분은 풀리지 않았다. "여전히 똑같이 끔찍한 상황이지만요."

"그건 온건한 표현이지." 킹이 일어서서 손을 내밀었다. "하퍼, 자네가 우리를 떠나기로 굳게 마음먹은 게 아니라면, 내일 방사선 연구실에서 보기를 바라네. 또 하나, 웬만해서는 이런 말 하지 않지만, 오늘 밤에는 취하는 게 도움이 될지도 몰라."

킹은 실라드에게 젊은이가 떠난 뒤에 남아 있으라고 신호했다. 그리고 문이 닫히자 다시 실라드 쪽으로 몸을 돌렸다. "또 하나가 가버리는군. 아주 뛰어난 친구인데. 박사, 뭘 어떻게 해야 할까?"

실라드는 뺨을 꼬집었다. "모르겠습니다." 실라드가 인정했다. "빌어먹을, 하퍼가 완전히 옳아요. 누군가가 지켜보고 있다는 걸 알면 더욱 긴장하게 된단 말입니다…. 그렇다고 관찰을 안 할 수도 없고요. 정신의학자들도 아주 멀쩡하지는 않습니다. 대폭탄 주위에서 일하니까 신경질적이 됩니다…. 우리가 이해할 수 없는 대상이라 더 그렇고요. 그리고 지금처럼 다들 우리를 싫어하고 명령하는 상황도 부담스럽습니다. 그런 상황에서 과학적으로 초연하기란 어렵습니다. 저 자신도 흔들리고 있는걸요."

킹이 사무실을 거닐다 말고 실라드를 보며 힘주어 말했다. "그래도 뭔가 해결책이 있을 게…."

실라드는 고개를 저었다. "제 능력 밖의 일입니다, 감독관님. 심리학적 관점에서 해결책이 보이지 않아요."

"없어? 흠. 박사, 자네 분야에서 누가 최고지?"

"네?"

"이런 일을 다루는 데 최고라고 이름난 사람이 누구냐는 말일세."

"어, 그건 콕 집어 말하기 어려운데요. 당연한 말이지만, 세계에서 가장 뛰어난 정신의학자라는 건 없습니다. 너무 많이 세분화돼 있거든요. 그래도 무슨 말씀인지는 알겠습니다. 최고의 산업 기질 분석가를 원하시는 게 아니군요. 비손상성이고 상황성인 정신질환을 두루두루 잘 아는 최고의 인물을 원하시는 거겠죠. 그렇다면 렌츠입니다."

"계속 말해보게."

"음. 그 사람은 환경적응의 전 분야를 다룹니다. 최적 긴장이론과 코집스키가 경험적으로 개발한 이완 기법을 연관시킨 사람이죠. 사실 렌츠는 코집스키 밑에서 연구를 했어요. 그러니까 젊은 학생이었을 때 말입니다. 그게 그 사람이 유일하게 뽐내는 일이죠."

"그랬어? 그러면 나이가 많겠군. 코집스키가…, 몇 년도에 죽었더라?"

"렌츠가 기호학, 즉 진술의 추상과 계산에 관한 이론에 남긴 업적을 꼭 아셔야 합니다. 그게 공학과 수리물리학에도 적용이 되기 때문입니다."

"그 렌츠 말이군, 맞아. 그런데 난 그 사람이 정신의학자라고 생각해 본 적이 없어서 말이야."

"감독관님 분야에서는 그렇죠. 그렇지만 우리는 그 사람이 광란의 시기에 있었던 신경증 대유행을 조사하고 완화하는 데 다른 누구 못지않게 공헌했다고 여기고 있거든요. 아직 살아 있는 누구보다도 더 말입니다."

"그 사람 어디 있지?"

"어, 시카고에 있을 겁니다. 연구소에요."

"이리 데려와."

"네?"

"여기로 데려오라고. 저 화상전화를 들고 어디 있는지 찾아내. 그리고 슈타인케에게 시카고항에 전화해서 고고도 비행차 한 대를 잡아서 대기시켜 놓으라고 해. 가능한 한 빨리 그 사람을 만나고 싶으니까. 오늘이 지나기 전에." 킹은 다시 자기 자신과 상황을 지배하는 사람이 된 분위기를 풍기며 의자에 앉은 채로 몸을 곧추세웠다. 킹의 마음은 결론에 다다랐을 때만 느낄 수 있는 따뜻한 기분을 알고 있었다. 괴로운 표정은 사라졌다.

실라드는 어이없는 표정을 지었다. "하지만 감독관님." 실라드가 조언했다. "렌츠 박사가 무슨 젊은 사무원도 아니고, 그렇게 갑자기 연락할 수는 없습니다. 그 사람…, 그 사람은 렌츠예요."

"물론이지. 그래서 내가 그 사람을 원하는 거야. 하지만 나는 공감에 목마른 신경 과민 환자도 아니야. 그 사람은 올 거야. 필요하다면 워싱턴에 압력을 넣어봐. 백악관에서 전화를 넣게 하라고. 어쨌든 당장 그 사람을 데려와. 지금!" 킹이 사무실을 나갔다.

✳

근무를 마친 에릭슨은 여기저기 물어본 끝에 하퍼가 마을로 갔다는 사실을 알아냈다. 그러고는 저녁을 건너뛰고 '음주 복장'으로 갈아입은 뒤 튜브를 통해 파라다이스로 급히 떠났다.

애리조나주 파라다이스는 원자력 발전소 덕분에 존재하는 작고 인정사정없는 신흥 도시였다. 그곳은 발전소 직원들로부터 과도한 급여를 떼어 가는 일에 전적으로 헌신하고 있었다. 발전소 직원들은 이 가치 있는 일에 스스로 기꺼이 기여했다. 발전소에서 일하는 사람들은 다른 직장에서 일할 때에 비해 두 배에서 열 배까지 급여를 받았다. 그리고 그중 누구도 노후를 위한 저축을 정당화할 수 있을 정도로 오래 살 수 있을지 확신하지 못했다. 게다가 회사는 직원을 위해 맨해튼에 감채 기금을 예치하고 있었다. 짜게 굴 필요가 어디 있겠는가?

부분적으로 사실이기도 한데, 뉴욕에서 구할 수 있는 유흥거리나 사치는 파라다이스에서도 살 수 있다는 말이 있었다. 현지 상공회의소는 네바다주 리노의 슬로건인 '세상에서 가장 큰 작은 도시'를 훔쳐오기도 했다. 리노의 지지자들은 원자력발전소에 그렇게 가까운 도시라면 죽음에 대해 떠올릴 수밖에 없는 게 사실이므로 '지옥문'이 훨씬 더 적절한 이름이라고 주장하며 반격했다.

에릭슨은 가게를 돌기 시작했다. 파라다이스의 중심가는 여섯 구역으로, 술을 팔 수 있는 곳이 모두 스물일곱 군데 있었다. 하퍼의 습관과 취향을 알고 있던 에릭슨은 그중 한 곳에서 하퍼를 찾을 수 있으리라고 생각했다. 예상으로는 두 번째, 혹은 세 번째면 될 것이었다.

에릭슨은 틀리지 않았다. 딜랜시의 가게, 산스시 바의 뒤쪽 테이블에 하퍼가 홀로 앉아 있었다. 딜랜시의 가게는 두 사람이 가장 좋아하는 곳이었다. 그곳의 크롬 도금한 바와 빨간 가죽으로 만든 가구에는 어딘가 오래된 물건이 주는 편안함이 있었다. 두 사람에게는 최신 양식으로 멋지게 꾸민 곳보다 이곳이 오히려 더 마음에 와 닿았다. 딜랜시는 보수적이었다. 간접 조명과 부드러운 음악을 고수했고, 종업원들은 밤에도 옷을 완전히 입어야 했다.

하퍼의 앞에 놓인 다섯 번째 스카치 잔은 3분의 2쯤 차 있었다. 에릭슨은 하퍼의 얼굴에 손가락 세 개를 들이밀고 물었다. "세봐!"

"셋." 하퍼가 말했다. "앉아, 에릭슨."

"맞았어." 에릭슨이 말하며 커다란 덩치를 낮은 의자 위로 밀어넣었다. "괜찮을 거야, 당장은. 결과가 어땠어?"

"술이나 마셔." 하퍼가 말했다. "이 스카치가 좋은 건 아니지만. 딜랜시가 물을 탄 것 같아. 난 항복했어. 완전히."

"딜랜시가 그럴 리 없잖아. 계속 그렇게 생각하다가는 기어서 가게 될 거야. 왜 항복한 거야? 완전히 두들겨 팰 계획인 줄 알았는데."

"그랬지." 하퍼가 신음했다. "아주 그랬지, 빌어먹을. 에릭슨, 감독관은 옳아. 만약 뇌 기계공이 자네가 누굴 팰 것 같다고 하면, 그 말을 뒷받침해야 해. 자네를 근무에서 빼야 한다고. 감독관은 위험을 감수할 수가 없어."

"그래. 감독관은 괜찮아. 그런데 그 귀여운 정신의학자들은 도통 사랑할 수가 없더라고. 이거 어때. 한 놈 찾아보자고. 그자도 고통을 느낄 수 있는지 보게 말이야. 내가 붙잡고 있을 테니까 자네가 패."

"아, 됐어, 에릭슨. 술이나 마셔."

"좋은 생각이지만, 스카치는 됐어. 난 마티니를 마실 거야. 곧 식사를 해야 하니까."

"나도 한 잔 줘."

"도움이 될 거야." 에릭슨은 금발로 덮인 머리를 들어 올리며 외쳤다. "이스라펠!"

덩치 큰 흑인이 옆에 나타났다. "에릭슨 씨! 뭔가요!"

"마티니 두 잔 가져다줘. 내 건 이탈리아식으로." 에릭슨이 하퍼에게 말했다. "이제 뭘 할 거야, 하퍼?"

"방사선 연구실로 가기로 했어."

"뭐, 별로 나쁘진 않네. 난 직접 로켓 연료 문제를 풀어봐야겠어. 몇 가지 아이디어가 있어."

하퍼도 은근히 흥미로운 표정이었다. "행성 간 비행에 핵연료를 쓴다는 거? 그 문제는 풀 게 별로 안 남아 있는데. 안 돼, 이 친구야. 로켓보다 나은 뭔가를 생각해내지 못한다면 전리층에서 막히게 될 거야. 물론 우주선 안에 원자로를 설치할 수는 있겠지. 그리고 그 출력을 추진력으로 전환하는 무슨 장치를 고안하는 거야. 그런데 그래 봤자 어디까지 할 수 있겠어? 차폐 때문에 질량비는 끔찍할 테고, 내가 장담하건대 1퍼센트도 추진력으로 전환하지 못할 거야. 회사가 돈이 나오지 않는 일에 원자로를 빌려주지 않을 거라는 문제는 아직 고려하지도 않았어."

에릭슨은 굴하지 않는 듯했다. "자네가 모든 대안을 고려했다고 생각하지 않아. 지금 우리에게 뭐가 있지? 초창기 로켓 학자들은 그저 더 나은 로켓을 만들려고 노력했어. 달까지 날아갈 수 있는 로켓을 만들 때가 되면 완벽한 연료가 나와서 그 일을 가능하게 해줄 거라고 믿고 차분하게 노력했지. 그리고 정말로 그 정도로 괜찮은 우주선을 만들었어. 대척점을 오갈 수 있는 우주선이라면 아무거나 가져다 달까지 갈 수 있게 개조할 수 있다고. 적당한 연료만 있다면 말이야. 그런데 연료가 없어.

왜 그럴까? 우리가 그 사람들을 실망시켜서야. 그래서 그런 거라고. 아직 분자 에너지, 화학 반응에 의지하고 있기 때문이지. 원자력이 바로 품 안에 있는데 말이야. 이건 그 사람들 잘못이 아니야. 그 늙은이 D. D. 해리먼이 로켓 연합에 남극 역청우라늄광을 먼저 모조리 인수하게 해서 자기도 한 덩어리 크게 떼어 갔잖아. 언젠가 우리가 농축 로켓 연료로 쓸 수 있는 뭔가를 만들어낼 거라고 기대하면서 말이지. 우리가 해냈나? 퍽이나! 회사는 당장 상업적으로 개발할 수 있는 데만 정신이 팔려 있었고, 원자력 로켓 연료는 아직 없어."

"하지만 말은 똑바로 해야지." 하퍼가 반박했다. "쓸 수 있는 원자력에는 두 가지 형태밖에 없어. 방사능과 핵분열이야. 첫 번째는 너무 느리지. 에너지는 나오지만, 한참 기다려야 해. 로켓에는 못 써. 두 번째는 커다란 발전소 안에서만 다룰 수 있어. 거기서 막혀버린다고."

"우리는 아직 제대로 해보지 않았잖아." 에릭슨이 대답했다. "에너지는 있어. 우리는 괜찮은 연료를 제공해야 해."

"'괜찮은 연료'라는 게 뭔데?"

에릭슨의 입에서 대답이 술술 나왔다. "임계질량이 충분히 작아서 반응질량이 에너지를 전부, 아니면 거의 전부 열 형태로 흡수할 수 있는 것. 나는 반응질량이 평범한 물이면 좋겠어. 그러면 납과 카드뮴 재킷만 입으면 차폐할 수 있으니까. 그리고 전체를 미세하게 제어할 수 있고."

하퍼가 웃었다. "차라리 천사의 날개를 달라고 하지 그래. 그러면 다 되잖아. 로켓 안에는 그런 연료를 저장할 수 없어. 연소실에 가기도 전에 터져버릴 거야."

에릭슨이 스칸디나비아인다운 완강함을 다시 한 번 발휘해 논박하려는 순간 웨이터가 술을 가지고 왔다. 웨이터는 승리를 과시하듯이 술잔을 내려놓았다. "여기 있습니다!"

"어디 한번 굴려볼까, 이스라펠?" 하퍼가 물었다.

"괜찮으시다면요."

흑인 웨이터는 가죽으로 만든 주사위컵을 꺼냈고, 하퍼가 주사위를 굴렸다. 하퍼는 신중하게 조합을 선택했고, 세 번 굴려서 에이스 네 개와 잭 하나가 나왔다. 이스라펠 차례였다. 이스라펠은 손목을 뒤쪽으로 꺾는 화려한 동작을 보이며 굴렸다. 점수는 킹 다섯 개였다. 이스라펠은 정중하게 술 여섯 잔 가격을 받아갔다. 하퍼는 집게손가락으로 무늬가 새겨진 육면체를 건드렸다.

"이스라펠." 하퍼가 물었다. "이게 내가 굴린 그 주사위 맞아?"

"왜 그러세요, 하퍼 씨!" 이스라펠이 상처받은 표정을 지었다.

"됐어." 하퍼가 패배를 인정했다. "자네랑 도박을 하지 말았어야 했는데. 6주 동안 한 번도 못 이겨봤다니까. 무슨 말을 하고 있었지, 에릭슨?"

"내 말은 에너지를 얻을 수 있는 좀 더 나은 방법이…." 하퍼가 말을 하려다가, 반대쪽에 멍한 눈빛과 무심한 태도로 앉아 있는 남자를 발견했다. "해니건이 확실히 상태가 안 좋아 보이네. 3주째 저러고 있어. 최근 들어서는 지독하게 쌀쌀맞게 굴고 있고. 저 친구를 보고해야 할까?"

"그런 걱정은 하지 마." 에릭슨이 충고했다. "그 일 하는 사람은 따로 있으니까. 봐." 하퍼가 에릭슨의 시선을 따라가자 정신의학자인 모트 박사가 보였다. 모트 박사는 바 한쪽 끝에 기댄 채 높은 잔을 꼭 쥐고 있었다. 그렇게 위장을 하고 있었지만, 자세로 미루어 보건대 해니건뿐만이 아니라 에릭슨과 하퍼도 시야에 넣고 있었다.

"그래. 우리도 관찰하고 있어." 하퍼가 말했다. "빌어먹을, 왜 저 인간들은 쳐다보기만 해도 등에 털이 곤두서는 걸까?"

"여기서 나가자." 에릭슨이 말했다. "저녁은 다른 데서 먹자고."

"좋아."

가게를 나서는 두 사람을 딜랜시가 직접 배웅했다. "너무 일찍 가는데, 친구들?" 마치 두 사람이 떠나면 굳이 가게를 열어놓을 필요가 없다는 투였다. "오늘 메뉴는 맛있는 바닷가재 꼬리구이라고. 맛이 없으면 돈을 안 내도 돼." 딜랜시가 밝게 웃었다.

"해물은 싫어, 딜랜시." 하퍼가 말했다. "오늘은 싫어. 그나저나 언젠가는 원자로가 당신을 잡아먹어버릴 걸 알면서 왜 계속 여기서 장사하는 거야?"

술집 주인이 눈썹을 치켜세웠다. "원자로가 무서워? 그건 내 친구라고!"

"돈을 벌어준다 이건가?"

"아, 그런 뜻이 아니야." 딜랜시가 은밀하게 몸을 기대왔다. "5년 전에

난 위암으로 죽기 전에 가족을 위해 돈을 벌어두려고 이곳으로 왔어. 그런데 여러분이 대폭탄의 도움을 받아 만들어준 멋진 방사선 덕분에 병원에서 치료를 받고 나왔거든. 난 새롭게 사는 거야. 원자로는 무섭지 않아. 착한 내 친구니까."

"폭발한다고 하면?"

"하느님이 나를 필요로 하실 때 데려가시겠지." 딜랜시가 재빨리 성호를 그었다.

술집을 떠나며 에릭슨이 하퍼에게 나직하게 말했다. "방금 들은 게 답이야, 하퍼. 우리 기술자들이 신념을 가진다면, 우리는 실망하지 않을 거라고."

하퍼는 반신반의하며 중얼거렸다. "난 모르겠어. 그게 신념인 것 같지는 않아. 상상력과 지식의 부재라고 생각해."

✶

킹의 확신에도 불구하고 렌츠는 다음 날이 되어서야 나타났다. 감독관은 이 방문객의 외모를 보고 무의식적으로 살짝 놀랐다. 그는 흩날리는 머리에, 위엄 있고, 모든 것을 꿰뚫어 보는 듯한 검은 눈을 지닌 심리학의 대가를 상상하고 있었다. 그런데 이자는 키도 그다지 안 컸고 몸집은 땅딸막해서 거의 뚱뚱하다고 해도 될 정도였다. 푸줏간 주인이라고 해도 믿을 것 같았다. 덥수룩한 금발 눈썹 아래 돼지의 것과 흡사한 옅은 파란색의 작은 눈이 즐거운 기색으로 앞을 바라보고 있었다. 거대한 머리에는 눈썹을 제외하고는 전혀 털이 없었고, 유인원 같은 턱은 매끄럽고 분홍빛이었다. 렌츠는 색이 바래지 않은 파자마를 헝클어진 채로 입고 있었다. 언제나 기다란 담뱃대를 물고 있는 커다란 입은 삶 혹은 인간이 할 수 있는 최악의 짓에 악의 없는 즐거움을 느낀다는 듯이 웃을 때면 더 크게 벌어졌다. 렌츠에게는 활기가 있었다.

킹은 렌츠와 대화하기가 놀라울 정도로 쉽다는 사실을 깨달았다.

렌츠의 제안에 따라 감독관은 먼저 원자력발전소의 역사, 1938년 12월 오토 한 박사가 발견한 우라늄 원자의 분열이 원자력으로 이어진 과정을 먼저 설명했다. 그건 문이 열렸다기보다는 금이 간 수준이었다. 핵분열 과정이 스스로 지속하면서 상업적으로 유용해지려면 현재 인류 문명 전체의 지식보다 훨씬 더 많은 지식이 필요했다.

1938년에 전 세계에서 분리해낸 우라늄235의 총량은 핀 하나만도 못했다. 플루토늄은 뭔지도 몰랐다. 원자력이란 난해한 이론이었으며, 단 한 번 실험이 이루어진 은밀한 지식이었다. 그러나 제2차 세계대전 때 맨해튼 계획과 히로시마가 상황을 바꾸어놓았다. 1945년 말에는 온갖 예언자가 나타나 원자력을 예측하는 글을 써댔다. 1, 2년이면 누구나 공짜에 가까울 정도로 값싼 원자력 에너지를 쓸 수 있다고.

그렇게 되지는 않았다. 맨해튼 계획은 무기를 만든다는 한 가지 목적에 의해 움직였다. 원자력공학은 아직 미래의 일이었다.

미래, 그것도 먼 미래처럼 보였다. 원자폭탄을 만드는 데 썼던 우라늄 원자로는 상업적으로 전기를 생산하는 데는 정말 쓸모가 없었다. 에너지를 쓸모없는 부산물로 내다 버리기 위한 설계였기 때문이었다. 또, 일단 작동하기 시작하면 원자로의 구조를 바꿀 수도 없었다.

이론상으로는 경제적인 상업용 원자로를 설계할 수 있었지만, 두 가지 중대한 문제가 있었다. 첫째는 그런 원자로가 너무 격렬하게 에너지를 내뿜기 때문에 상업적으로 만족스러운 수준에서 작동한다고 해도 현재 기술로는 그 에너지를 받아서 쓸 방법이 없다는 점이었다. 이 문제는 먼저 풀렸다. 원래 태양(천연 원자로라 할 수 있는)의 방사 에너지를 곧바로 전기 에너지로 바꾸기 위해 만든 더글러스-마틴 태양전지판을 개량해서 우라늄 핵분열이 내뿜는 막대한 에너지를 받아 전류로 바꿀 수 있었다.

두 번째 문제는 전혀 문제 같지 않아 보였다. '농축한' 원자로는 (우라늄235나 플루토늄이 천연 우라늄에 더해진 것으로) 상당히 만족스러운 상업용 전력의 원천이었다. 이미 우라늄235나 플루토늄을 어떻게 얻는지는 알고 있었다. 맨해튼 계획의 주요 성과였다.

아니, 정말 그랬을까? 핸포드는 플루토늄을 생산했다. 오크리지는 우라늄235를 추출했다. 그건 사실이었다. 그러나 핸포드의 원자로는 생산하는 플루토늄보다 더 많은 우라늄235를 사용했다. 오크리지는 아무것도 만들어내는 것 없이 단순히 천연우라늄에 들어 있는 1퍼센트의 우라늄235 중 7할을 분리해낼 뿐이었으며, 우라늄238에 아직 갇혀 있는 99퍼센트의 나머지 에너지는 '내다 버렸다'.

그러나 플루토늄을 증식하는 다른 방법이 있었다. 고에너지의 고속로에 어느 정도 농축된 천연 우라늄을 이용하는 방법이었다. 100만 전자볼트 이상에서는 우라늄238이 분열한다. 그보다 더 낮은 에너지에서는 플루토늄으로 변한다. 그런 원자로는 스스로 '불'을 지피면서 사용하는 것보다 더 많은 '연료'를 생산한다. 보통의 감속 원자로 여러 개를 돌릴 수 있는 연료를 만들 수 있는 것이다.

그러나 고속 원자로는 사실상 원자폭탄과 거의 똑같다.

원자로*라는 명칭은 맨해튼 계획 극초기에 시카고대의 스쿼시장에 쌓여 있던 흑연 벽돌과 우라늄 덩어리에서 나왔다. 그런 흑연이나 중수를 감속재로 쓰는 원자로는 폭발할 수 없다.

고속, 고에너지 원자로가 무슨 짓을 벌일지는 아무도 몰랐다. 플루토늄은 매우 많이 생산할 수 있겠지만, 과연 폭발할까? 나가사키에 떨어진 폭탄이 장난감 총처럼 보일 정도로 크게 폭발할까?

아무도 몰랐다.

그러는 와중에 미국의 기술산업계는 점점 더 전력을 갈구하고 있었다. 더글러스-마틴 태양전지판은 연료로 낭비할 수 없을 정도로 석유가 귀해지자 곧바로 위기를 맞았다. 그러나 태양전지판은 1제곱미터당 약 1마력이 한계였고, 날씨에 너무 큰 영향을 받았다.

* pile, 쌓아올린 더미

원자력이 필요했다. 모두가 원했다.

원자력 기술자는 아무 결정을 내리지 못하고 고통스럽게 그 시기를 견뎠다. 어쩌면 원자로를 제어할 수 있을지도 몰랐다. 혹은 어쩌면 제어에 실패한다고 해도 저절로 부서져서 불이 꺼져버릴지도 몰랐다. 어쩌면 원자폭탄을 몇 개 합친 것처럼, 하지만 낮은 효율로 폭발할지도 몰랐다. 그러나 질량이 몇 톤에 달하는 우라늄 덩어리 전체가 한 번에 폭발해 인류를 멸망시킬 가능성도(가능성이지만) 있었다.

실화는 아니지만, 순식간에 세상을 멸망시킬 수 있는 기계를 만든 과학자에 관한 오래된 이야기가 있다. 스위치를 누르기만 하면 세상이 멸망한다고 생각했던 그 과학자는 그게 사실인지 확인하고 싶었다. 그래서 스위치를 눌렀고, 끝내 결과를 알 수 없었다.

원자력 기술자는 스위치 누르는 것을 두려워했다.

"이 딜레마에서 빠져나가게 해준 건 데스트리의 무한소 역학이었습니다." 킹이 말했다. "그 방정식의 예측에 따르면, 그런 핵폭발이 일단 시작되면, 폭발을 둘러싸고 있는 몰 질량을 아주 빨리 교란하므로 파편들의 표면을 통한 중성자 소실이 일어나 완전한 폭발이 일어나기 전에 핵폭발 진행이 늦어질 것 같았습니다. 원자폭탄에서는 실제로 그런 완화 작용이 일어나지요.

우리가 원자로에 쓰는 질량으로 계산하면, 완전한 폭발력의 1퍼센트의 7분의 1 정도에 해당하는 폭발이 일어날 수 있습니다. 물론 그 정도만으로도 파괴력이 엄청나지요. 우리가 있는 지역을 날려버릴 정도는 됩니다. 개인적으로 그게 전부일 거라고 생각하지는 않습니다만."

"그러면 왜 이 일을 받아들이신 거죠?" 렌츠가 물었다.

킹은 대답을 미루며 책상 위의 물건을 만지작거렸다. "거절할 수 없었습니다, 박사. 그럴 수가 없었죠. 만약 거절했다면 다른 누군가를 앉혔을 겁니다. 그리고 그건 물리학자에게 역사에서 단 한 번만 올 수 있는 기회였어요."

렌츠는 고개를 끄덕였다. "그리고 아마도 경쟁력이 떨어지는 사람이 대신했겠지요. 이해합니다, 킹 박사님. 박사님은 과학자에게 있는 '진실 지향성'을 벗어나지 못했던 거예요. 과학자는 데이터가 있는 곳에 가야 하죠. 죽을 수 있다 해도요. 그나저나 그 데스트리라는 친구 말인데요, 저는 그 사람의 수학을 좋아하지 않아요. 가정을 너무 많이 하거든요."

킹은 깜짝 놀라서 고개를 들었다. 그리고 이내 이 남자가 진술의 계산법을 다듬고 엄밀함을 부여했던 사람이라는 사실을 떠올렸다. "그게 걸림돌이긴 합니다." 킹이 동의했다. "그 사람의 연구는 뛰어나지만, 그 예측이 종이에 쓸 만한 가치가 있는 건지는 전부터 의아했습니다." 그리고 덧붙였다. "우리 기술자들도 그런 모양입니다."

킹은 렌츠에게 인력과 관련해 겪은 어려움을 토로했다. 아무리 신중하게 선별한 사람이라고 해도 곧 긴장감 때문에 무너지고 만다는 이야기였다. "처음에는 차폐막을 뚫고 나오는 중성자 방사선 때문에 악영향이 생기는 걸지도 모른다고 생각했습니다. 그래서 차폐막과 개인 보호복을 개선했죠. 하지만 소용이 없었습니다. 새로운 차폐막을 설치한 뒤에 합류한 젊은 친구 하나가 어느 날 저녁에 폭력적인 모습을 보이더니 돼지고기가 폭발하려 한다고 주장했습니다. 만약 그 친구가 근무 중에 그렇게 폭발했다면 무슨 일이 벌어졌을지 생각하고 싶지도 않군요."

지속적인 심리 관찰 시스템을 도입한 뒤로는 근무 중인 기술자가 무너지면서 치명적인 사고가 발생할 확률이 낮아졌다. 그러나 킹은 그 시스템이 성공적이지는 않다는 사실을 인정할 수밖에 없었다. 사실 그 뒤로 정신질환 발병이 뚜렷하게 늘어났던 것이다.

"상황은 이렇습니다, 렌츠 박사. 항상 더 나빠지고 있어요. 이제는 나까지 그럴 지경이에요. 긴장감이 알려주고 있어요. 잠도 못 잡니다. 내 판단력이 전보다 나빠졌다는 생각도 들어요. 마음을 정하거나 결론을 내리는 데 곤란을 겪고 있고요. 우리를 위해 뭔가 해줄 수 있을 것 같습니까?"

그러나 렌츠는 감독관의 불안감을 곧바로 해소해줄 수 없었다. "아직

이릅니다, 감독관님." 렌츠가 대꾸했다. "배경 설명은 해주셨지만, 아직 실제 데이터가 없습니다. 한동안 둘러보면서 직접 상황을 살펴보고, 기술자들과 이야기도 해봐야겠습니다. 같이 술 몇 잔 하면서 안면도 트고 말이죠. 그래도 되겠죠? 아마 며칠 정도 있으면 상황을 알 수 있을 것 같습니다."

킹은 동의할 수밖에 없었다.

"그리고 여기 젊은 기술자들이 제가 왜 왔는지 모르게 하는 게 좋겠습니다. 감독관님의 옛 친구라고, 어… 방문 연구원이라고 해도 될까요?"

"아, 네. 물론이죠. 괜찮은 생각입니다. 하지만…." 킹은 실라드가 처음으로 렌츠의 이름을 거론했을 때부터 마음에 걸리던 문제를 다시 떠올렸다. "개인적인 질문을 하나 해도 괜찮겠습니까?"

눈빛에 담긴 즐거운 기색은 그대로였다. "그러시죠."

"한 사람이 심리학과 수학처럼 서로 아주 많이 다른 두 분야에서 모두 명성을 얻었다는 데 놀랐다는 건 인정합니다. 그런데 지금 저는 물리학자 행세를 할 수 있는 박사님의 능력까지 완전히 확신하고 있습니다. 이해가 안 가는군요."

재미있다는 듯이 웃는 표정이 커졌지만, 거만하거나 무례한 느낌은 들지 않았다. "똑같은 주제입니다." 렌츠가 대답했다.

"네? 어떻게…."

"아니, 수리물리학과 심리학은 기호학이라는 똑같은 주제의 다른 갈래입니다. 감독관님도 전문가지만, 굳이 의식할 필요가 없었던 거지요."

"아직 이해가 안 됩니다만."

"안 되신다고요? 인간은 아이디어의 세상에 삽니다. 어떤 현상이든 워낙 복잡하기 때문에 사람이 전체를 파악할 수는 없죠. 사람은 어떤 현상의 몇몇 특징을 아이디어로 추상화한 뒤에 기호로 그 아이디어를 나타냅니다. 그 기호란 단어일 수도 있고, 수학 기호일 수도 있죠. 인간의 반응은 거의 대부분 기호에 대한 반응입니다. 현상에 반응하는 경우는 무시해도 될 정도로 없습니다." 렌츠는 물고 있던 담뱃대를 빼고 주제에 몰입했다. "사실, 인간의 정신이 오로지 기호를 통해서만 생각할 수 있다는 점은 증명할 수 있습니다.

우리가 생각할 때 우리는 어떤 정해진 방법으로, 즉 논리 법칙이나 수학 법칙으로 기호가 다른 기호에 작용하게 합니다. 만약 기호가 그게 상징하는 현상과 구조적으로 비슷할 정도로 추상화되어 있다면, 그리고 그 기호가 세상의 실제 현상과 비슷한 구조와 순서로 작용한다면, 우리는 제정신인 겁니다. 만약 수학이나 언어 같은 논리 기호를 잘못 고른다면, 제정신이 아닌 거고요.

수리물리학에서 박사님은 기호가 물리 현상과 맞아떨어지도록 신경 쓰지요. 정신의학을 할 때도 저는 똑같은 일에 신경을 씁니다. 어떤 사람이 관심을 갖고 있는 현상보다는 그런 생각을 하는 사람에 직접 신경을 쓸 뿐이지요. 하지만 같은 주제입니다. 언제나 같은 주제예요."

✶

"진전이 없잖아, 에릭슨." 하퍼가 계산자를 내려놓으며 얼굴을 찡그렸다.

"그래 보이네." 에릭슨도 불만스럽지만 인정했다. "빌어먹을. 그런데 이 문제를 해결할 수 있는 합리적인 방법이 있을 거야. 뭐가 필요할까? 로켓 연료로 쓸 수 있는 제어 가능하고 농축된 형태의 에너지. 뭐가 있을까? 핵분열로 에너지는 풍부해. 그 에너지를 저장했다가 필요할 때만 꺼내 쓸 방법이 있을 거야. 해답은 방사성 원소 중 하나에 있어. 분명히 그럴 거야." 에릭슨은 납을 두른 벽 어딘가에 정답이 쓰여 있다는 듯이 굳은 표정으로 연구실을 둘러보았다.

"그렇게 낙담하지 말라고. 자네가 답이 있을 거라고 나를 설득했잖아. 어떻게 찾을지 생각해보자고. 일단 천연 방사성 원소 세 개는 탈락이야. 그렇지?"

"어…, 최소한 그 분야는 이미 충분히 연구가 끝났다는 데 동의했지."

"좋아. 우리는 옛날 연구자들이 기록으로 남긴 대로 연구를 했다고 가정해야 해. 안 그러면 아무것도 믿을 수가 없으니까. 아르키메데스부터 현대까지 모든 과학자를 다 조사할 수는 없잖아. 어쩌면 그게 바람직할 수도 있지만, 므두셀라조차도 그런 일을 떠안을 수는 없었을걸. 그러면 뭐가 남지?"

"인공 방사성 원소."

"좋아. 목록을 만들자. 지금까지 만들어진 것과 앞으로 만들어질 수 있는 것을 모두 넣어서. 그걸 우리 연구 집단이라고, 아니면 계열이라고 하자. 더 멋있게 정의하고 싶다면 말이야. 집단에 속한 각 원소, 그리고 원소의 조합에 할 수 있는 실험의 수는 제한적이야. 시작해."

에릭슨은 진술의 계산법에서 쓰는 기묘한 소용돌이 기호를 이용했다. 하퍼가 고개를 끄덕였다. "좋아. 확장해."

얼마 뒤 에릭슨이 고개를 들며 물었다. "하퍼, 이 확장식에 항이 얼마나 많은지 알아?"

"아니. 수백 개. 어쩌면 수천 개쯤 되겠지."

"보수적이로군. 있을지도 모를 새 방사성 원소를 고려하지 않고도 네 자릿수가 돼. 한 세기가 지나도 우리는 연구를 끝낼 수 없을걸." 에릭슨은 연필을 내팽개치고는 우울한 표정을 지었다.

하퍼가 의아한 표정으로, 하지만 공감하며 에릭슨을 바라보았다. "에릭슨." 하퍼가 부드럽게 말했다. "자네도 일 때문에 괴로운 건 아니지?"

"그렇지는 않은 것 같은데, 왜?"

"자네가 이렇게 일찍 포기하는 건 처음 보는 것 같아서. 당연히 자네와 나는 이 연구를 끝마치지 못할 거야. 하지만 최악의 경우라고 해도 우리는 다른 사람을 위해 수많은 오답을 제거해줄 수 있잖아. 에디슨을 봐. 60년 동안 하루에 20시간씩 실험했지만, 자기가 가장 알고 싶어 했던 한 가지는 알아내지 못했잖아. 에디슨이 그걸 감당할 수 있었다면, 우리도 할 수 있을 거야."

에릭슨이 어깨를 조금 펴며 동의했다. "그렇겠지. 어쨌든, 여러 실험을 동시에 하는 기술을 연구해야 할지도 모르겠어."

하퍼는 에릭슨의 어깨를 두드렸다. "바로 그런 정신이야. 게다가 만족스러운 연료를 찾는 연구든 뭐든 끝까지 할 필요가 없을지도 몰라. 내가 보기에, 정답은 아마 열 개, 혹은 백 개가 있을지도 몰라. 언제 그걸 찾아낼지 모르는 거야. 어쨌든, 자네가 비번일 때 나를 도와줄 생각이 있다니까 난 지옥이 얼어붙을 때까지 파헤쳐볼 거야."

*

렌츠는 모든 사람이 자신을 볼 수 있도록 며칠 동안 발전소와 행정관 주위를 어슬렁거렸다. 유쾌하게 이것저것 물으며 다니자 금세 성가시지만 해롭지는 않은 인물, 감독관의 친구라서 참아줘야 하는 인물로 받아들여졌다. 심지어는 상업용 전기를 만드는 곳까지 얼굴을 들이밀고 방사선-전력 변환 과정에 관한 자세한 설명을 듣기도 했다. 그것만으로 렌츠가 정신의학자일지도 모른다는 의심을 사라지게 하기에는 충분했을 것이다. 정신의학자들은 전력 변환 장치에서 일하는 거친 기술자들에게 관심이 없었기 때문이다. 그럴 필요가 없었다. 그쪽은 직원의 정신적 안정성이 원자로에 영향을 끼치지 않았고, 사회적 책임이라는 어깨를 짓누르는 책임을 느끼는 곳도 아니었다. 그쪽 일은 개인적으로 위험한 일이었다. 정글에서 살던 시절 이래 강한 인간이라면 단련되어 있는 유형의 부담이었다.

자연스럽게 렌츠는 하퍼가 쓰는 방사선 연구실까지 오게 됐다. 벨을 누르고 기다리자 하퍼가 맞이했다. 뒤로 젖힌 방사선 차폐 헬멧이 괴상한 차양막처럼 보였다. "누구세요?" 하퍼가 물었다. "아, 렌츠 박사님이군요. 절 보러 오셨나요?"

"아, 그렇기도 하고 아니기도 하네." 연장자인 렌츠가 대답했다. "실험

구역을 둘러보다가 자네가 무슨 연구를 하는지 궁금해져서. 방해가 될까?"

"전혀요. 들어오시죠. 에릭슨!"

두 사람이 쓰는 '방아쇠'로(공명 가속기라기보다는 개조한 베타트론으로) 이어지는 전력선을 가지고 소란을 떨던 에릭슨이 일어섰다. "안녕하세요."

"에릭슨, 여기는 렌츠 박사님이야. 이 친구는 거스 에릭슨입니다."

"만난 적 있어." 에릭슨이 장갑을 벗고 손을 내밀며 말했다. 에릭슨은 시내에서 렌츠와 몇 번 술을 마신 적이 있었고, 렌츠를 '괜찮은 노친네'로 여기고 있었다. "하필 막간에 오셨네요. 하지만 좀 더 계시면 저희가 다음 실험을 시작할 겁니다. 그다지 볼 게 있는 건 아니지만요."

에릭슨이 계속 준비하는 동안 하퍼는 렌츠에게 연구실 이곳저곳을 보여주며 쌍둥이를 자랑하는 아버지처럼 지금 하고 있는 실험을 설명했다. 렌츠는 한쪽 귀로 설명을 흘려듣고 적절히 맞장구쳐주면서 이 젊은 과학자에게 부정적인 기록을 남겼을 만한 불안정한 징후가 있는지 관찰했다.

"보시다시피…." 하퍼는 스스로 신이 나서 설명했다. "저희는 방사성 물질을 조사하고 있습니다. 원자로 안에서 일어나는 것 같은 분열 과정을 아주 작은, 극미량의 질량에서 일으킬 수 있는지 알아보려는 겁니다. 만약 성공한다면, 증식로를 이용해 로켓이나 혹은 다른 데 쓸 수 있는 안전하고 편리한 핵연료를 만들 수 있지요." 하퍼는 이어서 실험 일정에 관해 설명했다.

"그렇군." 렌츠는 정중하게 행동했다. "지금은 어떤 원소를 실험하고 있지?"

하퍼가 대답했다. "하지만 이건 원소 하나를 조사하는 문제가 아닙니다. 저희는 막 이 원소의 동위원소 II에 대한 실험을 마쳤고, 부정적인 결과를 얻었습니다. 다음 일정은 동위원소 V로 똑같은 실험을 하는 거고요." 하퍼는 납으로 된 캡슐 하나를 꺼내서 렌츠에게 라벨을 보여주었다. 렌츠의 시선을 받으며, 하퍼는 캡슐을 열어서 기다란 집게를 가지고 처음으로 헬멧을 내린 채 아주 신중하게 뭔가 작업을 했다. 그러고는 표적 차폐막을 닫은 뒤 조였다.

"됐어, 에릭슨?" 하퍼가 외쳤다. "준비됐어?"

"어, 된 것 같아." 에릭슨이 육중한 장비 뒤에서 나와 합류하며 말했다. 셋은 실험을 직접 보지 못하게 막아주는 두꺼운 금속과 콘크리트 차폐물 뒤에 옹기종기 모였다.

"나도 보호복을 입어야 할까?" 렌츠가 물었다.

"아니요." 에릭슨이 장담했다. "저희는 매일매일 장비 근처에 있어서 입는 겁니다. 차폐물 뒤에만 계시면 괜찮아요."

에릭슨은 하퍼를 슬쩍 보며 고개를 끄덕였다. 그리고 시선을 차폐물 뒤에 설치된 장비에 고정했다. 렌츠는 에릭슨이 계기판 맨 위에 있는 버튼을 누르는 모습을 보았다. 그러자 차폐물 반대쪽에서 연이어 딸깍거리는 소리가 들렸다. 그리고 잠깐 조용해졌다.

바닥이 엄청나게 강한 몽둥이처럼 발바닥을 때렸다. 귓가에 울리는 충격이 너무 강렬해서 소리라고 느끼기도 전에 청각 신경이 마비됐다. 공기로 전해진 충격 때문에 몸 구석구석이 한 대 크게 얻어맞은 듯이 얼얼했다. 정신을 차리고 일어서자 렌츠는 몸이 억제할 수 없을 정도로 떨리고 있다는 사실을 깨달았다. 그리고 처음으로 나이가 들고 있다고 느꼈다.

하퍼는 바닥에 앉아 있었다. 코에서 피가 흐르기 시작했다. 에릭슨도 정신을 차렸다. 뺨에는 긁힌 상처가 있었다. 에릭슨이 상처를 만지며 일어섰다. 어리둥절한 표정으로 손에 묻은 피를 들여다보았다.

"다쳤나?" 렌츠가 무의미한 질문을 던졌다. "어떻게 된 거지?"

하퍼가 끼어들었다. "에릭슨, 우리가 해냈어! 해냈다고! 동위원소 5번이 성공했어!"

에릭슨은 아직 멍해 보였다. "5번?" 에릭슨이 바보 같은 목소리로 말했다. "그런데 그거 5번 아니었어. 2번이었지. 내가 넣었잖아."

"네가 넣었다고? 내가 넣었어! 5번이었어. 진짜야!"

두 사람은 아직 폭발에 혼란스러워하면서 서로 바라보았다. 상대가 명백한 상황을 눈앞에 두고서도 얼빠진 반응을 보이는 데 서로 조금 짜증을 냈다. 렌츠가 조심스럽게 중재에 나섰다.

"기다려보게, 이 친구들아." 렌츠가 말했다. "뭔가 이유가 있을지도 모르지. 에릭슨, 자네가 수신부에 두 번째 동위원소를 넣었다고?"

"네, 맞아요. 지난번 실험이 마음에 들지 않아서 확인하고 싶었습니다."

렌츠는 고개를 끄덕였다. "이건 내 잘못이네." 렌츠가 안타까워하며 말했다. "내가 오는 바람에 혼동이 생겨서 두 사람 다 수신부를 채운 거야. 하퍼가 그랬다는 건 내가 직접 봐서 안다네. 동위원소 5번을 넣었지. 미안하네."

하퍼가 알겠다는 표정을 지으며 렌츠의 어깨를 두드렸다. "괜찮습니다." 하퍼가 웃었다. "기분 내킬 때면 언제든 연구실에 와서 저희가 실수할 수 있게 해주세요. 안 그래, 에릭슨? 이게 정답이었어요, 렌츠 박사님. 이게 정답이에요!"

"하지만 어떤 동위원소가 폭발한 건지 모르잖나." 정신의학자가 지적했다.

"상관없습니다." 하퍼가 덧붙여 말했다. "어쩌면 둘 다였을지도 몰라요. 섞여서 말이죠. 하지만 이건 확실합니다. 이제 뚜껑이 열리기 시작했어요. 조만간 활짝 열어젖힐 겁니다." 하퍼는 난장판이 된 주변을 즐거운 기색으로 바라보았다.

감독관인 킹 박사는 불안해했지만, 렌츠는 현 상황에 대한 판단을 서둘러 내리지 않기로 했다. 그에 따라 렌츠가 킹의 사무실에 나타나 보고할 준비가 됐다고 말했을 때 킹은 즐거움과 놀라움이 교차하는 동시에 안도감까지 들었다. "다행입니다." 킹이 말했다. "앉으시죠, 박사님. 앉으세요. 시가 한 대 피우세요. 우리가 어떻게 하면 좋겠습니까?"

그러나 렌츠는 평소 피우는 궐련을 고집했다. 그리고 서두르지 않았다. "먼저 몇 가지 정보가 필요합니다." 렌츠가 물었다. "여기 이 발전소에서 나오는 전력이 얼마나 중요합니까?"

킹은 함축된 의미를 곧바로 이해했다. "짧은 기간 이상 이 발전소를 폐쇄해야 한다고 생각하신다면, 그건 불가능합니다."

"왜죠? 제가 제공받은 수치가 정확하다면, 여기서 나오는 전력은 이 나라에서 쓰는 총 전력의 13퍼센트도 되지 않습니다."

"네, 그건 사실입니다. 하지만 이곳에서 만드는 플루토늄으로 13퍼센트를 더 간접 공급하고 있기도 하거든요. 그리고 부족분을 보충하는 항목은 분석하지 않으셨군요. 그중 상당량이 주택 지붕에 설치한 태양전지판에서 얻는 가정용 전기입니다. 또 커다란 한 부분은 이동 도로고요. 그것도 태양전지판이죠. 우리가 여기서 직간접적으로 공급하는 전력은 철강, 플라스틱, 석재 등 온갖 물질의 생산과 처리를 담당하는 중공업 대부분의 주요 전력 공급원이 됩니다. 여기를 멈추는 건 사람의 심장을 들어내는 거나 마찬…."

"하지만 식품 산업계는 근본적으로 여기에 의존하지 않는군요?" 렌츠는 끈질겼다.

"네…. 식품은 기본적으로 전력을 많이 쓰지 않으니까요. 물론 식품 처리에 들어가는 전력의 일부를 우리가 공급하고 있습니다만. 뜻은 알겠습니다. 계속 말씀드리자면, 운송, 그러니까 식품 배달은 우리가 없어도 가능합니다. 하지만 맙소사. 박사님, 원자력 발전을 멈췄다가는 이 나라에 전례 없는 공황 상태가 벌어질 겁니다. 이건 산업 시스템 전체를 떠받치는 기둥이라고요."

"우리나라는 과거에도 공황 상태를 겪고 살아남았지요. 무사히 석유 파동을 견뎠잖습니까."

"그랬죠. 그건 태양전지와 원자력이 나와서 석유를 대신했기 때문입니다. 이게 무슨 뜻인지 모르시는 것 같군요, 박사님. 전쟁보다 더 나쁠 겁니다. 우리 같은 시스템에서는 모든 게 서로 의존하고 있어요. 중공업을 동시에 중단시키면, 다른 모든 것도 멈춥니다."

"그렇지만 원자로를 끄는 편이 낫습니다." 원자로 안의 우라늄은 녹아 있었다. 온도가 섭씨 2천4백 도 이상이었다. 만약 꺼야 한다면, 원자로를 작은 컨테이너 여러 개에 나누어 담아서 버릴 수 있었다. 한 상자 안에 들어가는 질량은 작아서 연속적인 핵분열이 일어나지 않았다.

킹은 자기도 모르게 유리로 감싸 사무실 벽에 달아 놓은 계전기를 쳐다보았다. 필요하다면 그걸 이용해서 근무 중인 기술자와 함께 원자로를 죽일 수 있었다. "하지만 그럴 수는 없습니다. 그렇게 한다고 해도 발전소가 계속 폐쇄 상태로 있지는 않을 겁니다. 관리자들이 저를 대신해 다른 사람을 보내서 발전소를 운영하겠죠."

"맞습니다. 당연하죠." 렌츠는 잠시 침묵하며 이 상황을 숙고한 뒤 다시 입을 열었다. "감독관님, 시카고로 돌아갈 수 있게 차를 불러주시겠습니까?"

"가시려고요, 박사님?"

"네." 렌츠는 물고 있던 담뱃대를 뺐다. 이번만은 초연한 웃음이 완전히 사라져 있었다. 렌츠는 냉정함을 넘어 비통함까지 느껴지게 행동했다. "발전소를 폐쇄할 수 없다면, 감독관님의 문제를 해결할 방법은 없습니다. 어떻게 해도요!"

이내 렌츠가 말을 이었다. "설명을 자세히 해야겠군요. 이곳에서는 연이어 상황성 정신질환이 생기고 있습니다. 대략 불안장애나 모종의 히스테리 증상으로 나타나지요. 감독관님의 비서인 슈타인케의 부분적 건망증이 후자의 좋은 사례입니다. 충격 요법으로 치료할 수 있을지는 몰라도 그에게 좋은 일이 되기는 어려울 겁니다. 그 친구는 이미 자신이 견딜 수 없는 긴장감이 닿지 않는 곳에서 안정적으로 적응했으니까요.

제가 여기 오게 된 직접적인 원인은 하퍼라는 다른 젊은이가 폭발했던 일인데, 그 친구는 불안장애 사례입니다. 환경에서 불안의 원인이 사라지자 하퍼는 곧바로 제정신으로 돌아왔죠. 하지만 친구인 에릭슨은 면밀히 관찰하세요….

그러나 우리가 여기서 관심 가질 것은 상황성 정신질환의 원인, 그리고 예방법입니다. 그게 발현되는 형태에 그치는 게 아니라요. 쉬운 말로 하자면, 상황성 정신질환은 단순히 평범한 사실과 관련이 있습니다. 어떤 사람이 견딜 수 없을 정도로 불안한 상황에 처하면, 언젠가 어떤 식으로든 폭발한다는 겁니다.

바로 이곳의 상황이 그렇습니다. 감독관님은 예민하고 영리한 젊은이를 데려다가 조금만 실수하거나 예상치 못한 통제 불능 상황이 벌어지면 상상할 수도 없이 많은 사람이 죽는다는 인상을 심어주고 있잖습니까. 그러고도 제정신을 유지하기를 바란다니요. 그건 말도 안 되고, 불가능합니다!"

"맙소사, 박사! 해결 방법이 분명히 있을 겁니다. 분명히!" 킹이 벌떡 일어나 방 안을 왔다 갔다 했다. 렌츠는 안타깝게도 킹 역시 방금 논의하고 있던 바로 그런 상황의 경계에 아슬아슬하게 놓여 있다는 사실을 알아챘다.

"없습니다." 렌츠가 천천히 말했다. "없어요. 설명해드리죠. 감독관님은 차라리 바보 천치에게 맡겼으면 맡겼지, 덜 예민하고 사회적인 의식도 모자란 사람에게 감히 통제권을 맡기지 못할 겁니다. 그리고 상황성 정신질환의 치료법은 단 두 가지입니다. 첫 번째는 정신질환이 상황을 잘못 평가한 결과일 때 사용합니다. 의미론적 적응이라고 부르지요. 환자가 자신의 환경을 올바로 평가할 수 있게 다른 사람이 도와주는 겁니다. 애초에 걱정할 이유가 없는 상황이었지만 단순히 환자가 잘못된 의미를 부여하고 있었던 것이므로 불안증은 사라집니다.

두 번째 치료법은 환자가 상황을 올바로 평가하고 있으며, 극도로 우려해야 하는 이유를 제대로 파악한 상황에서 씁니다. 환자의 걱정은 더할 나위 없이 합리적이고 적절합니다. 그러나 그 상황을 무한정 견딜 수는 없으니 정신이 나가버리는 겁니다. 이 경우 유일한 치료법은 상황을 바꾸는 겁니다. 저는 이곳에 충분히 머물면서 이곳이 바로 그런 상황에 처해 있다고 확신했습니다. 기술자 여러분은 이 시설이 공공에 가져올 위험을 정확히 평가했습니다. 그리고 그건 분명히 여러분 모두를 미치게 만들 겁니다!

유일한 해결책은 원자로를 폐쇄하는 겁니다. 그리고 다시 사용하지 않는 거죠."

킹은 마치 사방의 벽이 자신을 가둬놓은 딜레마의 울타리인 양 신경질적으로 이리저리 걸었다. 그러더니 걸음을 멈추고 다시 렌츠에게 한 번 더 호소했다. "제가 할 수 있는 일이 없는 겁니까?"

"치료는 안 됩니다. 다소 누그러뜨리는 건, 음, 가능할지도요."

"어떻게 말입니까?"

"상황성 정신질환은 아드레날린 고갈로 생깁니다. 어떤 사람이 긴장 상태에 놓이면 아드레날린 분비가 늘어나 신경 과민에 대응합니다. 만약 긴장감이 너무 크고 너무 오래 지속된다면, 아드레날린이 그만큼의 일을 할 수 없고, 결국 그 사람은 무너지지요. 여기서 벌어지는 일이 바로 이겁니다. 아드레날린 요법으로 정신적인 붕괴를 피해 갈 수도 있지만, 육체적인 붕괴는 확실히 더 빨라질 겁니다. 그러나 공공의 이익이라는 관점에서 볼 때는 더 안전해요. 비록 물리학자들을 쓰고 버린다는 가정에서 하는 소리지만요!

또 하나 생각이 났습니다. 고해를 하는 교회의 신도 중에서 새로운 기술자를 고른다면, 좀 더 오랫동안 유용하게 쓸 수 있을 겁니다."

킹은 놀라움을 감추지 못했다. "이해가 안 됩니다."

"환자가 걱정거리를 대부분 고해 신부에게 털어놓을 테니까요. 고해 신부는 직접 그 상황에 처해 있지 않으니 견딜 수 있고요. 하지만 그건 그저 조금 나아지는 것뿐입니다. 저는 이런 상황에서는 궁극적으로 제정신을 유지할 수 없다고 확신하고 있습니다. 그러나 고해에는 장점이 많습니다." 렌츠가 신중하게 말했다. "인간의 기본적인 욕구를 채워주지요. 저는 그게 초창기 정신분석학자들이 제한적인 지식에도 불구하고 놀라울 정도로 성공했던 이유라고 생각합니다." 렌츠는 잠시 말이 없다가 덧붙였다. "고고도 비행 택시 한 대를 불러주실 수 있다면…."

"더 제안하실 게 없습니까?"

"없습니다. 상황을 누그러뜨리는 수단에 관해서는 여기 정신의학자들이 알아서 하게 두시는 게 좋을 겁니다. 전부 능력 있는 사람들이에요."

킹이 스위치를 누르고 슈타인케에게 짧게 이야기했다. 그리고 다시 렌츠를 향해 말했다. "차가 올 때까지 여기서 기다리시겠습니까?"

렌츠는 킹이 그러기를 원한다는 사실을 똑바로 알아차리고 동의했다.

얼마 뒤 띠링 하는 소리와 함께 전송관을 통해 킹의 책상으로 배달이 왔다. 감독관은 작고 하얀 종이를 꺼냈다. 명함이었다. 킹은 놀라워하며 명함을 들여다보다가 렌츠에게 건네주었다. "이 사람이 왜 저를 찾아온 건지 알 수가 없군요." 킹이 잠시 렌츠를 보다가 물었다. "만나보시겠습니까?"

렌츠는 명함을 읽었다.

토머스 P. 해링턴

미합중국 해군 대령(수학부), 미합중국 해군 천문대 소장

"그런데 저는 이 사람을 압니다." 렌츠가 말했다. "기꺼이 만나보죠."

*

해링턴은 뭔가 의도를 갖고 찾아온 것 같았다. 그는 슈타인케가 사무실 안으로 안내하고 다시 밖으로 나가자 안도한 기색을 보였다. 그러고는 즉시 킹보다 더 자신에게 가까이 있던 렌츠를 향해 말하기 시작했다. "킹 박사님? 아, 렌츠 박사님! 여긴 무슨 일이시죠?"

"방문 중입니다." 렌츠가 말하며 악수했다. 정확하지만 완전하지는 않은 대답이었다. "이쪽이 이곳 감독관인 킹 박사입니다. 감독관님, 해링턴 대령을 소개합니다."

"안녕하십니까, 대령님. 여기 오신 걸 환영합니다."

"영광입니다."

"앉으시겠습니까?"

"감사합니다." 해링턴은 의자에 앉아서 킹의 책상 구석에 서류가방을 올려놓았다. "감독관님, 제가 왜 이렇게 갑작스럽게 찾아왔는지 설명을 해드려야…."

"와주셔서 감사합니다." 사실 형식적인 예절은 킹의 곤두선 신경을 가라앉히기 위함이었다.

"친절하시군요. 그런데 저 비서 양반, 절 안내해준 친구에게 제 이름을 잊으라고 당부해달라고 부탁드릴 수 있을까요? 이상해 보이겠지만…."

"전혀요." 킹은 어리둥절했지만, 과학계의 저명한 동료가 하는 온당한 요청이라면 기꺼이 들어줄 생각이었다. 내부 화상전화로 슈타인케에게 연락해 지시를 내렸다.

렌츠가 곧 떠난다는 듯이 몸을 일으켰다. 해링턴의 시선이 렌츠를 향했다. "두 분이 따로 이야기를 하고 싶으실 것 같아서요, 대령님."

킹은 해링턴과 렌츠를 번갈아 쳐다보았다. 천문학자는 순간 머뭇거렸다가, 단호하게 말했다. "저는 반대하지 않습니다. 킹 박사님께 맡기겠습니다." 그리고 덧붙였다. "사실 함께해주시면 더 좋을지도 모르겠습니다."

"무슨 일로 저를 만나러 오신 건지 잘 모르겠습니다, 대령님." 킹이 말했다. "하지만 렌츠 박사님도 이미 극비리에 자격을 얻어 여기에 계신 것이긴 합니다."

"잘됐네요! 그럼 그렇게 하는 거라고 하지요…. 본론부터 말씀드리겠습니다. 킹 박사님, 데스트리의 무한소 역학에 관해 아시나요?"

"물론이죠." 렌츠가 킹을 향해 눈을 찡긋했지만, 킹은 반응하지 않았다.

"네, 그러시겠죠. 6번 공리를 기억하시나요? 방정식 13번과 14번 사이의 변형도요?"

"아마도요. 그런데 직접 봐야겠군요." 킹은 일어나 서가로 향했다. 해링턴이 만류했다.

"그럴 필요 없어요. 저한테 있으니까요." 해링턴은 열쇠를 꺼내 서류 가방을 열고, 손을 많이 타 헐렁해진 커다란 공책을 꺼냈다. "여기요, 박사님. 렌츠 박사님도 보시죠. 이 전개에 익숙하십니까?"

렌츠는 고개를 끄덕였다. "전에 몇 번 본 적이 있습니다."

"좋아요. 그러면 13번과 14번 사이의 단계가 전체의 핵심이라는 사실에 모두 동의할 수 있을 것 같군요. 이제 13번에서 14번으로 바뀌는 건 완벽하게 말이 되어 보입니다. 몇몇 분야에서는 실제로 그럴 테고요. 그런데 우리가 이 식을 확장해 물질의 가능한 모든 상(相)을 보여준다고 해봅시다. 연쇄 추론의 모든 연결고리를요."

해링턴이 책장을 넘겨 방정식 두 개가 중간 과정의 방정식 아홉 개로 나뉜 모습을 보여주었다. 그리고 손가락으로 서로 연관된 수학 기호 여럿을 가리켰다. "저거 보이시나요? 저게 무엇을 뜻하는지 아시겠습니까?" 해링턴은 초조한 표정으로 두 사람을 바라보았다.

킹이 식을 보며 중얼거렸다. "네…, 알 것 같습니다. 이상하군요…. 저런 식으로 된 건 처음 봅니다. 꿈에 나올 정도로 연구했던 건데." 킹이 렌츠에게 물었다. "박사님도 동의하십니까?"

렌츠가 천천히 고개를 끄덕였다. "그런 것 같군요…. 네, 그렇다고 할 수 있을 것 같습니다."

해링턴이 기뻐할 것 같았지만, 그렇지 않은 모양이었다. "제가 틀렸다고 해주시기를 바랐습니다만." 해링턴은 거의 화를 내다시피 말했다. "하지만 아쉽게도 의심의 여지가 없나 보군요. 데스트리 박사는 몰 물리학에서 유효한 가정을 포함시켰지만, 원자 물리학에서는 그렇다는 보장이 전혀 없습니다. 이게 무슨 뜻인지 아시겠지요, 킹 박사님?"

킹은 무미건조하게 속삭이다시피 말했다. "네, 맞습니다…. 그건 만약 저기 있는 대폭탄이 폭발하기라도 한다면 데스트리가 예측한 것처럼이 아니라 한 번에 모조리 터진다고 가정해야 한다는 뜻입니다…. 신이시여,

인류를 도와주소서!"

*

해링턴 대령이 헛기침으로 이어진 침묵을 깼다. "감독관님." 해링턴이 말했다. "이론적인 예측의 해석을 놓고 의견이 서로 다른 그런 단순한 문제였다면 제가 연락하지도 않았을 겁니다."

"뭐가 더 있다는 말씀인가요?"

"그렇기도 하고 아니기도 합니다. 아마 여러분은 해군 천문대가 전적으로 천문력과 조수간만표 작업만 하는 줄 알고 계실 겁니다. 어떤 면에서는 그렇지만, 저희도 해야 할 일을 방해하지 않는 선에서 시간을 내서 연구하고 있습니다. 제가 특별히 관심 가진 분야는 전부터 달 이론이었습니다.

달 탄도학 얘기가 아닙니다." 해링턴은 말을 계속했다. "달의 기원이나 역사 같은 훨씬 더 흥미로운 문제를 말하는 겁니다. 저명한 저희 신배님인 T. J. J. 시 대령님이나 조지 다윈이 매달렸던 문제죠. 달의 기원과 역사에 관한 이론이 반드시 산맥이나 분화구처럼 달 표면을 두드러지게 만드는 지형을 고려해야 한다는 점은 분명할 겁니다."

해링턴이 잠시 말을 멈추자 킹이 끼어들었다. "잠시만요, 대령님. 제가 잘 몰라서, 아니면 뭔가 놓쳐서 그럴 수는 있는데, 지금 우리가 논의하는 것과 달 이론 사이에 관련이 있습니까?"

"잠시만 더 들어주세요, 킹 박사님." 해링턴이 양해를 구했다. "관련이 있습니다. 적어도 저는 관련이 있을까 봐 걱정입니다. 하지만 결론을 내리기 전에 적절한 순서로 말씀드리는 게 나을 겁니다." 다들 긴장하며 침묵으로 동의했다. 해링턴이 말을 이었다.

"우리는 습관적으로 달의 '분화구'라고 부르지만, 그게 화산 활동으로 생긴 분화구가 아니라는 건 누구나 압니다. 대충 보기만 해도 외형이나 분포 면에서 지구의 화산과는 전혀 다른 규칙을 따르고 있어요. 그러다

1952년에 러터가 화산의 동역학 논문을 발표하면서 달의 분화구가 우리가 아는 화산 활동으로는 생길 수 없다고 거의 결론 내렸습니다.

그래서 운석폭격이론이 가장 단순한 가설로 남았습니다. 겉보기에는 그럴듯했습니다. 진흙 위에 돌멩이 몇 개만 던져보면 누구나 달의 분화구가 떨어지는 운석에 맞아 생겼다고 확신할 수 있었으니까요.

하지만 문제가 있습니다. 만약 달이 그렇게 계속 얻어맞았다면, 지구는 왜 안 맞았을까요? 지구의 대기 정도로는 엔디미온이나 플라톤 같은 분화구를 만들 정도의 큰 운석을 막아줄 수 없다는 사실을 굳이 말씀드릴 필요는 없겠지요. 그리고 만약 달은 이미 죽은 세계가 되었으며 지구는 아직 젊을 때 운석이 떨어졌기 때문에 지구 표면에서는 폭격의 흔적이 지워졌다고 한다면, 운석은 왜 우리가 바다라고 부르는 드넓고 건조한 분지 지역을 거의 완전히 피해 갔던 걸까요?

간단히 말씀드리죠. 여기 제 공책에서 데이터와 그 데이터를 수학적으로 분석한 결과를 보실 수 있습니다. 운석폭격이론에는 중대한 문제가 하나 더 있어요. 바로 티코 분화구에서 뻗어나와 달 표면 거의 전체를 가로지르는 거대하고 밝은 빗금무늬입니다. 그 빛은 달을 망치로 두드려 맞은 수정 구슬처럼 보이게 만듭니다. 외부 충격인 건 분명해 보입니다만 어려운 문제가 있습니다. 부딪친 물체, 이 가상의 운석은 질량이 현재의 티코 분화구보다 더 작았을 게 분명합니다. 하지만 행성 전체에 금이 가게 하려면 질량과 속도가 충분했어야 합니다.

직접 계산해보시죠. 분명히 왜성의 핵에서 떨어져 나온 덩어리나 태양계 안에서는 한 번도 보지 못한 속도로 움직이는 물체를 추측하실 겁니다. 가능성은 있지만, 너무 억지스러운 설명이지요."

해링턴이 킹에게 물었다. "박사님, 티코 분화구와 같은 현상을 설명할 방법이 떠오르시나요?"

감독관은 의자의 팔걸이를 움켜잡았다가 손바닥을 들여다보았다. 그러더니 손수건을 꺼내 손을 닦으며 거의 들리지도 않을 듯이 말했다.

"계속 말씀하시죠."

"알겠습니다. 그러면…." 해링턴이 서류가방에서 커다란 달 사진을 꺼냈다. 릭 천문대에서 찍은 아름다운 보름달 사진이었다. "과거에 달이 어떤 모습이었을지 상상해주세요. 우리가 '바다'라고 부르는 어두운 부분은 실제로 바다입니다. 달에는 대기가 있습니다. 어쩌면 산소와 질소보다 무겁지만, 활성 기체여서 모종의 생명체가 살 수 있게 해줄지도 모릅니다.

달이 거주 가능한 행성이므로, 지적인 존재가 살 수 있고, 이들은 원자력을 발견해 이용할 수 있을지도 모릅니다!"

해링턴은 사진을 가리켰다. 남쪽 가장자리 근처에 연노란색 원 같은 티코 분화구가 보였다. 그곳으로부터 길이가 수천 킬로미터나 되는 밝고 놀라운 방사선이 뻗어 나와 있었다. "여기…, 이곳 티코 분화구에 그 종족의 중추 원자로가 있었습니다." 해링턴이 손가락을 적도 근처로, 그리고 (구름의 바다, 비의 바다, 폭풍의 대양이라는 넓고 어두운 영역이 세 곳 있는) 자오선 약간 동쪽으로 움직이더니 쇎고 눈에 널 띄며 물결지는 방사선에 둘러싸인 밝은 지점 두 곳을 가리켰다. "그리고 여기 코페르니쿠스와 케플러 분화구는 큰 바다 한가운데 있는 섬인데, 이곳에도 보조 발전소가 있었습니다."

해링턴이 말을 잠시 끊었다가 침착하게 덧붙였다. "어쩌면 그 종족도 위험을 알고 있었을지 모릅니다. 하지만 에너지를 간절히 원했기 때문에 종족의 목숨을 걸고 도박을 했을 겁니다. 어쩌면 그 장치가 가져올 파멸적인 가능성을 모르고 있었을 수도 있고요. 아니면, 그 종족 수학자들이 그럴 리 없다고 안심시켰을지도 모르죠.

하지만 우리는 결코 알 수 없을 겁니다. 누구도 알 수 없죠. 이미 폭발해서 종족을 몰살하고, 행성을 파괴했으니까요.

폭발은 대기도 우주로 날려버렸습니다. 어쩌면 대기권 안에서 연쇄 반응을 일으켰을지도 모르고요. 지각도 상당 부분 날려버렸습니다. 일부는 완전히 탈출했을지도 모르지만, 탈출 속도에 도달하지 못한 파편은 나중에 다시 떨어져서 땅 위에 고리 모양의 거대한 분화구를 여기저기 남겼습니다.

바다는 충격을 완충하는 역할을 했습니다. 무거운 파편만이 물을 뚫고 들어가 분화구를 남길 수 있었죠. 어쩌면 일부 생명체는 깊은 바닷속에 살아 있었을 수도 있습니다. 만약 그랬다고 해도 죽을 운명이었지만요. 보호해주는 대기압이 없으면 물은 액체 상태로 남아 있을 수 없기 때문에 시간이 지나면 우주로 빠져나갈 수밖에 없었으니까요. 달의 생명력이 빠져나가는 겁니다. 그렇게 달은 죽었습니다. 자멸이었어요!"

해링턴은 조용히 듣고 있던 두 사람의 심상치 않은 눈빛을 마주했다. "여러분, 이건 이론일 뿐입니다. 제가 생각한… 이론, 꿈, 악몽에 불과해요. 하지만 이것 때문에 며칠 밤을 잠을 못 이루다가 박사님에게 이야기하러 왔습니다. 박사님도 저와 똑같은 의견인지 궁금해서요. 계산에 관해서라면 그 안에, 제 공책 안에 다 있습니다. 확인해보세요. 박사님이 제발 오류를 찾아내면 좋겠습니다! 하지만 그건 제가 지금까지 알려진 모든 데이터를 포함해서 연구했고, 모든 현상을 설명한 유일한 달 이론입니다."

해링턴은 할 말을 다 한 것 같았다. 렌츠가 입을 열었다. "만약에, 대령님. 만약에 우리가 박사님의 계산을 확인했는데 아무 오류도 없다면, 어떻게 되는 겁니까?"

해링턴이 팔을 휘둘렀다. "그걸 알아내려고 여기 왔다니까요!"

물어본 건 렌츠였지만, 해링턴은 킹을 향해 호소했다. 감독관이 고개를 들었다가 천문학자와 시선이 마주치자 흔들리더니 다시 고개를 떨궜다. "할 수 있는 게 없습니다." 킹이 힘없이 말했다. "아무것도요."

해링턴이 놀란 표정으로 킹을 바라보았다. "맙소사!" 해링턴이 폭발했다. "모르겠어요? 원자로를 해체해야 합니다. 즉시요!"

"진정하시죠, 대령님." 렌츠의 차분한 목소리는 마치 찬물을 끼얹는 듯했다. "그리고 불쌍한 킹 박사님에게 너무 가혹하게 굴지 마시고요. 대령님보다 더 걱정하고 있답니다. 킹 박사님의 말은 이런 뜻입니다. 문제는 물리학이 아니라 정치와 경제 상황이라는 겁니다. 이렇게 말할 수 있겠군요. 킹 박사가 발전소를 해체하지 못하는 건 베수비오산 기슭의 포도밭을 포기할 수 없는 것이나 마찬가지라고요. 언젠가 폭발할지 모른다고 해서 가족을 가난에 처하게 만들 수는 없어요.

킹 박사는 발전소의 주인이 아닙니다. 관리자일 뿐이지요. 만약 법적인 소유주의 뜻에 반해 해체하려 한다면, 그 사람들은 그저 킹 박사를 해임하고 좀 더 말을 잘 듣는 사람을 앉히면 그만입니다. 우리는 소유주를 설득해야 해요."

"대통령의 명령으로 할 수 있을 거예요." 해링턴이 말했다. "제가 대통령에게 선이 닿으니…."

"소속 부서를 통하면 분명 그럴 수 있겠죠. 대통령을 설득할 수 있을지도요. 하지만 대통령이 크게 도움이 될까요?"

"당연하지 않습니까. 대통령이잖아요!"

"잠깐만요. 대령님은 해군 천문대 소장이시잖아요. 망치로 그 대형 망원경을 부수려고 한다고 해보시죠. 어디까지 할 수 있을 것 같습니까?"

"별로 못 부수겠죠." 해링턴이 물러났다. "그 덩치 큰 녀석은 삼엄히 경비되니까요."

"대통령이라고 해도 멋대로 행동할 수는 없습니다." 렌츠가 힘주어 말했다. "절대군주가 아니에요. 만약 대통령이 적법한 절차 없이 이 발전소를 폐쇄한다면, 연방법원이 대통령을 꼼짝 못 하게 하겠지요. 의회도 도움이 안 되지는 않을 겁니다. 원자력에너지위원회가 의회에서 명령을 받으니까요. 하지만 의회 위원회에 무한소 역학 강의를 하고 싶으신가요?"

해링턴은 즉시 요점을 파악했다. "그러나 다른 방법이 있습니다." 해링턴이 지적했다. "의회는 여론에 반응해요. 우리가 해야 하는 건 원자로가 모두에게 위험하다고 대중을 설득하는 일입니다. 그건 고도의 수학으로 설명하지 않고도 할 수 있어요."

"물론 그럴 수 있죠." 렌츠도 동의했다. "방송에 나가서 사람들이 무서워 죽도록 겁을 주실 수 있겠죠. 살짝 휘청거리는 이 나라에 전에 본 적 없는 공황 상태를 일으키실 수 있을 겁니다. 아니요. 그러지 마세요. 일단 저로서는 우리가 쌓아 올린 문명을 파괴할 집단 정신병을 일으키느니 모두 조용히 죽는 게 낫습니다. 광란의 시기는 조금 맛본 것으로 충분하다고 생각합니다."

"그러면 어떻게 하는 게 좋겠습니까?"

렌츠는 잠시 생각하더니 대답했다. "지금 떠오르는 건 헛된 희망밖에 없군요. 우리는 이사회를 설득해서 그 사람들이 조금이라도 이성적으로 생각하도록 만들어야 합니다."

낙심했지만 그래도 주의 깊게 대화를 듣고 있던 킹이 끼어들어 한마디 했다. "그걸 어떻게 할 생각이죠?"

"모르겠습니다." 렌츠가 인정했다. "생각을 좀 해야 해요. 하지만 그게 가장 실효를 거둘 만한 접근일 것 같습니다. 그게 실패한다면, 언제든지 해링턴 박사가 말한 여론 폭로로 가면 되니까요. 제 평가 기준을 만족하기 위해 전 세계가 자살해야 한다고 주장하지는 않습니다."

해링턴은 자신의 뚱뚱한 손목시계를 보고 휘파람을 불었다. "맙소사." 해링턴이 외쳤다. "시간을 깜빡했군요! 저는 공식적으로 플래그스태프 천문대에 가 있어야 합니다."

킹은 반사적으로 대령의 시계가 보여주는 시간을 확인했다. "하지만 그렇게 늦은 시간일 리가 없는데요." 킹이 의문을 제기했다. 해링턴은 어리둥절한 표정을 짓더니 이내 웃었다.

"맞아요. 2시간씩이나 늦었을 리가 없죠. 우리는 플러스 7시간대에 있고, 이 시계는 플러스 5시간대의 시간을 보여주고 있어요. 워싱턴에 있는 기준시계와 전파로 동기화되어 있습니다."

"전파동기화라고 하셨나요?"

"네, 기발하죠?" 해링턴이 시계를 보여주었다. "저는 이걸 원격시계라고 불러요. 지금까지는 유일한 물건이에요. 제 조카가 만들어줬어요. 영리한 녀석이죠. 앞으로 잘 될 겁니다." 짧은 전주곡이 세 사람 위에 드리운 비극을 강조하는 것마냥, 해링턴의 얼굴에 그림자가 졌다. "만약 우리가 그렇게 오래 살 수 있다면요!"

킹의 책상에 불빛이 들어왔다. 그러더니 통신 화면에 슈타인케의 얼굴이 나타났다. 킹이 대답하더니 말했다. "차가 준비됐습니다, 렌츠 박사님."

"해링턴 대령님이 타도록 하십시오."

"시카고로 돌아가지 않는다는 뜻인가요?"

"네, 상황이 바뀌었습니다. 절 필요로 하신다면 함께하겠습니다."

*

다음 주 금요일, 슈타인케가 서둘러 렌츠를 킹의 사무실로 안내했다. 악수하는 킹의 얼굴에 화색이 돌았다. "언제 돌아오셨나요, 박사님? 1시간쯤 뒤에나 오실 줄 알겠습니다만."

"방금 왔습니다. 셔틀을 기다리는 대신 택시를 탔어요."

"일은 잘됐습니까?" 킹이 물었다.

"전혀요. 감독관님이 들은 답과 똑같았습니다. '회사가 외부 전문가에게 의뢰한 결과 데스트리의 계산은 유효하다. 따라서 직원들이 신경질적으로 행동하도록 조장할 이유가 전혀 없다.'"

킹은 멍한 눈빛으로 책상을 두드렸다. 그러다 몸을 돌려 렌츠를 똑바로 바라보며 말했다. "회장이 옳다고 생각하십니까?"

"어떻게요?"

"우리 셋, 그러니까 박사님과 저, 해링턴 박사가 갈 데까지 가서 정신적으로 무너진 것일 수도 있을까요?"

"아니요."

"확실합니까?"

"확실합니다. 저 역시 회사의 돈을 받지 않은 다른 외부 전문가를 찾아봤습니다. 해링턴의 계산을 확인하게 했는데, 맞았어요." 렌츠가 의도적으로 그렇게 한 이유 중에는 킹의 현재 정신 상태가 안정적이라는 확신이 없었다는 점도 있었지만, 그 사실은 언급하지 않았다.

킹이 자세를 똑바로 하더니 손을 뻗어 버튼을 눌렀다. "한 번 더 시도해야겠습니다. 머저리 같은 딕슨의 머리에 불안감이라는 걸 집어넣을 수 있는지 봐야죠." 그러면서 통신기를 향해 말했다. "슈타인케, 딕슨 씨와 연결해줘."

"네, 감독관님."

2분 정도 뒤 화상전화 화면이 켜지면서 의장인 딕슨의 모습이 나타났다. 딕슨은 사무실이 아니라 저지 시티의 전력기업연합 이사회실에 있었다. "뭔가?" 딕슨이 말했다. "무슨 일이지, 감독관?" 딕슨의 태도는 불만스러운 듯하면서도 동시에 친절했다.

"의장님." 킹이 입을 열었다. "회사의 행위가 지닌 심각성에 관해 알려드리려고 연락했습니다. 저는 과학자로서 제 이름을 걸고 해링턴이 완전히 증명을…."

"아, 그거? 킹 박사, 그건 이미 끝난 이야기라고 알고 있는 줄 알았는데."

"하지만, 의장님…."

"그만하게, 감독관! 내가 걱정을 해야 할 합리적인 이유가 있다면 내가 주저했을 거라고 생각하나? 알다시피, 나도 자식이 있고 손주들이 있네."

"바로 그래서…."

"우리는 합리적인 근거에 따라서, 그리고 공공의 이익을 위해서 회사를 운영하려고 하네. 그리고 우리에게는 다른 책임도 있어. 수십만 명의 소액주주들이 투자에 대한 정당한 대가를 받기를 바라고 있어. 자네가 점성술을 믿기로 했다고 해서 수십억 달러에 달하는 회사를 버려야 한다는 건 있을 수 없는 일이네. 달 이론이라니!" 딕슨은 코웃음을 쳤다.

"알겠습니다, 의장님." 킹이 딱딱한 말투로 대답했다.

"그렇게 받아들이지 말게, 킹 박사. 마침 잘 연락했어. 이사회가 방금 특별한 회의를 마쳤어. 자네의 은퇴를 받아들이기로 결정했지. 물론 보수는 전부 지급하고."

"저는 은퇴 요청을 하지 않았습니다!"

"나도 아네, 킹 박사. 하지만 이사회는…."

"알겠습니다. 안녕히 계십시오!"

"킹 박사…."

"안녕히 계시라고요!" 킹은 통화를 끊어버리고 렌츠에게 말했다. "보수는 전부 주겠다니." 킹이 회장의 말을 다시 읊었다. "그걸로 남은 평생 마음대로 즐겁게 살 수 있겠군요. 사형을 앞둔 죄수 같은 기분으로요!"

"맞습니다." 렌츠가 동의했다. "음, 저희 방식은 시도를 해보았으니, 이제 해링턴에게 연락해서 정치와 여론을 동원하는 방법을 써야겠군요."

"그래야 할 것 같습니다." 킹이 멍하니 대꾸했다. "이제 시카고로 가실 건가요?"

"아뇨…." 렌츠가 말했다. "아닙니다. 로스앤젤레스로 가는 셔틀을 탄 뒤에 지구 반대쪽으로 가는 저녁 로켓을 타야겠습니다."

킹은 놀란 표정을 지었지만, 아무 말도 하지 않았다. 렌츠는 입 밖으로 나오지 못한 질문에 대답했다. "어쩌면 지구 반대편에 사는 사람들은 생존할지도 모릅니다. 여기서 할 수 있는 일은 다 했습니다. 시카고의 정신의학자로 죽느니 호주에서 양치기로 사는 게 나을지도 모르겠군요."

킹이 힘차게 고개를 끄덕였다. "짐승이라고 해도 그렇게 판단하겠지요. 저도 그냥 원자로를 닫아버리고 같이 가고 싶군요."

"짐승이라면 불타는 헛간으로 다시 돌아가겠지요. 저는 그러지 않으려고 합니다. 박사님도 그렇게 하세요. 같이 가는 거죠. 박사님이 그렇게 하면 해링턴이 사람들에게 겁을 주는 데 도움이 될 겁니다."

"그렇게 하겠습니다!"

화면에 슈타인케의 얼굴이 다시 나타났다. "하퍼와 에릭슨이 찾아왔습니다."

"난 바쁘네."

"아주 급한 일이라 만나야 한다는데요."

"음, 좋아." 킹이 피곤한 목소리로 말했다. "들여보내. 어차피 아무 상관 없으니까."

두 사람이 들어왔다. 하퍼가 앞장을 섰다. 하퍼는 감독관의 울적한 기분은 전혀 알아채지 못한 채 곧바로 용건을 말하기 시작했다. "해냈습니다, 감독관님. 해냈다고요! 소수점 저 아래까지 맞아떨어져요!"

"뭘 해내? 무슨 소린지 알아듣게 얘기해봐."

하퍼가 웃었다. 이 즐거운 승리의 순간을 늘리고 싶어서 뜸을 들이고 있었다. "감독관님, 몇 주 전에 제가 추가 연구비를 신청한 거 기억하시나요? 제가 어떻게 쓸지 보고하지 않아도 되는 특별 연구비요?"

"그래. 이봐, 요점부터 말하라고."

"처음에는 반려했지만, 결국 승인하셨잖아요. 기억하시죠? 어, 저희가 그 결과를 예쁘게 포장해서 가지고 왔다니까요. 오토 한이 핵을 쪼갠 이래로 방사선 분야에서 가장 뛰어난 진보예요. 바로 핵연료입니다, 감독관님. 핵연료라고요. 안전하고, 제어 가능한 농축 연료. 로켓이든, 발전소든, 아무 데나 쓰고 싶은 데 다 쓸 수 있습니다."

킹의 얼굴에 처음으로 흥미가 엿보였다. "원자로가 필요 없는 에너지원을 말하는 건가?"

"아, 아닙니다. 그렇게 말하지는 않았어요. 증식로를 사용해서 연료를 만들고, 그 연료를 원하는 데 쓰는 거죠. 에너지 재생률이 92퍼센트 정도 됩니다. 하지만 원한다면, 발전 과정은 없애도 되고요."

처음으로 킹은 자신에게 닥친 딜레마에서 빠져나갈 수 있다는 작은 희망을 느꼈다. 킹이 침착하게 말했다. "계속해봐. 설명해보라고."

"음, 인공 방사성 원소로 하는 겁니다. 제가 특별 연구비를 신청하기 전에, 에릭슨과 제가… 렌츠 박사님도 조금 발을 담그셨고요." 하퍼는 렌츠를 향해 고개를 끄덕이며 감사의 뜻을 전했다. "저희는 서로 대응하는 동위원소 두 개를 발견했습니다. 그러니까 이 둘을 함께 있게 하면 잠재 에너지를 한 번에 방출한다는 겁니다. 완전히 터져버리죠. 중요한 건 우리가 이 각각의 원소를 아주 조금씩만 쓰고 있었다는 점입니다. 반응을 유지하기 위해서 질량이 커야 할 필요가 없어요."

"이해가 안 되는군." 킹이 말했다. "어떻게…."

"저희도 잘 모릅니다. 하지만 작동합니다. 확실해질 때까지 공개하지 않고 있었어요. 우리는 갖고 있는 물질을 확인했고, 열 가지가 넘는 다른 연료를 찾아냈죠. 아마 어떤 용도든 맞춤형 연료를 만들어낼 수 있을 겁니다. 여기 이걸 보세요." 하퍼는 옆구리에 끼고 있던 공책 한 뭉치를 내밀었다. "사본이에요. 한번 보시죠."

킹이 읽기 시작했다. 렌츠가 말없이 표정으로 허락을 구하자 그때까지 한마디 말도 없던 에릭슨이 대답했다. "물론입니다, 박사님." 렌츠도 킹과 함께 읽었다.

문서를 읽어나가는 킹에게서 깊은 상처를 입은 관리자의 불안한 감정이 쓸려 나가기 시작했다. 그리고 원래 성격인 과학자의 기질이 돌아왔다. 킹은 손에 닿을 듯 닿지 않는 진리를 추구하는 탐색자로서 제어할 수 있는 두뇌의 황홀감을 즐겼다. 꿈틀거리는 시신경에서 느껴지는 감정은 모조리 감각적인 반주로 바뀌어 대뇌 피질의 활동이라는 차가운 불꽃을 일으켰다. 그 순간 킹의 머리는 맑았다. 대부분의 인간은 죽을 때까지 도달할 수 없을 만한 수준으로 말끔하게 개었다.

한참 동안 아무 소리도 들리지 않았다. 간간이 구시렁거리는 소리, 책장 넘기는 소리가 들리거나 수긍하듯 고개를 끄덕이는 모습뿐이었다. 마침내 킹이 문서를 내려놓았다.

"바로 이거야." 킹이 말했다. "이 친구들아, 해냈군. 대단해. 자네들이 자랑스럽네."

에릭슨이 환한 표정을 지으며 침을 꿀꺽 삼켰다. 긴장하고 있던 하퍼의 자그마한 몸이 희미하게 떨렸다. 마치 주인에게 인정받은 사냥개를 떠올리게 하는 모습이었다. "좋습니다, 감독관님. 노벨상을 받는 것보다 감독관님한테 칭찬을 받는 게 좋네요."

"아마 노벨상도 받을 거야. 그런데…." 킹의 눈빛에서 자랑스러운 기색이 수그러들었다. "이 건에 대해서 내가 할 일은 없네."

"왜 그러시죠, 감독관님?" 당황한 투로 하퍼가 물었다.

"난 은퇴할 예정이야. 곧 후임자가 내 자리에 오겠지. 이건 관리자가 바뀌기 전에 시작하기에는 너무 큰 일이야."

"은퇴하신다고요? 그게 무슨 소립니까?"

"자네를 근무에서 뺀 것과 거의 같은 이유지. 뭐, 적어도 이사들은 그렇게 생각한다네."

"그건 말도 안 됩니다! 저를 근무에서 뺀 건 옳은 일이었어요. 저는 흔들리고 있었다고요. 하지만 감독관님은 다릅니다. 우리 모두 의지하고 있는데요."

"고맙네, 하퍼. 하지만 그렇게 됐어. 어떻게 할 방법이 없어." 킹은 렌츠를 향해 고개를 돌렸다. "이게 이 모든 일을 순수한 촌극으로 만드는 최후의 얄궂은 일격인가 봅니다." 킹이 씁쓸하게 말했다. "이건 보통 일이 아닙니다. 현시점에서는 상상할 수 없을 정도로 큰일이에요. 그리고 저는 여기에 낄 수가 없겠군요."

그때 하퍼가 외쳤다. "어, 뭔가 할 수 있는 일이 생각났습니다!" 하퍼는 킹의 책상으로 성큼성큼 걸어가더니 문서를 집어 들었다. "감독관님이 이 연구를 관장하지 않는다면, 회사는 우리 발견을 절대 이용할 수 없을 겁니다!" 에릭슨도 적극적으로 동의했다.

"잠깐만 기다리게." 렌츠가 이목을 집중시켰다. "하퍼 박사…, 사용 가능한 로켓 연료를 이미 얻어낸 건가?"

"그렇게 말씀드렸습니다. 지금 저희에게 있어요."

"탈출 속도급 연료?" 두 사람은 렌츠의 짧은 질문을 이해했다. 지구의 중력장 너머로 로켓을 쏘아 올릴 수 있는 연료를 말했다.

“물론이죠. 클리퍼 로켓 아무거나 가져다가 조금만 손을 보면 달에서 아침을 먹을 수 있을 겁니다.”

“아주 좋아. 잠깐만….” 렌츠는 킹에게 종이 한 장을 얻어서 뭔가 쓰기 시작했다. 다른 사람들은 어리둥절한 채로 참을성 있게 지켜보았다. 렌츠는 거의 머뭇거리지 않고 몇 분 동안 활발하게 뭔가 썼다. 그러더니 곧 멈추고 종이를 킹에게 되돌려주었다. “풀어보시죠!” 렌츠가 요청했다.

킹은 종이를 들여다보았다. 렌츠는 수많은 사회적, 심리적, 물리학적, 경제적 요소에 각각 기호를 부여했다. 그리고 진술의 계산법 기호를 사용해 모조리 구조적 관계식에 대입했다. 킹은 기호가 나타내는 초수학 연산을 이해할 수 있었지만, 수리물리학의 기호와 연산만큼 익숙하지는 않았다. 킹은 무의식적으로 입술을 달싹거리며 방정식에 매달렸다.

렌츠에게 연필을 받아 든 킹이 해답을 완성했다. 방정식을 서로 상쇄하거나 배열을 달리하며 분명한 답을 얻어내기 위해서 몇 줄, 몇 가지 방정식을 더 끄석여야 했다.

이 답을 바라보고 있자 어리둥절함이 슬슬 가시면서 이해와 기쁨이 싹트기 시작했다.

킹이 고개를 들며 재빨리 말을 쏟아냈다. “에릭슨! 하퍼! 자네가 만든 새 연료를 써야겠어. 커다란 로켓을 개조하고, 그 안에 증식로를 설치한 뒤 지구를 도는 궤도로 쏘아 올릴 걸세. 우주 멀리 말이야. 거기서 그걸 이용해서 지구에서 쓸 더 많은 연료, 안전한 연료를 만드는 거야. 그러면 대폭탄이 터질 위험은 실제 근무하고 있는 작업자에게만 한정되겠지!”

✳

박수 소리는 들리지 않았다. 그럴 만한 아이디어가 아니었다. 다들 아직 그게 암시하는 복잡한 내용을 생각하고 있었다.

“그런데 감독관님.” 마침내 하퍼가 입을 열었다. “은퇴는 어떻게 되는 겁니까? 저희는 여전히 은퇴를 인정하지 않을 겁니다.”

"걱정하지 말게." 킹이 안심시켰다. "다 그 안에 있어. 저 방정식 안에 담겨 있으니까. 자네 두 사람과 렌츠 박사님, 그리고 이사회 모두. 그리고 그걸 달성하기 위해서 우리가 해야 하는 일까지."

"시간만 빼고요." 렌츠가 경고했다.

"네?"

"감독관님이 내놓은 풀이에서는 소요 시간이 아직 정해지지 않은 미지수로 보이는걸요."

"네…. 그렇죠. 그건 우리가 감수해야 할 위험입니다. 이제 시작합시다!"

*

딕슨 의장이 이사회에 정숙을 요청했다. "이 특별 회의는 우리가 시간과 보고서를 아끼게 해줄 겁니다." 딕슨이 선언했다. "전화 통화로 결정했다시피 우리는 은퇴를 앞둔 감독관에게 2시간을 할애하기로 했습니다."

"의장님…."

"네, 스트롱 씨?"

"이 문제는 결론이 난 것으로 알고 있습니다만."

"그랬습니다, 스트롱 씨. 하지만 감독관인 킹 박사의 장기간에 걸친 뛰어난 공헌을 생각할 때 만약 킹 박사가 심리를 요청한다면 우리는 기꺼이 받아들여야 합니다. 이제 말씀하세요, 킹 박사."

킹이 일어서서 간단히 말했다. "렌츠 박사님이 저를 대신해 말씀하실 겁니다." 킹은 자리에 앉았다.

렌츠는 기침, 헛기침, 의자 끄는 소리가 잦아들 때까지 기다려야 했다. 이사회가 외부인을 꺼린다는 건 분명했다.

렌츠는 폭탄이 지구 표면 어디에 있더라도 감당할 수 없는 위험을 내포하고 있다는 내용의 논지를 설명하며 몇 가지 핵심 쟁점을 재빨리 소개했다. 그리고 곧이어 폭탄이 로켓에 실려 안전한 거리에서(약 24만 킬로미터) 지구 주위를 도는 인공위성이 되어야 하며, 지구에 있는 보조 발전소는 폭탄이 생산하는 안전한 연료를 태워야 한다는 대안을 제시했다.

렌츠는 하퍼-에릭슨 기법의 개발을 알리며, 그게 상업적으로 어떤 의미를 지니고 있는지 자세히 설명했다. 매력적인 성품을 한껏 발휘하여 가능한 한 설득력 있게 각각의 핵심을 전달했다. 그리고 말을 마친 뒤 이사회가 흥분해서 말을 쏟아내기를 기다렸다.

예상대로였다. "미래지향적인…." "입증이 되지 않았…." "상황이 근본적으로 바뀌는 건 없…." 요지는 새 연료에 관한 이야기는 매우 반가우나 특별히 인상적이지는 않다는 것이었다. 20년쯤 뒤에 시험이 완전히 끝나고 상업성이 검증되고 나면 대기권 밖에 또 다른 증식로를 건설하는 일을 고려할 수 있을지도 모르겠다는 식이었다. 그동안은 서두를 필요가 없었다. 이사 중 단 한 명만이 이 계획을 지지했지만, 그 사람은 평판이 좋지 않다는 게 꽤 명백했다.

렌츠는 끈기 있게 그리고 정중하게 이사회의 반박에 대응했다. 기술자들 사이에서 직업성 정신질환 발병이 늘어나고 있다는 사실과 정통 이론하에서라고 해도 폭탄 근처에 있는 사람이라면 누구나 파멸적인 위험에 처해 있다는 사실을 강조했다. 보험금과 배상금이 얼마나 들지, 정치가에게 지급했던 '수수료' 역시 상기시켰다.

그러더니 갑자기 말투를 바꾸어 직설적이고 과격하게 발언했다. "여러분, 우리는 우리가 목숨을…, 우리 목숨을, 우리 가족의 목숨을, 세상 모든 사람의 목숨을 구하기 위해 싸우고 있다고 믿습니다. 만약 이 타협안을 여러분이 거절한다면, 우리는 궁지에 몰린 동물처럼 격렬하게, 그리고 페어플레이 따위는 집어치우고 싸울 겁니다." 그러면서 렌츠는 첫 번째 공격을 시작했다.

아주 간단한 계획이었다. 렌츠는 여느 대형 홍보 회사라면 어렵지 않게 수행할 수 있을 만한 국가 규모의 선전 활동을 개략적으로 보여주었다. 아주 세세한 부분까지 완벽했다. TV 방송, 광고, 미리 짜고 하는 신문이나 잡지의 논설, 가짜 '시민 위원회', 그리고 (가장 중요한) 입소문을 내는 지지 캠페인과 의회에 호소문을 보내는 조직 등. 그 판에 있는 사업가라면 그런 일이 어떻게 이루어지는지 경험을 통해 알고 있었다.

그러나 그 목적은 애리조나 원자로에 대한 두려움을 불러일으켜 사회를 혼돈에 빠뜨리는 게 아니었다. 그 분노가 이사회 회원 개개인을 향하게 하고, 원자력에너지위원회에 압력을 가해 대폭탄을 우주로 보내는 행동을 취하게 하는 게 목적이었다.

"그건 협박이잖나! 우리가 당신을 막을 거요!"

"제 생각은 다릅니다." 렌츠가 부드럽게 대꾸했다. "몇몇 신문에서 기사를 뺄 수는 있겠지요. 하지만 다른 모든 것을 막을 수는 없습니다. 우리가 방송에 나가지 못하게 할 수도 없습니다. 연방통신위원회에 물어보시죠." 사실이었다. 정치권을 담당한 해링턴이 자기 임무를 제대로 수행했던 것이다. 대통령도 설득했다.

여기저기서 사람들이 성질을 부리고 있었다. 딕슨이 좌중을 진정시켰다. "렌츠 박사." 딕슨은 성질을 최대한 억누르고 말했다. "당신은 우리 하나하나를 개인적인 이익 외에는 아무것도 신경 쓰지 않는, 심지어는 다른 사람의 생명까지 소모할 수 있는 사악한 인간으로 만들 계획이군요. 그게 아니란 걸 알지 않습니까. 이건 무엇이 현명한지에 관한 의견이 다른 것뿐입니다."

"그게 사실이라고 말하지는 않았습니다." 렌츠가 침착하게 인정했다. "하지만 제가 대중을 설득해 여러분이 나쁜 의도가 있다고 생각하게 만들 수 있다는 건 인정하실 겁니다. 의견 차이에 관해서라면…, 여러분 중 누구도 원자물리학자가 아닙니다. 여러분은 이 문제에 의견을 가질 자격이 없습니다."

렌츠는 담담하게 말을 이었다. "사실, 제가 유일하게 의구심을 갖고 있는 건 분노한 대중이 여러분의 귀중한 발전소를 파괴해버리기 전에 의회가 수용권을 발휘해서 발전소를 여러분에게서 빼앗을 수 있느냐는 겁니다!"

이사회가 반론과 렌츠를 무너뜨릴 방법을 찾아내기 전에, 뜨거운 분노가 식어서 완고한 저항으로 바뀌기 전에 렌츠는 도박을 걸었다. 렌츠가 전혀 다른 선전 활동 개요를 꺼내 들었다.

이번에는 이사회를 끌어내리는 게 아니라 띄워주는 계획이었다. 쓰는 방법은 전부 똑같았다. 사람들이 흥미를 느낄 법한 뒷이야기를 다룬 특집 기사로 회사의 기능을 설명한다. 애국심 넘치고 이타적인 상업계의 지도자들이 운영하는 아주 믿을 만한 곳으로 회사를 묘사한다. 적절한 시점에 하퍼-에릭슨 연료를 발표한다. 진취적인 두 직원이 반쯤 우연히 발견한 게 아니라 이사회의 확고한 정책 아래에서 체계적인 연구를 수행한 결과 오랫동안 기다리던 결과물을 만들어낸 것으로 소개한다. 아무리 사람이 뜸한 애리조나의 사막이라고 해도 폭발의 위협을 영원히 없애려는 인도적인 결정에서 자연스럽게 나온 정책인 것이다.

행성 전체를 완전히 파국으로 몰아넣을지도 모를 위험에 관한 언급은 없다.

렌츠는 그에 관해 이야기했다. 이사회가 세상으로부터 받게 될 감사의 뜻을 강조했다. 고귀한 희생을 치르기를 종용했으며, 미묘하게 호도하여 스스로 영웅으로 생각하도록 충동질했다. 렌츠는 가장 뿌리 깊이 박힌 유인원의 본능, 자격이 있든 없든 간에 같은 종족으로부터 인정받고 싶은 욕구를 의도적으로 이용했다.

그렇게 시간을 끌면서 그 완고한 사람들 한 명 한 명에게 번갈아 집중했다. 어르고 달래며 개인적인 흠결을 공략했다. 소심하고 헌신적이고 가정적인 남자들을 위해 렌츠는 다시 의도는 좋아도 입증되지 않았으며 의문의 여지가 매우 많은 데스트리 이론의 예측에 의존했다가 벌어질 수 있는 고통과 죽음, 파국의 양상을 그려 보였다. 그리고 아무 걱정 없이 거의 무한한 에너지, 이 한 가지 작은 양보로 얻어낸 발견에서 나온 안전한 에너지를 사용하는 세상을 선명하고 상세하게 묘사했다.

효과가 있었다. 이사회는 한 번에 완전히 돌아서지는 않았지만, 도마에 오른 발전소 우주선의 가능성을 조사할 위원회를 지정했다. 아주 뻔뻔스럽게도 렌츠는 그 위원회의 이름을 제안했고, 딕슨은 그 명칭을 받아들였다. 특별히 그러고 싶어서가 아니라 정신을 차리지 못하는 사이에 동료들의 기분을 나쁘게 하지 않으면서 거절할 이유를 생각해내지 못했기 때문이다. 렌츠는 세심하게 위원회 명단에 자신의 지지자 하나를 포함시켰다.

곧 있을 킹의 은퇴는 어느 쪽에서도 언급하지 않았다. 내심 렌츠는 이 문제가 결코 언급되지 않을 게 확실하다고 느꼈다.

*

효과가 있었지만, 해야 할 일도 많았다. 위원회에서 승리를 거두고 난 처음 며칠 동안 킹은 영혼을 잡아먹을 듯한 걱정으로부터 빨리 해방될 기대에 마음이 들떠 있었다. 새로 해야 할 갖가지 행정 업무도 마음을 즐겁게 했다. 하퍼와 에릭슨은 고다드 필드로 파견 나가 점화실, 노즐, 연료통, 연료 계량기 등을 설계하는 일로 로켓 기술자들을 돕고 있었다. 핵연료를 만들 수 있도록 사업 부서로부터 원자로 사용 시간을 가능한 한 많이 얻어내기 위해 일정도 조율해야 했다. 그리고 핵연료용 대형 연소실도 설계해야 했고, 지구에서 발전소가 폐쇄되고 나중에 각지의 소형 발전소가 들어서서 상업용 전력을 충당할 수 있게 될 때까지 원자로를 대체할 수 있게 주문해둬야 했다. 킹은 바빴다.

당장 해야 할 일들을 마치고 일상적인 일을 처리하며, 발전소를 폐쇄하고 우주로 옮기기만을 기다리고 있게 되자 킹은 마음이 괴로웠다. 그때는 고다드 필드의 사람들이 결함을 제거하고 우주비행이 가능한 로켓을 생산할 때까지 기다리며 원자로를 관리하는 것 외에 할 일이 없었다.

고다드에서는 어려움을 겪고, 해결하고, 다시 더 많은 어려움을 겪는 일을 계속하고 있었다. 전에는 그렇게 높은 반응 속도를 다뤄본 적이 없었다. 적당히 높은 효율을 내는 노즐 모양을 찾기 위해 아주 여러 번 시도해야 했다. 그 문제가 풀리고 성공이 눈앞에 다가오자 이번에는 시간을 측정하는 지상 실험에서 연소가 너무 빨리 끝나버렸다. 그 결함 때문에 또 몇 주가 늦어졌다.

로켓과는 별개로 또 다른 문제도 있었다. 인공위성 안으로 위치를 옮긴 뒤에 증식로에서 나오는 에너지를 어떻게 할 것인가? 그 문제는 원자로 자체를 차폐막 없이 위성 바깥에 놓아서 방사 에너지를 내버리기로 계획을 세우면서 금세 풀렸다. 그건 진공 속에서 빛나는 조그만 인공 별이 될 것이었다. 그러는 동안 그 에너지를 다시 모아 지구로 쏘아 보내는 방법을 연구할 계획이었다. 그러나 버리는 건 에너지뿐이었고, 플루토늄과 새로 발견한 핵연료는 모아서 로켓으로 다시 지구에 보낼 예정이었다.

발전소에 있는 킹은 손톱을 깨물며 기다리는 것 외에 할 일이 없었다. 마지막 순간에 원자로가 폭발하지 않도록(그런다면 가슴이 찢어질 것이었다!) 감독해야 한다는 충동이 참을 수 없을 정도로 더 강렬했기 때문에 당장 그러고 싶다고 해서 연구 진행 상황을 보러 고다드 필드로 달려갈 수도 없었다.

그 대신 킹은 통제실을 배회했다. 사실 그러지 않는 편이 나았다. 킹의 불안감은 그대로 근무 중인 기술자에게 영향을 끼쳤다. 하루 만에 기술자 두 명이 허물어졌다. 그중 한 명은 근무 중이었다.

킹은 사실을 직시해야 했다. 경계를 놓지 않은 채 대기하는 단계가 시작된 뒤로 기술자 사이에서 정신질환 발병이 위험할 정도로 높아졌다. 처음에는 계획의 본질적인 부분을 비밀로 하려 했지만, 이내 새어 나가고 말았다. 아마도 조사 위원회에 속한 몇 사람을 통해서였을 것이다. 이제 킹은 애초에 이를 비밀로 하려던 것부터가 잘못이었음을 인정했다. 렌츠는 그러지 말라고 조언한 바 있었다. 그리고 전환 과정에 직접 참여하지 않은 기술자들도 무언가 일이 벌어지고 있다는 느낌을 받게 마련이었다.

결국, 킹은 비밀을 지키겠다는 서약을 하게 한 뒤 모든 기술자에게 사실을 털어놓았다. 그건 일주일 남짓 도움이 되었다. 그동안 기술자들은 모두 킹이 그랬던 것처럼 그 사실에 고양되어 있었다. 그런데 그런 감정이 사라지고 나자 반작용이 생겼다. 정신의학자들은 거의 매일 업무에 부적합한 기술자를 찾아내기 시작했다. 심지어는 자기들끼리 서로 정신적으로 불안정하다고 보고하는 일도 아주 잦았다. 킹은 쓴웃음을 지으며 이대로라면 정신의학자가 부족해지는 일까지 생길 수 있겠다고 생각했다. 기술자들은 이미 16시간마다 4시간씩 근무를 서고 있었다. 만약 한 명만 더 빠진다면, 킹 자신이 근무에 나서야 했다. 그래도 그렇게 스스로 사실을 토로하고 나니 마음은 좀 편했다.

어떻게 해서인지 주변의 몇몇 민간인과 비기술직 직원도 비밀을 알아채기에 이르렀다. 그렇게 놓아둘 수는 없었다. 소문이 계속 퍼져나가다가는 나라가 혼란에 빠질 것이었다. 하지만 어떻게 막는다는 말인가? 킹이 할 수 있는 일이 아니었다.

킹은 베개를 매만지며 뒤척거렸다. 다시 잠을 청해보았지만, 소용없었다. 골치가 아팠다. 눈알도 쑤셨다. 뇌도 마치 똑같은 부분만 재생되는 레코드판처럼 쓸데없는 생각만 끊임없이 계속해서 떠올렸다.

맙소사! 더는 못 참겠어! 킹은 자신도 정신이 무너지고 있는지, 혹은 벌써 무너졌는지 궁금했다. 이건 위험에 관해 알고 가능한 한 그 사실을 잊으려고만 노력하던 옛 시절보다 훨씬, 훨씬 더 나빴다. 원자로가 그때와 달라진 것도 아니었다. 휴전 5분 전일 때와 같은 이 느낌, 커튼이 올라가기만을 기다리는 기분, 무력하게 지켜볼 수밖에 없는 시간과의 경주 때문이었다.

킹은 일어나 앉아서 침대 옆의 램프를 켰다. 시계를 보니 3시 30분이었다. 좋지 않았다. 킹은 일어서서 욕실로 갔다. 수면제 가루를 반씩 섞은 위스키와 물에 녹였다. 킹은 약을 삼킨 뒤 다시 침대로 돌아갔다. 그리고 곧 잠이 들었다.

*

킹은 달리고 있었다. 긴 복도를 따라 도망치고 있었다. 끝까지 가기만 하면 안전했다. 그건 알 수 있었다. 하지만 너무나 지쳐서 끝까지 갈 수 있을지 의문이었다. 킹을 뒤쫓는 존재가 따라잡고 있었다. 킹은 납덩이가 달린 듯이 지친 다리를 억지로 더 빨리 움직였다. 추적자도 속도를 높이더니 킹을 건드렸다. 순간 심장이 멈췄다가 다시 뛰었다. 킹은 자신이 죽음의 공포에 휩싸여 날카로운 비명을 지르고 있음을 깨달았다.

그러나 복도 끝까지 가야만 했다. 단지 자신뿐만 아니라 더 많은 사람의 목숨이 달려 있었다. 해야만 했다. 해야만 했다. 해내야만 했다!

그때 빛이 번쩍였다. 킹은 자신이 패배했음을 깨달았다. 극도로 절망적인 심정, 철저하고 씁쓸한 패배감과 함께 그 사실을 깨달았다. 킹은 실패했다. 원자로가 폭발한 것이었다.

그 불빛은 자동으로 켜진 램프였다. 아침 7시였다. 잠옷이 땀으로 흠뻑 젖어 있었고, 심장이 아직도 두근거렸다. 온몸의 신경이 누더기가 된 채 이제 그만 놓아달라고 비명을 질렀다. 떨리는 몸을 진정하려면 찬물 샤워 정도로 안 될 것 같았다.

킹은 청소부가 아직 일을 마치기도 전에 사무실에 도착했다. 아무것도 안 하고 앉은 채로 2시간을 보내자 렌츠가 들어왔다. 마침 킹이 책상 위에 있던 상자에서 알약 두 개를 꺼내 삼키고 있던 참이었다.

"진정…, 진정해요, 이 양반아." 렌츠가 천천히 말했다. "거기 있는 게 뭡니까?" 렌츠가 다가오더니 부드럽게 상자를 들었다.

"그냥 진정제입니다."

렌츠가 상자 위에 쓰인 말을 읽었다. "오늘 몇 개를 먹었지요?"

"지금까지 두 개요."

"바르비투르산염을 먹어서 될 게 아니에요. 신선한 공기를 마셔야죠. 나랑 산책이나 합시다."

"당신은 괜찮은 대화 상대긴 하죠. 불도 안 붙인 담배를 피우고 있잖아요!"

"저요? 아, 저도 마찬가지예요. 우리 둘 다 산책을 좀 해야 합니다. 이리 와요."

✴

두 사람이 사무실을 나간 지 10분도 되지 않아 하퍼가 왔다. 슈타인케는 자리에 없었다. 하퍼는 그대로 킹의 개인 사무실로 가서 문을 두드렸다. 편안하고 자신감 넘치는 젊은 남자와 함께였다. 슈타인케가 문을 열고 두 사람을 맞이했다.

하퍼가 평소처럼 인사하며 슈타인케를 지나쳐 들어갔는데, 방 안에는 아무도 없었다.

"감독관님은 어디 계셔?" 하퍼가 물었다.

"밖에. 곧 돌아오실 거야."

"기다려야겠네. 아, 슈타인케, 여기는 그린이야. 그린, 여기는 슈타인케."

두 사람은 악수를 했다. "왜 돌아왔어, 하퍼?" 슈타인케가 하퍼에게 고개를 돌리며 물었다.

"음, 너한테는 말해도 되겠지…."

통신 화면이 갑자기 켜지더니 하퍼의 말을 끊었다. 얼굴 하나가 화면을 가득 채웠다. 얼굴을 너무 가까이 들이댄 모양이었다. 초점도 거의 맞지 않았다. "감독관님!" 필사적으로 외치는 소리가 들렸다. "원자로가…!"

그림자 하나가 화면을 스쳐 지나갔다. '쿵' 하는 둔탁한 소리가 들리더니 얼굴이 화면 밖으로 사라졌다. 그러자 배경에 있던 통제실 모습이 드러났다. 누군지 알 수 없는 사람 하나가 바닥에 쓰러져 있었다. 다른 사람이 시야에 들어왔다가 다시 사라졌다.

하퍼가 먼저 행동을 개시했다. "실라드였어!" 하퍼가 외쳤다. "통제실이야! 가자, 슈타인케!" 하퍼는 벌써 움직이고 있었다.

슈타인케는 시체처럼 창백해졌지만, 아주 짧은 시간 동안만 주저했을 뿐이었다. 슈타인케가 하퍼의 뒤를 따라 뛰었다. 아무 말을 듣지 못한 그린도 어렵지 않게 두 사람의 뒤를 따라 꾸준히 달렸다.

튜브 정거장에서는 캡슐이 비기를 기다려야 했다. 그리고 세 사람은 2인승 캡슐에 억지로 껴들어 갔다. 캡슐이 출발하지 않아서 잠시 시간을 허비하다가 그린이 내려서 다른 탈것을 찾았다.

4분 동안 빠르게 가속하며 가는 여행이 마치 기어가는 것처럼 느껴졌다. 발전소 지하 정거장에 도착했다는 익숙한 안내음이 나오자 하퍼는 시스템이 붕괴했다고 확신했다. 두 사람은 동시에 내리려고 몸싸움을 벌였다.

승강기는 위쪽에 있었다. 둘은 기다리지 않았다. 현명하지 않은 일이었다. 그런다고 더 빠르지도 않았다. 두 사람은 숨을 헐떡이며 관리구역에 도착했다. 그렇지만 꼭대기 층에 다다르자 더 속도를 내며 차폐막 주위를 이쪽저쪽으로 달려 통제실로 뛰어들어갔다.

쓰러진 사람은 아직 바닥에 있었다. 그리고 그 근처에 힘이 빠진 사람이 하나 더 있었다.

세 번째 사람이 '방아쇠' 위로 몸을 숙이고 있었다. 하퍼와 슈타인케가 들어오자 그 사람이 고개를 들더니 돌진해 왔다. 둘은 함께 그 사람을 때렸다. 셋이 다 같이 바닥에 쓰러졌다. 2대 1이었지만, 서로 방해가 되었다. 육중한 보호복 때문에 때려도 충격을 받지 않았다. 그 사람은 아무것도 느끼지 못하는 것처럼 사납게 싸웠다.

하퍼는 예리하고 격심한 통증을 느꼈다. 오른팔에 감각이 없어지더니 더 이상 쓸 수가 없었다. 보호복을 입은 사람이 빠져나가려고 발버둥 쳤다. 뒤쪽에서 누군가가 외쳤다. "꽉 잡아요!"

하퍼의 시야 한쪽 구석에서 빛이 번쩍였다. 뒤를 이어 귀가 먹을 듯이 큰 소리가 나더니 제한 구역 안에서 귀가 아프게 메아리쳤다.

보호복 입은 사람이 털썩 무릎을 꿇더니 잠시 그대로 멈춰 있었다. 그러더니 쿵 하며 앞쪽으로 쓰러졌다. 그린이 군용 권총을 손에 든 채 입구에 서 있었다.

하퍼가 일어서 방아쇠 쪽으로 갔다. 에너지 수준을 낮춰 조정하려 했지만, 오른손은 움직이지 않았고 왼손은 너무 어색했다. "슈타인케." 하퍼가 불렀다. "이리 와! 이것 좀 해봐."

슈타인케가 서둘러 움직였다. 계기를 읽으며 고개를 끄덕이더니 바쁘게 작업에 들어갔다.

*

몇 분 뒤 킹이 뛰어들어왔을 때 본 모습은 그랬다.

"하퍼!" 킹이 상황을 파악하려고 주변을 훑어보며 외쳤다. "어떻게 된 거지?"

하퍼가 간단히 설명했다. 킹은 고개를 끄덕였다. "사무실에서 싸움의 마지막 부분을 봤네. 슈타인케!" 킹은 그제야 방아쇠에 누가 있는지 알아챈 것 같았다. "저 친구는 작업을 할 수가 없는데…." 킹이 서둘러 슈타인케에게 다가갔다.

킹이 가까이 가자 슈타인케가 고개를 들었다. "감독관님!" 슈타인케가 외쳤다. "감독관님! 제가 다시 수학을 할 수 있게 됐습니다!"

킹은 당황한 표정을 짓더니 희미하게 고개를 끄덕이고는 슈타인케를 내버려두었다. 그리고 다시 하퍼에게 물었다. "자네는 어떻게 여기 있는 거지?"

"저요? 보고하러 왔습니다. 우리가 해냈어요, 감독관님!"

"응?"

"끝마쳤단 말입니다. 이제 끝났어요. 에릭슨이 우주선에 발전소 설치를 마무리하려고 남아 있습니다. 저는 지구와 우주선, 발전소를 오가는 셔틀로 쓸 우주선을 타고 돌아왔고요. 고다드 필드에서 여기까지 4분 걸렸습니다. 저기 저 친구가 조종사고요." 하퍼는 문가에서 렌츠를 살짝 가리고 있는 그린의 단단한 몸을 가리켰다.

"잠깐만. 원자로를 우주선에 설치할 준비가 모두 끝났다는 건가? 확실해?"

"확실합니다. 저희 연료를 넣은 우주선은 이미 궤도에 있는 정거장에 도달하고도 남을 정도로 더 오래 그리고 더 빨리 비행했습니다. 제가 거기 타고 있었다고요. 우주에서요, 감독관님! 준비가 끝났어요. 완전히요."

킹은 계기판 꼭대기에서 유리로 덮여 있는 폐쇄 스위치를 가만히 바라보았다. "연료가 충분하단 말이지." 주위에 아무도 없다는 듯이 혼잣말처럼 나직한 소리였다. "몇 주 동안 쓰기에 충분한 연료가 있어."

킹은 재빨리 스위치를 향해 걸어가더니 주먹으로 유리를 깨고, 스위치를 당겼다.

금보다 무거운, 육중한 액체금속 몇 톤이 관을 통해 내려가면서 차단기에 부딪히고, 수십 갈래로 나뉜 뒤 납으로 만든 수용기에 얌전히 들어가는 동안 실내가 진동하며 흔들렸다. 이제 우주에서 다시 소립하기 전까지 원자로는 안전하고 무해했다.

# 달을 판 사나이

## The Man Who Sold the Moon

서제인 옮김

✦ 1949년에 집필, 1950년 동명의 단편집 《달을 판 사나이》를 출간하며 발표

## 1

"자네는 믿음이란 걸 좀 가질 필요가 있어!"

동업자의 주장에 조지 스트롱은 콧방귀를 뀌었다. "해리먼, 왜 포기하지 않는 거야? 몇 년이 넘게 아주 노래를 불러대는군. 언젠가 인간이 달에 가는 날이 올 수도 있겠지. 난 안 믿지만 말이야. 어쨌건 자네나 나나 살아서 그런 날을 맞지는 못할 거야. 발전위성이 실패했으니 우리 세대엔 이제 가능성이 싹 사라진 거라고."

델로스 D. 해리먼이 으르렁거렸다. "이렇게 엉덩이 무겁게 눌러앉아 아무것도 안 하면 가능성이 없지. 하지만 우린 그걸 실현시킬 수 있어."

"첫 번째 질문, 어떻게? 두 번째 질문, 무엇을 위해서?"

"무엇을 위해서냐고? 사내 녀석이 무엇을 위해서냐고 물을 수도 있다니. 스트롱, 자네 영혼 속엔 할인율이나 배당금 같은 것 말고는 아무것도 없어? 살랑거리는 여름날 밤에 여자랑 나란히 앉아 달을 올려다보며, 저기 뭐가 있을까 궁금해 해본 적도 없어?"

"음, 한 번 있지. 그때 감기에 걸렸어."

어째서 이런 속물들의 손에 저를 넘겨주신 겁니까. 해리먼은 잠시 신에게 물었다. 그러고는 동업자를 향해 돌아섰다. "이유를 말해줄 수는 있어. 진짜 이유 말이야. 하지만 자넨 이해 못 할 거야. 자네가 '무엇을 위해서'라고 하는 건 결국 현금 얘기잖아? '해리먼&스트롱'이랑 '해리먼 투자신탁'이 어떻게 이익을 창출할 수 있는가, 그 얘기 아니야?"

"맞아." 스트롱이 인정했다. "달 관광사업이라든지, 달에서 반짝반짝 빛나는 보석을 캔다든지 하는 허튼소리는 꺼내지도 마. 이미 충분히 들었으니까."

"이건 전에 없던 새로운 유형의 사업인데, 자네는 나한테 거기서 예상되는 이익을 제시하라고 하고 있어. 그렇게 하는 건 불가능하다는 걸 알면서 말이야. 이건 키티 호크에 있는 라이트 형제한테 훗날 커티스-라이트 주식회사가 비행기 제조로 얼마나 벌어들일 수 있을지 밝히라고 하는 거랑 같아. 좀 다르게 말해보지. 자넨 플라스틱 하우스 사업에 발을 들여놓는 걸 반대했었어, 그렇지 않나? 그때 자네가 계속 고집을 부렸으면 우린 아직도 캔자스시티에서 소 목장이나 구획하고 인대물이나 보여주면서 살고 있을걸."

스트롱은 어깨를 으쓱했다.

"뉴월드 주택이 지금까지 얼마나 벌어들였지?"

회사에서 담당 중인 재능을 발동시키는 동안 스트롱은 엄청나게 집중한 얼굴이 되었다. "음, 1억 7294만 6004달러 62센트야. 세금 제하고, 지난 회계연도 말까지. 현재까지의 총 추산액은…."

"됐어. 거기서 우리 몫은?"

"글쎄, 음, 자네가 개인 명의로 갖고 있다가 나중에 나한테 매각한 걸 빼면, 우리 회사가 동일 기간에 뉴월드 주택으로 번 건 1301만 437달러 20센트야. 개인소득세는 반영 안 된 금액이고. 해리먼, 이런 이중과세는 없어져야 돼. 이렇게 절약하려는 사업가한테 불이익을 주다 보면 이 나라는 얼마 안 가 분명히…."

"알겠어, 알겠고! 그럼 스카이블래스트 운송과 앤티퍼디 항공으로 우리가 번 건 얼마나 돼?"

스트롱은 그 수치를 말해주었다.

"그리고 그때도 연료분사 장치 특허권을 사는 데 지갑을 열게 하려고 내가 자네한테 거의 신체적 위협을 가해야만 했잖아. 자넨 로켓이 금방 지나갈 유행이라고만 했지."

"우리가 운이 좋았던 거야." 스트롱이 항의했다. "오스트레일리아에서 우라늄이 대거 발견될 거라고 자네가 예측할 수 있었던 건 아니잖아? 그게 없었으면 스카이웨이 그룹 때문에 우린 적자에 빠졌을 거야. 그렇게 따지면 뉴월드 주택도 마찬가지야. 로드타운이 들어서고 기존 지역 건축법을 벗어난 시장이 생겼으니 망정이지, 안 그랬으면 우린 망했을 거라고."

"둘 다 말이 안 되는 소리야. 빠른 교통수단은 이익이 돼. 언제나 그래 왔어. 뉴월드 주택으로 말해볼까? 새집을 원하는 1천만 가구가 있고 우리가 집을 싸게만 팔아주면 그 사람들은 반드시 사. 지역 건축법이 막는다고 그들이 영원히 가만히 있지는 않아. 우린 도박을 했지만 확실한 쪽에 건 거야. 기억해봐, 스트롱. 우리가 어떤 벤처에서 돈을 잃었고 어디서 벌었지? 제정신 아닌 것 같은 내 머리에서 나온 아이디어들이 결국 돈이 되지 않았어? 손실이 난 경우는 전부 안정적인 블루칩에 투자한 경우였잖아."

"하지만 안정적인 데 투자하고 번 경우도 있어." 스트롱이 항의했다.

"자네 요트값 낼 만큼도 못 됐어. 공정하게 돌아봐, 스트롱. 안데스 개발회사, 통합 집전장치 특허, 그리고 내가 자네를 질질 끌고 들어가야 했던 무모해 보이던 계획들 전부 다. 그것들은 하나도 빠짐없이 이익을 냈어."

"내 피땀으로 낸 이익이라고." 스트롱이 투덜거렸다.

"그래서 우리가 동업을 하고 있는 거야. 내가 쓸 만한 들고양이를 찾아 꼬리를 붙잡으면 자네가 그놈을 길들여서 일하게 만드는 거지. 이제 우린 달로 갈 거야. 자네는 그게 돈이 되게 만들 거고."

"주어에 신경 좀 써줘. 자네나 가. 나는 달로 가지 않아."

"나는 갈 거야."

"나 원 참! 해리먼, 자네의 그 직감에 걸어서 우리가 부자가 된 건 사실이라고 쳐. 하지만 부자라도 계속 도박만 하다간 알거지가 된다는 건 철벽 같은 진리야. 그릇도 차면 넘친다는 오래된 속담도 있잖아."

"빌어먹을, 스트롱… 나는 달에 가고 말 거야! 정 협조하기 싫으면 우리 회사는 여기서 끝내자고. 난 혼자라도 가고 말 테니까."

스트롱이 책상을 내리쳤다. "이봐, 해리먼. 지금 자네한테 협조를 안 하겠다는 얘기가 아니잖아."

"태도를 분명히 밝혀. 지금이 기회고 나는 마음을 이미 굳혔어. 난 달에 착륙하는 인간이 될 거야."

"휴우, 그만 일어나자. 회의에 늦겠어."

*

언제나 절약 정신이 투철한 스트롱은 그들의 공동 사무실을 나서면서 주의 깊게 진기 스위치를 내렸다. 해리먼은 그런 그의 모습을 지금껏 수천 번 보아 넘겼지만, 이번에는 말을 꺼냈다. "스트롱, 방을 나가면 자동으로 불이 꺼지는 스위치를 만들어보는 건 어때?"

"흠, 하지만 방에 다른 사람이 남아 있으면?"

"음, 사람이 있을 때는 계속 켜져 있게 하면 되지 않을까. 인체에서 나오는 열을 감지하는 스위치 같은 걸로 하면."

"그건 너무 비싸고 너무 복잡해."

"아니, 비싸고 복잡하지 않아도 될 거야. 퍼거슨한테 머리를 짜내보라고 넘겨놓을게. 크기는 기존 스위치와 비슷하면서 가격은 1년 동안 전력을 아낀 돈으로 치르고도 남을 정도로 저렴하게 해야 돼."

"그게 어떻게 작동하는데?" 스트롱이 물었다.

"내가 어떻게 알아? 기술자가 아닌데. 그건 퍼거슨이랑 다른 머리 좋은 친구들이 알아서 할 일이지."

스트롱이 딴지를 걸었다. "그건 상업적으로 가치가 없어. 방을 나갈 때 스위치를 끄느냐 마느냐 하는 건 성격 문제라고. 나는 끄지만 자네 같은 사람은 절대 안 끄잖아. 자네 같은 사람을 어떻게 그 스위치에 관심 갖게 할 건데?"

"전력 공급이 계속 제한되면 가능해. 지금 전력이 부족한 건 사실이잖아. 앞으로는 더 심해질 테고."

"일시적인 현상이야. 이번 회의에서 그 문제가 정리될 거고."

"스트롱, 이 세상에서 '일시적인 긴급 상황'만큼 영원히 계속되는 건 없어. 그 스위치는 분명 장사가 될 거야."

스트롱은 노트와 스타일러스 펜을 꺼냈다. "내일 퍼거슨을 불러 한번 얘기는 해보지."

해리먼은 그 일을 잊어버렸고 다시 떠올리지 않았다. 그들은 옥상에 도착했다. 해리먼은 택시를 손짓해 부른 다음 스트롱을 향해 돌아섰다. "만약 우리가 로드웨이, 벨트 운송 주식회사, 그리고… 그렇지, 뉴월드 주택 주식까지 처분하면 전부 얼마나 떨어지지?"

"뭐? 자네 미쳤나?"

"어쩌면 그런지도 모르겠어. 하지만 필요할 테니 현금화할 수 있는 건 다 해줬으면 해. 로드웨이랑 벨트 운송은 어차피 이젠 가치가 없어. 진작 처분했어야 했어."

"자네 정말 미쳤군! 그건 자네가 투자한 사업 중에 유일하게 안정적인 거였다고."

"하지만 내가 투자한 시점에서는 안정적이 아니었잖아. 날 믿어, 스트롱. 로드타운도 이제 한물갔어. 철도가 그랬듯 그것들도 이제 사양길에 접어들었다고. 백 년만 지나면 이 대륙에 하나도 남지 않을걸. 수익 창출의 공식이 뭐지, 스트롱?"

"싸게 사서 비싸게 판다."

"그건 공식의 절반에 지나지 않아. 자네가 생각하는 절반이지. 세상이 어느 쪽으로 변해가는지 예상하고 그쪽으로 밀어붙일 줄도 알아야 돼.

그래야 처음부터 치고 들어가서 확실히 유리한 위치를 차지하는 거야. 내가 말한 사업들, 청산해줘, 스트롱. 난 운용할 자금이 필요해." 택시가 그들 앞에 내려앉았다. 두 사람이 올라타자 비행차는 출발했다.

택시는 그들을 헤미스피어파워 빌딩 옥상에 내려놓았다. 그들은 전력기업연합의 회의실로 내려갔다. 회의실은 착륙장이 까마득히 높은 곳에 있는 것만큼이나 까마득히 지하로 파고들어 간 곳에 있었다. 몇 년 동안 평화로운 시기가 이어졌지만, 요즘도 대기업 거물들은 원자폭탄으로부터 상대적으로 안전한 곳을 쉴 장소로 택하곤 했다. 회의실은 방공호처럼 보이지는 않았다. 차라리 사치스러운 펜트하우스에 딸린 방처럼 보였는데, 테이블 끝 의장석 뒤쪽에 '전망창'이 있어 빌딩 꼭대기에서 내다보이는 도시 경관이 실감 나는 입체 생중계 화면으로 전송 재현되었다.

다른 이사들이 먼저 와 있었다. 해리먼과 스트롱이 들어서자 딕슨이 고개를 끄덕이고는, 손가락 시계를 들여다보고 말했다. "자, 여러분, 우리의 문제아가 왔으니 이제 시작해도 되겠지요." 그는 의장석에 앉은 다음 정숙을 요청했다.

"지난번 회의록은 언제나처럼 나눠드린 자료에 있습니다. 준비되면 신호해주시기 바랍니다."

해리먼은 자기 앞에 놓인 요약본을 흘끔 보고는 곧바로 테이블에 붙은 스위치를 눌렀다. 그의 자리에 작은 녹색 불이 들어왔다. 다른 이사진 대부분도 똑같은 행동을 했다.

"누가 안 누르고 지연시키고 있는 거요?" 해리먼이 물으며 주위를 살폈다. "아, 스트롱, 자네군. 어서 눌러."

"난 수치를 좀 확인해보고 싶어." 스트롱이 짜증스레 대답하고 자기 앞의 스위치를 눌렀다. 의장석 앞에 있는 좀 더 큰 녹색등에 불이 들어오자 의장인 딕슨도 스위치를 눌렀다. 그의 앞, 테이블 위에서 몇 센티미터쯤 위에 고정돼 있던 슬라이드에 불이 들어오며 '녹화 중'이라는 글자가 떴다.

"사업 현황입니다." 딕슨이 말하고 또 다른 스위치를 눌렀다. 어디선가 여자 목소리가 흘러나오기 시작했다. 해리먼은 자리에 놓여 있는 자료의 다음 장을 보며 보고를 들었다. 지난번 회의 때보다 다섯 대가 늘어 모두 열세 대의 퀴리형 원자로가 가동에 들어가 있었다. 서스쿼해나와 찰스턴 원자로는 이전에 애틀랜틱 로드시티에서 빌려 쓰던 전력량을 담당했고, 그 도시의 로드웨이는 이제 정상 속도에 도달해 있었다. 다음 2주 동안에는 시카고-앤젤레스 로드웨이가 제 속도를 회복할 것으로 기대되었다. 전력 제한은 계속되겠지만 최악의 위기는 지나간 상황이었다.

모두 아주 흥미로웠지만 해리먼의 직접적인 관심사는 아니었다. 발전위성의 폭발로 야기된 전력 위기는 만족스럽게 극복되고 있었다. 아주 좋았다. 하지만 해리먼의 관심은 다른 데 있었다. 성간 여행을 가능하게 해줄 근거가 그 일 때문에 돌이킬 수 없는 타격을 입었다는 사실이었다.

3년 전 개발된 하퍼-에릭슨 동위원소 인공 연료는 극단적으로 위험하지만 대륙의 경제활동에 꼭 필요한 에너지원의 딜레마를 해결할 방법처럼 보였다. 동시에, 성간 여행을 가능하게 할 손쉬운 방법이 발견된 것 같기도 했다.

앤티퍼디 항공사에서 가장 규모가 큰 로켓 중 한 대에 애리조나 원자로가 통째로 장착되었다. 로켓은 원자로가 자체 생산한 동위원소 연료로 움직였고, 모든 것이 지구 주위를 도는 궤도에 자리 잡았다. 그보다 훨씬 작은 로켓 한 대가 위성과 지구 사이를 오가면서 원자로 관리자들에게 필요한 물자를 공급하고, 원자로에서 합성된 방사능 연료를 전력 부족에 허덕이는 지구로 가지고 돌아오는 구조였다.

전력기업연합 이사진의 한 사람으로서 해리먼은 발전위성 사업에 힘을 보탰지만, 거기에는 개인적 야심도 있었다. 그는 발전위성에서 생산된 연료를 우주선에 채워 이왕이면 곧바로 최초의 달 여행을 성사시킬 수 있기를 기대했다. 국방성의 이목을 끄는 일은 시도하지도 않았다. 해리먼은 정부 보조금 같은 건 원하지 않았다. 그 일은 어렵지 않았다. 누구든 할 수 있는 일이었다. 그리고 해리먼은 직접 그걸 할 생각이었다. 그에게는 우주선이 있었고, 곧 연료도 손에 들어올 것이었다.

해리먼 소유의 앤티퍼디 항공 화물 수송기들 가운데 한 대를 골라 화학연료 엔진을 교체하고 날개를 떼어내 우주선을 만들었다. 우주선은 준비된 채 계속 연료를 기다리는 중이었다. 전에는 '시티 오브 브리즈번'이라고 불렸던 비행기는 이제 산타마리아호라는 새 이름을 얻었다.

하지만 연료를 얻기가 쉽지 않았다. 연료는 우선 셔틀 로켓용으로 일부를 확보해두어야 했고, 그 다음으로는 대륙에 보급할 전력의 수요를 고려해야 했다. 발전위성에서 연료가 만들어지는 속도보다 이런 수요들의 증가 속도가 더 빨랐다. '가치 없는' 달 여행을 위해 해리먼을 후원하기는커녕, 전력기업연합은 효율은 좀 낮지만 안전한 저온 우라늄염과 중수를 사용하는 퀴리형 원자로 사업에 매달렸다. 더 많은 위성을 만들어 쏘아 올리기보다는, 계속 증가하는 전력 수요를 맞추기 위해 우라늄을 직접 이용하는 방식을 택한 것이었다.

원자력 로켓에 필요한 동위원소 연료를 만들어내기 위해서는 별의 내부 구조와도 같은 매우 까다로운 조건들이 필요했는데, 불행하게도 퀴리형 원자로는 그 조건을 충족하지 못했다. 달갑지 않지만, 해리먼은 산타마리아호에 필요한 연료 선점권을 쥐어짜내기 위해서는 정치적 압력을 행사해야 할 거라는 깨달음에 근접해가고 있었다.

그런데 그때 발전위성이 폭발해버렸다.

*

딕슨의 목소리가 들려오는 바람에 해리먼은 골똘히 잠겨 있던 생각에서 떠밀려 나왔다. "사업 현황 보고는 만족스러우셨을 것으로 압니다, 여러분. 반대 의견이 없으면 통과된 것으로 기록하겠습니다. 보시다시피 이제 90일만 지나면 우리의 전력이 예전 수준으로 회복될 것으로 보입니다. 애리조나 원자로를 어쩔 수 없이 닫아야 했던 날 이전으로 말이지요."

"하지만 미래의 수요까지 충족시킬 만한 수준은 아닌 것 같군요." 해리먼이 지적했다. "우리가 여기 앉아 있는 동안에도 애들은 계속 태어나고 있단 말이죠."

"이 안건을 통과시키는 데 반대하는 건가, 해리먼?"

"그건 아닐세."

"좋아. 그럼 이제 홍보부 보고로 넘어가자고. 첫 번째 안건을 자세히 봐주십시오, 여러분. 본 이사회 부의장이면서 홍보부를 담당하고 계신 에드 이사님이 발전위성 스태프, 그리고 샤론호 승무원들의 자녀를 위한 연금, 후원금, 장학금, 기타 등등의 사업계획 일정을 제안하셨습니다. 부록의 'C' 항목을 봐주십시오."

해리먼의 맞은편에 앉아 있던 이사가 이의를 제기했다. 식품 트러스트인 퀴진 주식회사의 대표 피니스 모건이었다. "이건 뭡니까, 에드? 물론 사고로 사망자가 발생한 건 무척 유감이지만, 우리는 이미 그 사람들한테 하늘을 찌를 만큼 높은 임금을 지급해준 데다 보험도 적용해줬는데. 자선 사업까지 하자는 이유가 뭐예요?"

해리먼이 툴툴거렸다. "그냥 지급해요. 나는 동의합니다. 그 정도는 푼돈이지. 성경에서도 곡식을 밟아 떠는 소의 입에 망을 씌우지 말라고 했어요."

"90만 달러가 푼돈이라니 더 이상 멋진 표현도 없군." 모건이 항의했다.

"잠깐만요, 여러분…." 에드가 나섰다. "모건 이사님. 내역을 보면 아시겠지만, 해당 사업예산의 85퍼센트가 후원을 알리는 광고 비용으로 집행될 예정입니다."

모건이 눈을 가늘게 뜨고 수치를 보았다. "아, 왜 진작 그렇게 말을 안 했어요? 흠, 후원을 불가피한 간접비용으로 볼 수는 있지만 이건 안 좋은 선례로 남겠는데."

"후원이라도 내세우지 않으면 광고를 할 구실이 없습니다."

"그건 그렇지만…."

딕슨이 얼른 진행 발언을 했다. "해리먼 이사님은 동의하셨습니다. 다른 분들도 의사를 표해주시기 바랍니다." 계산판이 녹색으로 빛을 냈다. 모건마저도 좀 망설이긴 했지만 동의를 표했다. "다음 안건도 관련된 겁니다만." 딕슨이 말을 이었다. "어떤 여자분이… 음, 가필드 부인이라는 사람이 변호사를 통해 주장하기로는, 자기 넷째 아이의 선천적 장애에 대한 책임이 우리에게 있답니다. 추정된 사실은 다음과 같습니다. 위성이 폭발하는 바로 그 순간에 아이가 태어났는데, 가필드 부인은 그때 자오선상으로 위성 아래쪽에 있었답니다. 부인은 50만 달러를 보상해달라고 주장하고 있습니다."

모건이 해리먼을 돌아보았다. "해리먼, 자네 의견은 당연히 합의를 하자는 쪽이겠지?"

"무슨 바보 같은 소리야. 싸워야지."

딕슨이 놀란 눈으로 주위를 둘러보았다. "이유가 뭔가, 해리먼? 1만 달러, 많이 잡아도 1만5천 달러 정도면 합의할 수 있을 것 같은데. 방금 그렇게 제안하려던 참이었어. 나는 법무 부서에서 이걸 홍보부로 넘긴 게 놀라운데."

"이유야 명백하지. 이 건은 위험이 너무 커. 하지만 여론이 좀 나빠지더라도 싸워야 돼. 조금 전 경우와는 달라. 첫째, 가필드 부인과 그 아이는 우리 사람이 아니야. 둘째, 아이가 태어나는 순간 방사능 때문에 잘못될 수는 없다는 건 어떤 멍청이 바보라도 다 아는 사실이지. 최소한 직전 세대의 생식세포질이 영향을 받았어야 가능한 일이라고. 셋째, 이번에 대충 넘겼다간 우린 앞으로 노른자가 두 개 든 달걀이 나올 때마다 죄다 고소당하게 될 거야. 이 일은 우리를 방어하기 위해 공개적으로 예산이 필요한 일이야. 단돈 1센트도 타협하는 데 써서는 안 돼."

"비용이 많이 들 텐데." 딕슨이 말했다.

"법정 싸움으로 안 가면 더 많이 들 거야. 필요하면 판사를 매수하면 되지 않나."

홍보 담당 이사 에드가 딕슨에게 뭔가 속삭이더니 입을 열었다. "저는 해리먼 이사님의 의견에 따르겠습니다. 저희 부서를 대표해 말씀드립니다."

안건은 해리먼의 의견대로 통과되었다. 딕슨이 계속했다. "다음 안건은, 상당히 많은 일련의 소송들인데요. 재난상황 동안 전력을 다른 곳으로 돌리기 위해 실시한 로드시티의 감속 때문에 불거져 나온 것들입니다. 원고들은 사업의 손실, 시간의 손실 등 이것저것 손해를 주장하고 있지만, 근본적으로 문제 삼는 건 같습니다. 아마도 가장 까다로운 건 어떤 주주가 건 소송인데, 그의 주장에 따르면 로드웨이사와 우리 기업연합이 너무도 깊숙이 유착되어 있어서, 전력을 전환하기로 한 결정이 로드웨이 주주들의 이익을 고려하지 않은 채 내려졌답니다. 해리먼, 이건 자네 분야지. 발언하겠나?"

"신경 쓰지 말게."

"왜지?"

"그냥 마구잡이로 걸어대는 소송이니까. 이 회사는 책임이 없어. 난 이런 일까지 예상했기 때문에 로드웨이사가 자발적으로 전력을 매각하게 한 걸세. 그리고 이사진은 겹치지 않아. 서류상으로는 말이지. 그러려고 명의상 대표들을 앉힌 거 아닌가? 잊어버려. 그런 종류의 소송이라면 로드웨이사엔 한 다스가 넘어. 우리가 다 이길 거라고."

"어떻게 그렇게 확신하나?"

"그러니까…." 해리먼은 의자에 몸을 기대고 한쪽 팔걸이 위로 다리를 척 걸쳤다. "내가 아주 어렸을 때 웨스턴유니언에서 사환으로 일한 적이 있어. 사무실에서 상사의 명령을 기다리는 동안 난 손 닿는 거라면 뭐든지 집어 들고 읽었는데, 그중에는 전보용지 뒷면에 적힌 계약 조항도 있었지. 기억나나? 노란 전보용지가 큰 묶음으로 철해져 있었는데. 앞면에 전보 내용을 적는 순간 뒷면에 깨알 같은 글씨로 인쇄된 계약 조항에도 동의하게 되어 있었어. 다만 사람들 대부분이 그 사실을 몰랐을 뿐이지. 그 조항에 명시된 회사의 의무가 뭐였는지 아나?"

"전보를 꼭 보내겠다는 거였겠지, 아마도."

"회사가 뭘 해야 한다는 내용은, 빌어먹을, 한 줄도 없었네. 회사는 그저 전보를 전하려고 '노력'만 하면 됐어. 낙타를 탄 대상 편에 보내든 달팽이 등에 태워 보내든, 아니면 그 비슷한 능률을 지닌 어떤 수단 중에 맘에 드는 걸 쓰든 상관없이 말이야. 설령 전보가 전해지지 않는 경우에도 회사는 아무 책임이 없게 돼 있었어. 그 쪼끄만 글씨들을 얼마나 읽었는지 난 거의 외울 정도였어. 그건 그때까지 내가 읽어본 산문 중에 제일 사랑스러운 것이었지. 그때 이후로 나는 모든 계약 조항을 동일한 원칙 아래 작성해왔어. 로드웨이사를 고소하는 게 누구든, 그자는 결국 시간이 많이 걸린다는 이유로 소송을 걸 수는 없다는 사실을 깨닫게 될 거야. 시간은 절대적으로 중요한 게 아니거든. 설령 완전히 계약 불이행이 성립하더라도, 물론 그런 일은 아직 안 생겼지만, 로드웨이사는 그저 화물 운송비용이나 개인이 산 티켓 값만 책임지면 돼. 그러니 소송에 대해서는 신경 쓰지 말게."

모건이 자리에서 일어섰다. "해리먼, 만약 내가 오늘 밤에 고향 집에 급히 가야 하는 일이 생겼다고 치자고. 로드웨이로 말이야. 그런데 뭔가 문제가 생겨서 내일까지 도착을 못 해도 로드웨이사가 아무 책임이 없다는 건가?"

해리먼이 웃음을 지었다. "자네가 여행 중에 굶어죽을 위기에 처한다 해도 로드웨이사는 책임이 없게 돼 있어. 헬리콥터를 타는 게 나을 거야." 그는 딕슨을 돌아보았다. "이 소송들은 이대로 둘 것을 제안합니다. 로드웨이사가 알아서 할 겁니다."

*

"이로써 공식 안건은 모두 끝났습니다." 잠시 후 딕슨이 발언했다. "다음은 우리 동료인 해리먼 이사님께서 특별히 거론할 안건이 있다고 하십니다. 주제는 미리 알려주시지 않았습니다만, 산회 요청이 없으면 일단 듣는 것으로 하겠습니다."

모건이 불쾌한 표정으로 해리먼을 보았다. "산회를 요청합니다."

해리먼이 싱긋 웃었다. "2센트만 주면 내가 동의를 하고, 여러분을 궁금해 죽게 만들고 싶은데 말이죠." 하지만 모건의 제안에는 동의가 나오지 않아 산회는 이루어지지 않았다. 해리먼이 일어섰다.

"의장님, 그리고 친구들…." 해리먼은 모건을 바라보았다. "…그리고 동료 여러분. 아시다시피 저는 우주여행에 관심이 있습니다."

딕슨이 해리먼을 날카롭게 쏘아보았다. "제발 그 얘기는 그만해, 해리먼! 내가 의장만 아니었어도 당장 산회에 동의했을 텐데."

"또 그 얘기 맞습니다만." 해리먼이 인정했다. "하고 또 할 겁니다. 들어주시기 바랍니다. 3년 전, 애리조나 원자로를 우주로 옮기는 일로 바빴을 때 우린 생각했습니다. 우리에게 보너스가, 성간 여행의 형태로 주어진 거라고 말이지요. 여기 계신 분들 중 일부는 저와 함께 우주에서의 실험과 탐험, 그리고 개발을 목적으로 스페이스웨이 주식회사를 창립하기도 했었지요.

우주는 정복되었고, 지구 주위 궤도를 도는 로켓을 개조하면 달에 갈 수 있게 됐습니다. 그리고 거기서부터는, 어디에나 갈 수 있는 겁니다! 실행에 옮기는 일만 남아 있었지요. 남은 문제로는 재정적인 것과 정치적인 것이 있었습니다.

사실, 우주여행에 따르는 기술상의 진짜 문제들은 제2차 세계대전 이후 점차 해결되어왔습니다. 우주 정복은 오랫동안 자금과 정치의 문제로 남아 있었지요. 하지만 하퍼-에릭슨 기법과 그 부산물인 지구를 왕복하는 로켓, 그리고 실용적이고 저렴한 로켓 연료가 마침내 우주 정복의 꿈을 성큼 앞당긴 것처럼 보인 게 사실입니다. 그게 너무나 손에 잡힐 것 같은 일이었기에, 저는 초기에 위성에서 생산된 연료가 산업 전력 용도로 지정됐을 때도 반대하지 않았습니다."

해리먼은 주위를 둘러보았다. "하지만 저는 가만히 있지 말았어야 했습니다. 불평을 늘어놓고 압력을 가하고 민폐를 끼쳐가며 떠들었어야 했어요. 여러분이 연료를 그쪽으로 돌리고 저를 따돌리기 전에 말이죠. 이제 우리는 가장 좋은 기회를 놓치고 말았습니다. 위성은 폭발해버렸고 연료원도 사라졌습니다. 심지어 셔틀 로켓도 없어졌습니다. 우리는 1950년대로 돌아간 거나 마찬가지입니다. 그러므로…."

해리먼은 다시금 말을 멈췄다. "그러므로… 저는 우주선을 만들어 달로 보내자고 제안합니다!"

딕슨이 침묵을 깼다. "해리먼, 어디 나사라도 하나 빠진 거 아닌가? 우주여행이 불가능한 일이 됐다고 방금 말해놓고 우주선을 만들자니."

"불가능하다고 하지는 않았습니다. 가장 좋은 기회를 놓쳤다고 했을 뿐이죠. 지금은 이미 우주여행을 하고도 남았을 시기입니다. 지구는 날마다 더 혼잡해지고 있지요. 기술적 진보에도 불구하고 지구 식량자원의 일일 생산량은 30년 전의 수치보다 적습니다. 1분마다 46명의 신생아가 태어나는데, 하루로 치면 6만5천 명, 1년에 무려 2천5백만 명이나 됩니다. 인류는 폭발해 우주로 튀어나가기 직전이란 얘깁니다. 창조주 하느님이 우리에게 이익이 되는 것을 약속하셨다는 진취적인 마음가짐만 있다면 우린 이 일을 해낼 수 있습니다!

그래요, 우린 가장 좋은 기회를 놓쳤습니다. 하지만 기술적인 세부 문제는 해결할 수 있어요. 진짜 문제는 누가 지갑을 열 건가 하는 겁니다. 그래서 여러분께 이런 말씀을 드리는 겁니다. 바로 여기 이 회의실이 지구 전체의 재정적 중심지니까요."

모건이 일어섰다. "의장님, 회사 관련 안건이 다 끝났으면 저는 이만 실례하겠습니다."

딕슨이 고개를 끄덕였다. 해리먼이 말했다. "잘 가게, 모건. 가고 싶으면 가야지. 자, 얘기를 계속하자면 이건 돈 문제고, 여기가 돈이 있는 곳이죠. 저는 우리가 달로 가는 여행에 자금을 대자고 제안합니다."

*

해리먼의 제안에 대한 특별한 반응은 나오지 않았다. 이사진 모두 해리먼을 잘 아는 사람들이었다. 이윽고 딕슨이 물었다. "해리먼의 제안에 동의하시는 분 있습니까?"

"잠깐만요, 의장님…." 입을 연 것은 2대륙 오락 주식회사의 대표인 잭 엔텐자였다. "해리먼한테 몇 가지 묻고 싶은 게 있어서요." 그는 해리먼을 향해 몸을 돌렸다. "해리먼, 알다시피 자네가 스페이스웨이를 설립할 때 나는 뜻을 보탰어. 그건 저렴한 벤처 같았고 교육적으로, 그리고 과학적으로 돈이 될 가능성이 있어 보였거든. 그렇다고 내가 행성 사이를 왕복하는 우주여객선 얘기를 진짜로 믿은 건 아니야. 그건 허황된 얘기지. 자네가 풋풋한 꿈을 가지고 만지작거리며 노는 것도 좋아, 적절한 선까지는. 하지만 어떻게 '달에 가자'는 제안씩이나 할 수가 있나? 자네 말대로, 연료도 전혀 없잖아?"

해리먼은 여전히 웃음을 짓고 있었다. "농담하지 마, 엔텐자. 자네가 왜 우주항공 사업에 동참했는지 알고 있으니까. 자넨 애초부터 과학에는 관심이 없었어. 과학에는 한 푼도 보탠 적이 없지. 자네가 바란 건 자네가 가진 네트워크에서 영화와 TV 독점권 따내는 거, 그거였잖나. 흠, 날 믿고 따라오면 그것도 얻게 될 거야. 자네가 생각이 없다면 난 레크리에이션즈 무한회사랑 계약할 거야. 그 회사는 자네를 물 먹이기 위해서라도 당장 돈을 낼걸?"

엔텐자가 의혹을 품은 눈으로 해리먼을 보았다. "그래서… 내가 얼마나 내면 되는 건데?"

"집에 있는 셔츠 한 장, 자네 송곳니, 그리고 자네 부인의 결혼반지 정도면 돼. 레크리에이션즈가 더 많이 내지만 않는다면."

"빌어먹을, 해리먼. 자넨 개 뒷다리보다도 비뚤어졌어."

"엔텐자, 자네가 그런 말을 하니 칭찬으로 들리는군. 우리는 사업을 하는 거라고. 내가 어떻게 달에 가려고 하느냐고? 그건 사실 바보 같은 질문이야. 여기 있는 사람들 중에 나이프와 포크보다 기계적으로 복잡한 구조를 지닌 물건을 다룰 수 있는 사람은 아무도 없을 테니까. 자네는 왼손잡이용 멍키 스패너랑 역추진 엔진도 구별 못 하잖아. 그러면서 나한테 우주선의 청사진을 보여달라고?

자, 이제 우리가 어떻게 달에 갈 건지 말씀드리겠습니다. 똑똑한 적임자들을 고용해서 그 친구들이 필요로 하는 건 전부 지원하고, 돈도 원하는 대로 펑펑 쓸 수 있도록 확실하게 조치할 겁니다. 시간을 들여 달콤한 말로 꼬드겨낸 다음에, 뒤로 물러서서 그 친구들이 내놓는 걸 지켜보는 거지요. 저는 그걸 맨해튼 프로젝트처럼 운영할 겁니다. 여기 계신 분들 대부분은 그 원폭 프로젝트를 기억하실 거예요. 이런, 몇몇 분들은 미시시피 버블*도 기억하실지 모르겠습니다. 맨해튼 프로젝트를 이끈 그 친구는 중성자하고 조지 삼촌도 구분할 줄 몰랐습니다. 하지만 결과는 얻었죠. 그들은 사방에서 도움을 얻어 문제를 해결했습니다. 그게 바로 제가 연료 걱정을 안 하는 이유예요. 연료는 구할 수 있을 겁니다. 그것도 꽤 많이."

딕슨이 말을 받았다. "그래서 잘 풀렸다고 치자고. 그다음은? 내가 보기에 자네는 우리를 끌어들여 회사를 파산하게 할 셈인 것 같은데. 그것도 순수과학적 측면하고 일회성 엔터테인먼트 개발을 빼면 실제적 가치라고는 없는 사업을 가지고 말이야. 자네한테 무슨 악감정이 있는 건 아니야. 난 가치 있는 사업이라면 1만 달러든 1만5천 달러든 주저 없이 댈 거야. 하지만 이건 제대로 된 사업 제안이라고 볼 수가 없지 않나."

해리먼은 손가락 끝으로 긴 테이블을 꽉 잡은 채 아래를 내려다보았다. "1만이나 1만5천 달러, 그건 껌값이라고! 딕슨, 난 자네한테 최소한 수백만 달러는 쥐여줄 수 있어. 그리고 사업이 끝나기 전에 자네는 주식

* 1719년 프랑스 금융회사인 미시시피사가 당시 프랑스 식민지였던 미국 루이지애나주에 대한 관할권과 기타 독점권들을 확보하면서 일으킨 금융 버블

을 더 사겠다고 소리를 질러댈걸? 이건 교황이 신세계를 분할한 이후로 최대 규모의 부동산 사업이야. 어디서 이익을 뽑아낼 건지는 묻지 마. 그걸 항목별로 늘어놓을 수는 없으니까. 하지만 큰 덩어리로 내놓을 수는 있지. 우리 자산은 달이라는 행성이야. 아무도 손댄 적 없는 행성 하나를 통째로 얻는 거라고, 딕슨. 그리고 그 너머 다른 행성들도 갖게 될 거야. 그렇게 사랑스러운 모양새로 짜인 판에서 금세 수익을 뽑아낼 방법을 못 찾는다면 자네나 나나 정부에서 주는 생활보조금이나 받고 사는 게 나을 거야. 이건 24달러에다 위스키 한 상자 얹어주고 맨해튼섬을 통째로 받는 거나 마찬가지라고."

딕슨이 으르렁거렸다. "마치 이게 무슨 일생일대의 기회나 되는 듯이 말하는군."

"일생일대의 기회? 그 정도가 아니지! 이건 인류 역사상 최대의 기회란 말이야. 하늘에서 공짜로 떨어져내리는 수프라고. 양동이를 준비하는 게 좋을걸."

엔텐자 곁에는 트랜스아메리카 은행을 비롯한 대여섯 개 은행의 소유주이자 회의실에 모인 사람들 가운데 가장 부유한 사람 중 하나이기도 한 개스턴 P. 존스가 앉아 있었다. 그는 5센티미터쯤 되는 시가 재를 조심스럽게 떨어낸 다음 무미건조한 목소리로 말했다. "해리먼 이사님, 지금 가진 거랑 향후 갖게 될 걸 통틀어 내 달 관련 지분 전부를 이사님한테 50센트에 팔겠습니다."

해리먼의 얼굴이 밝아졌다. "팔렸습니다!"

엔텐자는 아까부터 아랫입술을 잡아뜯으며 골똘히 생각하는 표정으로 듣고 있었다. 마침내 그가 입을 열었다. "잠깐만요, 존스 이사님. 제가 1달러 내겠습니다."

"1달러 50센트." 해리먼이 받아쳤다.

"2달러." 엔텐자가 천천히 대답했다.

"5달러!"

그들은 경쟁하며 값을 올렸다. 엔텐자는 10달러에 해리먼이 그걸 가져가게 한 다음 물러났고, 여전히 생각에 잠겨 있었다. 해리먼이 행복한 얼굴로 주위를 둘러보았다. "여기 계신 날강도 여러분 중에 변호사인 분 있습니까?" 그가 물었다. 사실 물어볼 필요도 없었다. 17명의 이사 가운데 변호사의 비율은 평균치에 가까웠다. 정확히 말하자면 11명이었다. 해리먼이 말을 계속했다. "이봐, 토니. 이 거래를 기록할 계약서 양식을 지금 당장 하나 작성해주게. 우리가 하느님 옥좌 앞에 서기 전에는 계약이 깨지지 않게 말이야. 존스 이사님의 모든 이권과 권한, 부동산 소유권, 자연지분, 향후 지분, 직접 소유한 지분 및 주식을 통해 소유한 지분, 현재 가진 것과 앞으로 갖게 될 것, 기타 등등, 기타 등등이라고 적어. 라틴어를 많이 집어넣고. 요점은 존스 이사님이 지금 갖고 있거나 가질 예정인 달에 관한 모든 지분이 내 차지라는 거지. 10달러, 현금 지불로 완료됐어." 해리먼은 테이블 위에 지폐를 탁 내려놓았다. "이의 없으십니까, 존스 이사님?"

존스는 잠깐 미소지었다. "이의 없네, 젊은 친구." 그는 지폐를 주머니에 넣었다. "이걸 액자에 넣어 손자들한테 보여줘야겠군. 돈 버는 일이 얼마나 쉬운지 알려줄 수 있게." 존스에게 머물러 있던 엔텐자의 시선이 해리먼에게로 옮겨 갔다.

"좋아요!" 해리먼이 말했다. "여러분, 존스 이사님은 방금 한 자연인이 우리의 위성인 달에 가질 수 있는 지분에 대한 시장 가격을 수립하신 겁니다. 지구 인구가 대충 30억 명이니 이런 식으로 계산하면 달의 가격은 약 300억 달러가 되는 거지요." 그는 돈다발 하나를 끄집어냈다. "또 관심 있으신 분? 나오는 주식은 다 사겠소. 하나에 10달러씩."

"저는 20달러씩 드리겠습니다!" 엔텐자가 나섰다.

해리먼이 슬픈 눈으로 그를 보았다. "엔텐자… 그러지 마! 우린 같은 팀 아닌가. 10달러에 같이 가져가자고."

딕슨이 테이블을 두드려 정숙을 요청했다. "여러분, 그런 거래는 이사회가 산회한 다음에 해주시기 바랍니다. 해리먼 이사의 제안에 동의하실 분 있습니까?"

개스턴 존스가 대답했다. "저는 해리먼 이사님의 제안에 동의를 표해 드려야 할 것 같군요. 제 견해와는 관계없이 말입니다. 표결에 부칩시다."

아무도 반대하지 않았기에 투표가 진행되었다. 해리먼의 안건은 11대 3으로 부결되었다. 해리먼, 스트롱, 엔텐자만이 찬성했고 나머지는 모두 반대표를 던졌다. 해리먼은 누군가의 입에서 산회하자는 말이 나오기 전에 재빨리 자리에서 일어나 말했다. "그럴 줄 알았어요. 제가 진짜로 의도한 바는 이겁니다. 이 회사는 더 이상 우주여행에 관심이 없는 것 같으니 정중하게 청해도 되겠습니까? 저에게 앞으로 필요할지도 모르는 특허권, 프로세스, 설비 같은 것들을 파시라고 말이죠. 현재 이 회사가 보유한 것 가운데 우주여행에 관련되고 지구의 전력 생산에는 관련되지 않은 것으로 말입니다. 발전위성으로 반짝 행복하게 보내고 나서 남은 게 많이 쌓여 있는 걸로 압니다. 저는 그걸 사용하고 싶습니다. 공식 절차는 필요 없고… 그저 투표 한 번만 해주면 됩니다. 회사 전체의 주된 이익에 어긋나지 않는 일이라면 뭐든 저를 지원해주겠다는 게 이 회사의 방침이라는 걸 확인하기만 하면 됩니다. 어떻습니까, 여러분? 그러면 여러분도 저 때문에 성가실 일은 없을 겁니다."

존스가 다시금 시가 재를 조심스럽게 떨었다. "저로서는 우리가 제안을 받아들이지 않을 이유가 없을 것 같은데요, 여러분…. 달 사업에 전혀 관심 없는 한 사람으로서 말하는 겁니다."

"그래도 될 것 같군, 해리먼." 딕슨이 동의했다. "단, 우리가 그것들을 자네한테 파는 게 아니라 빌려주는 걸로 하자고. 그러면 자네가 혹시 소발에 쥐잡기로 잭팟을 터뜨려도 회사에 돌아오는 게 있게 되니까. 누구 반대하시는 분 있습니까?" 그는 회의실 전체를 둘러보며 물었다.

반대는 없었다. 그 안건은 회사 방침으로 기록되었고 회의는 산회했다. 해리먼은 나가기 전에 엔텐자와 몇 마디 속삭인 끝에 마침내 합의를 보았다. 개스턴 존스는 문 가까이에 서서 의장 딕슨과 은밀하게 무언가를 의논하다가, 해리먼의 동업자인 스트롱을 손짓해 불렀다. "스트롱, 개인적인 질문 하나 해도 되나?"

"대답하겠다는 보장은 못 하겠지만, 해봐."

"자네는 언제나 분별 있는 친구였으니까 묻는 거야. 말해봐, 도대체 왜 해리먼하고 어울리는 건가? 저 친구 완전히 맛이 갔잖나."

스트롱의 얼굴에 당황한 기색이 떠올랐다. "나도 해리먼이 내 친구라는 걸 부정하고 싶은데… 그럴 수가 없네. 하지만, 젠장! 저 친구가 야생적인 직감으로 잡아낸 건 언제나 진짜였지 않나. 나도 어울리기 싫어. 신경쇠약에 걸릴 지경이라고. 하지만 다른 사람이 틀림없다고 제시한 회계보고서를 믿기보다는 저 친구의 직감을 믿는 게 나을 때도 있다는 걸 깨닫게 돼서 말이지."

존스가 한쪽 눈썹을 치켜올렸다. "말하자면, 미다스의 손이란 말인가?"

"그렇다고 할 수 있지."

"흠, 미다스왕한테 결국 무슨 일이 일어났는지 생각해보게. 모두 좋은 하루 되시길."

해리먼이 엔텐자를 떠나 걸어갔고, 스트롱이 합류했다. 딕슨은 몹시 깊은 생각에 잠긴 표정으로 그들을 바라보고 서 있었다.

## 2

해리먼의 저택은 여력 있는 사람이라면 모두 도심을 떠나 지하로 숨어들어 가는 게 유행이던 시기에 지어졌다. 저택은 땅 위로는 내부에 방탄재를 댄 판자로 지은, 조그맣고 완벽하게 아름다운 케이프코드식 오두막집으로, 더할 나위 없이 근사하고 솜씨 있게 가꾼 정원이 딸려 있었다. 지하에는 지상보다 네댓 배쯤 넓은 공간이 있었는데, 그 공간은 직격탄을 맞을 경우만 빼면 모든 충격에 안전했으며, 1천 시간 동안 공급이 가능한 공기 저장소가 따로 마련돼 있었다. 정원을 둘러싸고 있던 원래 벽은 '광란의 시기'를 지나는 동안 특수한 벽으로 교체되었다. 외양은 똑같았지만 드릴 달린 탱크만 아니면 뭐든 막아낼 수 있을 만큼 튼튼한 벽이었다. 여러 개의 출입문 또한 보안상의 취약과는 거리가 멀었다. 거기 달린 장비들은 잘 훈련된 개처럼 제각기 충성스러웠다.

요새 같은 면모에도 불구하고 해리먼의 저택은 아늑했다. 또한 엄청나게 유지비가 많이 들었다.

해리먼은 지출을 마다치 않았다. 그의 아내 샬럿은 이 집을 좋아했고, 집은 샬럿에게 할 일을 만들어주었다. 신혼이던 시절 식료품 가게 위층의 비좁은 집에서도 불평하지 않고 잘 참아낸 아내였으니, 이제 성 같은 집에 들어앉아 소꿉장난을 하고 싶어 한대도 해리먼은 신경 쓰지 않았다.

하지만 그는 다시 위태로운 사업에 막 발을 들여놓은 참이었다. 매달 집 관리 조로 지출하는 현금 몇천 달러가 당장은 큰 게 아니어도, 그런 식으로 계속 나가다 보면 어느 시점에선가는 성공 대신 재산을 압류하는 집행관을 만나게 될지도 모를 일이었다. 그날 저녁 식탁에서 하인들이 커피와 포트와인을 가져다주고 돌아가자 해리먼은 그 문제를 끄집어냈다.

"여보, 당신 플로리다에서 몇 달 정도 지내고 오면 어때?"

아내는 그의 얼굴을 빤히 들여다보았다. "플로리다? 여보, 당신 무슨 생각을 하고 있는 거야? 플로리다는 이맘때면 견디기 힘든 곳이라고."

"아니면 스위스나. 당신 마음에 드는 데를 골라봐. 진짜 휴가를 좀 보내고 오라고, 오래 있다 와도 좋으니까."

"여보, 당신 또 뭔가에 꽂힌 거구나."

해리먼은 한숨을 쉬었다. '뭔가에 꽂히는 것'은 어떤 미국인 남성도 단숨에 기소하고, 재판에 회부하고, 유죄 판결을 내리고, 감옥에 처넣을 수 있는, 형언할 수도 용서할 수도 없는 범죄행위였다. 그는 일이 어디서부터 어떻게 꼬였기에 인류의 절반인 남자들이 언제나 여자들의 규칙과 논리에 맞게 행동해야만 하게 된 건지 궁금해졌다. 마치 무서운 선생님 앞에 선 코흘리개 초등학생처럼.

"어떤 의미에서는 그런지도 몰라. 하지만 이 집이 우리 처지에 좀 과분하다는 점에는 당신도 나도 동의했잖아. 그래서 이 집을 정리하면 어떨까 싶은데. 가능하면 땅도 처분하고 말이야. 우리가 샀을 때보다 지금은 많이 올랐다고. 그러고 나서 여유가 있으면 좀 더 세련되고, 좀 덜 방공호 같은 집으로 새로 지을 수도 있고."

이 말에 샬럿의 주의가 잠깐 동안 분산되었다. "음, 여보, 실은 나도 다른 집을 지으면 근사할 거란 생각은 예전부터 했거든. 어디 보자, 이런 건 어때? 조그만 스위스식 통나무 별장 같은 거 말이야. 산속 한적한 곳에 짓고, 요란한 장식 같은 건 하나도 하지 말고, 하인은 두 명, 아니면 세 명만 두는 거지. 하지만 그 집을 다 지을 때까지는 이 집은 못 팔아, 여보. 사람은 결국 어디선가는 살아야 하니까."

"새집을 당장 짓자는 얘기는 아니었어." 해리먼은 조심스럽게 대답했다.

"왜? 우린 나이를 거꾸로 먹는 게 아니야, 여보. 인생의 좋은 부분을 즐기려면 일을 미루지 않는 게 좋아. 당신은 신경 쓰지 않아도 돼. 내가 모든 걸 알아서 할 테니까."

해리먼은 샬럿에게 집을 지으라고 맡겨서 관심을 딴 데로 돌리면 어떨지 속으로 곰곰이 따져보았다. '조그만 스위스식 통나무 별장'에 들어갈 돈을 떼주면 샬럿은 집 지을 자리가 어디든 그 근처 호텔을 잡아 거기서 지낼 것이다. 그러면 그는 지금 깔고 앉은 이 거대한 괴물 같은 집을 팔아버릴 수 있었다. 이제 15킬로미터쯤 떨어진 거리에 로드시티도 들어섰고 하니, 여기 땅을 팔면 분명 샬럿이 원하는 새집에 쏟아부을 비용보다는 많은 돈이 나올 것이다. 그러면 그는 매달 지갑에 들이닥치는 가뭄으로부터 해방될 수 있는 것이다.

"당신 말에 일리가 있는 것 같아." 그는 동의했다. "하지만 가능한 한 빨리 지어야 돼. 여기 말고 다른 데서 지내면서 새집의 모든 자잘한 일들을 감독 관리해. 내 말은, 우리가 얼른 이 집을 비우는 게 좋겠다는 얘기야. 세금이랑 유지비, 운영비 때문에 이 집은 들어가는 것만 많고 나오는 게 없다고."

샬럿이 고개를 저었다. "절대로 그렇게는 안 돼, 여보. 여긴 내 집이거든."

그는 몇 모금 피우지도 않은 시가를 비벼 껐다. "미안해, 샬럿. 하지만 두 가지를 동시에 할 수는 없어. 집을 짓는 동시에 여기서 지내는 건 불가능해. 당신이 정 여기 있고 싶다면, 이건 어때, 이 납골당 같은 지하만 일단 닫는 거야. 자꾸 발목을 잡는 여기 기생충들만 한 열쯤 내보내자고. 그리고 우린 위층에 있는 오두막에서 지내는 거야. 난 지금 지출을 줄이려고 해."

"하인들을 자르자는 얘기야? 여보, 적절한 관리인도 없이 살림을 하는 수모를 나보고 감당하라고? 아, 그러지 말고 그냥…."

"그만해." 그는 일어나 냅킨을 집어 던졌다. "살림하는 데 1개 분대나 되는 하인은 필요 없어. 우리가 결혼하고 얼마 안 됐을 때 당신은 하인 한 명도 두지 않았어. 게다가 빨래도 하고 내 셔츠도 다려줬지. 하지만 그러고 나서 집이 생기니까, 당신이 말한 그 관리인들이 이 집을 삼켜버렸어. 자, 이제 그만, 하인들은 전부 내보낼 거야. 요리사랑 집사 한 명씩만 남겨놓고 말이야."

샬럿은 그 말을 못 들은 것 같았다. "당신, 앉아서 똑바로 얘기해. 지출을 줄이느니 하는 이 야단법석이 대체 다 뭐지? 당신 무슨 곤란한 상황에라도 처한 거야? 그래? 대답해봐!"

해리먼은 지친 표정으로 자리에 앉아 대답했다. "남자가 불필요한 지출을 줄이기 위해서는 꼭 곤란한 상황에 부닥쳐야 하는 건가?"

"당신은 항상 그러잖아. 자, 무슨 일이야? 날 속일 생각은 꿈에도 하지 마."

"들어봐, 샬럿. 사업 얘기는 사무실에서만 하자는 건 당신도 오래전에 동의한 사실이잖아. 집 얘긴데, 우린 정말로 이만 한 사이즈의 집이 필요하지 않아. 그뿐이라고. 집을 채울 애들이 한 트럭이나 있는 것도 아니고…."

"세상에! 또 그 얘기를 꺼내면서 나를 비난해?"

"들어보라니까, 여보." 해리먼은 피로한 목소리로 다시 얘기를 시작했다. "당신을 한 번도 비난한 적 없고 지금도 비난하려는 게 아니야. 내가 한 거라곤 같이 병원에 가서 우리가 애를 갖지 못하는 이유가 뭔지 알아나보자고 제안한 것뿐이었어. 그 얘기 한 번 하고 나는 20년 동안 당신한테 대가를 치렀지. 하지만 그건 다 지나간 일이고, 내가 지금 하는 말은 그것과는 상관없잖아. 난 그저 두 사람 사는 집에 방이 스물두 개나 되는 건 너무 많다는 사실을 지적했을 뿐이라고. 새집에 들어갈 비용은, 이치에 맞는 한도 내에서 당신이 원하는 대로 줄게. 필요한 것들 살 돈도 넉넉하게 줄 거고." 그는 금액을 입에 올릴까 하다 그만두었다. "아니면 지하층을 닫고 위에서 살아도 되고. 그냥 돈 낭비를 좀 없애보자는 거야. 당분간은."

샬럿은 마지막 말을 물고 늘어졌다. "당분간이라고? 대체 무슨 일이야, 여보? 무슨 일에 돈을 낭비할 생각이냐고?" 그가 대답하지 않자 샬럿은 계속했다. "좋아. 당신이 말하지 않겠다면 스트롱한테 전화해야겠어. 그 사람은 말해주겠지."

"그러지 마, 여보. 내가 경고하는데…."

"경고하는데 뭐!" 샬럿은 그의 얼굴을 자세히 보았다. "사실 스트롱한테 전화할 필요도 없어. 당신 얼굴을 보니까 알겠거든. 당신, 옛날에 퇴근하고 와서 우리 전 재산을 그 미친 로켓들에 쏟아부었다고 얘기했을 때랑 똑같은 표정을 하고 있어."

"샬럿, 그건 부당한 비난이야. 스카이웨이는 수익을 냈어. 꽤 짭짤했다고."

"지금 요점은 그게 아니잖아. 당신이 왜 이렇게 이상하게 구는지 알아. 달로 여행가고 어쩌고 하는 그 정신 나간 병이 또 도진 거잖아. 흠, 난 그 일에 찬성 못 해. 알겠어? 당신 그거 못 해. 내가 그런 것까지 참아줄 이유가 없어. 내일 날이 밝자마자 나가서 카멘스 씨를 만나야겠어. 당신이 정신 차리게 하려면 뭐가 필요한지 알아야겠다고." 샬럿의 목울대가 부르르 떨리고 있었다.

해리먼은 잠시 입을 다물고 분을 삭인 다음 계속했다. "샬럿, 당신이 이렇게 펄펄 뛸 이유는 사실 하나도 없어. 나한테 무슨 일이 생기든 당신 앞날에는 아무 지장이 없잖아."

"내가 과부가 되고 싶은 것 같아?"

그는 주의 깊게 샬럿의 얼굴을 들여다보았다. "글쎄, 잘 모르겠어."

"뭐라고… 뭐라는 거야, 이 피도 눈물도 없는 짐승 같으니라고." 샬럿이 자리에서 일어났다. "이제 이 얘기는 그만해. 좀 비켜줄래?" 샬럿은 대답을 기다리지 않고 나가버렸다.

해리먼이 방으로 돌아가자 '관리인' 중 한 명이 기다리고 있었다. 젠킨스가 허겁지겁 일어나 욕조에 물을 받기 시작했다. "나가줘." 해리먼이 퉁명스럽게 내뱉었다. "옷 정도는 나 혼자 벗을 수 있어."

"오늘 밤 더 필요하신 건 없습니까, 선생님?"

"없어. 하지만 더 있고 싶으면 있도록 해. 앉아서 뭘 좀 한잔해도 좋고. 에드, 결혼한 지 얼마나 됐지?"

"그럼 조금만 하겠습니다." 젠킨스는 자기 잔을 채웠다. "오는 5월이면 23년이 됩니다, 선생님."

"실례가 아니라면, 결혼생활은 어땠나 물어봐도 될까?"

"나쁘지 않았지요. 물론 가끔은 좀…."

"무슨 뜻인지 알겠네. 에드, 만약에 우리 집에서 일을 안 했으면 뭘 하고 있을 것 같나?"

"음, 조그만 식당 하나 차려보자고 아내랑 여러 번 얘기를 했었지요.

괜히 거들먹거리는 식당 말고 진짜 괜찮은 식당, 신사분들이 훌륭한 음식을 즐기며 조용하게 식사할 수 있는 곳으로요."

"남성 전용으로?"

"아뇨, 완전히 그런 건 아니고요, 선생님. 하지만 신사분들만 출입 가능한 방을 따로 두었으면 합니다. 그 방에는 종업원도 여자는 못 들어가게 할 거고, 주문은 제가 직접 받을 생각입니다."

"에드, 당장 가게 자리 알아봐도 되겠는걸. 이제 보니 거의 준비가 다 된 사람이네."

## 3

다음 날 아침, 스트롱은 늘 그러듯 정각 9시에 공동 사무실 문을 열고 들어섰다. 해리먼이 먼저 와 있는 걸 본 그는 깜짝 놀랐다. 해리먼은 출근이 늦어지다 아예 안 해버리는 게 보통이었다. 직원들보다 먼저 출근한 건 그에게 무슨 일이 있다는 뜻이었다.

해리먼은 지구본 하나와 책 한 권을 정신없이 들여다보고 있었다. 스트롱이 보니 최신판《항해 연감》이었다. 해리먼은 스트롱을 거의 쳐다보지도 않은 채 말했다. "왔나, 스트롱. 그 뭐냐, 브라질에 우리가 아는 사람이 누가 있지?"

"브라질은 왜?"

"왜냐면, 권위 있는 스피커 몇 명이 좀 필요해서. 포르투갈어가 되는 친구였음 좋겠어. 스페인어 하는 친구도 있으면 좋고. 그리고 물론 이 나라에 흩어져서 활동하는 친구들도 30, 40명쯤 필요하네. 우연히 알게 됐는데 상당히, 상당히 흥미로운 게 있어. 여기 좀 봐…. 이 표에 따르면 달은 지구의 북위 28도와 남위 28도 사이, 29도가 아슬아슬하게 안 되는 범위 내에서만 왔다 갔다 하며 공전한대." 해리먼은 연필 한 자루를 집어

들고 지구본 둘레를 따라 빙 돌리며 선을 그었다. "이렇게 말이야. 뭐 떠오르는 거 없어?"

"아니. 60달러나 주고 산 지구본에 자네가 연필 자국을 내고 있다는 것밖에는."

"이런 부동산쟁이 영감탱이 같으니라고! 어떤 사람이 토지 한 구획을 산다고 하면 말이야, 뭐가 그 사람 소유가 되는 거지?"

"증서에 적혀 있는 대로지. 보통 채굴권과 지표면 아래 속한 다른 권리들은…."

"그건 됐고. 권리 분할을 안 하고 모든 걸 산다고 해보자고. 땅 밑으로 어디까지가 그 사람 소유지? 위로는 또 어디까지고?"

"음, 지구 중심까지 파내려간 쐐기 모양의 공간 전체가 그 사람 거지. 경사 천공(穿孔)과 석유 채굴권 임대 관련 판례에서 결정된 사실이야. 이론적으로는 땅 위쪽으로 펼쳐진 허공 또한 무한대로 갖게 되어 있었지만, 상업 항공사들이 등장한 뒤 일련의 재판들로 그 부분은 수정됐어. 우리한테도 좋은 일이지. 수정이 안 됐더라면 우리 로켓이 오스트레일리아로 날아갈 때마다 통행료를 내야 했을 테니까."

"아니, 아니, 그게 아니야, 스트롱! 자네는 그 판례들을 제대로 읽지 않았군. 통행권 부분은 정리가 됐지만 땅 위쪽 공간의 소유권 부분은 바뀌지 않고 남았어. 그리고 통행권 또한 절대적인 건 아니야. 자기 소유의 땅만 있으면 누구든 그 위에 높이 3백 미터짜리 건물을 마음대로 지을 수 있어. 거기가 그전까지 비행기나 로켓 혹은 다른 뭐가 통과하던 자리였건 상관없이 말이야. 건물이 지어진 뒤로는 비행선도 그 건물을 피해서 위로 넘어가야 되고, 땅 주인한테는 아무 소리도 못하게 돼 있어. 우리 로켓 진입로가 가로막히지 않게 하려고 휴즈 필드 남쪽의 허공을 임대해야 했던 것 기억 안 나?"

스트롱은 생각에 잠긴 표정이 되었다. "그렇군. 무슨 얘긴지 알겠어. 토지 소유권의 오래된 원칙에는 변함이 없다 이거로군. 밑으로는 지구 중심까지, 위로는 무한한 우주 저편까지. 하지만 그게 어쨌다는 거야? 그건 순전히 이론적인 문제야. 자네, 설마 자네가 만날 얘기하던 그 우주선 운행하면서 통행료 낼 계획 세우고 있는 건 아니지?" 그는 스스로의 생각에 쓴웃음을 지으며 물었다.

"절대 아니야. 완전히 다른 문제야. 스트롱, 달의 소유권은 누구한테 있지?"

스트롱의 입이 말 그대로 쩍 벌어졌다. "해리먼, 농담하지 마."

"농담이 아니야. 다시 묻지. 만약 기본법상 토지 소유자가 자기 땅 위쪽으로 무한히 뻗어 나가는 쐐기 모양의 허공도 소유한다면, 달의 소유권은 누구한테 있느냐고? 이 지구본을 한번 보고 대답해봐."

스트롱이 지구본을 보았다. "하지만 이건 의미가 없어, 해리먼. 지구의 법이 달까지 적용되지는 않는다고."

"하지만 지구에서는 적용이 되지. 그게 내가 걱정하는 부분이야. 달은 지구의 북위 29도와 남위 29도 사이, 그 땅덩어리 위에 걸쳐 지속적으로 머물러. 만약 누군가가 지구를 빙 둘러 그 지대를 전부 소유한다면, 그렇게 되면 대체로 열대와 일치할 텐데, 달 또한 그 사람 소유가 될 거야, 안 그런가? 지구의 법정이 관심을 갖는 부동산 소유권에 관한 모든 이론에 의해서 말이야. 거기서 직접적으로 도출되는 사실은, 변호사들이 좋아하는 논리를 써서 말하자면, 그 띠처럼 생긴 지대 토지의 여러 소유자들은 달까지 미치는, 그리고 얼마든지 매매 가능한 소유권을 갖는데, 그 소유권은 어쨌든 그들에게 집단적으로 있다는 거야. 그 소유권을 나누는 일이 다소 애매모호하다고 해서 변호사들이 귀찮아하진 않을 거야. 유언장 하나를 공증할 때마다 그렇게 사방팔방으로 흩어진 소유권 문제를 해결하면서 밥 벌어먹고 사는 족속이니까."

"정말 터무니없군!"

"스트롱, '터무니없다'가 변호사들에겐 아무 문제도 안 되는 단어라는 사실을 언제 깨달을 건가?"

“자네 설마 지구상의 열대 전체를 사들이려는 건 아니겠지? 자네 생각대로라면 그렇게 해야 한다고.”

“그건 아니야.” 해리먼이 천천히 대답했다. “하지만 그 지대에 걸쳐 있는 주권국가 각각으로부터 그들이 지닌 걸로 되어 있는 달에 대한 권리, 소유권과 이권을 매입하는 건 나쁘지 않은 생각일 거야. 시장을 흔들지 않고 조용히 그렇게 할 수 있을 것 같았으면 난 그렇게 했을 거야. 만약 누군가가 자기 물건의 가치를 제대로 모르고 있어서 살 사람 마음 바뀌기 전에 그걸 팔아치우고 싶어 한다면, 우린 말도 안 되게 싼 가격에 그걸 살 수 있지 않겠어?

하지만, 나는 그렇게는 하고 싶지 않아.” 그는 말을 이었다. “스트롱, 내가 원하는 건 그 국가들 각각에 회사를 세우는 거야. 지역 법인 말이야. 그리고 각각의 국가를 대표해 달에서 탐험, 개발 및 기타 활동을 할 독점 사업권이랑, 달의 토지를 소유할 권리를 입법부로부터 받아내는 거지. 그런 아이디어를 떠올린 애국심 넘치는 회사니까 당연히, 그리고 무리 없이, 무조건 토지 상속권까지 받아내야겠지. 이 모든 걸 조용히 진행했으면 좋겠어. 뇌물로 줄 금액이 너무 올라가면 안 되니까. 물론 그 회사들의 소유주는 우리가 될 테고, 권위 있는 스피커가 한 무더기 필요하다는 건 그래서야. 달이 누구 건지 하는 문제를 놓고 조만간 한바탕 난리가 날 거야. 난 어떤 패를 받든 상관없이 우리가 이길 수 있게 카드에 손을 써놓고 싶네.”

“어이가 없을 만큼 비용이 많이 들 거야, 해리먼. 게다가 자네는 달에 갈 수 있을지 없을지조차 모르지 않나. 도착한다고 해도 거기에 가치 있는 게 있을지 없을지는 말할 것도 없고.”

“우린 달에 갈 거야! 이런 권리 문제를 정리해두지 않으면 비용은 훨씬 많이 들 거라고. 어쨌거나 돈이 그렇게 많이 깨지진 않을 거야. 뇌물을 적절한 방식으로 쓰는 건 동종요법 기술의 일종이야. 뇌물이 성공의 촉매가 되는 거지. 지난 세기 중반에 4만 달러를 가지고 캘리포니아에서

워싱턴까지 간 네 명의 남자가 있었어. 그게 전 재산이었지. 몇 주가 지나자 그 친구들은 파산했지만, 국회는 그 친구들한테 10억 달러 가치가 있는 철도 통행권을 선사했어. 비결은, 시장을 과열시키지 않는 거야."

스트롱은 고개를 저었다. "어쨌든 자네가 말하는 소유권은 아무 의미가 없어. 달은 한자리에 머무르지 않아. 물론 주인이 있는 땅 위를 지나가기는 하지만, 그건 철 따라 이동하는 기러기들도 하는 일이잖아."

"그러니 아무도 지나가는 철새의 소유권을 주장할 수는 없다, 이거지? 이해했어. 하지만 달은 언제나 그 특정한 띠 모양의 지대 위에 머무른단 말이야. 만약 자네가 자네 정원에 있는 바윗덩어리 하나를 다른 데로 옮기면, 자네가 그 바위의 소유권을 잃나? 아니면 그건 여전히 부동산인가? 법적으로 자네의 권리는 여전히 유효한가? 스트롱, 이건 미시시피강에 있는 그 움직이는 섬들과 관련된 일련의 부동산 분쟁들하고 같은 경우야. 강이 새로운 물길을 만들면서 섬들 위치도 변했지만, 언제나 누군가는 그 섬들 소유권을 가졌다고. 이번에는 그 '누군가'가 우리라는 사실을 나는 분명히 할 생각이야."

스트롱은 이마를 찡그렸다. "내 기억으로는 그 강에 있는 섬의 소유권 분쟁은 그때그때 다르게 결론이 났던 것 같은데."

"우리한테 맞는 결론을 고르면 되는 거지. 변호사 아내들이 밍크코트를 어떻게 입고 다니는 거겠어. 자, 스트롱, 서두르자고."

"서두르자니 뭘?"

"투자를 받아야지."

"아." 스트롱은 약간 안심한 표정이 되었다. "난 또, 자네가 우리 돈을 쓰려는 줄 알았네."

"쓸 거야. 하지만 턱없이 모자라겠지. 우리 자금은 사업을 시작하기 위한 선순위 담보대출에 사용할 거야. 그걸로 일단 시작한 다음에 자금을 회수할 방법을 찾아내야지." 해리먼이 책상에 붙은 스위치를 누르자 회사의 수석 법률 자문인 솔 카멘스의 얼굴이 튀어나왔다. "이봐, 카멘스, 잠깐 들러서 회의에 참석할 수 있겠나?"

"누가 무슨 얘기를 하든 일단 안 된다고 해." 변호사가 대답했다. "내가 가서 해결할 테니."

"좋아. 그럼 이리로 와. 누가 지옥을 통째로 이전하는 중인데 짐꾸러미 처음 열 개에 대한 옵션이 나한테 있거든."

카멘스는 자기 업무를 보다가 한가해졌을 때 나타났다. 몇 분이 지나자 해리먼은 달에 발을 디디기 전에 일단 달의 소유권을 정리해놓아야 한다는 자신의 견해를 설명 완료했다. "그런 명목상의 법인들 말고도…." 그는 말을 이었다. "기관이 하나 더 필요해. 후원자들한테 어떤 재정적 지분도 내주지 않으면서 후원을 받을 수 있는 기관 말이야. 내셔널 지오그래픽 협회처럼."

카멘스가 고개를 저었다. "내셔널 지오그래픽 협회를 매입할 수는 없어."

"나 참, 누가 매입한다고 했나? 그런 걸 우리 스스로 하나 세우자는 거지."

"내가 지금 말하려던 게 그거야."

"좋아. 내 생각엔 우린 최소한 하나의 비과세, 비영리 법인하고 그 법인을 이끌 제대로 된 친구들이 필요해. 물론 우리 몫의 투표권은 그대로 유지해야겠지. 어쩌면 법인이 둘 이상 필요할 수도 있는데 그러면 그때 가서 세우면 돼. 그리고 제대로 세금을 내는 정상적인 회사도 최소한 하나 있어야 돼. 하지만 그 회사는 우리 준비가 끝날 때까지는 이익을 내지 않을 거야. 내 계획은 비영리 법인들이 몰아서 주목을 받고 유명세를 전부 가져가게 하는 거야. 그리고 이익이 발생하면 그건 정상적인 회사에서 모조리 가져가는 거지. 법인들끼리는 자산 스와프를 하는데, 항상 완벽하게 타당한 이유로 할 거야. 그래야 일을 진행하는 동안 비영리 법인이 비용을 지출할 수 있을 테니까. 생각해보니 정상적인 법인은 최소한 두 군데는 있는 게 낫겠군. 그렇게 해야 급매각이 필요할 때 그 둘 중에 하나를 파산시킬 수 있을 테니까. 이 정도가 전반적인 밑그림이야. 빠른 시일 내에 이걸 다듬어서 법적으로 정당하게 만들어주게, 알겠지?"

카멘스가 대답했다. "그거 아나, 해리먼. 누가 자네한테 총을 들이대고 이런 계획을 세우라고 했다면 훨씬 더 정직하게 들릴 것 같군."

"변호사가 나한테 '정직'을 논하다니! 걱정 마, 카멘스. 나는 누구한테도 사기를 치지 않을 거고…."

"하!"

"…난 그저 달 여행을 가능하게 하려는 거야. 모두가 그걸 위해 지갑을 열고, 모두가 달에 가게 될 거야. 자, 이제 이걸 법적으로 문제가 없게 고쳐줘. 착하지."

"옛날에 철도왕 밴더빌트의 변호사가 노인이 된 그 사람한테 했다는 말이 생각나는군. 비슷한 상황에서 한 말이었지. '그대로 두면 아름다운 것을 왜 법에 맞추느라 다 망쳐버리십니까?' 알겠습니다, 소매치기단 두목 나리, 덫을 제작하죠. 더 필요한 건?"

"물론 있어. 가지 말고 있어봐. 자네 생각이 더 필요할지 모르니까. 스트롱, 몽고메리한테 오라고 좀 해주겠나?"

홍보 담당 수석인 몽고메리는 고용자인 해리먼 입장에서 보기에 두 가지 장점을 지닌 인물이었다. 그는 해리먼에게 개인적으로 충직했고, 대중을 설득하는 홍보 기획에 꽤 재능이 있었다. 레이디 고다이바가 그 유명한 마상 행차 중에 '커레세' 브랜드의 거들을 입었다거나, 헤라클레스의 힘이 셌던 건 아침으로 크런치 과자를 먹어서였다고 그가 말하면 사람들은 그걸 믿었다.

몽고메리는 커다란 포트폴리오를 팔에 끼고 나타났다. "불러주셔서 감사합니다, 대장. 이것 좀 받으시고…." 그는 해리먼의 책상 위에 폴더를 펼치고 스케치와 설계도 들을 보여주기 시작했다. "킨스키 작품이죠. 정말 멋지지 않습니까?"

해리먼은 포트폴리오를 닫았다. "이건 뭐에 관한 거지?"

"네? 뉴월드 주택이지요."

"보고 싶지 않아. 뉴월드 주택은 접기로 했네. 잠깐… 소리는 지르지 마. 직원들 시켜서 정리해. 처분하는 동안 가격은 그대로 유지했으면 좋겠고. 여기 다른 문제에 귀를 기울여보라고." 해리먼은 새로운 사업안을 빠르게 설명했다.

이윽고 몽고메리가 고개를 끄덕였다. "언제 시작하고 얼마나 지출하면 될까요?"

"지금 당장, 그리고 필요한 만큼 다 써. 쪼잔하게 비용 가지고 몸 사리지 말고. 이건 우리가 잡은 최대의 물건이니까." 스트롱이 움찔했지만 해리먼은 계속 말했다. "오늘 밤새 고민해서 계획 세우게. 내일 나랑 만나서 다시 얘기하자고."

"잠깐만요, 대장. '달 통과국', 음, 그러니까 달이 걸쳐 지나가는 그 나라들한테서 그 많은 독점 사업권을 다 따내야 하는데, 그걸 어떻게 홍보랑 병행하실 생각이신지요? 달 여행이랑 그게 모든 사람에게 얼마나 중요한 의미를 갖는지 홍보하는 건 제법 큰 일이 될 텐데요. 지금 자신을 너무 막다른 골목으로 몰아넣고 계신 거 아닙니까?"

"내가 바보로 보이나? 자네가 기획안 초안을 넘기기도 전에 우리는 독점 사업권을 다 따내게 될 거야. 바로 자네가 따올 테니까. 자네랑 카멘스가 함께. 그게 자네들의 첫 번째 임무야."

"음…." 몽고메리가 엄지손톱을 잘근거렸다. "알겠습니다. 대충 각이 나오네요. 언제까지 처리하면 될까요?"

"6주 줄게. 못 하겠거든 그냥 사직서 한 통 사무실로 보내. 사직서는 자네 등가죽을 벗겨서 거기다 쓰고."

"차라리 지금 쓰죠. 제가 등을 볼 수 있게 거울만 좀 들어주세요."

"젠장, 몽고메리, 물론 6주 이내에 하긴 어렵다는 건 알아. 하지만 가능하면 빨리 하라는 얘기야. 그 독점 사업권들을 따오기 전에는 진행비를 한 푼도 끌어올 수가 없거든. 자네가 우물쭈물하면 우린 전부 굶어 죽을 거야. 달에도 못 갈 거고."

스트롱이 말했다. "해리먼, 시대에 뒤떨어진 그 열대 지방 국가 뭉텅이한테서 까다로운 권리 따오는 것 때문에 시간을 허비할 게 뭐 있나? 자네가 정말 미치도록 달에 가고 싶거든 퍼거슨을 불러서 일을 맡기지."

"그 단도직입적인 접근 마음에 드네, 스트롱." 해리먼이 얼굴을 찡그리며 말했다. "음… 1845년이었던가 1846년쯤에 어떤 성실한 미 육군 장교 하나가 캘리포니아를 손에 넣었어. 그런데 국무부가 어떻게 했는지 아나?"

"아니."

"도로 돌려놓으라고 했어. 그 장교 친구가 베이스 돌면서 2루를 안 찍었든지, 하여간 뭘 빠뜨린 모양이야. 그래서 미국은 몇 달 후에 캘리포니아를 다시 점유하느라고 생고생을 해야 했지. 난 그런 일이 우리한테 일어나지 않았으면 좋겠어. 그냥 달에 발을 디디고 소유권을 주장하는 걸로는 충분치 않아. 지구에 있는 법원에서 그 소유권을 정당한 것으로 해두지 않으면 장난 아니게 많은 골칫거리에 말려들게 된단 말이야. 알겠나, 카멘스?"

카멘스가 고개를 끄덕였다. "콜럼버스한테 일어난 일을 기억하라 이거군."

"바로 그거야. 우린 콜럼버스가 당한 것처럼 당해서는 안 돼."

몽고메리가 씹던 손톱을 뱉고는 말했다. "하지만 대장, 그 바나나 재배국들이 걸어올 클레임은 막상 제가 묶어놓고 나면 2센트어치도 안 된다는 걸 너무나 잘 아시잖아요. 왜 UN에서 곧바로 독점 사업권을 따내서 문제를 해결하지 않죠? 두 다스나 되는 이상한 입법부들을 붙잡고 실랑이를 벌이느니 차라리 UN 쪽을 뚫는 게 훨씬 낫겠는데요. 사실 벌써 각도 나오거든요. 일단 UN 안전보장이사회를 통해서…."

"그 각은 계속 다듬어. 나중에 쓰도록 하지. 자네는 이 계획의 전체적인 메커니즘을 이해하지 못하고 있어, 몽고메리. 물론 걔네들이 걸 클레임은 별 게 아니야. 그냥 약간의 방해 효과가 있을 뿐이지. 근데 그 방해 효과란 게 상당히 중요하다고. 들어봐. 우리가 달에 가거나, 곧 가게 될 것처럼 보이는 상황이야. 그럼 그 국가들 모두가 제각기 시끄럽게 불만을 터뜨리겠지. 우리가 분위기를 그렇게 몰고 가는 거야. 그 나라들한테서 권리를 넘겨받은 우리의 명목상 회사들을 통해서. 걔들이 어디다 대고 투덜거리겠나? 당연히 UN이지. 자, 보라고, 지구상의 큰 나라들, 돈 많고 중요한 나라들은 죄다 북반구 온대 지방에 있어. 그들은 이 소동이 대체 뭣 때문인지 알아내고는 분노에 찬 눈으로 지구본을 들여다볼 거야. 그런데 너무나 당연하게도 달은 그 강대국들 위로는 지나가지 않지. 가장 큰 나라인 러시아조차도 북위 29도 아래로는 한 삽 분량의 토지도 보유하고 있지 않아. 그러니 그들은 모든 클레임을 무시하겠지.

아니, 그냥 무시만 할까?" 해리먼이 말을 이었다. "미국이 딴지를 걸 수도 있지. '달은 플로리다와 텍사스 남부 지역 위로도 지나간다'고. 워싱턴은 혼란의 도가니가 되지. 미국은 열대 국가들 편을 들면서 토지 소유권에 대한 전통적인 이론을 지지해야 될까, 아니면 달이 지구인 모두의 것이라는 의견에 힘을 실어줘야 될까? 그것도 아니면 실제로 달에 처음 간 건 미국인들이니까 달에 대한 권리를 미국에 통째로 달라고 주장해야 될까?

이 시점에서 우리가 베일을 벗고 수면 위로 올라오는 거지. 달 여행에 사용된 우주선을 소유하고 거기 따르는 모든 비용을 지급한 회사가 알고 보니 우리의 비영리 법인이었는데, 그 법인은 바로 UN이 특별히 설립한 회사였던 거야…."

"잠깐만." 스트롱이 끼어들었다. "UN이 법인을 설립할 수 있다는 건 몰랐는데?"

"그럴 수 있다는 걸 알게 될 거야." 그의 동업자가 대답했다. "어떤가, 카멘스?" 카멘스가 고개를 끄덕였다. "어쨌든…." 해리먼이 말을 이었다. "법인은 내가 이미 마련해놨네. 몇 년 전에 설립해뒀어. 교육적이거나 과학적인 성격의 사업이라면 거의 뭐든 할 수 있는 회사지. 그리고 친구들, 거기엔 아주 많은 분야가 포함돼! 하던 얘기로 돌아가서… UN이 만들어낸 이 회사는 자신의 창조자한테, UN의 보호 아래 달 식민지를 자치권이 있는 영토로 선언해달라고 요구할 거라네. 우린 처음부터 완전한 회원국 자격을 요구하진 않을 거야. 왜냐하면 일을 간단하게 진행하고 싶으니까…."

"퍽이나 간단하겠군요!" 몽고메리가 내뱉었다.

"간단하지. 이 새로운 식민지는 사실상 주권국으로, 달 전체에 대한 소유권을 지니며, 또한 잘 듣게…. 사고, 팔고, 법안을 통과시키고, 토지에 권리를 부여하고, 독점권을 설정하고, 세금을 걷고, 기타 등등의 일들을 끝없이 할 수 있는 거야. 그리고 우리가 그 식민지를 소유하는 거지!

우리가 그 모든 걸 가질 수 있는 이유는 UN에 속한 주요 국가들이 열대 국가들의 주장만큼 합법적으로 들리는 주장을 생각해낼 수 없기 때문이야. 설령 폭력을 행사한대도 그자들은 자기들끼리 이 약탈품을 어떻게 찢어 가질지 결론을 내지 못해. 다른 강대국들 입장에서는 미국이 모든 걸 독차지하게 그냥 놔두고 싶지 않을 거고 말이야. 그 딜레마에서 쉽게 벗어나는 방법은 UN 자체가 표면적으로 소유권을 계속 지니게 두는 것밖에 없지. 진짜 소유권, 경제적으로 또한 법적으로 모든 것을 통제할 소유권은 우리에게 되돌아올 거야. 이제 내 말을 알아듣겠나, 몽고메리?"

몽고메리가 웃음을 지었다. "아뇨, 그런 게 필요한지 아닌지 전혀 모르겠어요, 대장. 하지만 뭐, 좋게 들려요. 아름다울 지경이에요."

"글쎄, 난 그렇게 생각하지 않아." 스트롱이 으르렁거렸다. "해리먼, 자네가 복잡한 계획을 세우는 건 수도 없이 봤어. 어떤 건 너무나 배배 꼬여 있어서 내 속이 다 쓰릴 지경이었지. 하지만 이건 지금까지 본 것 중 최악이야. 내가 보기에 자넨 지금 일들을 이리저리 얽어서 누군가의 뒤통수를 때리는 계획을 세운다는 즐거움에 반쯤 정신이 나간 것 같아."

해리먼은 시가를 깊이 빨아들인 다음 대답했다. "뭐라고 하든 상관없어, 스트롱. 속임수든 뭐든 자네가 부르고 싶은 대로 불러. 나는 달에 가고 말 테니까! 그러기 위해 백만 명을 속여야 한다면 난 그렇게 하겠어."

"하지만 꼭 이런 식으로 할 필요는 없잖아."

"그런가, 그럼 자네라면 어떻게 할 건데?"

"나? 나라면 정직한 방식으로 법인을 설립하겠어. 국회에서 결의안을 채택하게 해서 그 회사가 미국 정부의 육성 기업이 되게 할 거고…."

"뇌물을 쓰겠다?"

"그럴 필요는 없지. 설득을 하고 압력을 넣는 일로도 충분해. 그다음에 자금을 끌어모으는 일에 착수하고, 여행을 추진할 거야."

"그다음엔 미국이 달을 차지하게 놔두고?"

"그게 자연스러운 일이잖아." 스트롱이 다소 완고한 어조로 대답했다.

해리먼은 자리에서 일어나 방 안을 왔다 갔다 하기 시작했다. "자네는 이해를 못 했어, 스트롱. 하나도 못 했다고. 달은 애초에 하나의 국가가 소유할 수 있는 게 아니야. 설령 미국이라고 한들 말이야."

"달을 통째로 가지려고 하는 건 자넨 것 같은데."

"글쎄, 만약 잠깐이라도 갖게 된다면 난 결코 달을 잘못된 방식으로 이용하지 않을 거고, 남들도 그런 짓을 못하게 주의를 기울일 거야. 제길, 국가주의는 성층권 정도에서 멈춰야 돼. 미국이 달에 대한 권리를 주장하면 무슨 일이 벌어질지 아나? 다른 국가들이 그 주장을 인정하지 않을 거고, 그 문제는 안전보장이사회에서 영원히 불화의 씨앗이 될 거라고. 우리가 상황이 좋아져서, 몇 년마다 전쟁 때문에 발목이 잡히지 않고도 자유롭게 사업 계획을 세울 수 있게 되려는 바로 그 시점에 말이야. 다른 국가들은… 아주 당연하게도, 미국 때문에 죽을 만큼 겁에 질리겠지. 밤하늘을 올려다볼 때면 그 사람들은 자기들 뒷목을 겨냥하고 있는 미국의 원자폭탄 로켓 메인 기지를 보게 될 거라고. 그 사람들이 가만히 있겠나? 아니, 천만에. 달의 한 조각이라도 더 찢어서 자기들 나라에 갖다 쓰려고 할 거야. 통째로 갖기에 달은 너무 커. 다른 군사 기지들도 달에 세워질 거고, 곧 지구 최악의 저주받을 전쟁이 벌어질 테지. 그러면 그 욕은 우리가 먹게 되고 말이야.

그래선 안 돼. 모두가 평화를 유지할 수 있게 정리하는 일이 필요해. 그게 우리가 그 계획을 세워야 하는 이유야. 모든 각도에서 검토해보고, 확실히 추진할 수 있는 위치에 서기 전까지는 우회해야 하는 이유라고.

그건 그렇고 스트롱, 만약에 우리가 미국의 이름으로 달에 대한 권리를 주장한다면, 사업가로서 우리가 어떤 위치에 있게 될지 혹시 아나?"

"책임자겠지." 스트롱이 대답했다.

"퍽이나 그렇겠네! 우린 곧바로 모든 일에서 내쳐질 거야. 국방성은 이렇게 말할 거야. '감사합니다, 해리먼 씨. 수고 많으셨습니다, 스트롱 씨. 국방상의 이익을 위해 여기서부터는 저희가 맡겠습니다. 이제 집에 가셔도 됩니다.' 그럼 우린 따르는 것밖에 도리가 있겠나? 집에 가서 다음번 원자폭탄 전쟁이 일어나기를 기다릴 수밖에.

난 그런 일은 안 할 거야, 스트롱. 군대가 끼어들게 놔두지는 않을 거야. 난 달 식민지를 세울 거고, 그 식민지가 자라서 자기 힘으로 두 발 딛고 설 때까지 잘 돌봐줄 생각이야. 자네들한테 말하는데… 자네들 모두한테 말하는 거라고! 이건 인류가 불을 발견한 이래 최고로 엄청난 사건이야. 잘만 다루면 달은 새롭고도 훨씬 멋진 신세계가 될 수 있어. 잘못 다루면 아마겟돈으로 가는 편도 티켓이 되겠지만 말이야. 달의 시대가 오고 있어. 우리가 손을 대든 안 대든 얼마 남지 않았다고. 하지만 난, 나 스스로 달을 밟을 생각이야. 그리고 달이 제대로 다뤄지는지 개인적으로 관심을 기울여서 확실하게 지켜볼 생각이고."

해리먼이 잠시 말을 멈췄다. 스트롱이 입을 열었다. "설교 끝났나, 해리먼?"

"아니, 아직." 해리먼이 짜증을 내며 부인했다. "자넨 아직도 제대로 이해를 못 하고 있어. 우리가 거기서 뭘 찾아내게 될지 알아?" 그는 천장 쪽으로 팔을 휘둘러 아치 모양을 그렸다. "사람들이야!"

"달에서?" 카멘스가 끼어들었다.

"하긴, 달에 사람이 없으리란 법은 없겠죠?" 몽고메리가 스트롱에게 속삭였다.

"아니, 달 얘기가 아니야. 최소한 그 답답한 달 표면 밑을 파내려가다가 사람 비슷한 거라도 찾는다면 대단히 놀라겠지. 하지만 달의 전성기는 이미 지났고, 내가 말한 건 다른 행성들 얘기야. 화성과 금성, 그리고 목성의 위성들 말이야. 아니면 우주 공간에 퍼져 있는 별들 자체가 될 수도 있겠지. 우리가 외계인을 발견한다면? 그게 어떤 의미가 될지 생각해봐. 그동안 우린 혼자였어. 완전히 혼자였고, 우리가 아는 유일한 세계에서 유일한 지성체들이었어. 인간은 개나 원숭이랑 대화하는 법조차 배우지 못했지. 문제가 있으면 우린 마치 버려진 고아들처럼 우리끼리 생각을 해서 해답을 얻어야 했지. 하지만 우리가 사람들, 지성을 갖추고 자신만의 방식으로 사고해온 외계인들을 만난다고 생각해봐. 우린 더 이상 혼자가 아니게 되는 거야! 우린 하늘의 별들을 올려다보고, 다시는 두려워하지 않아도 되는 거라고."

말을 끝낸 해리먼은 조금 피로해 보였다. 마치 사생활을 들켜버린 사람처럼, 감정을 격하게 쏟아낸 것에 스스로도 좀 민망한 기색이기도 했다. 그는 동료들의 얼굴을 훑으며 서 있었다.

"이런, 대장." 몽고메리가 말했다. "방금 그거 그대로 써먹어도 되겠는데요. 어때요?"

"기억할 수 있겠나?"

"그럴 필요까지야. 대장의 '조용한 속기사'를 켜뒀거든요."

"하, 눈치 하나는!"

"동영상에 넣어야겠군요. 극 형식으로 해서요."

해리먼은 거의 소년처럼 미소지었다. "연기라는 걸 해본 적은 없지만, 자네 생각에 내가 도움이 될 것 같다면 해보지."

"아, 아니, 대장더러 연기하라는 게 아니고요." 몽고메리가 겁에 질린 목소리로 대답했다. "대장은 연기자 타입은 아니에요. 배즐 윌크스부스* 정도가 좋겠군요. 오르간 소리 같은 목소리에다, 잘생긴 대천사같이 생긴 그 얼굴이면 사람들은 분명 넋이 나갈 거예요."

불쑥 튀어나온 자신의 올챙이배를 내려다본 해리먼이 퉁명스럽게 입을 열었다. "좋아. 일 얘기로 돌아가서, 이제 자금 얘기를 해보자고. 첫째로 우리의 비영리 법인 중 하나가 직접 기부금을 받아내는 방식을 생각해볼 수 있어. 대학 기부금이랑 똑같은 방식이지. 세금 공제가 정말로 문제가 되는 상류층을 공략하는 거야. 이 방법으로 얼마나 모을 수 있을까?"

"거의 못 모으지." 스트롱이 자기 생각을 말했다. "그쪽은 이미 짜낼 만큼 짜내서 더 나올 게 없어."

"그래도 완전히 말라비틀어지지는 않았지. 세금은 내기 싫어해도 기부는 하려고 드는 돈 많은 인간들이 있잖아. 만약 달의 크레이터에 자기 이름을 붙여준다고 하면 얼마나 내려고들 할까?"

"달 크레이터엔 이미 모두 이름이 붙어 있지 않나?" 변호사가 물었다.

"안 붙어 있는 것들도 많아. 게다가 아직 아무도 손대지 않은 달의 뒷면이 있잖나. 오늘은 견적까지 내지는 말기로 하지. 그냥 항목만 나열해보자고. 몽고메리, 학교 다니는 애들한테서 용돈 뜯어낼 계획도 좀 있었으면 좋겠는데. 4천만 명의 아이들이 두당 10센트씩만 내면 4백만 달러야. 쓸 만하지 않나."

"10센트로 제한할 필요가 있을까요?" 몽고메리가 물었다. "진짜로 관심 있는 꼬마라면 열심히 모아서 1달러 정도는 거뜬히 낼 텐데요."

"좋아. 하지만 우리가 그 대가로 뭘 줘야 하지? 이 고귀한 모험에 참여하고 있다는 명예로운 감정, 뭐 이런 거 말고."

"음…." 몽고메리가 엄지손톱을 다시금 물어뜯었다. "10센트짜리와 1달러짜리 두 등급 멤버십으로 나누죠. 10센트를 내면 '달빛클럽 회원'이

* 전설적인 할리우드 배우이자 셜록 홈스의 대명사로 남은 배즐 래스본과 에이브러햄 링컨을 살해한 미국의 배우 존 윌크스부스를 조합해 만든 이름이라는 설이 있다.

라고 씌어 있는 카드를 주고….”

“아냐, ‘초보 우주인’이 좋겠어.”

“좋아요. 그럼 ‘달빛클럽’은 여학생 대상으로 하고… 보이스카우트와 걸스카우트 단원들을 끌어오는 것도 잊지 말아야겠죠. 모든 아이들에게 카드를 한 장씩 주는 겁니다. 10센트 낼 때마다 도장을 하나씩 찍어주고, 1달러어치 도장을 다 채우면 증명서를 발급해주는 거죠. 액자에 넣기 좋은 모양으로, 이름을 넣고 사진도 도드라지게 넣어주고, 뒷면에는 달 사진을 넣는 겁니다.”

“앞면에 넣어.” 해리먼이 끼어들었다. “단면 인쇄로 하지. 그게 더 싸고 보기에도 더 좋아. 거기에 더해 이런 것도 주는 거야. 참가자의 이름이 ‘달의 초보 개척자들’ 명단에 오르고, 그 명단은 첫 번째 달 우주선의 착륙지점에 세울 기념비에도 똑같이 들어가게 된다고 확실히 보증을 해주는 거지. 물론 명단은 마이크로필름에 담아야겠지. 중량에 신경 써야 하니까 말이야.”

“좋군요!” 몽고메리가 동의했다. “제가 계속해도 될까요, 대장? 백 달러를 채운 아이들에겐 금도금을 한 유성 모양의 정품 핀을 튼튼하게 만들어서 주고, ‘숙련 개척자’로 등급을 올려주는 겁니다. 투표권이나 뭐 그런 것도 주고요. 그리고 그 아이들 이름은 달 기념비 바깥쪽에 새겨주는 겁니다. 백금 조각에 정밀 세공을 해서요.”

스트롱이 레몬을 베어 문 것 같은 표정으로 물었다. “그럼 백 달러를 채우면 어떡할 건데?”

“음, 그때는….” 몽고메리가 유쾌하게 대답했다. “카드 한 장을 더 주고 처음부터 다시 시작하게 하는 거죠. 너무 걱정하지 마세요, 스트롱 이사님. 그 정도를 낸 아이한테는 당연히 보상을 해줘야죠. 우주선 정식 발사 전에 점검삼아 견학을 하게 해주고, 우주선 앞에서 사진을 찍어줘야겠죠. 그 사진 아래쪽에 우리 직원이 대신 사인한 우주 조종사 사인을 넣고요. 물론 전부 무료로요.”

"애들 코 묻은 돈을 뜯어내는군, 하!"

"전혀 그렇지 않습니다." 몽고메리가 상처받은 목소리로 대답했다. "무형자산은 판매할 수 있는 상품 가운데 가장 정직한 상품이지요. 기꺼이 지불한 가격이 얼마든 언제나 그만큼의 가치를 지니고, 닳아 없어지지도 않으니까요. 더럽히지 않은 채 무덤까지 가져갈 수도 있고 말입니다."

"흐음!"

해리먼은 말없이 미소만 지으면서 듣고 있었다. 카멘스가 목소리를 가다듬더니 입을 열었다. "식인귀들께서 이 땅의 어린 생명들 잡아먹는 일을 다 끝내셨으면 나도 아이디어 좀 내볼까."

"말해봐."

"스트롱, 자네 우표 모으지 않나?"

"모으지."

"달로 배송된 다음에 거기서 소인이 찍힌 우표라면 가치가 얼마나 나가겠나?"

"응? 하지만 알다시피 그렇게 할 수는 없잖아."

"내 생각엔 우리 달 우주선이 큰 무리는 없이 합법적인 우체국 지국으로 인정받을 수 있을 것 같은데. 가치가 얼마나 될까?"

"음, 얼마나 희귀한 우표냐에 따라 다르지."

"최대 수익을 낼 최적의 수치가 있을 거야. 견적 좀 내볼 수 있겠나?"

스트롱은 먼 곳을 보는 듯한 눈빛을 하더니, 옛날식 연필 한 자루를 꺼내 계산을 하기 시작했다. 해리먼이 계속했다. "카멘스, 방금 떠올랐는데 내가 존스한테서 달 지분을 산 건 작은 거지만 참 잘한 일 같아. 달에 있는 건축 부지를 매각하는 건 어떨까?"

"좀 진지하게 생각하자고, 해리먼. 거기 착륙하기 전에는 그런 건 할 수 없어."

"난 진지해. 그런 토지라면 소유지 표시를 하고 정확히 기록해야 한다는 1940년대 판례를 자네가 생각하고 있다는 건 알지만 말이야. 난 달에 있는 토지를 팔고 싶어. 그걸 합법적으로 만들 방법을 찾아줘. 할 수만 있다면 달 전체를 팔겠어. 지표면에 대한 권리, 채굴권, 그리고 다른 뭐든지."

"사람들이 거기서 살고 싶어 하면?"

"좋지. 그런 사람들이 많을수록 즐겁지. 우리가 판매한 땅에 세금을 부과할 수 있을 거라는 사실도 지적해두고 싶어. 만약에 매입자가 토지를 사용하지도, 세금을 내지도 않으면 그 토지는 우리에게 다시 돌아오게 되지. 자, 이제 감옥에 가지 않고도 그렇게 만들 방법을 자네가 연구해봐. 해외 광고도 해야 될 테고, 그다음엔 국내에서 개인적으로 한 명씩 찾아다니며 팔 계획도 세워야 될 거야. 마치 아일랜드식 도박 티켓처럼 말이야."

카멘스가 생각에 잠긴 표정을 했다. "파나마에 부동산 회사를 설립하고 멕시코에서 동영상하고 라디오로 광고를 해도 되겠는걸. 그런데 정말 그걸 팔 수 있을 거라 생각하나?"

"그린란드에서 눈덩이를 팔 수도 있죠." 몽고메리가 끼어들었다. "홍보만 잘하면요."

해리먼이 덧붙였다. "플로리다 부동산 붐에 대한 자료 좀 읽어봤나, 카멘스? 사람들이 한 번도 본 적 없는 땅을 사서는, 쳐다보지도 않고 그걸 세 배 값에 팔아치웠어. 소유주가 열두 번쯤 바뀌는데도 그 땅이 3미터 깊이 물속에 잠겨 있다는 사실은 아무도 알아차리지 못하는 일도 가끔 있지. 우린 그보다는 좋은 조건으로 특가 판매를 할 수 있어. 1에이커… 품질 보증된 잘 마른 토지 1에이커에 햇볕까지 듬뿍 얹어서, 10달러 정도면 괜찮지 않을까. 천 에이커를 사는 경우엔 1에이커에 1달러씩 쳐줘도 좋겠지. 누가 그런 특별 세일을 마다하겠나? 게다가 달에 우라늄이 잔뜩 묻혀 있다는 소문이 돈 다음이라면?"

"우라늄이 있어?"

"그걸 내가 어떻게 알겠나? 붐이 좀 가라앉으면 루나시티로 결정된 지역을 발표하는 거야. 그리고 우연히도 그 근처 토지들이 여전히 매입 가능한 상태로 남아 있다고 하는 거지. 걱정하지 마, 카멘스. 스트롱하고 나는 부동산이기만 하면 뭐든지 팔 수 있으니까. 왜, 오자크산맥 끄트머리에 있던 땅 같은 건 땅덩어리 하나의 양쪽을 다 팔아먹기도 하고 그랬잖나." 해리먼은 생각에 잠긴 표정을 했다. "채굴권은 그냥 우리가 갖고 있는 게 낫겠군…. 어쩐지 거기 정말로 우라늄이 있을 것 같단 말이야!"

카멘스가 킬킬 웃었다. "해리먼, 자네 알고 보니 어린애로군. 몸만 터무니없이 크게 자랐을 뿐이지, 사랑스럽기 짝이 없는 비행청소년이야."

스트롱이 몸을 쭉 폈다. "50만 달러 정도 될 것 같네."

"뭐가 50만 달러야?" 해리먼이 물었다.

"달 소인이 찍힌 우표 말이야. 그 얘길 하고 있었잖아. 내 생각에 진지한 수집가들과 딜러들한테 돌아갈 수 있는 숫자는 최대로 어림할 때 5천 장 정도일 것 같거든. 그렇다 해도 수집가 연합에는 더 할인을 해줘야 되고, 우주선이 다 만들어지고 여행이 실현 가능해질 때까지는 보류를 해야겠지만."

"좋아." 해리먼이 동의했다. "자네가 알아서 진행해. 일이 마무리될 무렵엔 자네한테 추가로 50만 달러를 받을 수 있을 거란 사실만 기억해둘게."

"나도 커미션을 좀 받아야 하지 않을까?" 카멘스가 물었다. "내가 생각해낸 건데."

"자네는 모두가 기립한 자리에서 감사 인사를 받게 될 거야. 달에 있는 땅 10에이커도 얹어주지. 자, 우리가 수익을 낼 또 다른 방법으로는 뭐가 있을까?"

"주식은 안 팔 건가?" 카멘스가 물었다.

"막 그 얘기를 하려고 했네. 물론 팔아야지. 하지만 우선주는 안 팔 생각이야. 억지로 조직 개편을 하기는 싫으니까. 참가적 보통주이면서 무의결권주인 걸로…."

"나한테는 또 하나의 바나나 재배국 회사 얘기처럼 들리는데."

"물론 그래… 하지만 일부는 뉴욕 증권거래소에 상장했으면 해. 그 문제는 증권거래위원회하고도 어떻게든 해결을 봐야 할 거고. 너무 많이는 말고. 그게 우리의 쇼케이스가 될 테니, 인기주로 상승하게 해야 할 거야."

"차라리 헬레스폰트강*을 헤엄쳐서 건너라고 하지 그러나?"

"그러지 말게, 카멘스. 교통사고 현장 따라다니면서 피해자들한테 장사하는 싸구려 변호사질보다는 낫지 않나?"

"잘 모르겠는데."

"좋아. 내가 자네한테 원하는 게 바로… 어이쿠!" 해리먼의 책상 위에 놓인 스크린이 켜지더니, 비서가 등장했다. "해리먼 이사님, 딕슨 씨가 와 계십니다. 약속은 안 하셨는데요, 이사님께서 자기를 만나고 싶어 하실 거라는데요."

"전화를 차단해놓은 줄 알았는데." 해리먼은 이렇게 중얼거리고는, 버튼을 누르고 말했다. "그래요, 들여보내요."

"알겠습니다, 이사님. 아, 그리고 엔텐자 씨도 지금 막 오셨는데요."

"두 분 다 들어오시라고 해요." 해리먼은 연결을 끊고 동료들 쪽으로 돌아섰다. "입단속 단단히 하시게, 친구들. 각자 지갑들 잘 사수하고."

"자네나 조심해." 카멘스가 중얼거렸다.

딕슨이 들어오고, 엔텐자가 그 뒤를 따라 들어왔다. 딕슨은 자리에 앉더니 주위를 둘러보았고, 뭔가 말을 시작하려다가 머뭇거렸다. 그러고는 다시 한 번 주위를, 특히 엔텐자 쪽을 돌아보았다.

"자, 말해봐, 딕슨." 해리먼이 부추겼다. "여긴 우리 겁쟁이들 말고는 아무도 없으니까."

딕슨이 결심한 듯 입을 열었다. "난 자네 사업에 힘을 보태기로 했어, 해리먼." 그가 선언했다. "신뢰의 증표로 이걸 가지고 오느라 애 좀 먹었지." 그는 격식 있게 꾸며진 문서 한 장을 주머니에서 꺼내 펼쳐 보였다.

* 터키 서부, 마르마라해와 지중해를 연결하는 다르다넬스 해협의 고대식 이름. 그리스 왕 아타마스의 딸인 헬레가 빠져 죽었다고 해서 그 이름이 붙었다.

그것은 피니스 모건이 딕슨에게 달에 대한 권리를 매각했다는 내용의 증서로, 존스가 해리먼에게 준 것과 정확히 같은 형식으로 작성돼 있었다.

엔텐자가 움찔하는 표정을 짓더니 외투 안주머니에 손을 찔러넣었다. 같은 종류의 판매계약서가 석 장 더 나왔는데, 그들이 속한 전력기업연합의 제각기 다른 세 명의 이사 이름으로 작성된 것들이었다. 해리먼은 한쪽 눈썹을 찡그리며 그것들을 쳐다보았다. "엔텐자가 자네 걸 받고 두 장 더 거는군, 딕슨. 콜 하겠나?"

딕슨이 씁쓸한 미소를 지었다. "딱 받을 만큼은 되는군." 그는 문서 무더기에 두 장을 보태고, 씩 웃은 다음 엔텐자에게 악수를 청했다.

"동점인 것 같군." 해리먼은 전화로 날인받아 자기 책상 서랍에 넣고 잠가놓은 일곱 장의 계약서에 대해 아직은 아무 말도 하지 않기로 마음먹었다. 그는 전날 밤 침대에 들어갔지만 전화를 거느라 거의 자정까지 상당히 바빴었다. "엔텐자, 저기다 얼마나 썼나?"

"스탠디시는 1천 달러 불렀고, 다른 사람들은 싸게 먹혔어."

"젠장, 가격을 올리지 말라고 내가 경고하지 않았나. 스탠디시는 분명 여기저기 떠들고 다닐 텐데. 자네는, 딕슨?"

"그럭저럭 만족할 만한 가격에 얻었어."

"그래서 말을 안 하겠다고, 응? 됐네… 이봐 신사분들, 이 일에 대해 얼마나들 진심이신가? 돈은 얼마나 가져왔나?"

엔텐자는 딕슨이 말하기를 기다렸다. 딕슨이 입을 열었다. "얼마나 내면 되겠나?"

"얼마까지 줄 수 있는데?" 해리먼이 물었다.

딕슨이 어깨를 으쓱했다. "이런 식으로는 답이 안 나와. 구체적인 숫자를 얘기하자고. 10만 달러 어떤가."

해리먼이 콧방귀를 뀌었다. "달 우주선 첫 번째 정기 취항 때 자리 하나 예약하자는 걸로 알겠어. 그 정도는 그 가격에 줄 수 있지."

"말싸움은 그만하자고, 해리먼. 얼마면 되겠나?"

해리먼의 얼굴은 침착했지만, 머릿속은 금방이라도 터질 것 같았다. 정보가 너무 적어 똥줄이 타는 기분이었다. 그는 심지어 자기 수석 기술자와도 아직 구체적인 수치를 얘기해보지 못했던 것이다. 빌어먹을! 전화를 차단하지 않고 왜 연결해줬던 걸까? "딕슨, 내가 이미 얘기했듯이, 이 게임에 발을 들여놓는 데만 최소한 100만 달러는 들 거야."

"그 정도는 될 거라 예상했어. 그러면 판에 계속 남아 있으려면 얼마나 들겠나?"

"자네 전 재산."

"멍청한 소리 마, 해리먼. 내가 자네보다 재산이 많은데."

해리먼은 시가에 불을 붙였다. 심적인 동요를 나타내는 유일한 행동이었다. "우리가 쓴 만큼은 맞춰주면 어떻겠나. 정확하게 똑같이 말이야."

"그럼 난 자네 두 사람 몫만큼 받는 건가?"

"알았네, 알았어. 우리 중 누군가가 돈을 낼 때마다 자네도 내면 돼. 모두가 똑같이 나눠 부담하는 걸로. 하지만 경영은 내가 할 거야."

"경영은 자네가 하는 걸로." 딕슨이 동의했다. "아주 좋아. 지금 100만 달러 내고 필요할 때마다 더 내지. 물론 내가 회계 감사관을 따로 두는 데엔 반대하지 않겠지?"

"내가 언제 자네 속인 적이 있나, 딕슨?"

"지금까지는 없었지만 앞으로도 없어야 하니까."

"마음대로 하게. 하지만 보내려면 입이 무거운 친구를 보내야 한다는 걸 뼛속 깊이 명심해야 할 거야."

"물론 조용히 할 걸세. 내가 그 친구 심장을 단지에 넣어서 금고에 보관해두고 있거든."

해리먼은 잠시 딕슨의 자산 규모가 얼마나 될지 짐작해보았다. "2차분은 나중에 사게 해줄게, 딕슨. 경영에 제법 돈이 들 것 같거든."

딕슨은 손가락 끝을 조심스럽게 한데 모았다. "그 문제는 그때 가서 해결하지. 난 자본금이 부족해서 사업을 접는 건 옳지 않다고 보거든."

"좋아." 해리먼은 엔텐자에게 돌아섰다. "딕슨이 말한 건 들었겠지, 엔텐자. 이 조건으로 괜찮겠나?"

엔텐자의 이마는 땀으로 젖어 있었다. "난 100만 달러를 그렇게 빨리 만들기는 어려운데."

"괜찮아, 엔텐자. 오늘 아침에 낼 필요는 없어. 어음도 괜찮으니까 천천히 내면 돼."

"하지만 자넨 100만 달러가 겨우 시작에 불과하다고 하지 않았나. 난 밑도 끝도 없이 계속 자금을 쏟아부을 수는 없어. 상한선을 뒀으면 좋겠는데. 난 돌봐야 할 가족도 있고."

"자네 연금 없나, 엔텐자? 취소 불능 신탁에 넣어둔 돈도 없어?"

"그런 문제가 아니잖나. 자네들이 날 쥐어짜고 쫓아낼 수 있게 되는 건데."

해리먼은 딕슨이 입을 열기를 기다렸다. 마침내 딕슨이 말했다. "우린 자넬 쥐어짤 생각은 없어, 엔텐자. 자네가 자네 자산을 전부 현금화했다는 걸 증명만 할 수 있다면 말이지. 자네한테는 계속 비례배분 방식이 적용되게 해줄게."

해리먼이 고개를 끄덕였다. "그 말이 맞아, 엔텐자." 그는 엔텐자의 지분이 줄어들면 자신과 스트롱의 의결권이 확실히 세지리라는 생각을 하고 있었다.

스트롱 역시 그 비슷한 무언가를 생각하고 있었는지 갑자기 입을 열었다. "이건 마음에 안 드는데. 네 명의 동등한 사업 파트너라. 교착 상태에 빠지기가 너무 쉽잖아."

딕슨이 어깨를 으쓱했다. "그런 걱정은 안 되는걸. 난 해리먼이 분명 수익을 낼 수 있다고 믿기 때문에 여기 참여하는 거거든."

"우린 달에 갈 거야, 딕슨!"

"그 말은 안 했네. 난 그저, 달에 가든 못 가든 자네가 이 일을 벌여서 이익을 만들어낸다는 쪽에 거는 거라고. 어제저녁에 자네 회사 몇 개에 관한 공식 기록을 좀 읽어봤는데 꽤 재밌더군. 우리가 혹시라도 교착 상태에 빠진다면 대표한테, 자네 말이야, 해리먼, 교통정리를 할 권한을 줘서 문제를 해결하는 게 어떨까. 괜찮은가, 엔텐자?"

"아, 물론!"

해리먼은 내심 걱정이 됐지만 드러내지 않으려 애썼다. 그는 딕슨을 신뢰하지 않았다. 딕슨이 아무리 선심을 쓰는 상황에서라도 말이다. 해리먼은 갑자기 자리에서 일어났다. "난 이제 가봐야겠네, 여러분. 스트롱이랑 카멘스가 나머지를 맡아줄 거야. 몽고메리, 자넨 날 따라와." 카멘스라면 명목상의 정식 동업자들한테라고 해도 정보를 성급하게 누설하지는 않을 거라고 해리먼은 확신했다. 스트롱으로 말하자면… 그가 아는 조지 스트롱은 자기 오른손에 손가락이 몇 개 있는지 왼손이 알지 못하게 할 수 있는 인간이었다.

✴

해리먼은 동업자들의 사무실 문밖에서 몽고메리에게 그만 가보라고 하고는 홀을 가로질러 걸어갔다. 그가 해리먼 투자신탁 사무실에 들어서자 수석 기술자인 앤드루 퍼거슨이 고개를 들었다. "오셨어요, 이사님. 아 참, 오늘 아침에 스트롱 이사님이 전등 스위치에 대한 재미있는 아이디어 하나를 저한테 던져주셨는데요. 처음에는 별로 실용적으로 보이지 않았지만…."

"됐어. 그건 직원 중에 아무나 하라고 주고 잊어버려. 우리가 지금 해야 하는 게 뭔지 알잖나."

"이런저런 소문이 돌던데요." 퍼거슨이 조심스럽게 대답했다.

"그 소문 들려준 친구 해고해. 아니, 그 친구한테 특별 임무를 줘서 티베트로 보내고, 우리 일이 끝날 때까지 거기 묶어놔. 자, 본론을 얘기하지. 가능한 한 빨리 달 우주선을 하나 만들어줬으면 해."

퍼거슨은 한쪽 다리를 의자 팔걸이에 걸치고는 주머니칼을 꺼내 손톱을 손질하기 시작했다. "무슨 공중 화장실이나 한 칸 지으라는 명령 같네요."

"왜 안 되는데? 이론적으로 적합한 연료는 무려 1949년부터 있었는데. 설계팀하고 제작팀을 꾸려. 자네는 만들고, 나는 비용을 내고. 이 이상 간단한 일이 어디 있나?"

퍼거슨은 천장을 노려보았다. "'적합한 연료'라…." 그는 꿈꾸는 것처럼 그 말을 따라 읊조렸다.

"그래, 그 말대로야. 자료를 보니 다단식 로켓으로 달을 왕복하는 데는 수소와 산소만 있으면 충분하다는군. 적절한 설계만 이뤄지면."

"'적절한 설계'요." 퍼거슨은 여전히 부드러운 목소리로 말을 받더니, 갑자기 몸을 돌려 칼자국들이 이리저리 파인 책상 위에 주머니칼을 콱 내리꽂고는 소리 질렀다. "적절한 설계에 대해 얼마나 아시는데요? 강철은 어디서 구하죠? 스로트 라이너*를 만들려면 뭘 써야 될까요? 발사하는 데 동력을 죄다 써버리지 않으려면 이사님이 말씀하신 그 알 수 없는 혼합물을 초당 수 톤씩 연소시켜야 하는데, 그걸 도대체 어떻게 하면 될까요? 다단식 로켓의 이상적인 질량비는 어떻게 구하면 되죠? 도대체 왜 연료가 있을 때 제대로 된 우주선을 만들라고 하지 않으신 겁니까?"

해리먼은 그가 진정하기를 기다렸다가 말했다. "어떻게 하면 되겠나, 퍼거슨?"

"흠…. 실은 어젯밤 잠들기 전에 이 일에 대해 좀 생각해봤습니다. 아내가 이사님한테 미친 듯 화를 내고 있어요. 어젯밤 저는 소파에서 자야 했다고요. 이사님, 이 일을 제대로 처리하는 방법은 우선 국방성에서 연구비를 받아내는 겁니다. 그러고 나서…."

"젠장, 퍼거슨. 자네는 공학에나 신경 쓰고 정치나 돈 문제는 내가 해결하게 놔두란 말이야. 자네 충고는 듣고 싶지 않아."

* 부품의 마모를 막거나 부품을 전선과 잇기 위해 연결부에 덧씌우는 고리 모양의 덮개

"젠장, 이사님. 제 말을 끝까지 들어보세요. 지금 제가 얘기하는 게 바로 공학이란 말입니다. 로켓에 관한 기존 기술은 정부가 전부 갖고 있고, 죄다 기밀이에요. 정부와 계약하지 않으면 슬쩍 훔쳐볼 수조차 없다고요."

"그렇게 대단한 건 별로 없을걸. 정부 로켓에는 있고 스카이웨이 로켓에는 없는 기능이 뭐가 있어? 정부 로켓 기술이 이젠 별거 아니라고 바로 자네가 그랬잖아."

답답해 하는 표정이 퍼거슨의 얼굴에 떠올랐다. "비전공자한테 제대로 설명할 수 있을 것 같지가 않군요. 어쨌든 정부 연구 기록을 손에 넣어야 한다는 건 당연하게 받아들이셔야 할 겁니다. 이미 다 돼 있는 연구를 새로 하느라 수천 달러를 쓴다는 건 말도 안 되는 일이에요."

"수천 달러를 써."

"수백만 달러일 수도 있습니다."

"그럼 수백만 달러를 써. 돈 쓰는 일을 겁내지 말라고. 퍼거슨, 난 이번 일이 군대랑 얽히는 걸 원하지 않아." 해리먼은 퍼거슨에게 그의 결정에 배경으로 얽힌 정치 문제를 자세히 설명해줄까 잠시 생각했으나, 생각을 바꿔 그 얘기는 일단 접어두기로 했다. "정부 기록이 정말로 그렇게 많이 필요한가? 정부에서 일한 적 있는 기술자들을 고용해서 같은 결과를 얻어낼 수는 없나? 아니면 지금 바로 정부에서 인력을 빼 올 수는 없고?"

퍼거슨의 입이 툭 튀어나왔다. "그렇게 자꾸 이래라저래라 하시면 제가 어떻게 일을 합니까?"

"이래라저래라 하는 게 아니야. 이게 정부 프로젝트로 가서는 안 되는 일이라고 알려주고 있는 거야. 이 조건을 정 감당 못하겠으면 지금 말하게. 생각 있는 다른 사람을 찾아볼 테니까."

퍼거슨은 자기 책상을 향해 주머니칼 던지기 놀이를 시작했다. '코에 댔다가 던지기'를 시도했다가 실패하자 그는 조용히 말했다. "화이트샌즈에서 정부 소속으로 일한 친구가 하나 있긴 합니다. 정말이지 똑똑한 젊은 친구였는데. 설계팀장이었고요."

"그 친구를 자네 팀 팀장으로 데려올 수 있다는 건가?"

"일단은 그렇게 생각해봤죠."

"그 친구 이름이 뭐지? 어디 있나? 어디서 일하는데?"

"그게, 실은 공교롭게도, 정부가 화이트샌즈를 닫을 때 그렇게 실력 있는 친구가 실업자가 되는 게 안타까워서 제가 스카이웨이에 넣어줬거든요. 지금 태평양 연안에 정비팀 수석 기술자로 나가 있습니다."

"정비팀? 그렇게 창조적인 인재한테 그런 답답한 일이라니! 그럼 그 친구가 지금 우리 밑에서 일하고 있단 얘긴가? 당장 화상전화 연결해. 아니, 연안 지부에 연락해서 그 친구를 이리로 보내라고 해. 특별 로켓으로. 자네도 점심 같이하자고."

"공교롭게도 말입니다." 퍼거슨이 조용히 말했다. "어젯밤에 자려다가 일어나서 그 친구랑 통화는 미리 해뒀거든요. 그것 때문에 저희 아내께서 대노하셨고요. 지금 밖에서 기다리고 있어요. 코스터… 이름이 밥 코스터예요."

해리먼의 얼굴이 천천히 펴지더니 미소가 번져나가기 시작했다. "퍼거슨! 이 응큼한 내숭덩어리 같으니! 대체 뭣 땜에 망설이는 척을 한 거야?"

"척이 아니었거든요. 이사님, 전 여기가 맘에 듭니다. 이사님이 간섭만 하시지 않으면 제 할 일을 제대로 할 거예요. 자, 제 생각은 이렇습니다. 코스터한테 이 프로젝트의 수석 기술자 자리를 주고 그 친구 맘대로 하게 두는 거예요. 저는 참견 안 할 거고, 그냥 보고만 받을 생각이에요. 이사님도 그 친구를 가만 내버려두세요, 아시겠죠? 실력 있는 기술자가 제일 짜증 날 때가 언제냐면, 돈은 있는데 실무는 아는 게 없는 덜떨어진 상사가 일을 이렇게 해라 저렇게 해라 할 때예요."

"좋아. 나도 나이 먹어가지고 돈에는 벌벌 떠는 얼간이 때문에 그 친구 일 속도가 떨어지는 건 원치 않아. 자네도 절대 그 친구 방해하지 말게. 안 그러면 내가 자네 도와주던 걸 딱 끊어버릴 테니까. 우리가 지금

서로 의사전달이 제대로 된 거지?"

"그런 것 같군요."

"그럼 그 친구 들어오라고 해."

퍼거슨에게 '젊은 친구'의 기준은 대충 서른다섯 살 정도인 듯했다. 해리먼의 눈에 코스터는 그 정도 돼 보였다. 코스터는 키가 크고 야위었으며, 조용한 열정이 배어나는 얼굴을 하고 있었다. 해리먼은 악수를 하자마자 곧바로 그를 긴장시켰다. "코스터, 달에 갈 로켓을 만들 수 있겠나?"

코스터는 눈도 깜짝하지 않고 그 말을 받았다. "X연료 원료는 갖고 계십니까?" 그는 로켓 기술자답게 예전에 발전위성이 만들어냈던 동위원소 연료를 간단히 'X연료'로 줄여 부르며 맞받아쳤다.

"아니, 없네."

코스터는 몇 초 동안 아무 말도 하지 않다가 대답했다. "무인 화물 로켓을 달 표면에 접근시킬 수는 있습니다."

"그것만으로는 충분치 않아. 로켓을 거기 보내서, 착륙한 다음에, 돌아오게 하고 싶단 말이야. 지구에 착륙할 때 연료를 쓰든 대기제동 방식을 쓰든 상관없어."

코스터는 원래 대답을 쉽게 하지 않는 사람인 듯했다. 해리먼에게는 그의 머릿속에서 톱니바퀴들이 돌아가는 소리가 들리는 것 같았다.

"그러려면 비용이 상당히 많이 들 겁니다."

"비용이 얼마나 들지 누가 물어봤나? 할 수 있겠나?"

"시도는 해볼 수 있겠죠."

"시도라, 이런. 자네 생각에 그 일을 '실제로' 할 수 있을 것 같은지 묻는 거야. 확신할 수 있나? 기꺼이 자네 목을 걸고 이 일을 시작할 수 있냐고? 이것 봐. 자신에 대한 믿음이 부족하면 항상 실패할 수밖에 없어."

"그럼 선생님은 얼마나 위험을 감수하실 수 있죠? 이 일에 비용이 많이 필요할 거란 말씀은 드렸지요. 대체 얼마나 많이 들지 짐작도 못 하실 텐데요."

"나도 돈 걱정하지 말라는 얘기는 이미 했지. 필요한 만큼 써. 계산서 처리하는 건 내 일이니까. 할 수 있겠나?"

"할 수 있습니다. 시간과 비용이 얼마나 들지는 나중에 말씀드리죠."

"좋아. 팀을 꾸리기 시작하게. 장소는 어디가 좋겠나, 퍼거슨?" 그는 퍼거슨을 돌아보며 물었다. "오스트레일리아?"

"아뇨." 대답한 건 코스터였다. "오스트레일리아는 안 됩니다. 산악 발사대가 있어야 되거든요. 그게 있으면 단계 결합 하나를 줄일 수 있을 거예요."

"얼마나 큰 산이면 되겠나?" 해리먼이 물었다. "파이크스산* 정도면 될까?"

"안데스 산맥에 속하는 산이어야 해요." 퍼거슨이 반대했다. "그쪽 산들이 더 높고 적도에도 더 가깝죠. 게다가 거기 우리 시설이 있기도 하고요. 아니, 안데스개발회사 시설이었나…."

"자네 생각대로 해." 해리먼이 코스터에게 말했다. "난 파이크스산 쪽이 끌리지만 자네 결정에 따를 테니까." 해리먼은 지구 최초의 우주항이 미국 내에 건설될 경우 생겨날 엄청난 사업상의 이점들을 떠올리고 있었다. 달로 향하는 우주선들이 파이크스산 정상에서 솟아오르는 광경이 생생하게 그려졌다. 동쪽으로 수백 킬로미터까지 모든 사람이 그 광경을 선명하게 볼 수 있다는 건 분명 대단한 광고 효과를 낼 터였다.

"결정해서 말씀드리겠습니다."

"이제 봉급 문제로 넘어가자고. 우리 회사에서 지금껏 얼마나 받아왔든 그건 신경쓰지 말고. 얼마면 되겠나?"

코스터는 정말 필요없다는 듯 손사래를 치며 화제를 돌리려고 했다. "그냥 굶지 않을 정도면 됩니다."

"바보 같은 소리 하지 마."

* 미국 콜로라도주 로키산맥에 있는 산. 높이는 4,301미터로 로키산맥에서 가장 유명한 고봉 중 하나다.

"아, 그게 다는 아닙니다. 한 가지 더 있어요. 저도 그 여행에 끼고 싶습니다."

해리먼은 눈을 깜빡였다. "그래, 그건 이해가 가는군." 그는 천천히 말을 이었다. "그동안에 나는 선불계좌를 준비해주지." 그러고는 덧붙였다. "3인용 우주선으로 생각하는 게 좋겠군. 자네가 조종사가 아닌 이상은."

"조종사는 아니죠."

"그럼 세 명 맞군. 알다시피 나도 달에 갈 테니까."

## 4

"자네 이 일에 발 들여놓은 거, 잘한 일이야, 딕슨." 해리먼이 말했다. "안 그랬으면 실업자 될지도 모르거든. 내가 말이지, 이번 일 끝나기 전에 전력기업연합에 제대로 한 방 먹여줄 생각이거든."

딕슨이 롤빵에 버터를 바르며 물었다. "정말인가? 어떻게?"

"달 뒷면 한구석에 고온 원자로 몇 대를 설치할 거야. 폭발해버린 애리조나 원자로랑 비슷한 식으로. 그런 다음에 그것들을 원격 조종할 거야. 설령 하나가 폭발한다 해도 큰 문제는 되지 않지. 그리고 전력기업연합이 석 달 동안 만들어낸 것보다 많은 X연료를 1주일 안에 생산할 생각이야. 개인적인 원한은 없어. 그저 성간 우주선에 들어갈 연료가 필요한 것뿐이지. 지구에 괜찮은 게 없다면 달에서 생산해야지 어쩌겠나."

"흥미롭군. 하지만 원자로 여섯 대에 채울 우라늄을 어디서 얻을 생각인가? 내가 마지막으로 들은 걸로는 원자력에너지위원회가 앞으로 20년어치 분량을 미리 따로 배정해놨다고 하던데."

"우라늄? 무슨 소린가. 우라늄이라면 달에서 얻으면 되지."

"달? 달에 우라늄이 있어?"

"몰랐나? 그것 때문에 나랑 손잡은 게 아니었어?"

"아니, 몰랐는데." 딕슨이 차분한 목소리로 말했다. "그렇다는 어떤 증거가 자네한테 있는데?"

"나한테? 난 과학자가 아니야. 하지만 그건 잘 알려진 사실이라고. 분광학인가 뭐 그런 분야에서 말이야. 괜찮은 교수 한 명을 확보해놔. 하지만 지나치게 관심을 드러내지는 말고. 아직 우리 계획을 드러낼 단계가 아니니까." 해리먼이 일어섰다. "그만 가봐야겠네. 로테르담행 셔틀을 놓치겠어. 점심 잘 먹었네." 그는 모자를 움켜쥐고 떠났다.

*

해리먼이 일어섰다. "원하는 대로 하시죠, 판더펠더 씨. 선생님하고 동료분들한테 양쪽 입장에서 충분히 생각해볼 기회를 드리겠습니다. 다이아몬드가 화산활동의 결과로 생성된다는 건 네덜란드 지질학자들도 모두 동의하는 사실이지요. 그럼 여기엔 뭐가 있을 것 같습니까?" 그는 네덜란드인의 책상 위에 커다란 달 사진 한 장을 내려놓았다.

다이아몬드 상인은 사진 속, 1천 개가 넘는 거대한 크레이터로 얽은 자국이 난 달을 무표정한 얼굴로 바라보았다. "해리먼 씨, 그건 당신이 거기 갈 수 있을 때 얘기죠."

해리먼은 사진을 도로 집어 들었다. "우린 갈 겁니다. 다이아몬드도 찾아낼 거고요. 하지만 의미가 있을 만큼 대박이 제대로 터지려면 한 20년쯤, 어쩌면 40년쯤 걸릴 수도 있다는 사실을 인정하는 사람은 제가 처음일걸요. 중요하고 새로운 경제 이슈를 소개할 때, 사회가 평화롭게 거기에 적응할 수 있게 계획도 세워놓지 않고 혁신만으로 밀어붙이려는 사람들이 있지요. 저는 그런 인간들이 우리 사회에서 가장 비열한 악당이라고 생각하기 때문에 선생님을 찾아온 겁니다. 공황을 일으키고 싶지는 않습니다. 하지만 지금 제가 할 수 있는 최선의 행동은 경고를 해드리는 거라고 생각합니다. 좋은 하루 되시길."

"앉으세요, 해리먼 씨. 누가 이렇게 저렇게 해서 '나한테' 이익을 갖다

주겠다고 설명할 때마다 난 상당히 혼란스러운데요. 해리먼 씨는 대신에 이 일이 '당신한테' 어떤 식으로 이익이 되는지 설명해주실 수 있겠습니까? 그다음에 같이 얘기해봅시다. 달에서 갑자기 다이아몬드가 쏟아져 들어온다고 했을 때 세계 시장을 보호할 방법이 뭐가 있을지."

해리먼은 자리에 앉았다.

✶

해리먼은 북해 연안의 저지대를 좋아했다. 개가 끄는 우유 수레, 그리고 수레의 주인인 꼬마가 신은 진짜 나막신을 보자 그는 기분이 좋아졌다. 해리먼은 꼬마의 그런 옷차림이 관광객을 겨냥한 설정이라는 걸 깨닫지 못한 채 행복한 얼굴로 사진을 찍고, 두둑이 팁을 쥐여주었다. 그는 다른 다이아몬드 상인들도 몇 명 방문했지만 달 얘기는 꺼내지 않았다. 해리먼이 산 물건 중에는 샬럿에게 화해의 선물로 줄 브로치도 하나 있었다.

그 후 그는 런던으로 택시를 타고 가서 그곳의 다이아몬드 기업연합 대표들과 만나 이야기를 풀어놓았다. 그런 다음 런던에 있는 사무 변호사들과 합의해서 달 여행이 성공적으로 이루어질 경우에 대비해 명목상의 회사를 통해 런던 로이드 보험회사의 보험에 가입했고, 자기 회사 사무실로 전화를 걸었다. 보고가 수없이 많았는데, 특히 몽고메리와 관련된 보고가 여럿이었다. 몽고메리는 뉴델리에 있다고 했다. 해리먼은 뉴델리에 전화를 걸어 몽고메리와 긴 얘기를 나눈 다음, 서둘러 공항으로 가서 막 떠나려는 로켓을 가까스로 잡아탔다. 다음 날 아침 그는 콜로라도에 있었다.

콜로라도스프링스의 동쪽 피터슨 필드는 이제 임대 계약에 의해 해리먼이 사용하는 땅이 되어 있었지만, 그는 출입문을 통과하려다 제지를 받았다. 물론 코스터를 불러 즉각 해결할 수도 있었지만 해리먼은 코스터를 만나기 전에 주위를 둘러보고 싶었다. 다행히 수석 경비원이 해리면을 알아보았다. 해리먼은 세 가지 색깔로 된 출입용 배지를 외투에 달고 안으로 들어가 1시간 조금 넘게 여기저기 자유롭게 돌아다녔다.

기계 공장은 적당히 분주하게 돌아가고 있었고 주조 공장도 그랬지만, 공장 대부분은 거의 황량할 정도였다. 해리먼은 공장 구역을 떠나 메인 공학 빌딩으로 들어갔다. 제도실과 위층은 상당히 활기찬 분위기였고 계산 구역도 마찬가지였다. 하지만 조립팀에는 빈 책상들이 눈에 띄었고, 금속팀과 그 옆에 붙은 금속공학 실험실에는 교회 같은 정적이 감돌았다. 그가 막 화학 및 부속물질팀으로 건너가려는데 코스터가 갑자기 나타났다.

"해리먼 이사님! 오셨다고 방금 들었습니다."

"스파이가 사방에 깔렸군." 해리먼이 말했다. "자넬 방해하고 싶지는 않았어."

"방해는요. 제 사무실로 올라가시죠."

잠시 후 사무실에 자리를 잡은 해리먼이 물었다. "그래… 어떻게 돼 가지?"

코스터가 얼굴을 찡그렸다. "그럭저럭 괜찮습니다, 제 생각에는요."

해리먼은 코스터의 서류함에 서류가 산더미처럼 쌓이다 못해 책상 위까지 쏟아져 있는 것을 알아챘다. 해리먼이 뭐라고 말하려는데 코스터의 책상 전화에 불이 들어오더니 다정한 여자 목소리가 흘러나왔다. "코스터 팀장님, 모건스턴 씨 전화입니다."

"바쁘다고 해요."

잠시 후 여자는 곤란해 하는 음성으로 대답했다. "지금 당장 통화하셔야 한다는데요."

코스터는 짜증스럽다는 표정을 지었다. "잠시만 실례하겠습니다, 이사님. 좋아요, 연결해요."

여자가 들어가고 대신 남자 목소리가 등장했다. "아, 계셨네요. 왜 이렇게 전화를 안 받으셨어요? 저기, 팀장님. 트럭 때문에 문제가 생겼는데요. 우리가 임대한 트럭 전체를 점검해야 하는데 화이트 플릿사에서는 아무것도 안 해주려고 하네요. 그쪽에서는 계약서 세부 조항을 물고 늘어지고 있어요. 제가 보기엔 계약을 취소하고 피크시티 운송하고 일을 해보는 게 나을 것 같아요. 그쪽 계획이 괜찮아 보였어요. 그쪽에서 보장해주는 조건이 뭐냐면…."

"알아서 해요." 코스터가 내뱉었다. "계약서 작성을 직접 했으니 취소도 직접 할 수 있어요. 그건 알죠?"

"네, 팀장님. 하지만 이건 개인적으로 전달해야 되는 사항이라고 판단하실 것 같았거든요. 정책적인 부분도 있고…."

"알아서 하라니까요! 우리가 필요할 때 운송수단이 있기만 하면 돼요. 뭘 어떻게 하든 신경 안 쓴다고." 코스터는 스위치를 껐다.

"누구지?" 해리먼이 물었다.

"네? 아, 모건스턴이라고 있습니다. 클로드 모건스턴요."

"이름 말고… 뭐 하는 친구냐고?"

"제 팀원 중 한 명입니다. 빌딩, 토지, 수송 분야 담당이죠."

"해고해!"

코스터의 얼굴이 굳었다. 코스터가 뭐라고 대답하기 전에 한 뭉치의 서류를 든 비서가 들어오더니 그의 곁에 서서 참을성 있게 기다리기 시작했다. 코스터는 얼굴을 찡그리고 서류들에 사인한 다음 비서를 내보냈다.

"아, 해고하라는 게 명령은 아니고." 해리먼이 덧붙였다. "하지만 진지하게 그러라고 충고하고 싶어. 자네 사무실에서 이래라저래라 할 생각은 없네. 그래도 몇 분만 시간을 내서 내 조언을 들어보겠나?"

"듣겠습니다." 코스터가 딱딱한 말투로 대답했다.

"음, 자네, 최고 책임자 자리는 처음인가?"

코스터는 조금 망설이다가 그렇다고 대답했다.

"내가 자넬 고용한 건 퍼거슨 얘기 때문이었어. 제대로 된 달 우주선을 만들 기술자로는 자네가 최고라고 하더라고. 지금껏 그 생각을 바꿀 이유는 없었어. 하지만 최고 경영이라는 건 공학하고는 다르고, 그 점에서 내가 자네에게 몇 가지 팁을 줄 수도 있을 것 같아. 자네만 괜찮다면 말이지." 해리먼은 잠시 말을 끊었다가 덧붙였다. "자넬 비난하려는 건 아니야. 최고 책임자는 섹스랑 마찬가지야. 해보기 전에는 그게 뭔지 전혀 알 수가 없지." 해리먼은 만약 코스터가 충고를 받아들이지 않으면 퍼거슨이 뭐라든 이 젊은 친구를 당장 잘라야겠다고 마음속으로 결정을 내렸다.

코스터가 책상을 손으로 두드렸다. "뭐가 잘못된 건지 모르겠습니다. 정말 모르겠어요. 일을 누구한테 넘겨서 제대로 되게 만드는 능력이 제겐 없는 것 같아요. 푹푹 빠지는 모래 구덩이에서 헤엄치는 기분이에요."

"최근에 설계 작업은 좀 했나?"

"하려고 하고는 있어요." 코스터는 구석에 있는 다른 책상을 향해 손을 흔들어 보였다. "밤늦게 저기서 하죠."

"그래서는 안 되지. 난 자넬 기술자로 고용했어, 코스터. 지금 구조가 완전히 잘못돼 있다고. 현장이 시끌벅적하게 돌아가야 하는데 그렇지가 않아. 자네 사무실은 무덤처럼 조용해야 하고. 그런데 반대로 지금 자네 사무실은 정신이 하나도 없고 공장은 공동묘지 분위기야."

코스터는 두 손에 얼굴을 묻었다가 고개를 들었다. "저도 알고 있습니다. 무슨 조치를 취해야 할지 알아요. 그런데 제가 기술적인 문제를 풀려고 할 때마다 어떤 빌어먹을 바보가 나타나서 트럭이나 전화나, 아니면 다른 망할 것들에 대한 결정을 내려달라고 하는 겁니다. 죄송합니다, 해리먼 이사님. 저는 제가 할 수 있을 줄 알았어요."

해리먼은 아주 부드러운 목소리로 말했다. "그런 것 때문에 괴로워하지 말게, 코스터. 최근에 잠도 제대로 못 잤지? 들어보게… 퍼거슨한테는 비밀로 하고 이렇게 하자고. 자네가 붙잡고 있는 그 서류 업무를 며칠간 내가 맡아서, 그런 일들한테서 보호받을 수 있게 장치를 마련해주겠네. 난 자네 머리가 반응 벡터랑 연료 효율, 설계 응력 같은 걸 생각하길 바라지, 트럭 계약서 나부랭이로 꽉 차 있는 건 바라지 않아." 해리먼은 문 쪽으로 걸어가 바깥쪽 사무실을 둘러보다가, 사무실의 최고참 사무직원으로 보이는(하지만 아닐 수도 있는) 한 남자를 발견했다. "어이, 자네! 이리 와보게."

남자는 깜짝 놀라 일어나 문으로 다가와서는 말했다. "네?"

"저 구석에 있는 책상이랑 그 위에 있는 것들 전부 이 층에 있는 빈 사무실로 옮겨. 지금 당장."

직원의 눈썹이 올라갔다. "실례지만 누구시죠?"

"빌어먹을…."

"시키는 대로 하세요, 웨버." 코스터가 끼어들었다.

"20분 이내에 다 치우라고." 해리먼이 덧붙였다. "얼른!"

해리먼은 코스터의 다른 책상으로 돌아가 전화 버튼을 눌렀다. 잠시 후 스카이웨이사 본부와 통화 연결이 됐다. "짐, 거기 조크 버클리 있나? 자네 직원. 그 친구한테 당장 휴가를 줘서 나한테 보내. 피터슨 필드로 당장, 특급행으로 보내. 이 통화 마치고 10분 뒤에 출발하는 로켓에 탈 수 있게 해. 그 친구 물건들은 다음 로켓으로 보내고." 해리먼은 잠시 상대방의 말을 듣다가 대답했다. "아니, 버클리가 없다고 자네 팀이 무너지지는 않아. 혹시 무너진다면, 우린 엉뚱한 사람한테 최고 연봉을 지급하고 있었던 거겠지. …알겠네, 알겠어. 다음번에 보면 내 엉덩이를 냅다 발로 차든지 뭐 맘대로 하라고. 아무튼 버클리는 빨리 보내. 끊어."

해리먼은 코스터와 그의 두 번째 책상이 다른 사무실로 옮겨 가는 것을 지켜보고, 코스터의 새 사무실 전화가 차단된 것을 확인한 다음, 뒤늦게 생각이 미쳐 소파도 하나 갖다놓게 했다. "프로젝터도 하나 설치하고, 제도기, 책장, 그 비슷한 다른 잡다한 것들도 오늘 밤에 마련해주지." 그는 코스터에게 말했다. "뭐든 공학 작업에 필요한 게 있으면 목록을 작성해줘. 뭐든 있으면 좋겠다 싶은 게 있어도 연락하고." 해리먼은 이름만 수석 기술자인 남자의 원래 사무실로 돌아가, 즐거운 마음으로 조직의 현재 상황과 문제점을 파악하는 일에 착수했다.

4시간쯤 지나 해리먼은 버클리를 데리고 코스터에게 갔다. 수석 기술자는 팔에 머리를 괴고 책상에 엎드려 잠에 빠져 있었다. 해리먼이 도로 나가려는데 코스터가 잠에서 깨어났다. "이런! 죄송합니다." 그는 얼굴을 붉히며 말했다. "제가 깜빡 졸았나 봅니다."

"그래서 소파를 갖다 놓은 거야." 해리먼이 말했다. "소파가 훨씬 편하지. 코스터, 이쪽은 조크 버클리. 자네 손발이 되어줄 새로운 사람이야. 자네는 수석 기술자이자 모두가 인정하는 최고 책임자로 남고, 버클리는 '다른 모든 것들의 해결사 장관' 정도로 생각하면 될 거야. 지금부터 자네가 걱정할 거라곤 전혀, 아무것도 없어. 달 우주선 설계에 필요한 작은 세부사항들만 빼면."

그들은 악수를 했다. "한 가지만 부탁드리겠습니다, 코스터 팀장님." 버클리가 심각한 표정으로 입을 열었다. "저는 신경 쓰지 마시고 원하시는 일은 다 하세요. 기술 문제를 해결하셔야 할 테니까요…. 하지만 부탁드리는데, 제발 기록을 남겨서 일 진행 상황을 제가 알 수 있게 해주셨으면 합니다. 팀장님 책상에 스위치를 달아서 그걸로 제 책상에 설치된 녹음기를 작동하실 수 있게 하겠습니다."

"알겠어요!" 코스터는 해리먼이 보기에 이미 몇 년쯤 젊어진 것 같은 얼굴이었다.

"그리고 기술 분야 외의 일은 혼자서 끙끙거리지 마세요. 그냥 스위치 누르고 휘파람 한번 부시면 제가 와서 해결할 테니까요." 버클리는 해리먼을 힐끗 보았다. "이사님이 팀장님하고 '진짜 일' 얘기를 하고 싶으시다는군요. 저는 이만 가서 일을 해야겠습니다." 버클리는 방을 나갔다.

해리먼이 자리에 앉았다. 코스터도 따라 앉은 다음 외쳤다. "휘유!"

"기분이 좀 나아졌나?"

"저 버클리라는 친구 생긴 게 마음에 드는군요."

"좋아. 지금부터 저 친구를 자네 쌍둥이 동생이라고 생각해. 걱정은 그만하고. 저 친구랑 전에 일해봐서 내가 알아. 고급스러운 병원에서 보살핌을 받는 기분일 거야. 참, 그런데 자네는 집이 어디지?"

"스프링스에서 하숙을 하고 있습니다."

"말도 안 되는군. 자네가 여기서 잘 데 하나 없단 말인가?" 해리먼은 코스터의 책상으로 손을 뻗어 버클리를 연결했다. "버클리, 브로드무어 호텔에 코스터 팀장이 머무를 방 하나 잡아줘. 가명으로."

"알겠습니다."

"그리고 여기 사무실 근처 구역도 아파트처럼 좀 꾸며보고."

"네, 오늘 밤에 하겠습니다."

"자, 코스터. 이제 달 우주선 얘기 좀 해봐. 어디까지 진행이 됐지?"

그들은 이후 약 2시간 동안 코스터가 꺼내놓는 세부 문제들을 만족스러운 마음으로 논의하면서 보냈다. 현장을 임대한 뒤로 진척이 별로 없는 건 사실이었지만, 코스터는 자질구레한 행정 업무의 늪에 빠지기 전에 이론과 계산 면에서는 꽤 많은 작업을 해놓았다. 해리먼은 공학에는 문외한이었고, 기초적인 돈 계산을 빼면 수학과도 확실히 인연이 없는 사람이었지만 너무도 오랫동안 우주여행에 대해 눈에 띄는 거라면 뭐든 파고 또 파온 나머지 코스터의 이야기 대부분을 알아들을 수 있었다.

"전에 자네가 말한 그 산악 발사대 얘기는 없는 것 같은데." 잠시 후 해리먼이 말했다.

코스터는 골치가 아픈 표정을 지었다. "아, 그거요! 이사님, 제가 말씀을 너무 빨리 드렸나 보군요."

"그런가? 어떻게 됐는데? 몽고메리 부하직원들을 시켜서 우리가 정기 여행 노선 뚫으면 보게 될 아름다운 풍경들을 좀 그리라고 해놨거든. 콜로라도스프링스를 세계 최고의 우주항으로 만들어야 할 것 아닌가. 우린 지금 옛날식 산악열차 독점 사업권도 갖고 있거든. 자, 뭐가 걸림돌인가?"

"그게, 시간이랑 돈, 둘 다네요."

"돈은 걱정하지 마. 그건 내 담당이야."

"그럼 시간이군요. 저는 화학연료 우주선의 최초 가속에는 여전히 전기포(電氣砲) 방식이 최적이라고 생각합니다. 이렇게 말이죠…." 코스터는 빠르게 스케치를 시작했다. "이렇게 하면 다단식 로켓에서 첫 번째 단, 다른 모든 부분을 합쳐놓은 것보다 크면서 효율은 터무니없이 낮은 그 부분을 생략할 수 있습니다. 그 부분이 질량비가 상당히 안 좋거든요. 하지만 그 방식을 쓰려면 어떻게 해야 할까요? 탑을, 그것도 높이가 3킬로미터는 되고, 추진력을 견딜 만큼 튼튼한 탑을 올해 안에 세우는 건 어찌 됐든 불가능해요. 그러니 산을 이용해야 합니다. 파이크스산도 나쁘지 않아요. 최소한 우리가 쉽게 접근할 수는 있죠.

하지만 거길 이용하려면 또 뭘 해야 하느냐면, 첫째로 산 측면에서 터널을 파들어가야 합니다. 매니토우 스프링스에서 봉우리 바로 밑까지, 게다가 짐을 실은 우주선이 지나갈 만한 크기로 말이죠…."

"꼭대기 말고 조금 더 낮은 곳에 만들면?" 해리먼이 제안했다.

코스터가 대답했다. "그것도 생각해봤습니다. 화물을 실은 우주선을 3킬로미터 높이까지 끌어 올리는 승강기는 엄밀히 말해 섬유로는 만들 수가 없어요. 사실 현존하는 어떤 물질로도 만들 수가 없죠. 가속 코일을 뒤집고 시간 차를 둬서 가속이 되게 발사대 자체에 장난을 쳐볼 수는 있겠지만요. 하지만 이사님, 제 말을 믿으세요. 그렇게 하면 기술적으로 또 다른 엄청난 문제들이 생길 겁니다. 거대한 철도를 우주선 꼭대기까지 이어줘야 된다든지, 그런 거요. 그리고 그렇게 하더라도 발사대 자체를 움직일 수직 통로는 파야 됩니다. 총신하고 총알 크기의 관계하고는 달라서, 통로는 우주선 크기만 하면 안 되고 더 커야 돼요. 훨씬 더 커야 되죠. 3킬로미터 높이의 공기 기둥을 무사히 압축할 방법은 없으니까요. 휴, 산악 발사대를 건설할 수는 있어요. 하지만 10년이나 그 이상 걸릴 겁니다."

"그럼 그만둬. 그건 미래를 위해 짓고, 이번 여행에는 쓰지 않기로 하지. 아니, 잠깐만… 표면 발사대는 어때? 산 측면을 따라 밀고 올라가서 마지막에 커브를 이루게 하면?"

"아주 솔직히 말씀드리자면, 우리가 최종적으로 사용하게 되는 건 그 비슷한 형태가 될 것 같습니다. 하지만 현재로선, 그 방법으로도 새로운 문제들이 줄줄이 생겨요. 설령 말씀하신 그 방식으로 마지막에 커브를 넣은 전기포 방식을, 현재로선 불가능하지만 만약에 어찌어찌 고안해낼 수 있다고 해도, 엄청난 측면 충격을 고려해 우주선을 설계해야 될 테고, 그러려면 또 중량이 엄청나게 더해질 텐데, 우리의 주목적이 로켓 우주선 설계인 이상 그건 군더더기고 낭비죠."

"좋아, 코스터, 그럼 자네가 생각하는 해결책은 대체 뭐지?"

코스터가 얼굴을 찡그렸다. "우리가 할 줄 아는 일로 되돌아가는 겁니다…. 그냥 다단식 로켓으로 설계하는 거죠."

## 5

"몽고메리…."

"네, 대장."

"이 노래 들어본 적 있나?" 해리먼은 콧노래를 흥얼거렸다. "달은 모든 이의 것. 인생에서 제일 좋은 것들은 공짜라네…."* 그는 육성으로 노래부르기 시작했다. 음정이 심하게 빗나가 있었다.

"못 들어본 것 같군요."

"자네 세대는 아마 모를 거야. 난 이 노래를 되살리고 싶어. 모든 사람의 입에서 다시 불리게 하고, 지옥의 악마들마저 질려버릴 정도로 자꾸자꾸 흘러나오게 하고 싶어."

"알겠습니다." 몽고메리는 메모 패드를 꺼냈다. "언제쯤 그 곡이 정상

* 브로드웨이 뮤지컬 《굿 뉴스》(1927)의 삽입곡 〈The Best Things in Life Are Free〉의 일부. 이후 수많은 아티스트들이 이 곡을 리메이크해 인기를 끌었다.

에 오르게 할까요?"

해리먼은 곰곰이 생각한 다음 말했다. "음, 한 3개월쯤 후가 좋겠군. 그런 다음에 그 첫 소절을 우리 광고 슬로건에 넣는 거야."

"그쯤은 식은 죽 먹기죠."

"플로리다 쪽 일은 어떻게 돼가지, 몽고메리?"

"처음엔 그 빌어먹을 입법부를 통째로 돈으로 사야 할 거라고 생각했죠. 그랬는데 로스앤젤레스가 달에다 '로스앤젤레스 시경계'라는 표지판을 세워서 홍보 사진을 찍기로 계약을 했다는 루머가 퍼져주더라고요. 일이 그렇게 되자 그쪽에서 알고 찾아오더군요."

"좋아." 해리먼이 곰곰이 생각했다. "그것참 나쁘지 않은 아이디어란 말이야. 그런 사진 한 장에 로스앤젤레스 상공회의소에서 얼마쯤 낼 것 같아?"

몽고메리가 한 번 더 메모를 했다. "알아보겠습니다."

"플로리다 쪽은 준비가 됐으니 이제 텍사스 쪽에 슬슬 시동을 걸 생각이겠군, 그렇지?"

"언제라도 할 수 있죠. 우선 악성 루머 몇 개를 뿌리는 중입니다."

댈러스 포트워스의 〈배너〉지 머리기사:

**"달은 텍사스의 것이다!"**

"…자, 오늘은 여기까지예요, 어린이 여러분. 상자 윗부분을 뜯어서 보내거나 제대로 복사해서 보내는 걸 잊지 마세요. 기억하세요…. 1등상으로는 달에 있는 천 에이커짜리 목장을 드립니다. 저당 없이 깨끗한 땅이고요. 2등상은 실제 달 우주선을 모델로 한 1.8미터짜리 미니어처 우주선이고, 이밖에도 50… 가만, 세어볼까요, 53등상을 타는 분들에게는 안장을 얹어 훈련시킨 셰틀랜드포니가 한 마리씩이 주어집니다. '내가 달에 가고 싶은 이유'를 주제로 한 100단어 에세이 공모전은 문학적 우수성보다는 진실성과 독창성을 기준으로 심사할 예정입니다. 상자 윗부분을 올드 멕시코 후아레스 사서함 214호, 태피 아저씨 앞으로 보내주세요."

✴

해리먼은 모카콜라("진정한 콜라는 오직 모크(Moke)뿐" "콜라를 마셔요, 기분을 업시켜요!"가 슬로건이었다) 사장실로 안내받았다. 그는 사장의 책상에서 5미터가량 떨어진 문가에 멈춰 서서는 지름 5센티미터짜리 버튼 하나를 얼른 핀으로 옷깃에 고정했다.

모카콜라의 사장 패터슨 그릭스가 얼굴을 들었다. "어허, 이것 참 영광이군, 해리먼. 어서 들어와서…." 사장의 말은 거기서 갑작스레 멈췄다. 그의 표정이 굳어졌다. "그걸 달고 여기서 뭐 하는 건가?" 그가 날카롭게 쏘아붙였다. "날 약 올리는 건가?"

'그것'이란 동그란 모양의 5센티미터짜리 버튼이었다. 해리먼은 그걸 옷깃에서 떼어내 주머니에 넣었다. 셀룰로이드로 만들어진 홍보용 버튼은 단순한 노란색이었고, 그 위에는 거의 꽉 차는 검은색 글자로 단지 ⑥+라고만 인쇄되어 있었다. 그건 모카콜라사의 유일하게 영향력 있는 라이벌이라 할 만한 회사의 상표였다.

"그런 건 아니야." 해리먼이 대답했다. "하지만 자네 기분이 상한 것도 이해는 가. 보니까 이 나라 초등학생 절반은 이 멍청한 버튼을 달고 다니는 것 같더군. 하지만 친구로서 조언을 해주려고 왔지, 시비 걸려고 온 게 아니야."

"무슨 뜻인가?"

"내가 이 사무실 문간에 멈춰 섰을 때 옷깃에 단 이 버튼이 꼭 그 크기로 보였을 거야…. 자리에 서 있는 자네한테 말이야. 자네가 집 정원에서 보름달을 올려다볼 때랑 똑같은 크기로. 버튼에 뭐라고 씌어 있는지 읽는 데 아무 문제도 없었지? 그래, 없었을 거야. 우리 둘 다 자리에서 안 움직였는데도 자네가 소리를 질렀으니까."

"그게 어쨌다는 건가?"

"만약에 이 ⑥+라는 글자가 그냥 초등학생 스웨터 위에 달려 있는 게 아니라 달 표면에 크게 씌어 있다면 기분이 어떻겠어? 그리고 그게 자네 회사 판매수익에는 어떤 영향을 미칠까?"

그릭스는 생각에 잠겼다가 대답했다. "해리먼, 재미없는 농담은 그만해. 난 오늘 아주 힘들었다고."

"농담이 아닌데. 아마 월가 근처 어디선가 들었겠지만, 그 달 여행 사업 뒤에 있는 사람이 바로 나거든. 우리끼리 얘긴데, 그릭스, 이 일은 상당히 경제적으로 부담이 되는 사업이야. 심지어 나한테도 말이야. 며칠 전에 어떤 사람이 날 찾아왔어. …이름은 안 밝혀도 괜찮겠지? 자네가 알 만한 사람이긴 하지만. 어쨌든 그 사람 말이, 자기네 고객이 달에 광고를 할 수 있는 권리를 사고 싶어 한다더군. 우리가 성공을 확신하지 못한다는 사실을 그 사람은 알고 있었어. 하지만 자기네 고객은 그 위험을 부담할 의향이 있다고 했어.

처음에는 그게 무슨 소린지 이해가 안 갔지. 그런데 그 사람이 좀 더 정확하게 설명해주더라고. 이야기를 들었는데, 믿을 수가 없었어. 그리고 잠시 후엔 엄청나게 충격을 받았고…. 이걸 봐." 해리먼은 커다란 종이를 한 장 꺼내 그릭스의 책상에 펼쳐놓았다. "보다시피 이 장치는 달 중심부 근처 어디든 세울 수 있어. 열여덟 기의 조명탄 로켓이 열여덟 방향으로 마치 바퀴살처럼 발사되는 거지. 정밀하게 계산된 거리에 맞춰서. 로켓들이 목표지점에 도달하면 실려 있던 조명탄이 터지면서 미세하게 갈아놓은 카본 블랙*을 계산된 거리만큼 흩뿌릴 거야. 알다시피 달에는 공기가 없어, 그릭스… 미세한 가루라면 창을 던지는 것만큼이나 쉽게 날아가겠지. 그 결과물은 이거야." 그는 종이를 뒤집었다. 뒷면에는 밝게 인쇄된 달 사진이 있었다. 그 위에 두껍고 검은 글자로 인쇄돼 있는 것은

* 천연가스를 불완전 연소시켰을 때 생기는 검댕으로 인쇄 잉크의 원료로 사용된다.

다음과 같았다. ⑹+

"그러니까 그 회사로구먼… 그 독극물 제조자들!"

"아니, 아니야. 난 그런 말은 안 했네! 하지만 이게 요점을 보여주고 있거든. ⑹+는 딱 두 개의 기호잖나. 달 표면에 있어도 여기서 잘 보일 만큼 크기를 키울 수가 있다는 거지."

그릭스는 그 불쾌한 광고를 노려보았다. "이건 제대로 안 될 거야!"

"믿을 만한 조명탄 제조사가 될 거라고 보장하던데. 내가 그 장비들을 달에 가져갈 수만 있으면 된다고 말이야. 그릭스, 어쨌거나 조명탄 로켓이 달 위에서 먼 거리를 날아가는 건 그렇게 어려운 일이 아니야. 생각해 봐, 자네도 야구공 같은 건 몇 킬로미터쯤 거뜬히 던질 수 있을 거라고…. 알다시피 중력이 낮으니까."

"사람들이 가만있지 않을 거야. 이건 신성 모독이라고!"

해리먼은 슬픈 표정을 지었다. "자네 생각이 옳으면 참 좋을 텐데. 하지만 사람들은 공중 문자 광고는 좋아하잖아. 동영상 광고도."

그릭스가 입술을 깨물었다. "흠, 왜 이걸 갖고 날 찾아온 건지 모르겠는데." 그는 폭발하고 말았다. "자네도 잘 알잖아. 우리 제품 이름은 달 표면에는 못 써. 글자수가 많아. 글자가 너무 작아져서 안 읽힌다고."

해리먼이 고개를 끄덕였다. "바로 그것 때문에 내가 온 거야. 그릭스, 이 일은 나한테 그냥 벤처사업이 아니야. 마음을 바치고 영혼을 바친 일이라고. 달 표면을 정말로 광고판으로 쓰고 싶다는 사람을 생각하면 토할 것 같아. 자네 말대로 그건 신성 모독 맞아. 하지만 어쨌든 이 승냥이 같은 자들은 내가 자금 압박에 처해 있다는 사실을 알고 있어. 내가 자기들 얘기를 듣지 않고서는 못 배길 상황이라는 걸 알고 찾아온 거지.

결정은 일단 보류했어. 목요일에 답변을 주기로 했고. 집에 가서 잠도 못 자고 그 일을 생각해봤어. 그랬더니 잠시 후에 자네가 떠오르더라고."

"내가?"

"응, 자네랑 자네 회사가. 어쨌든 자네 회사에는 좋은 상품이 있고 그걸 팔기 위해선 합법적인 광고가 필요하잖아. 달 외관을 손상시키지 않고도 달을 광고에 쓸 수 있는 다른 방법이 있을 거라는 생각이 들었지. 자, 자네 회사가 똑같은 권리를 샀다고 한번 가정해봐. 달에 글자를 새기지 않겠다는, 공익을 우선시하는 약속을 하고 말이야. 그 사실을 자네 회사 광고에 명시하면 어떨까. 소년과 소녀가 달 아래 나란히 앉아서 모카콜라 한 병을 나눠 마시는 사진을 넣으면? 모카콜라가 우주선에 실려서 첫 번째 달 여행에 동행한 유일한 음료가 된다면? 어떻게 그렇게 하느냐, 그것까지 내가 말해줄 필요는 없는 것 같아." 해리먼은 손가락시계를 보았다. "난 이제 가봐야겠네. 답은 지금 안 해도 되고, 사업에 생각 있으면 내일 정오까지만 내 사무실로 연락 줘. 몽고메리라고 우리 직원 시켜서 자네 회사 광고팀장한테 연락할 테니까."

✴

거대 신문사 그룹의 발행인은 거물급 인사들과 이사진에게 할당된 최소한의 시간 동안만 해리먼을 기다리게 했다. 다시 한 번, 해리먼은 커다란 사무실 문간에 서서 동그란 버튼을 옷깃에 달았다.

"잘 지냈나, 해리먼." 발행인이 말했다. "생치즈 덩어리* 불법 거래는 잘 되시나?" 그는 이내 해리먼의 버튼을 발견하고는 얼굴을 찡그렸다. "혹시 그게 농담이라면, 하나도 재미가 없네."

해리먼은 버튼을 떼어 주머니에 넣었다. 거기엔 (6+)가 아니라 망치와 낫이 그려져 있었다.

"아니." 해리먼이 입을 열었다. "농담이 아니야. 악몽이지. 대령. 자네랑 나는 이 나라에서 공산주의가 여전히 위협이 된다고 생각하는 소수의 사람들에 속하는 것 같아."

얼마간의 시간이 흐르자 두 사람은 대령의 그룹이 달 사업을 시작부

* 미국에는 달이 생치즈로 만들어졌다는 농담이 있다.

터 방해한 적이 한 번도 없는 것처럼 친근한 태도로 이야기를 주고받고 있었다. 발행인은 책상 앞에 앉은 채 시가 하나를 손에 들고 흔들었다. "그런 계획들을 어떻게 입수했나? 훔쳤나?"

"베껴온 거야." 해리먼의 대답은 어쨌든 거짓말은 아니었다. "하지만 그것들은 중요하지 않아. 중요한 건 달에 먼저 도착하는 거지. 적의 로켓 기지가 달에 세워질지도 모르는 위험을 감수할 수는 없어. 난 몇 년 동안 반복되는 악몽에 시달려왔어. 꿈속에서 아침에 일어나 신문을 보는데, 러시아인들이 달에 착륙해서 '루나 소비에트'를 선언했다는 머리기사가 있는 거야. 남자 열세 명에 여자 두 명 정도 되는 과학자들, 뭐 그런 사람들이 구성원이야. 그 사람들은 '루나 소비에트'가 소비에트 연방의 일원이 되게 해달라는 청원을 냈는데, 소련최고회의는 당연하게도 그 청원을 기꺼이 받아들인다는 내용이지. 그런 꿈에서 깨면 온몸이 떨려. 그자들이 정말로 달 표면에 망치와 낫을 그려넣을지는 알 수 없지만, 그자들 심리로 봐서는 그럴 법도 하거든. 걔들이 늘 걸어놓는 그 커다란 포스터들을 생각해봐."

발행인은 시가를 힘주어 깨물었다. "우리가 할 수 있는 일을 생각해보지. 자네들 출발을 앞당길 방법은 없겠나?"

## 6

"해리먼 이사님?"

"뭐죠?"

"그 레슬리 르크루아라는 분이 또 찾아오셨는데요."

"만날 수 없다고 해요."

"네, 알겠습니다. 아, 이사님, 이분이 지난번엔 말씀하시지 않았는데 실은 로켓 조종사라고 하시는데요."

"젠장, 스카이웨이사에 가보라고 해요. 우리는 조종사 채용은 안 한다고."

스크린에 해리먼의 비서 대신 웬 남자의 얼굴이 밀고 들어왔다. "해리먼 씨…. 레슬리 르크루아라고 합니다. 카론호의 교체 조종사였고요."

"댁이 대천사 가브리엘이라고 해도…. 잠깐, 카론호라고요?"

"네, 카론호요. 드릴 말씀이 있어서요."

"들어오세요."

해리먼은 방문객에게 인사를 하고 담배를 권한 뒤, 흥미를 갖고 그를 뜯어보기 시작했다. 폭발해버린 발전위성으로 가는 셔틀 로켓이었던 카론호는 지금까지 세상에 나온 탈것 가운데 우주선에 가장 가까운 것이었다. 위성과 카론호를 동시에 앗아가버린 그 폭발로 숨을 거둔 조종사는 어떤 의미에서 앞으로 등장할 우주인에 속하는 첫 번째 사람이었다.

카론호에 교대로 일하는 조종사가 있었다는 사실을 어떻게 놓칠 수가 있었을까, 해리먼은 의아하게 생각했다. 그는 물론 그 사실을 알고 있었다. 하지만 어쩌다 보니 중요하게 생각하는 걸 잊어버린 것이었다. 발전위성과 셔틀 로켓, 그리고 관련된 모든 것을 실패로 치부한 다음 그는 그것들에 관해 생각하는 일을 그만둬버렸다. 그는 이제 호기심을 가득 품고 르크루아를 보고 있었다.

르크루아는 키가 작고 단정한 남자였다. 군살이 없고 지적으로 생긴 얼굴에 커다랗고 솜씨 좋아 보이는 조종사의 손을 지녔다. 르크루아는 탐색하는 듯한 해리먼의 시선에 당황하지 않고 똑같은 시선으로 맞섰다. 그는 침착했고, 절대적인 자신감을 품고 있는 듯했다.

"자, 무슨 일이시죠, 르크루아 선장님?"

"달 우주선을 만들고 계신 걸로 압니다."

"누가 그러던가요?"

"달로 가는 우주선이 만들어지고 있죠. 모두 선생님이 그 책임자라고 하고 있고요."

"그런데요?"

"그걸 제가 조종하고 싶습니다."

"왜 그래야 되죠?"

"제가 가장 잘할 수 있는 사람이니까요."

해리먼은 말을 멈추고 구름 같은 담배 연기 한 덩이를 뱉어냈다. "만약 그걸 증명할 수만 있다면 그 자리를 드리죠."

"그럼 얘기가 된 걸로 알겠습니다." 르크루아가 일어섰다. "제 이름과 주소는 밖에다 남기고 가겠습니다."

"잠깐만요. 난 '만약'이라고 했어요. 얘기를 좀 해봅시다. 이번 여행에는 나도 가거든요. 목숨을 맡기기 전에 나도 그쪽에 대해서 좀 더 알아야 되지 않겠습니까."

그들은 달 여행, 성간 여행, 로켓 기술 그리고 달에서 발견하게 될 수도 있는 것들에 관해 이야기를 나눴다. 해리먼의 몸이 서서히 달아올랐다. 자신과 너무나 닮은, 달이라는 위대한 꿈에 그토록 사로잡힌 또 하나의 영혼을 찾아냈기 때문이었다. 잠재의식 속에서 그는 이미 르크루아를 받아들이고 있었다. 대화가 진행되면서 이 일이 두 사람의 공동 프로젝트가 될 거라는 가능성이 엿보이기 시작했다.

한참이 흐른 후 해리먼이 말했다. "정말 재미있군, 르크루아. 하지만 난 오늘 할 일이 좀 남아 있어. 그걸 안 하면 우리 둘 중 누구도 달에는 못 가. 자네는 피터슨 필드에 가서 밥 코스터라는 사람을 만나봐. 내가 전화해둘 테니. 자네들 둘이 얘기가 잘 되면 계약 얘기를 해보자고." 그는 메모를 휘갈겨 쓴 다음 르크루아에게 건넸다. "나갈 때 퍼킨스 씨한테 주면 자네를 급여 대상자 명단에 올려줄 거야."

"그건 나중에 주셔도 되는데."

"사람이 흙만 먹고 살 수 있나."

르크루아는 메모를 받아들었지만 밖으로 나가지는 않았다. "한 가지 이해가 안 되는 게 있는데요, 해리먼 씨."

"음?"

"왜 화학연료를 쓰는 우주선을 만들려고 하십니까? 반대하는 건 아닙니다. 제가 그걸 몰게 될 테니까요. 하지만 왜 그렇게 어려운 방식이어야 되죠? 시티 오브 브리즈번호는 X연료에 맞게 개조하셨잖아요."

해리먼은 르크루아를 노려보았다. "자네 어떻게 된 거 아닌가, 르크루아? 자넨 지금 돼지한테 왜 날개가 없느냐고 묻고 있어. 현재 X연료는 존재하지 않고, 우리가 달에서 직접 만들어내기 전까지는 앞으로도 없을 거야."

"누가 그런 말을 하던가요?"

"그게 무슨 뜻인가?"

"제가 듣기로는 원자력에너지위원회가 조약에 따라서 다른 여러 나라들에 X연료를 할당해줬고, 그 나라들 중 일부는 그걸 이용할 준비가 안 돼 있다던데요. 하지만 어쨌든 다들 똑같이 받았다고 들었습니다. 그 연료들은 어떻게 됐나요?"

"아, 그거! 르크루아, 물론 중앙아메리카와 남아메리카의 몇몇 쪼끄만 나라들에 정치적 이유로 배당된 파이가 있긴 했어. 그 친구들은 그걸 어떻게 먹어야 되는지도 몰랐지만. 그건 좋은 일이기도 했지. 우리가 그걸 되사서 당면한 전력 위기를 해결하는 데 썼거든." 해리먼이 얼굴을 찡그렸다. "하지만 자네 말이 옳아. 그때 내가 조금이라도 그걸 손에 넣었어야 되는데."

"그 연료가 조금도 남아 있지 않다고 확신하십니까?"

"그거야 당연히, 나는…. 아, 아니다. 확신은 못 하겠군. 조사해봐야겠어. 잘 가게, 르크루아."

*

해리먼이 연락하는 족족 X연료의 소재가 킬로그램 단위로 파악되기 시작했다. 코스타리카의 할당량만 빼놓고. 그 나라는 참사가 일어났을 때

X연료에 적합한 자기네 나라 발전소가 거의 완공되었다는 이유로 할당량 되팔기를 거절했었다. 하지만 다른 방향으로 조사해본 결과 발전소는 완공되지 않았던 것으로 드러났다.

몽고메리는 그때까지도 니카라과의 수도인 마나과에 있었다. 니카라과 행정부에 변화가 있었고, 몽고메리는 달 사업을 하는 지역 법인이 갖는 특별한 위치가 보호받을 수 있도록 확실히 조치를 취하는 중이었다. 해리먼은 그에게 암호화된 메시지를 보내, 코스타리카의 수도인 산호세로 가서 X연료의 소재를 파악한 다음, 비용이 얼마나 들든 그걸 사서 보내라고 했다. 그런 다음 해리먼은 원자력에너지위원회의 대표를 만나러 갔다.

위원장은 겉으로는 해리먼을 보고 반가워하며 사근사근하게 굴려고 애쓰는 것처럼 보였다. 잠시 후 해리먼은 동위 원소 실험(정확히는 X연료)을 위한 허가를 받고 싶다는 말을 꺼내기에 이르렀다.

"이런 일이라면 정해진 절차를 밟으셔야 되는데요, 해리먼 씨."

"그럴 거고요. 오늘은 예비 조사 차원에서 여쭙는 겁니다. 위원회 쪽 분들 생각을 알고 싶어서요."

"사실 내가 유일한 위원도 아니고… 우리는 거의 언제나 기술 분과의 조언을 따르고 있어서 말이죠."

"그렇게 둘러대지 마시죠, 칼. 위원장께서 위원들 가운데 안정 다수를 통제하고 계시다는 건 본인도 너무나 잘 아실 텐데요. 오프 더 레코드로 묻겠는데요, 위원장님 생각은 어떠십니까?"

"글쎄요, 해리먼. 오프 더 레코드라니까 하는 말인데, X연료를 얻을 수도 없을 텐데 허가는 왜 받으려는 거죠?"

"그 문제는 제가 고민하면 돼요."

"흐음, 법적으로는, 우리가 X연료를 1밀리퀴리 단위까지 추적해야 할 이유는 없었어요. X연료는 대량 무기에 사용될 가능성이 있는 물질로 분류되지 않기 때문이죠. 그럼에도 우린 X연료가 어떻게 됐는지 알게 됐습니다. 지금 사용 가능한 건 하나도 없어요."

해리먼은 조용히 듣고만 있었다.

"그다음으로, X연료 사용 허가는 원한다면 해드릴 수 있습니다. 로켓 연료를 제외한다면 어떤 용도든 상관없어요."

"왜 제한을 두는 거죠?"

"지금 달 우주선을 만들고 있죠, 아닌가요?"

"제가요?"

"그쪽이야말로 내숭 떨지 마시죠, 해리먼. 그런 걸 알아내는 게 내 직업입니다. 설령 X연료를 찾아내더라도 그걸 로켓에는 쓸 수 없어요. 찾아낼 수도 없겠지만." 위원장은 책상 뒤쪽에 있는 금고실로 가더니 4절판 크기로 된 문서철 하나를 가지고 돌아와 해리먼 앞에 놓았다. 문서의 제목은 다음과 같았다. '방사성 동위원소 연료의 안정성에 대한 이론적 연구: 카론호 및 발전위성 참사 사례 첨부'. 표지에는 일련번호가 붙어 있었고 '기밀'이라는 도장이 찍혀 있었다.

해리먼은 문서를 밀어냈다. "제가 저걸 볼 이유는 없어요. 본다고 해도 이해하지 못할 거고요."

위원장이 싱긋 웃었다. "알았어요. 그럼 내용이 뭔지 내가 말해주죠. 해리먼, 내가 그쪽을 믿고 국방상 기밀을 일부러 들려주면 이제 꼼짝도 못 하실 텐데…."

"듣고 싶지 않다고 했잖습니까!"

"X연료를 써서 우주선을 가동하려고 하지 않는 게 좋아요, 해리먼. 그게 멋진 연료긴 한데, 우주 공간 어디서든 폭죽같이 터져버릴 수 있다니깐. 저 기록에 그 이유가 나와 있어요."

"빌어먹을, 우린 거의 3년간 그걸로 카론호를 움직였어요!"

"운이 좋았던 거죠. 발전위성이 카론호의 폭발을 유발한 게 아니라 카론호가 위성을 폭파시켰다는 게 정부의 '공식'적인, 하지만 철저히 대외비인 견해입니다. 우리도 처음에는 그 반대라고 생각했고, 물론 반대였을 수도 있겠지만, 레이더 기록에 찜찜한 부분이 있었거든요. 위성이 폭발하기 몇 분의 1초 전에 카론호가 먼저 터지는 것처럼 보였어요. 그래서 우리가 이론적으로 철저히 조사를 해봤죠. X연료는 로켓에 쓰기엔 너무 위험한 물질입니다."

"말도 안 되는 소립니다! 카론호에서 연소한 연료가 1킬로그램이라면 지상의 발전소에서 연소한 양은 100킬로그램은 될 거예요. 그것들은 왜 폭발하지 않은 거죠?"

"보호재 문제예요. 로켓에는 어쩔 수 없이 지상에 고정되어 있는 발전소보다 적은 양의 보호재가 사용되는 데다, 가장 나쁜 점은 우주 공간에서 작동한다는 거죠. 그 참사를 가져온 원인은 1차 우주선(宇宙線)으로 추정됩니다. 원한다면 수리물리학자 가운데 한 명을 불러 자세한 설명을 해드릴 수도 있습니다."

해리먼은 고개를 저었다. "제가 그쪽은 못 알아듣는 거 아시잖습니까." 그는 곰곰이 생각했다. "그 문제에 관해 해주실 말씀은 그게 전부인가요?"

"유감스럽게도 그런 것 같군요. 정말 유감입니다."

해리먼은 자리를 떠나려고 일어섰다.

"아, 한 가지 더. 해리먼, 혹시 내 부하 직원들하고 접촉하려는 건 아니겠죠?"

"물론 아닙니다. 제가 왜 그러겠습니까?"

"아니라니 다행이군요. 아시겠지만 해리먼 씨, 우리 직원 모두가 세계에서 가장 뛰어난 과학자들은 아닐지 몰라요. 최상급 과학자들한테 정부 일을 시키면서 행복하게 일하게 하기는 아주 어렵거든요. 하지만 확실한 사실 하나는, 우리 직원 모두 절대적으로 부패와는 거리가 먼 친구들이라는 겁니다. 그걸 아는 이상, 혹시 누가 내 부하 중에 한 명이라도 매수하려 들면 난 그걸 개인적인 모욕으로 받아들일 생각입니다. 그것도 아주 심한 개인적 모욕으로요."

"그래요?"

"네. 그건 그렇고 난 대학에서 라이트헤비급 복싱 선수로 뛴 적이 있어요. 지금도 틈틈이 하고 있고요."

"흠, 그래요? 저는 대학을 안 나와가지고. 하지만 포커는 꽤 치는 편이라고 할 수 있죠." 해리먼은 갑자기 웃음을 지었다. "부하들한테는 손 안 댑니다, 칼. 굶어 죽어가는 사람한테 뇌물 쓰는 거나 마찬가지지. 그럼 안녕히 계시길."

해리먼은 사무실로 돌아와 비서 중 한 명을 불렀다. "몽고메리한테 암호 메시지 하나 더 전해요. 물건을 미국 말고 파나마시티로 부치라고." 그는 코스터에게 보낼 메시지도 불러주기 시작했다. 콜로라도 초원에서 이미 하늘을 향해 뼈대가 세워지기 시작한 파이오니어호 작업을 그만두고, 대신 전에는 '시티 오브 브리즈번호'라 불리던 산타마리아호 작업을 하라고 할 요량이었다.

그러다 생각을 바꿨다. 발사는 미국 바깥의 지역에서 해야 할 것 같았다. 원자력에너지위원회가 갑갑하게 나오는 상황에서 산타마리아호를 움직이려고 하는 건 아무 도움이 안 되는 일이었다. 모르는 사이에 비밀이 새나갈 것 같았다.

게다가 화학연료 비행에 맞게 개조하지 않고서는 산타마리아호를 움직일 수도 없었다. 아니, 차라리 시티 오브 브리즈번호급 우주선을 사용 중지된 걸로 하나 구해서 파나마로 보내고, 산타마리아호의 엔진도 분리해 그리로 보내는 게 낫겠다는 생각이 들었다. 코스터는 6주 정도면, 아니 어쩌면 좀 더 일찍 새 우주선을 완성할 수 있을 것이다. 그러면 해리먼과 코스터, 그리고 르크루아는 달로 갈 수 있게 될 것이다!

1차 우주선에 대한 걱정 따위는 집어치우자! 카론호는 3년이나 문제 없이 작동하지 않았던가? 달 여행은 성공할 것이고, 그들은 그게 가능하다는 걸 보여줄 것이다. 그러고 나서 만약 더 안전한 연료가 필요해지면 그걸 붙잡고 연구할 동기도 생길 것 아니겠나. 중요한 건 일단 저지르는 것, 여행을 성사시키는 일이었다. 콜럼버스가 괜찮은 배가 나타나길 기다리며 시간만 보내고 있었다면 미국인들은 아직도 유럽에 살고 있었을 것이다. 어떤 기회는 붙잡아야 한다. 그러지 않으면 어디에도 갈 수가 없다.

해리먼은 만족스러운 기분이 되어 머릿속에서 진행 중인 새로운 계획을 담을 메시지를 떠올리기 시작했다.

그때 비서가 그의 작업을 중단시켰다. "이사님, 몽고메리 씨가 통화하고 싶으시다는데요."

"응? 벌써 내 암호 메시지를 받았다던가?"

"그건 모르겠는데요."

"음, 연결해."

몽고메리는 두 번째 메시지는 받지 못했지만 해리먼에게 새로운 소식을 전해주었다. 코스타리카가 참사 직후 영국 동력자원부에 X연료 전량을 팔아넘겼으며, 현재는 코스타리카에도 영국에도 X연료라곤 1그램도 남아 있지 않다는 내용이었다.

몽고메리의 얼굴이 스크린에서 사라진 다음 몇 분 동안 해리먼은 자리에 앉은 채 의기소침해 있었다. 그는 코스터에게 전화했다. "코스터, 거기 르크루아 있나?"

"네, 지금 저랑 같이 있습니다. 같이 저녁이나 먹으러 나가려던 참이었어요. 바꿔드리겠습니다."

"잘 지냈나, 르크루아. 자네 아이디어는 좋았는데 제대로 되지가 않았어. 우리 애를 누가 훔쳐가버렸지 뭔가."

"네? 아, 알아들었습니다. 유감이네요."

"유감스러워만 하면서 시간 낭비하지 마. 우린 원래 계획대로 추진하면 돼. 우린 달에 갈 거야!"

"물론이죠."

## 7

'달에서의 우라늄 탐사—곧 다가올 거대 산업 분석'. —〈파퓰러 테크닉스〉 6월호

'달에서의 신혼여행—당신의 아이들이 즐기게 될 꿈결같은 리조트 이야기. 본지 여행 전문 에디터가 파헤칩니다.' —〈홀리데이〉

'다이아몬드, 달에 존재하나? 달 크레이터에 다이아몬드가 조약돌만큼 흔한 이유, 세계적으로 유명한 과학자가 밝힌다.' —〈아메리칸 선데이 매거진〉

"해거티, 물론 난 전자공학에 대해선 아무것도 모르지만 내가 들은 설명에 따르면 이렇던데. 요즘은 텔레비전 방송 전파 내보내는 각도를 1도 정도로까지 좁힐 수 있지 않나?"

"할 수 있어. 반사판만 충분히 크다면 말이지."

"여유 공간은 충분할 거야. 자, 달에서 볼 때 지구가 차지하는 공간의 넓이는 2도 안에 들어가. 물론 달에서 지구는 상당히 멀지만, 전력 손실 없이 절대적으로 완벽하고 변함없는 전파 송출 조건을 갖출 수 있지. 한 번 설치해놓기만 하면 여기 지구의 산꼭대기에서 방송하는 것보다 비용이 많이 들지도 않을 거야. 자네들이 지금 해야 되는 것처럼 전국 방방곡곡에 헬리콥터를 띄워놓는 방식보다는 엄청나게 싸게 먹히지."

"허무맹랑한 계획이야, 해리먼."

"어디가 허무맹랑하다는 거지? 달에 가는 건 내가 걱정할 문제지 자네 몫은 아니라고. 일단 가기만 하면 거기서도 지구로 보내는 텔레비전 방송을 할 수 있어. 확신해도 돼. 이건 가시거리 내 송신에 딱 맞는 자연환경이라니까. 자네가 관심 없다면 이 일에 관심 있는 다른 사람을 찾아볼게."

"관심 없다고는 하지 않았네."

"그럼 결단을 내려. 한 가지 더 있어, 해거티… 자네 사업에 참견하고 싶지는 않네만, 혹시 발전위성을 중계국으로 사용할 수 없게 된 뒤로 여러 가지 어려움이 많지 않았나?"

"알면서 아픈 데 찌르지 말라고. 수익은 전혀 못 내고 비용만 엄청나게 늘어나버렸지."

"아니, 그런 뜻이 아니야. 검열 문제는 어땠지?"

방송국 경영자는 두 손 들었다는 몸짓을 했다. "그 단어는 입에 올리지도 마! 난 정말 이 바닥 인간들이 어떻게 일을 하는지 모르겠어. 이건 말해도 되고 저건 안 되고, 이건 보여줘도 되고 저건 안 되고, 그렇게 광신자처럼 사사건건 반대를 해대는 이 나라의 그 많은 하찮은 인간들 사이에서 말이야. 사람 토하게 만들기 충분하지. 원칙부터 완전히 잘못돼 있어. 마치 갓난아기가 스테이크를 먹을 수 없으니 어른도 탈지우유만 먹고 연명하라는 거랑 같다니까. 그 지독하고 병적이고 비열한 것들, 정말 할 수만 있다면 내가…."

"진정! 진정해!" 해리먼이 끼어들었다. "혹시 이런 생각 한 번이라도 해본 적 없나? 달에서 방송을 하면 간섭할 방법이 절대적으로 아무것도 없고, 지구의 검열 기관들도 어떤 경우에든 권력을 행사할 수 없다는 것 말이야."

"뭐라고? 다시 말해봐."

*

"'〈라이프〉, 달에 가다.' 라이프-타임 주식회사는 개인 가이드를 동반한 우리 위성으로의 첫 번째 투어에 〈라이프〉지 독자 여러분을 모실 준비가 끝났음을 자랑스럽게 알려드립니다. 첫 번째 투어가 성공하는 대로 기존의 주간 기획 '〈라이프〉, 파티에 가다'를 대신할 새로운 기획도 독자 여러분 앞에…."

"새로운 시대를 보장합니다"
(북대서양 상호보험책임회사 광고에서 발췌)
"…시카고 대화재, 샌프란시스코 화재, 그리고 1812년 전쟁 이후 모든 재난으로부터 고객을 보호하며 미래를 생각해온 저희 회사의 한결같은 마인드가 이제 더 멀리를 생각합니다. 달에서의 뜻하지 않은 사고 또한 보장해드리는…."

"테크놀로지의 한계, 무한 확장"
"달 우주선 파이오니어호가 불꽃의 사다리를 타고 하늘로 올라갈 때, 우주선 내부에 있는 스물일곱 개의 필수 장비는 모두 특수 제작된 델타사의 배터리로 작동할 예정입니다…."

"해리먼 이사님, 현장에 나오실 수 있나요?"
"무슨 일인가, 코스터?"
"문제가 좀." 코스터는 짧게 대답했다.
"어떤 종류의 문젠데?"
코스터는 망설였다. "화상전화로는 말씀드리기 곤란해서요. 오시기 곤란하면 저랑 르크루아가 그리로 가겠습니다."
"저녁때 내가 그리로 가지."
해리먼이 도착해보니 르크루아의 무표정한 얼굴은 비통함을 애써 감추고 있었고 코스터는 완고하고도 방어적인 표정이었다. 해리먼은 코스터의 작업실에 그들 세 사람만 남기를 기다린 다음 입을 열었다. "이제 얘기해봐."
르크루아가 코스터를 쳐다보았다. 코스터는 입술을 깨물더니 말했다. "이사님, 저희가 이번 설계를 하면서 어떤 과정들을 거쳐왔는지는 알고 계실 겁니다."
"그럭저럭 알지."

"발사대 아이디어는 포기해야 했습니다. 대신 이걸 생각해봤죠…." 코스터는 책상 위를 뒤적이더니 커다랗지만 덩치에 비해 우아해 보이는 4단식 로켓의 투시도면 스케치를 끄집어냈다. "이론적으로는 가능성이 있었지만 실제로 만들자니 이래저래 너무 어려웠어요. 응력팀과 보조기관팀, 제어팀에서 이것저것 끌어다 붙이다 보니 결국 어떤 상태에 도달했느냐면요." 그는 또 다른 스케치를 꺼냈다. 기본적으로는 처음 것과 비슷하지만 더 땅딸막하고 거의 피라미드에 가깝게 생긴 로켓이 그려져 있었다. "다섯 번째 단을 추가해서 네 번째 단을 고리처럼 둘러싼 모델입니다. 네 번째 단에 들어가는 보조기관과 제어 장비 대부분이 다섯 번째 단을 제어하게 하니까 중량도 줄일 수 있었어요. 외관은 좀 투박해도 각 부분의 밀도는 충분해서 크게 저항을 받지 않고 대기권을 돌파할 수 있습니다."

해리먼이 고개를 끄덕였다. "코스터, 자네도 알겠지만 우린 달 정기노선을 내놓기 전에 다단식 로켓 아이디어에서 벗어나야 돼."

"화학연료를 쓰는데 어떻게 다단식 로켓 방식을 버릴 수 있는 건지 모르겠는데요."

"훌륭한 발사대만 있으면 1단식 화학연료 로켓도 지구 주위 궤도에 거뜬히 올려놓을 수 있지 않나?"

"그건 당연히 그렇죠."

"그게 우리가 하려는 일이야. 그 궤도에서 연료 보급을 받을 거고."

"기존의 우주정거장 구조군요. 그건 말이 된다고 생각해요…. 사실 말이 되죠. 다만 우주선이 연료를 보급받고 달까지 계속 갈 일이 없을 거라는 게 문제죠. 경제적인 방법이 있다면, 어디에도 착륙한 적 없는 특수한 우주선 여러 대를 거기서 달 주위에 있는 또 다른 연료 보급용 스테이션으로 이동하게 하는 거겠죠. 그런 다음에…."

르크루아가 그로서는 드물게도 초조한 기색을 드러냈다. "그런 얘기는 지금 해봤자 아무 소용없잖아. 하던 얘기나 계속해, 코스터."

"그래." 해리먼이 동의했다.

"음, 그러니까 지금 이 모델도 그렇게 했어야 했나 봐요. 실은, 젠장, 지금도 그렇게 해야 한다는 사실에는 변함이 없어요."

해리먼은 혼란에 빠진 표정을 했다. "하지만 코스터, 이게 승인된 디자인 아닌가? 바로 저 밖에 현장에서 3분의 2 정도 제작 완료된 상태잖나."

"맞는데요." 코스터가 고통스러운 표정을 지었다. "하지만 저건 실패예요. 제대로 되지 않을 겁니다."

"왜 안 되는데?"

"중량을 너무 많이 추가해야 했기 때문입니다. 해리먼 이사님, 이사님은 기술자가 아니셔서, 우주선에 연료랑 엔진 이외의 잡동사니를 집어넣어야 될 때 얼마나 빠른 속도로 효율이 떨어지는지 모르실 겁니다. 다섯 번째 단, 고리 모양 엔진에 필요한 착륙 장치를 예로 들어보죠. 다섯 번째 단은 1분 30초 동안 사용하고 그다음에는 떼어버려야 됩니다. 하지만 그게 위치타나 캔자스시티에 떨어질 위험을 무릅쓸 수는 없죠. 그러니 낙하산 장비를 추가해야 돼요. 그런 다음에도 레이더로 추적을 해서, 그게 텅 빈 시골 벌판 위에, 그리고 너무 높지 않게 떠 있을 때 무선 제어로 줄을 잘라버려야 되고요. 그건 낙하산 자체중량 말고도 중량이 더 추가된다는 뜻이죠. 이렇게 가다간 결국에는 그 단의 최종 추가 속도가 초속 1킬로미터도 안 나오게 됩니다. 충분하지가 않아요."

해리먼이 의자에 앉은 채 몸을 움직였다. "미국 내에서 발사하려고 생각한 게 잘못이었던 것 같군. 인구가 적은 지역, 이를테면 브라질 해안 같은 곳에서 발사를 하고 추진체들은 대서양에 떨구면 어떨까. 그러면 얼마나 중량을 절약할 수 있겠나?"

코스터는 먼 곳으로 시선을 향하더니 계산자를 꺼내 들었다. "그럭저럭 될지도 모르겠습니다."

"우주선을 옮기는 건 많이 어려울까? 지금 이 단계에서."

"음, 완전히 분해해야 될 겁니다. 그것밖에는 답이 없어요. 예상 비용을 지금 바로 말씀드릴 수는 없지만 아마 상당히 많이 들 겁니다."

"그럼 시간은 얼마나 걸리겠나?"

"글쎄… 휴, 이사님, 지금은 뭐라고 말씀드릴 수가 없어요. 한 2년쯤? 운이 좋으면 18개월 정도면 될지도 모르죠. 부지를 마련해야 하고 공장도 세워야 할 거예요."

해리먼은 그 점에 대해 생각해보았지만 마음속으로는 이미 답을 알고 있었다. 처음에는 꽤 됐던 그의 자금은 이제 위험한 수준까지 줄어들어 있었다. 또다시 2년 동안 말만 있고 실체는 없는 홍보를 계속할 수는 없었다. 그는 비행을, 그것도 조만간 성사시키지 않으면 안 되는 상황이었다. 그러지 않으면 날림으로 쌓아 올린 재무구조 전체가 와르르 무너져 내릴 수도 있었다. "그건 안 되겠는데, 코스터."

"그렇게 말씀하실 거라 예상했습니다. 음, 실은 여섯 번째 단까지 추가해봤는데요." 코스터는 스케치를 한 장 더 꺼냈다. "괴물처럼 생기지 않았습니까? 그랬더니 수확 체감 상태에 도달해버렸어요. 5단으로 할 때보다 이걸 달았을 때 최종 유효 속도가 오히려 더 낮게 나옵니다."

"자네, 그 말은 포기했다는 뜻인가? 달 우주선을 만들 수가 없다는 거야?"

"아뇨, 저는…."

르크루아가 갑자기 끼어들었다. "캔자스주를 비우면 어떨까요."

"뭐?" 해리먼이 물었다.

"캔자스주하고 콜로라도주 동부에 사는 모든 사람을 외부로 이동시키는 겁니다. 그러면 5단이랑 4단은 그 지역 내 어디든 떨어져도 상관없죠. 3단은 대서양에 떨어지고, 2단은 영구히 궤도를 그리며 돌게 됩니다. 그리고 우주선 본체는 달로 가고요. 5단이랑 4단에 낙하산을 넣느라고 중량을 쓸데없이 추가하지 않으면 가능할 겁니다. 코스터한테 물어보세요."

"그래? 그럴 수 있나, 코스터?"

"제가 좀 전에 한 애기가 그거예요. 기생충처럼 따라붙는 중량들 때문에 포기 직전까지 간 거죠. 기본 디자인에는 아무 문제가 없습니다."

"음, 누가 지도책 좀 가져와봐." 해리먼은 캔자스주와 콜로라도주를 지도에서 찾은 다음 대략적인 계산을 해봤다. 그는 잠깐 동안, 코스터가 자기 작업을 생각할 때와 놀랄 만큼 닮은 모습으로 먼 허공을 노려보고 있었다. 마침내 해리먼이 입을 열었다. "안 되겠어."

"왜 안 되죠?"

"돈이 없어. 돈 걱정은 하지 말라는 얘기는 내가 자네들한테 했었지…. 하지만 그건 우주선에 들어가는 돈이고, 그 지역을 단 하루 동안만 비운다고 해도 6백만, 어쩌면 7백만 달러는 넘게 들 거야. 그리고 귀찮은 소송들도 곧바로 해결해야 될 테고. 시간을 더 지체할 수가 없어. 게다가 죽어도 움직이지 않겠다고 어떻게든 버티는 사람들도 틀림없이 나올 거고."

르크루아가 화를 내며 말했다. "그 얼빠진 바보들이 움직이지 않겠다면 그냥 거기서 목숨을 걸라고 하죠, 뭐."

"자네 기분은 알아, 르크루아. 하지만 이 프로젝트는 숨기기에도, 변경하기에도 너무 커. 구경꾼들을 보호하지 않으면 우린 법원 명령이랑 공권력 때문에 주저앉고 말 거야. 두 개의 주에 있는 판사들을 전부 매수할 수는 없어. 안 먹히는 판사들이 있을 거야."

"하지만 시도는 좋았어, 르크루아." 코스터가 위로했다.

"그게 우리 모두에게 답이 될 거라고 생각했어." 르크루아가 대답했다.

해리먼이 말했다. "아까 다른 해결책이 있다고 하려던 거 아니었나, 코스터?"

코스터가 난처한 표정을 지었다. "우주선 자체에 대한 계획은 아실 거라 믿습니다. 세 명이 탑승하고, 공간이랑 장비도 세 명분으로 맞추는 거였죠."

"그랬지. 무슨 얘기를 하려는 건가?"

"꼭 세 명일 필요는 없어요. 1단을 두 부분으로 나누고, 우주선을 최소한의 장비만 갖춰서 딱 1인용으로 축소한 다음 나머지는 다 버리는 겁니다. 이 기본 디자인을 살리려면 그 방법밖에 없다고 봐요." 그는 또 다른 스케치를 끄집어냈다. "아시겠죠? 사람 한 명에 보급품도 1주일 이내의 분량이에요. 에어로크도 없고… 조종사가 압력복을 입으면 되니까요. 조리실도 없고, 침대도 없죠. 최대 2백 시간 동안 한 사람의 생명을 유지해줄 최소한의 장비만 있으면 돼요. 그럼 제대로 될 겁니다."

"제대로 되겠는데요." 르크루아가 코스터를 바라보며 반복했다.

해리먼은 스케치를 바라보며 낯설고 불편한 느낌이 뱃속을 가로지르는 걸 느꼈다. 그렇다, 분명 제대로 될 것이다…. 그리고 홍보의 목적을 생각해봐도, 달에 갔다 돌아오는 사람이 한 명이든 세 명이든 그건 상관없었다. 그냥 갔다 온다는 사실이 중요했다. 일단 한번 성공적으로 다녀오고 나면 돈이 마구 굴러들어와 더 실용적인 우주 여객선까지 개발할 만한 자금이 마련되리라는 사실을 그는 백 퍼센트 확신했다.

라이트 형제는 더 적은 걸 가지고 시작했었다.

"그게 내가 감수해야 되는 거라면, 그렇게 해야겠지." 해리먼이 천천히 말했다.

코스터가 안도하는 표정을 지었다. "좋습니다! 하지만 한 가지 문제가 더 있어요. 제가 이 일을 맡을 때 계약 조건이 뭐였는지는 기억하실 거라 믿습니다. 저도 달에 가는 거였죠. 그런데 지금 르크루아가 제 코밑에서 계약서를 흔들면서 자기가 조종사가 돼야겠다고 하고 있는 상황이죠."

"그런 문제가 아니잖아." 르크루아가 받아쳤다. "넌 조종 못 하잖아, 코스터. 그렇게 황소 고집을 피우다간 죽는 것도 모자라 이 사업 전체를 망쳐버릴 거라고."

"조종은 배우면 되지. 결국 우주선을 설계한 건 나잖아. 보세요, 이사님. 법적인 문제에 이사님을 끌어들이고 싶지는 않지만, 르크루아가 고소를 하겠다네요. 하지만 르크루아보다 제가 먼저 계약을 했죠. 그 점을 강조하고 싶습니다."

"듣지 마세요, 이사님. 고소는 저 친구더러 하라고 하세요. 저는 우주선을 타고 달에 갔다가 돌아올게요. 저 친구는 못해요."

"제가 못 가면 우주선 제작도 못 합니다." 코스터가 단호하게 말했다.

해리먼은 두 사람에게 조용히 하라고 손짓했다. "진정해. 둘 다 진정하라고. 그래서 기분이 나아진다면 두 사람 다 날 고소해도 좋아. 코스터, 말이 안 되는 소리는 하지 마. 이 단계에선 다른 기술자들을 고용해서 일을 끝낼 수도 있어. 딱 한 사람만 타야 된다고 했지?"

"그렇죠."

"그러면 자네가 지금 보고 있는 사람이 그 사람이야."

코스터와 르크루아의 눈이 동시에 휘둥그레졌다.

"입 다물어." 해리먼이 잘라 말했다. "뭐가 이상한가? 내가 가려고 한다는 건 자네 둘 다 알았잖아. 설마 내가 자네들 둘만 달로 태워 보내려고 그 온갖 고생을 다 했다고 생각하는 건 아니겠지? 나도 가고 싶어. 조종사가 되는 데 나한테 무슨 문제가 있나? 난 아주 건강한 데다 시력도 이만하면 괜찮고, 필요한 걸 배울 만큼은 머리도 되지. 내 우주선을 조종해야 한다면, 난 할 거야. 누구를, 그 누구를 위해서도 양보하지 않을 거라고. 알겠나?"

먼저 정신을 차린 쪽은 코스터였다. "이사님, 지금 무슨 말씀을 하시는지 알고나 계신 겁니까?"

2시간이 지난 뒤에도 그들은 여전히 티격태격하고 있었다. 해리먼은 대체로 완고하게 자리를 지키고 앉아 논쟁에 답하길 거부하면서 시간을 보냈다. 마침내 그는 흔한 핑계를 대고 몇 분 동안 사무실에서 나가 있었다. 자리로 돌아오자 그는 코스터에게 물었다. "코스터, 자네 몸무게가 얼만가?"

"저요? 90킬로그램 조금 넘는데요."

"내가 보기엔 100킬로그램은 되겠는데. 르크루아, 자네는?"

"57킬로그램 정도 됩니다."

"코스터, 최종 탑재중량을 57킬로그램으로 해서 우주선을 설계해."

"네? 아니 잠깐만요, 이사님…."

"조용히 해! 내가 6주 이내에 못 배우는 우주선 조종을 자네라고 배울 수 있을 리가 없잖아."

"하지만 저는 수학에는 엄청나게 빠삭한 데다 다른 분야에도 기본적인 지식은…."

"조용히 하라니까! 자네가 자네 전문 분야를 파온 만큼 르크루아도 자기 분야를 공부해왔어. 르크루아가 6주 안에 기술자가 될 수 있을 것 같나? 그런데 자네는 저 친구 전문 분야를 그 시간에 마스터할 수 있다는 근거 없는 자신감을 대체 어디서 얻은 건가? 자네가 자의식 과잉 때문에 내 우주선을 작살내게 놔둘 수는 없어. 어쨌든, 이 문제의 진정한 해답은 설계 얘기를 할 때 이미 나온 것 같아. 우주선에 제한을 가하는 진짜 요소는 승객의 실제 몸무게 아닌가? 나머지 전부가… 모든 게 그 중량 하나에 비례해서 맞춰지잖아. 맞지?"

"네, 그렇지만…."

"맞아, 틀려?"

"그러니까 그게… 그래요, 맞습니다. 저는 다만…."

"몸집이 작은 사람은 물도 적게 마시고, 공기도 적게 들이마시고, 공간도 적게 차지해. 르크루아가 가야 돼." 해리먼은 몇 걸음 걸어가 코스터의 어깨에 한 손을 얹었다. "너무 심하다고 생각하지 마, 코스터. 자네가 아무리 힘들어도 내 심정만 하겠나. 이 여행은 반드시 성공해야 되는데… 그건 자네랑 내가 달을 밟는 첫 번째 인간이라는 영예를 포기해야 된다는 뜻이야. 하지만 약속하지. 두 번째 여행 때는 자네하고 나도 반드시 가는 거야. 르크루아는 우리 운전기사로 데리고 가자고. 앞으로 수없이 이어질, 승객을 태운 정식 여행의 첫머리를 장식하는 거야. 들어봐, 코스터… 지금 협조하면 자넨 이 판에서 괜찮은 위치를 차지할 수 있어. 첫 번째 달 식민지의 수석 기술자가 되는 건 어떻겠나?"

코스터는 간신히 웃음을 쥐어짜냈다. "그건 그렇게 나쁘진 않겠군요."

"마음에 들 거야. 달에서 살려면 기술적으로 문제가 많겠지. 그 얘기는 전에 나눴잖아. 자네 이론을 현실로 바꿔보면 어떻겠나? 달에 첫 번째 도시를 건설하면? 우리가 거기 세울 큼지막한 관측소 설계를 자네가 맡으면? 달을 한 바퀴 둘러보면서 그 일들을 한 사람이 자네라는 사실에 자부심을 가져보는 것도 괜찮지 않겠나?"

코스터는 분명히 마음을 고쳐먹고 있는 눈치였다. "그럴듯하게 들리는군요. 그럼 이사님, 이사님은 뭘 하실 생각인데요?"

"나? 글쎄, 어쩌면 루나시티 초대 시장이 될지도 모르지." 말해놓고 보니 그건 해리먼 자신도 전에 해보지 못한 생각이었다. 그는 그 생각을 음미했다. "델로스 데이비드 해리먼, 루나시티 시장 이런, 마음에 드는데! 이것저것 다 가져보긴 했어도 내가 무슨 공직을 맡아본 적은 없거든." 그는 두 사람을 둘러보았다. "이제 다 정리가 됐나?"

"그런 것 같습니다." 코스터가 천천히 말했다. 그는 르크루아에게 손을 불쑥 내밀었다. "조종은 네가 해, 르크루아. 만드는 건 내가 할게."

르크루아가 그의 손을 잡았다. "좋아. 그럼 넌 보스랑 서둘러서 다음 프로젝트 계획을 세워. 우리 모두 탈 수 있는 큰 우주선 말이야."

"좋아!"

해리먼이 그들의 손 위에 자기 손을 얹었다. "진작 이렇게 얘기했으면 얼마나 좋았겠어. 똘똘 뭉쳐서 루나시티를 함께 만들어보자고."

"도시 이름은 '해리먼'으로 해야 되지 않을까요." 르크루아가 진지한 표정으로 말했다. "아니다, 생각해보니 저도 꼬마 때부터 '루나시티'를 염두에 두긴 했군요. 루나시티로 하죠. 어쩌면 중심가에 '해리먼 광장'을 만들어도 되겠고요." 그가 덧붙였다.

"계획에 그렇게 적어둘게." 코스터가 동의했다.

해리먼은 서둘러 그 자리를 떠났다. 해결책은 나왔지만 그는 엄청난 절망감에 빠져 있었고, 두 동료에게 그걸 들키고 싶지 않았다. 승리는 얻어냈지만 희생이 너무 컸다. 사업은 건졌지만, 해리먼은 자신이 덫에서 빠져나오려고 제 다리를 스스로 물어 끊어낸 짐승 같다고 느꼈다.

## 8

스트롱은 사무실에 혼자 있다가 딕슨의 전화를 받았다. "스트롱, 아까부터 해리먼을 찾고 있는데 그 친구 거기 있나?"

"아니, 지금 워싱턴에 있는데. 정린지 뭔지 한다면서 갔어. 좀 있으면 올 것 같긴 한데."

"음, 나랑 엔텐자랑 그 친구를 좀 만나야겠어. 곧 그리 가겠네."

그들은 금방 도착했다. 엔텐자는 무엇 때문인지 몹시 흥분한 기색이 역력했고, 딕슨은 평소와 다름없이 말끔한 무표정을 얼굴에 두르고 있었다. 인사를 주고받은 후, 딕슨은 잠시 뜸을 들였다가 입을 열었다. "엔텐자, 자네 거래할 게 있다고 하지 않았나?"

엔텐자가 깜짝 놀라 움찔하고는, 주머니에서 약속어음 한 장을 허둥지둥 꺼냈다. "아, 맞다! 스트롱, 나 말인데, 결국 비례배분 방식은 필요없을 것 같아. 자, 여기. 이걸로 지금까지 내 몫은 완불한 셈이네."

스트롱이 약속어음을 받았다. "해리먼이 분명 좋아하겠군." 그는 서랍을 열고 그것을 쑤셔 넣었다.

"저기." 딕슨이 날카롭게 내뱉었다. "영수증은 안 써주나?"

"엔텐자가 원하면 써주지. 도장이 찍힌 어음이니까 괜찮지 않을까." 하지만 결국 스트롱은 더 이상 군말 없이 영수증을 써주었고, 엔텐자는 그것을 받았다.

잠깐 동안 침묵이 흘렀다. 이윽고 딕슨이 입을 열었다. "스트롱, 자네 이 일에 꽤 깊이 관여하고 있지?"

"아마도."

"위험을 좀 분산시키고 싶지 않나?"

"어떻게?"

"음, 솔직히 난 나 자신을 방어하고 싶어. 자네 지분 0.5퍼센트를 나한테 팔면 어떻겠나?"

스트롱은 생각에 잠겼다. 사실 그는 걱정이 됐다. 정확히는 걱정돼서 병이 날 지경이었다. 딕슨의 회계 감사관이 지켜보는 바람에 그들은 어쩔 수 없이 현금주의*를 지속해야 했던 것이다. 그리고 동업자들을 압박했던 한계선에 그들이 얼마나 가까이 간 상태인지는 오직 스트롱만이 알고 있었다.

"지분을 키워서 뭐하려고?"

"아, 해리먼의 경영을 훼방 놓는 데 쓰지는 않을 거야. 우리 대표인데, 우리가 도와줘야지. 하지만 만약에 그 친구가 우리 능력으론 돈을 낼 수 없는 엄청난 일로 우릴 끌고 들어가려고 할 때 제지할 권리가 나한테 있다면 상당히 안심이 될 것 같아서 말이야. 해리먼을 알잖나. 그 친구는 치유 불가능한 낙관주의병 환자야. 우리가 어떻게든 제동을 걸어야 된다고."

스트롱은 그 문제를 생각해보았다. 고통스러운 사실은 딕슨의 말에 스트롱 자신이 전부 동의한다는 것이었다. 그는 오랜 세월 동안 피땀 흘려 쌓아 올린 두 사람 몫의 재산을 해리먼이 탕진하는 과정을 곁에서 지켜봐 왔다. 해리먼은 더 이상 신경 쓰지 않는 듯했다. 하긴, 그날 아침만 해도 해리먼은 해리먼&스트롱 가정용 자동 스위치(스트롱에게 떠넘겨버린 프로젝트였다)에 관한 보고서에 눈길 한번 주지 않았다.

딕슨이 앞으로 몸을 기울였다. "값을 불러봐, 스트롱. 넉넉하게 줄게."

스트롱이 구부정한 어깨를 똑바로 폈다. "그래, 팔게. 단…."

"좋아!"

"해리먼이 동의만 하면. 안 그러면 팔 수 없어."

* 수익과 비용의 기준을 현금의 수입과 지출에 두고, 현금의 수납과 동시에 장부에 기록하는 회계 처리 원칙

딕슨이 무언가 험한 말을 중얼거렸고, 엔텐자는 콧방귀를 뀌었다. 그 순간 해리먼이 걸어 들어오지 않았다면 대화는 더욱 신랄한 방향으로 흘러갔을 것이다.

스트롱이 받은 제안에 대해 아무도 입을 열지 않았다. 출장은 어땠느냐고 스트롱이 묻자 해리먼은 손으로 OK 사인을 만들어 보였다. "완전 분위기 최고였어! 하지만 워싱턴에서 사업을 하는 데는 매일 점점 더 돈이 많이 드는 것 같더군." 해리먼은 다른 사람들 쪽으로 몸을 돌렸다. "안녕들 하신가? 무슨 특별한 의미라도 있는 모임인가? 간부급 비밀회의가 진행 중인가?"

딕슨이 엔텐자 쪽으로 몸을 돌렸다. "말해, 엔텐자."

엔텐자가 해리먼을 보며 물었다. "텔레비전 권리를 팔아치우다니, 자네 뭐하자는 속셈인가?"

해리먼이 한쪽 눈썹을 치켜올렸다. "그러면 안 되는 이유는 뭔데?"

"왜냐하면 자네가 그걸 나한테 주기로 약속했으니까. 그게 원래 계약 내용이었잖아. 내가 문서로 갖고 있다고."

"계약서를 다시 한 번 들여다보는 게 좋을 거야, 엔텐자. 그리고 성급하게 굴지 말고. 자네는 첫 번째 달 여행과 관련해서 라디오, 텔레비전, 그리고 기타 위락 및 특별 이벤트 사업에 대한 권리를 갖고 있어. 그 권리는 지금도 유효해. 방송을 할 수 있을 경우 우주선에서 하는 방송에 대한 권리도." 중량을 줄이기로 한 결정 때문에 파이오니어호엔 우주 항행에 필요하지 않은 어떤 종류의 전자 장비도 실을 수 없게 됐고, 따라서 우주선 방송은 이미 물 건너간 상황이었다. 하지만 그 사실을 지금 밝히기엔 타이밍이 좋지 않다고 해리먼은 생각했다. "내가 이번에 매각한 건 나중에 달에다 텔레비전 방송국을 세울 수 있는 영업권이야. 클렘 해거티는 오해를 좀 한 것 같지만, 그건 심지어 배타적 영업권도 아니었다고. 자네도 혹시 하나 살 생각 있으면 우리가 마련해줄 수 있어."

"살 생각이 있으면? 허, 자네…."

"아! 아니면 그냥 줄 수도 있지. 딕슨이랑 스트롱이 자네한테 그럴 권한이 있다고 동의만 한다면 말이야. 내가 그렇게 짠돌이같이 굴진 않아. 또 할 말 있나?"

딕슨이 끼어들었다. "해리먼, 지금 우리 상황이 정확히 어떻지?"

"여러분, 여러분께 확실히 말씀드리는데, 파이오니어호는 예정대로 다음 주 수요일에 틀림없이 출발합니다. 그러니 지금은 좀 비켜주시겠습니까? 피터슨 필드에 가봐야 해서요."

해리먼이 떠난 뒤 남은 동업자 세 사람은 잠시 침묵 속에 앉아 있었다. 엔텐자는 혼잣말을 중얼거렸고, 딕슨은 머리를 굴리는 표정이었으며, 스트롱은 그저 기다렸다. 이내 딕슨이 침묵을 깼다. "그 단주(端株)* 문제는 어떻게 됐나, 스트롱?"

"해리먼한테 그 얘기를 꺼낼 상황이 아니었어."

"알겠네." 딕슨이 조심스럽게 담뱃재를 떨었다. "정말 이상한 친구야, 안 그런가?"

스트롱이 자세를 바꿨다. "그렇긴 하지."

"그 친구 알고 지낸 지 얼마나 됐나?"

"어디 보자…. 내 부하직원으로 들어온 게 아마…."

"그 친구가 자네 밑에서 일했다고?"

"처음 몇 달 동안은. 그러고 나서 첫 회사를 같이 설립했지." 스트롱은 옛 일들을 떠올려보았다. "생각해보니 그 친구, 심지어 그때도 권력 콤플렉스가 있었던 것 같아."

"아니야." 딕슨이 주의깊게 말했다. "그건 권력 콤플렉스가 아니야. 차라리 구세주 콤플렉스에 가깝지."

엔텐자가 고개를 들었다. "그놈은 비뚤어진 개자식이야. 그게 그놈이라고!"

* 증자 신주를 발행해 배당할 때 소수점 이하의 수효가 되는 주식

스트롱이 온화한 시선으로 그를 보았다. "해리먼을 그런 식으로 말하지는 말아주었으면 좋겠어. 그러지는 말게, 제발."

"그래. 그만해, 엔텐자." 딕슨이 명령했다. "그러면 스트롱이 자네한테 화를 내야 되잖나. 해리먼의 이해할 수 없는 점 하나는…." 그가 말을 이었다. "타인한테서 거의 봉건적이라 할 수 있는 충성심을 불러일으키는 능력이 있다는 거야. 자네만 봐도 그렇지. 자네가 파산 직전이라는 거 다 알아, 스트롱. 하지만 자넨 내가 구해주게 놔두질 않지. 그건 논리를 넘어 개인적 감정의 수준인 것 같아."

스트롱이 고개를 끄덕였다. "특이하긴 특이하다니까. 가끔 난 그 친구가 마지막 도둑 귀족*이 아닐까 싶어."

딕슨이 고개를 저었다. "마지막이 아니야. 그 부류의 마지막은 미국의 서부시대를 열었어. 해리먼은 '신(新)' 도둑 귀족의 첫 번째 주자야. 자네나 나나 그 끝은 볼 일이 없을 거고. 자네 칼라일은 좀 읽어봤나?"

스트롱이 다시 고개를 끄덕였다. "무슨 말을 하고 싶은 건지 알겠어. '영웅' 이론 말이지. 하지만 난 꼭 거기 동의하지는 않아."

"하지만 그 이론이 와 닿는 건 사실이야." 딕슨이 대답했다. "진심으로 말하는데 난 해리먼이 자기가 무슨 일을 하고 있는지 모른다는 생각이 들어. 그 친구는 새로운 제국주의의 토대를 세우고 있어. 끝이 날 때가 오면 지옥 같은 대가를 치러야 할 거야." 그는 일어섰다. "어쩌면 우린 가만히 지켜봤어야 했는지도 몰라. 어쩌면 그 친구를 막았어야 했는지도 모르고… 막을 방법이라도 있었다면 말이야. 어쨌든, 이렇게 됐군. 우린 홱홱 돌아가는 회전목마를 타고 있고 중간에 내릴 수는 없어. 이왕 탄 거 즐길 수 있다면 좋겠지만. 이제 가자고, 엔텐자."

* 19세기 후반 냉혹한 사업거래로 부를 축적한 미국의 악덕 자본가들

## 9

콜로라도 초원에 어스름이 내려앉고 있었다. 태양은 산봉우리 뒤에 걸렸고, 동쪽에서는 둥근 보름달이 새하얗고 풍만한 얼굴을 내밀고 있었다. 피터슨 필드 한복판에서는 파이오니어호가 하늘을 찌를 듯 솟아올라 있었다. 발사대로부터 사방으로 1킬로미터쯤 떨어진 곳에 빙 둘러쳐진 철조망이 관중의 접근을 막았다. 울타리 바로 안쪽에서 보안요원들이 쉴 새 없이 움직였다. 더 많은 보안요원들이 군중 속을 뚫고 걸어 다녔다. 철조망 안쪽, 발사대와 가까운 곳에는 카메라와 음향 장비, 텔레비전 장비가 담긴 트렁크와 트레일러 들이 세워져 있었고, 기다란 케이블의 끝에는 원격 조종되는 중계 장비들이 가까이와 멀리에서 우주선을 포위하듯 놓여 있었다. 우주선 근처에는 다른 트럭들이 서 있었고, 일군의 사람들이 조직적으로 움직이고 있었다.

해리먼은 코스터의 사무실에서 기다리는 중이었다. 코스터는 현장에 나가 있었고, 딕슨과 엔텐자는 따로 방을 잡았다. 약을 먹고 잠든 르크루아는 코스터의 사무실에 딸린 주거 공간에서 여전히 자고 있었다.

문밖에서 떠들썩하게 실랑이하는 소리가 들렸다. 해리먼은 문을 빠끔 열었다. "또 기자면 안 된다고 해. 복도 건너 몽고메리한테 보내. 르크루아 선장은 허가 안 한 인터뷰는 사절한다고 하고."

"해리먼! 나 좀 들여보내줘."

"이런… 자네군, 스트롱. 들어와. 우리가 지금 죽도록 시달리고 있어서."

스트롱이 들어와 크고 무거운 가방 하나를 해리먼에게 건넸다. "여기 있어."

"이게 뭔데?"

"우표 수집가 연합에 줄 소인 찍힌 봉투. 자네, 이걸 잊어버렸어. 50만 달러어치야, 해리먼." 스트롱이 투덜거렸다. "자네 옷장에 있는 걸 내가 못 알아차렸으면 우린 완전히 망할 뻔했다고."

해리먼의 표정이 부드러워졌다. "스트롱, 역시 자네밖에 없어."

"내가 직접 우주선에 실을까?" 스트롱이 걱정스러운 어조로 말했다.

"응? 아냐, 아냐. 르크루아가 할 거야." 해리먼은 시계를 보았다. "이제 그 친구를 깨워야겠어. 봉투들은 내가 가져갈게." 그는 가방을 집어 들고 덧붙였다. "지금은 들어오지 마. 현장에서 작별인사를 할 시간이 있을 테니."

해리먼은 옆방으로 들어가 등 뒤로 문을 닫고, 간호사가 잠들어 있는 조종사에게 각성제 주사를 다 놓을 때까지 기다린 다음 간호사를 내보냈다. 해리먼이 돌아섰을 때 르크루아는 일어나 앉아 눈을 비비고 있었다.

"기분은 괜찮은가, 르크루아?"

"좋습니다. 이제 가는 거군요."

"그래, 우리 모두 자넬 응원하고 있어. 자, 자넨 몇 분 뒤면 나가서 사람들을 만나야 해. 모든 게 다 준비됐지. …하지만 몇 가지 얘기할 게 있는데."

"뭔데요?"

"이 가방 보이지?" 해리먼은 거기 든 게 뭐고 그게 무슨 의미를 갖는지 빠르게 설명했다.

르크루아는 어찌할 바를 모르겠다는 표정을 지었다. "하지만 그건 가져갈 수 없어요, 이사님. 마지막 몇십 그램까지 정확히 중량 계산이 끝났잖아요."

"누가 자네보고 이걸 가져가라고 했나? 당연히 그럴 수는 없지. 30킬로그램은 나갈 텐데. 내가 이걸 그냥 까맣게 잊어버린 게 잘못이지. 자, 이렇게 하는 거야. 이건 일단 여기 숨겨두고…." 해리먼은 옷장 안쪽 깊숙이 가방을 밀어 넣었다. "자네가 지구에 돌아와 착륙하면 내가 곧바로 바짝 따라붙을게. 그러고는 교묘한 속임수를 써서 자네가 우주선에서 이걸 가지고 나오는 것처럼 보이게 하는 거야."

르크루아는 비참한 표정으로 고개를 저었다. "이사님, 정말 못 당하겠군요. 어쨌든 지금은 그런 걸로 논쟁할 기분이 아니에요."

"아니라니 다행이군. 안 그러면 난 그깟 50만 달러 때문에 감옥에 가야겠지. 그 돈은 이미 다 써버렸고 말이야. 어쨌든 상관없어." 해리먼이 말을 이었다. "자네랑 나만 알면 되는 사실이니까. 우표 수집가들은 낸 돈만큼의 가치를 돌려받게 될 거야." 그는 승인을 간절히 바라는 눈빛으로 젊은 조종사를 바라보았다.

"좋아요. 알겠어요." 르크루아가 대답했다. "우표 수집가들 일을 제가 왜 신경 써야 됩니까? 그것도 오늘 밤에요. 이제 가죠."

"한 가지 더." 해리먼이 말하고는 천으로 된 조그만 가방 하나를 꺼냈다. "이건 자네가 들고 가는 거야. 이 무게는 미리 계산에 넣어뒀어. 내가 분명히 확인했고. 자, 이걸 가지고 자네가 할 일을 말해주겠네." 그는 구체적으로, 그리고 매우 진지하게 설명하기 시작했다.

르크루아는 혼란에 빠졌다. "지금 제가 제대로 이해한 건가요? 제가 이걸 사람들 눈에 띄게 놔두고… 그다음에 무슨 일이 있었는지 정확한 사실을 말하라고요?"

"바로 그거야."

"알겠습니다." 르크루아는 작은 가방을 위아래가 붙은 자기 작업복 주머니에 집어넣고 지퍼를 채웠다. "밖으로 나가는 게 좋겠군요. 벌써 발사 21분 전이네요."

*

르크루아가 우주선에 탑승한 뒤 스트롱은 콘크리트로 지어진 통제실 건물에서 해리먼을 만났다. "봉투들은 제대로 실었어?" 그는 근심 가득한 어조로 물었다. "르크루아는 아무것도 안 들고 있던데."

"아, 물론 실었지." 해리먼이 대답했다. "내가 그 전에 미리 보내서 실어놨어. 자리를 잡는 게 좋겠어. 대기 신호탄이 벌써 올라갔어."

딕슨과 엔텐자, 콜로라도 주지사, 미합중국 부통령, 그리고 십여 명의 귀빈들은 한쪽 끝이 구멍을 통해 통제실 위쪽 발코니로 솟아 있는 전망경 앞에 이미 자리를 잡고 앉아 있었다. 스트롱과 해리먼은 사다리를 올라가 남아 있던 두 자리를 채웠다.

해리먼은 땀을 흘리기 시작했다. 그는 자기 몸이 떨리는 걸 느꼈다. 앞쪽, 외부로 연결된 전망경을 통해 우주선이 보였다. 아래쪽에서는 발사기지의 보고를 초조하게 확인하는 코스터의 목소리가 들려왔다. 그가 소리를 줄여놓은 스피커에서는 발사를 중계하는 뉴스캐스터의 멘트가 흘러나오고 있었다. 해리먼 자신은 제독(그는 이 칭호를 고르기로 했다)이었지만, 그가 할 수 있는 일은 더 이상 아무것도 없었다. 오직 기다리고, 지켜보고, 기도하려고 애쓰는 것밖에는.

두 번째 신호탄이 호를 그리며 하늘로 올라가 붉은색과 녹색으로 폭발했다. 발사 5분 전.

시간이 초 단위로 흘러 사라졌다. 발사 2분 전이 되자 해리먼은 조그만 틈을 통해 지켜보는 건 도저히 참을 수 없다는 사실을 깨달았다. 그는 밖으로 나가 직접 그 일의 일부가 되어야 했다…. 그러지 않을 수 없었다. 그는 사다리를 기어 내려가 건물 출구 쪽으로 허겁지겁 달려갔다. 코스터는 주위를 둘러보다가 그를 보고 깜짝 놀랐지만, 막으려 하지는 않았다. 무슨 일이 일어나든 코스터는 자기 자리를 떠날 수 없게 되어 있었다. 해리먼은 보안요원을 팔꿈치로 밀어제치고 밖으로 나갔다.

우주선은 동쪽 하늘을 향해 솟아올라 있었다. 보름달을 배경으로 선명한 검은색으로 서 있는 날씬한 피라미드형 선체. 해리먼은 기다렸다.

그리고 또 기다렸다.

뭐가 잘못된 걸까? 밖으로 나올 때는 분명 발사 2분도 채 남지 않았었다고 그는 확신했다. 하지만 우주선은 그 자리에 조용히, 검게, 움직이지 않고 서 있을 뿐이었다. 멀리 울타리 너머의 관중에게 경고하듯 울부짖는 먼 사이렌 소리를 빼면 아무 소리도 들리지 않았다. 해리먼은 심장이 멈추고 숨이 목구멍에서 말라버리는 것 같았다. 무언가가 잘못됐다. 실패다.

통제실 건물 꼭대기에서 신호탄 로켓 하나가 터지면서 불꽃이 우주선의 아래쪽을 핥았다.

그러고는 퍼져나가며 아래쪽 근처에 새하얀 불꽃 덩어리를 만들었다. 천천히, 거의 느릿느릿이라 할 만한 속도로, 파이오니어호가 이륙했다. 그것은 잠깐 동안 불기둥에 몸을 싣고 균형을 잡으며 공중을 맴도는 듯하더니, 이내 엄청난 가속도와 함께 하늘로 솟아올라 바로 다음 순간 해리먼의 머리 위 천정(天頂)에, 눈부신 불꽃 고리로 변해 떠 있었다. 멀리 앞쪽이 아니라 머리 위로 너무나 빨리 솟아오른 까닭에 그건 마치 호를 그리며 되날아와 해리먼의 몸 위로 곧바로 떨어져 내릴 것 같았다. 그는 본능적으로, 한 손으로 얼굴을 가리는 헛된 몸짓을 했다.

소리가 그를 덮쳤다.

그것은 소리라기보다는 백색 소음, 음속, 음속 이하, 초음속을 가릴 것 없이 모든 주파수로 이루어진 울부짖음이었다. 믿을 수 없는 에너지로 가득 찬 그 소리가 해리먼의 가슴을 후려쳤다. 그는 귀뿐만이 아니라 이로, 온몸의 뼈들로 그 소리를 들었다. 해리먼은 무릎을 굽히며 그것에 맞서 몸을 지탱하려 했다.

폭풍 같은 소리 뒤로 아주 느리게 대성공의 여파가 밀려왔다. 옷이 벗겨질 듯 휘날렸고 숨결이 입술에서 뜯겨 나갔다. 바람이 닿지 않는 콘크리트 건물로 돌아가려고 하릴없이 비틀비틀 걷다가 그는 결국 주저앉고 말았다.

해리먼은 질식할 것처럼 기침을 하며 몸을 추스르고는, 퍼뜩 정신을 차리고 하늘을 올려다보았다. 머리 바로 위쪽에 점점 자그매지는 별이 하나 보였다. 이내 그것은 사라져버렸다.

그는 통제실로 들어갔다.

왁자지껄한 통제실 안은 하나의 목적을 둘러싼 혼란과 초긴장의 도가

니였다. 여전히 울리는 해리먼의 귀에 스피커에서 쾅쾅 쏟아지는 음성이 파고들었다. "1번 지점! 1번 지점에서 통제실로! 5단 추진체 예정대로 분리 완료, 선체와 5단 추진체 신호 분리…." 그리고 거기 끼어드는 코스터의 높고 분노에 찬 목소리. "추적기 1호 연결! 5단 추진체 포착은 됐나? 추적하고 있나?"

여전히 흥분해 떠들어대는 뉴스캐스터의 목소리도 배경음처럼 깔리고 있었다. "정말 멋진 날입니다, 여러분, 멋진 날이 아닐 수 없습니다! 위대한 파이오니어호가 마치 주님의 천사처럼 날아올라, 손에는 불꽃의 검을 들고, 이제 막 우리의 자매 행성을 향해 영광스러운 여정을 시작했습니다. 여러분 중 많은 분들이 발사 광경을 화면으로 보셨을 것입니다. 그 광경이 제가 본 것과 다르지 않았기를 바랍니다. 저녁 하늘 속으로 호를 그리며 날아올라가는 우주선에는 아주 중요한 화물이…."

"저 빌어먹을 것 좀 꺼버려!" 코스터가 이렇게 명령하더니 전망대의 방문객들 쪽을 보며 소리쳤다. "거기 위에도 조용히 해주십시오! 조용!"

미합중국 부통령이 움찔해 주위를 둘러보고는 입을 다물었다. 그는 억지로 미소를 지어 보였다. 다른 귀빈들도 입을 다물었지만, 이내 목소리를 낮춰 다시 속삭이기 시작했다. 젊은 여자의 목소리가 침묵을 갈라놓았다. "추적기 1호에서 통제실로…. 5단 추진체 궤도가 높습니다. 두 단계 초과." 통제실 구석에서 술렁임이 일었다. 거기에는 직사광선을 피하기 위해 큼지막한 캔버스천으로 차양을 두른 무거운 플렉시 글라스가 한 장 있었다. 수직으로 세워진, 가장자리가 반짝이는 유리 위에는 섬세한 흰색 선으로 콜로라도주와 캔자스주 일대의 통합 지도가 그려져 있었다. 도시와 소도시들은 붉은색으로 빛났고, 거주자들이 남아 있는 농장들에는 조그만 붉은 경고등이 깜빡이고 있었다.

투명한 지도 뒤에 서 있던 남자가 유성 연필로 지도를 건드리자 5단 추진체의 현재 위치로 보고된 지점이 빛을 내기 시작했다. 지도 스크린 앞쪽에는 서양배처럼 생긴 스위치를 든 젊은 남자가 엄지손가락을 버튼에 가볍게 올려놓은 채 조용히 의자에 앉아 있었다. 공군에서 임시로 데려온 폭격수였다. 그가 스위치를 누르면 5단 추진체에 내장된 무선 제어 회로가 착륙 낙하산 줄을 잘라 지상을 향해 5단 추진체를 똑바로 떨어뜨리게 되어 있었다. 그는 폭격 조준기를 다루는 일이 자신에게 어떤 영향을 끼치리라는 상상 따위에는 사로잡히지 않은 것처럼 오직 레이더 기록만 참고하며 작업을 하고 있었다. 그는 거의 본능적으로 일을 했다. 아니, 그보다는 무의식 속에 축적된 자기 분야의 지식으로, 눈앞에 펼쳐지는 불충분한 데이터를 머릿속에서 통합하면서, 어떤 특정한 순간 스위치를 누르면 수 톤에 이르는 5단 추진체가 어디에 떨어질 것인지를 판단하고 있었다. 그는 아무런 근심이 없어 보였다.

"1번 지점에서 통제실로!" 남자의 목소리가 다시 들려왔다. "4단 추진체 예정대로 분리 완료." 그리고 거의 곧바로 뒤를 이어 더 낮은 목소리가 메아리쳤다. "추적기 2호, 4단 추진체 추적 중, 순간 고도 1,530킬로미터, 예상된 경로입니다."

해리먼에게 관심을 보이는 사람은 아무도 없었다.

차양 아래서 5단 추진체의 관측 궤도가 빛나는 유성 점들로 표시됐다. 점선으로 그려진 예상 경로에 가깝기는 했지만 겹치지는 않았다. 각각의 좌표점에서는 수직으로 선이 뻗어나왔고 그 끝에 그 위치에서의 관측 고도가 표시됐다.

그때 화면을 보고 있던 조용한 인상의 남자가 갑자기 스위치를 힘껏 눌렀다. 그러더니 자리에서 일어나 기지개를 켜고는 물었다. "혹시 담배 있으신 분?" 그러나 그에게 돌아온 대답은 "추적기 2호!"였다. "4단 추진체… 1차 충돌 예상 지점… 사우스캐롤라이나, 찰스턴에서 서쪽으로 64킬로미터."

"반복하라!" 코스터가 소리쳤다.

스피커가 다시 쉬지 않고 소리를 토해냈다. "정정합니다, 정정합니다… 동쪽으로 64킬로미터. 반복합니다, 동쪽입니다."

코스터가 한숨을 내쉬었다. 하지만 곧 또 다른 보고가 그 한숨을 가로막았다. "1번 지점에서 통제실로…. 3단 추진체 분리 5초 전." 그때 코스터의 제어 책상에서 누군가가 소리쳐 불렀다. "코스터 씨, 코스터 씨…. 팔로마 천문대에서 전화입니다."

"꺼지라고… 아니, 기다리라고 해요." 다른 목소리가 곧바로 끼어들었다. "추적기 1호, 보조 범위 폭스… 1단 추진체 충돌 직전. 캔자스 다지시티 근처."

"얼마나 근처인가!"

대답은 돌아오지 않았다. 잠시 후 추적기 1호의 목소리가 완전한 답변을 했다. "충돌 보고. 다지시티 남동쪽 약 24킬로미터 지점."

"피해자는?"

추적기 1호가 대답하기도 전에 1번 지점의 보고가 치고 들어왔다. "2단 추진체 분리 완료, 2단 추진체 분리 완료… 이제 본체만 남았습니다."

"코스터 씨…. 제발, 코스터 씨…."

그리고 완전히 새로운 목소리가 말했다. "2번 지점에서 통제실로. 현재 우주선 추적 중입니다. 거리와 방위각 보고는 대기 바랍니다. 대기 바랍니다…."

"추적기 2호에서 통제실로… 4단 추진체 대서양에 낙하 예상, 확실. 예상 충돌 지점, 찰스턴 동쪽으로 0-9-1킬로미터 지점, 방위각 0-9-3도. 반복합니다…."

코스터가 성마르게 주위를 둘러보았다. "이 쓰레기장에 마실 물 같은 건 혹시 없나?"

"코스터 씨, 제발요…. 팔로마 천문대에서 무조건 통화하셔야 한답니다."

해리먼은 문 쪽으로 천천히 걸어가 밖으로 나갔다. 그는 불현듯 몹시 심한 허탈감과 무거운 피로, 그리고 우울감을 느꼈다.

우주선이 없는 발사 현장은 기이해 보였다. 만들어지는 걸 내내 지켜봤는데 이제 그것이 갑작스레 사라져버린 것이었다. 아직도 떠오르고 있는 달은 무심해 보였다. 그리고 우주여행은 그의 어린 시절에 그랬던 것만큼 지금도 여전히 요원한 꿈이었다.

몇몇 조그만 형체들이 우주선이 서 있던 계류장 주위를 배회하고 있는 게 보였다. 기념품 수집광이겠지, 그는 경멸을 담아 생각했다. 누군가가 어둠 속에서 그에게 다가왔다. "해리먼 씨?"

"네?"

"AP통신 홉킨스 기자입니다. 멘트 좀 부탁드려도 되겠습니까?"

"네? 아뇨, 사양하겠습니다. 너무 피곤해서요."

"아, 지금 딱 한 마디만요. 첫 번째 달 여행을 성공적으로 후원하신 기분이 어떻습니까? 성공한다면 말이죠."

"성공할 겁니다." 해리먼은 잠깐 생각하다가, 지친 어깨를 똑바로 펴고 말했다. "이건 인류의 가장 위대한 시대를 여는 서막이라고 써주십시오. 인류 모두가 르크루아 선장의 발자취를 따라 새로운 행성들을 찾아내고, 새로운 땅에 살아갈 집을 얻을 거라고요. 이건 새로운 지평이고 번영을 향한 고무적인 계기라고 써주십시오. 다시 말해…." 그는 더 말할 힘을 잃었다. "오늘 밤은 그 정도로 하죠. 젊은 친구, 내가 지금 녹초가 돼서. 날 좀 내버려둬주겠나?"

곧 코스터가 귀빈들을 따라 밖으로 나왔다. 해리먼은 코스터에게 다가갔다. "모든 게 잘됐나?"

"물론이죠. 안 될 이유가 있나요? 추적기 3호가 한계 지점까지 따라갔고, 모든 게 제대로 됐습니다." 코스터가 덧붙였다. "5단 추진체가 떨어지면서 암소 한 마리가 죽었고요."

"잊어버려. 아침에 그걸로 스테이크나 먹자고." 그러고 나서 해리먼은 주지사와 부통령과 대화를 해야 했고, 그들을 전용기까지 배웅해야 했다. 딕슨과 엔텐자는 그보다는 덜 격식을 차린 방식으로 한꺼번에 떠났다. 마침내 그들을 관중으로부터 보호해줄 보안요원들과 부담 없는 젊은 부하직원들을 제외하고는 코스터와 해리먼만 남았다. "어디로 가나, 코스터?"

"브로드무어 호텔 가서 한 일주일치 밀린 잠 좀 자려고요. 이사님은요?"

"괜찮다면 자네 아파트에서 하루 신세 지면 안 될까."

"얼마든지요. 욕실에 수면제가 있어요."

"필요없을 거야." 그들은 코스터의 숙소에서 함께 술을 한잔하며 이렇다 할 목적 없는 대화를 주고받았고, 그 뒤 코스터는 헬리콥터 택시를 불러 호텔로 갔다. 해리먼은 침대에 누웠다가, 도로 일어나 앉은 다음, 파이오니어호 사진들로 채워진 전날치 〈포스트〉 덴버판 한 부를 읽었고, 마침내 포기하고는 코스터의 수면제 두 알을 집어삼켰다.

## 10

누군가가 그를 흔들어 깨우고 있었다. "해리먼 이사님! 일어나세요…. 코스터 씨로부터 화상전화입니다."

"어? 어쨌다고? 아, 알았어." 해리먼은 일어나 전화기 앞으로 터덜터덜 걸어갔다. 코스터는 머리가 마구 헝클어지고 흥분한 상태였다. "아, 보스. 성공했어요!"

"뭐? 무슨 소리야?"

"팔로마 천문대에서 방금 전화가 왔습니다. 르크루아가 표시해놓은 걸 확인했고 이제 우주선 위치도 파악했대요. 르크루아가…."

"잠깐만, 코스터. 천천히 말해봐. 그 친구 아직 거기 도착도 못했을 텐데. 바로 어젯밤에 출발했잖아."

코스터가 당혹스러운 표정을 지었다. "왜 그러세요, 이사님. 어디 안 좋으세요? 르크루아가 떠난 건 수요일이잖아요."

희미하게, 해리먼의 판단력이 되돌아오기 시작했다. 아니, 발사가 전날 밤이었을 리가 없었다. 그는 산속으로 드라이브를 한 일, 태양 아래서 꾸벅꾸벅 졸며 보낸 하루, 어떤 파티엔가 가서 너무 많이 마신 일을 불분명한 의식으로 기억해냈다. 오늘이 무슨 요일이지? 그는 알 수가 없었다. 르크루아가 달에 착륙했다면, 그렇다면… 모르겠다. "난 괜찮아, 코스터…. 잠이 덜 깨서 그래. 우주선이 처음부터 다시 이륙하는 꿈을 꾼 모양이지. 이제 뉴스를 말해보게, 차근차근."

코스터가 이야기를 시작했다. "르크루아가 아르키메데스 크레이터 바로 서쪽에 착륙했어요. 팔로마 천문대에서 우주선이 관측된다고 하네요. 이사님이 착륙 지점을 카본 블랙으로 표시하라고 해서 확실히 눈에 잘 띈대요. 르크루아가 그걸로 축구장 넓이만큼은 표시를 한 것 같아요. 빅 아이 망원경으로 보면 광고판처럼 환하게 빛난대요."

"당장 가서 좀 봐야겠군. 아니… 그건 나중에 하고." 해리먼은 말을 바꿨다. "지금부터 할 일이 좀 있네."

✶

"저희가 뭘 어떻게 더 해드릴 수 있을지 모르겠군요, 해리먼 씨. 지금 저희가 가진 가장 좋은 탄도계산기 열두 대가 가능한 모든 경로를 계산하고 있습니다만."

해리먼은 남자에게 열두 대를 더 가동하라고 말하려다 말고 스크린을 꺼버렸다. 그는 여전히 피터슨 필드에 있었고, 문밖에는 스카이웨이사의 최고급 성층권 로켓 한 대가 대기해 있었다. 르크루아가 지구상의 어느 지점에 착륙하든 해리먼을 그리로 데려다줄 로켓이었다. 르크루아는 24시간 넘게 상부 성층권에 머물렀고 지금도 그곳에 있었다. 조종사는 엄청난 운동 에너지를 충격파와 복사열의 형태로 방출하면서 천천히, 그리고 조심스럽게 최종 속도를 떨어뜨리고 있었다.

그들은 레이더로 지구 주위를 빙 둘러 르크루아를 추적한 다음 다시,

또다시 추적했다…. 하지만 조종사가 어디에 내릴지, 어떤 방식의 착륙으로 위험을 무릅쓸지 알아낼 수 있는 방법이라곤 아무것도 없었다. 해리먼은 계속 이어지는 레이더 보고를 듣고 나서 우주선의 중량을 줄이려고 라디오 장비를 포기하는 선택을 한 것에 저주를 퍼부었다.

레이더 수치 사이의 간격이 점점 좁아지기 시작했다. 목소리가 뚝 끊기더니 이내 다시 흘러나왔다. "착륙을 위해 활공 중입니다!"

"현장에 준비하라고 전해!" 해리먼이 소리쳤다. 그는 숨죽여 기다렸다. 영원처럼 느껴지는 수 초가 흐르고 또 다른 목소리가 끼어들었다. "달 우주선이 현재 착륙 중입니다. 착륙 지점은 올드멕시코 치와와주 서쪽 어딘가가 될 것 같습니다."

해리먼은 문을 향해 달려가기 시작했다.

해리먼의 로켓 조종사는 무선으로 도움을 받아가며 사막의 모래 위에서 믿을 수 없을 만큼 조그맣게 보이는 파이오니어호를 찾아냈고, 그 옆 아주 가까이에 로켓을 우아하게 착륙시켰다. 해리먼은 로켓이 완전히 정지하기도 전에 선실 문을 만지작거리고 있었다.

르크루아는 땅 위에, 자기 우주선 활주부에 등을 기대고 뭉툭한 삼각형 모양의 날개들을 그늘 삼아 앉아 있었다. 현지인 양치기 한 명이 그를 보며 입을 쩍 벌리고 서 있었다. 해리먼이 로켓 밖으로 나와 느릿느릿 그쪽으로 걸어가자 르크루아가 자리에서 일어나더니, 담배꽁초를 손으로 튕겨 멀리 날려보내고는 말했다. "잘 지내셨어요, 보스!"

"르크루아!" 해리먼이 그를 얼싸안았다. "다시 보니 정말 좋군, 친구."

"저야말로 좋네요. 여기 페드로는 우리 말을 할 줄 몰라요." 르크루아는 그렇게 말하며 주위를 둘러보았지만, 근처에는 해리먼의 로켓 조종사를 빼고는 아무도 없었다. "다른 분들은 같이 안 오셨어요? 코스터는요?"

"내가 못 기다리고 그냥 왔거든. 분명 몇 분만 있으면 올 텐데…. 아, 저기 오는군!" 또 다른 성층권 로켓 한 대가 내리꽂히듯 착륙하고 있었다. 해리먼은 로켓 조종사를 향해 돌아섰다. "빌, 가서 저 친구들 좀 만나고 있어."

"네? 저분들이 이리로 오실 텐데. 걱정 마세요."

"내 말대로 해."

"말씀대로 하겠습니다." 조종사는 모래 위를 터덕터덕 걸어갔다. 그의 뒷모습에 못마땅한 기색이 배어나왔다. 르크루아가 당혹스러운 눈빛을 했다.

"빨리, 르크루아…, 이것 좀 도와주게."

'이것'이란 물론 원래는 달에 가져가기로 되어 있었던 5천 장의 소인 찍힌 우표가 붙은 편지봉투였다. 그들은 해리먼의 성층권 로켓에서 그것을 꺼내 달 우주선 안으로 갖고 들어간 다음, 빈 식품 저장고에 밀어넣었다. 로켓의 육중한 선체가 가려준 덕분에 그들의 행동은 늦게 도착한 친구들 눈에 띄지 않을 수 있었다. "휴!" 해리먼이 한숨을 쉬었다. "아슬아슬했네. 50만 달러야. 우린 이게 필요하다고, 르크루아."

"물론 그렇죠, 근데 저 이사님, 다이아…."

"쉿! 사람들이 오고 있어. 다른 일은 어떻게 됐나? 준비는 됐나?"

"네, 그렇지만 말씀드릴 게…."

"조용!"

다가온 것은 동료들이 아니었다. 로켓 한 대 분량의 기자, 카메라맨, 마이크맨, 방송 진행자, 기술자들이었다. 그들은 해리먼과 르크루아를 향해 우르르 몰려들었다.

해리먼은 명랑하게 손을 흔들어 보였다. "취재는 마음껏 하세요, 여러분. 사진도 많이 찍으시고, 우주선 탑승도 해보시고. 편안히 하세요. 보고 싶은 건 다 보셔도 됩니다. 그런데 르크루아 선장은 좀 놔둬주시고요. 이 친구가 너무 피곤해해서요."

또 다른 로켓이 착륙했다. 이번에는 코스터, 딕슨 그리고 스트롱을 실은 비행선이었다. 엔텐자는 자신이 전세 낸 로켓을 타고 등장하더니 TV 취재진과 사진기자, 라디오 진행자들을 쥐고 흔들기 시작했는데, 그 과정에서 어느 허가받지 않은 매체의 카메라맨과 거의 싸우기 직전까지 갔다. 커다란 수송 헬리콥터 한 대가 착륙하더니 카키색 군복을 입은, 거의 한 소대나 되는 멕시코 군인들을 쏟아놓았다. 어디선가, 마치 모래 위로 솟아난 것처럼, 이 지역 사람들로 보이는 수십 명의 농부들이 나타났다. 해리먼은 기자들에게서 떨어져 나온 다음 지역 군인들의 우두머리와 신속하게 대화를 나누며 적잖은 뇌물을 찔러주었다. 그 덕분에 너무 늦지 않게 어느 정도 질서가 회복되어 파이오니어호가 산산조각 나는 것만은 막을 수 있었다.

"그냥 놔두라니까!" 파이오니어호 안에서 르크루아의 목소리가 들려왔다. 해리먼은 가만히 들으며 기다렸다. "당신들이 신경 쓸 게 아냐!" 조종사의 목소리는 더욱 높아지며 이어졌다. "도로 넣으라고!"

해리먼은 우주선 문 쪽으로 다가갔다. "무슨 일인가, 르크루아?"

TV 부스도 들어가지 않을 만큼 비좁은 선실 안에 세 남자가 서 있었다. 르크루아와 두 명의 기자였다. "무슨 일이냐고, 르크루아?" 해리먼이 다시 물었다.

르크루아는 조그만 천가방 하나를 쥐고 있었는데 가방 안은 빈 것처럼 보였다. 그와 기자들 사이, 조종석 위에 작고 은은하게 빛나는 돌 몇 개가 흩어져 있었다. 기자 한 명이 돌 하나를 집어 빛을 향해 들어 올렸다.

"이 사람들이 자기들하고는 상관도 없는 물건을 자꾸 건드리잖아요." 르크루아가 화난 목소리로 내뱉었다.

돌을 들여다보던 기자가 말했다. "관심 있는 건 다 살펴보라고 하시지 않았나요, 해리먼 씨?"

"그랬소만."

"여기 계신 조종사분은…." 기자는 엄지를 들어 르크루아를 가리켰다. "이것들이 저희 눈에 띌 거라곤 생각하지 않으신 것 같네요. 의자 패드 속에 감춰놓고 계셨습니다."

"그게 뭔데요?"

"다이아몬드입니다."

"무슨 근거로 그런 말씀을 하시는지?"

"이건 어떻게 보나 다이아몬드 맞습니다."

해리먼은 말을 멈추고 시가를 하나 꺼내 포장을 뜯었다. 잠시 후 그는 말했다. "그 다이아몬드들이 거기 있는 건 내가 거기 넣어놨기 때문이오."

해리먼 뒤에서 플래시가 터졌다. 누군가가 말했다. "돌을 더 높이 들어봐, 제프."

제프라고 불린 기자는 그 말에 따른 다음 말했다. "그것 참 이상해 보이는 행동이군요, 해리먼 씨."

"우주 공간의 방사선이 다이아몬드 원석에 어떤 영향을 끼칠지 관심이 있었을 뿐입니다. 르크루아 선장은 내 명령에 따라 다이아몬드가 든 저 가방을 우주선에 놓아두었던 거고."

제프는 의미심장하게 휘파람을 불었다. "그랬단 말씀이지요, 해리먼 씨. 그렇게 설명을 해주시지 않았으면 저는 르크루아 씨가 이것들을 달에서 발견해놓고 해리먼 씨한테는 숨기려 한다고 오해할 뻔했네요."

"그렇게 쓰기만 해봐요, 명예훼손으로 고소할 테니. 르크루아 선장은 내가 전적으로 신뢰하는 사람입니다. 이제 다이아몬드를 나한테 주시죠."

제프의 두 눈썹이 올라갔다. "전적으로 신뢰한다면서 르크루아 씨한테 주라고는 안 하시네요. 혹시 그 정도의 신뢰는 아니라는 건가요?"

"그거 이리 줘요. 내놓고 나가라고."

해리먼은 번개 같은 속도로 르크루아를 기자들로부터 떼어낸 다음 자신의 로켓에 태웠다. "오늘 취재는 여기까집니다." 그는 기자들과 카메라맨들에게 선언했다. "피터슨 필드에서 뵙는 걸로 하죠."

로켓이 지면에서 떠오르자마자 해리먼은 르크루아를 향해 돌아섰다. "일을 끝내주게 해냈어, 르크루아."

"그 제프라는 기자가 뭔가 착각한 게 틀림없어요."

"응? 아, 그거. 아니, 그거 말고 비행 말이야. 자네가 해냈어. 자넨 지구 최고의 남자라고."

르크루아가 별거 아니라는 몸짓을 했다. "코스터가 우주선을 제대로 만들어줘서 어렵지 않았어요. 그런데 그 다이아몬드들은…."

"다이아몬드는 잊어버려. 자넨 자네 역할을 했어. 우리가 그걸 우주선에 놔둔 건 사실 아닌가. 모두에게 그랬다고 말하면 되고…. 더 이상 정직할 수는 없지. 누가 그 말을 안 믿는다고 해도 우리 책임은 아니야."

"하지만 이사님…."

"뭔데?"

르크루아는 작업복 주머니 지퍼를 열더니 꼬질꼬질해진, 쌈지 모양으로 매듭지어진 손수건을 꺼냈다. 그가 그것을 풀자 우주선에서 꺼내 놨던 것들보다 훨씬 더 많은 다이아몬드들이 해리먼의 두 손바닥 안에 쏟아져 내렸다. 더 크고, 더 아름다운 것들이었다.

해리먼은 그것들을 바라보았다. 그는 쿡쿡 웃기 시작했다.

잠시 후 그는 그것들을 도로 르크루아에게 내밀었다. "가지고 있어."

"이건 우리 모두의 것이라고 생각하는데요."

"흠, 그렇다면 우리 모두를 대표해서 가지고 있게. 이 얘기는 아무한테도 하지 말고. 아니, 잠깐만." 그는 커다란 원석 두 개를 골라냈다. "이걸로는 반지를 만들어야겠군. 하나는 자네 거, 하나는 내 걸로. 하지만 입은 단단히 다물어야 돼. 안 그러면 골동품 이상의 가치는 없게 될 테니."

그건 정말 맞는 말이야, 해리먼은 생각했다. 오래전 다이아몬드 기업연합은 다이아몬드의 공급이 많아지면 산업용 용도를 제외하고는 유리와 비슷한 가치밖에 지니지 못하게 된다는 사실을 깨달았다. 지구에는 산업용으로나, 보석 가공용으로나 적정량보다 많은 다이아몬드가 있었다. 만약 달에서 찾아낸 다이아몬드가 말 그대로 '조약돌처럼 흔한' 것이라면 그건 그대로 조약돌이 될 뿐이었다.

지구로 애써 가져오는 비용만큼의 가치도 없는.

하지만 우라늄이라면 얘기가 다르다. 만약 정말로 달에 우라늄이 엄청나게 많다면….

해리먼은 뒤로 기대 앉아 백일몽에 빠져들었다.

잠시 후 르크루아가 부드러운 목소리로 말했다. "있잖아요, 보스, 거긴 정말 근사해요."

"음? 어디?"

"아니, 물론 달 얘기죠. 저는 다시 갈 거예요. 가능한 한 빨리 다시 갈 겁니다. 얼른 새 우주선 작업에 착수해야겠어요."

"그럼, 물론이지! 이번에는 우리가 다 타고 갈 수 있게 큰 놈으로 만들 거야. 이번에는 나도 간다고!"

"그럼요."

"르크루아…." 나이 든 사업가는 거의 수줍어 하며 입을 열었다. "거기서 지구를 돌아보니 어떻게 보이던가?"

"네? 그건… 그건 마치…." 르크루아의 말은 거기서 막혔다. "이런, 보스. 그건 설명할 방법이 없어요. 끝내주게 멋있다는 것, 그게 말할 수 있는 다예요. 하늘은 새까맣고… 아, 제가 찍어온 사진들을 보여드릴 테니 기다리세요. 아니 그보다, 기다렸다 직접 가서 보세요."

해리먼이 고개를 끄덕였다. "하지만 기다리기가 힘들군."

## 11

'달에 매장된 다이아몬드 발견!'

'재벌 후원자는 다이아몬드설 부인—과학적 이유로 우주에 가져갔다 주장!'

'달 다이아몬드설, 루머인가 진실인가?'

"…하지만 청취자 여러분, 생각해보십시오. 다이아몬드를 달로 가져갈 이유가 어디 있겠습니까? 우주선과 화물의 중량은 그램 단위까지 정확하게 계산되어 있었습니다. 이유 없이 다이아몬드를 달에 운반했을 리는 없습니다. 많은 과학계 권위자들은 해리먼 씨가 밝힌 이유가 말도 안 되는 것이라고 의견을 표명했습니다. 여기서 쉽게 추측할 수 있는 건 달을 과대포장하기 위해 다이아몬드를 운반했을지도 모른다는 사실입니다. 다시 말해 지구의 보석을 가지고 사람들로 하여금 달에 다이아몬드가 존재한다고 믿게 하려는 행동인지도 모른다는 겁니다. 그러나 해리먼 씨와 조종사인 르크루아 선장, 그리고 이 사업의 관계자 전원은 이 다이아몬드가 달에서 온 것이 아니라고 처음부터 강력하게 주장해왔습니다. 아무튼 우주선이 지구에 착륙했을 때 그 안에 다이아몬드가 있었다는 것만은 백 퍼센트 확실한 사실입니다. 해석은 여러분에게 맡기겠습니다. 기자인 저는 달 다이아몬드 채굴 관련 주식을 좀 사보려고 하고 있는데요…."

해리먼이 들어왔을 때 스트롱은 평소처럼 이미 출근해 있었다. 두 사람이 대화를 나누기도 전에 화상전화가 부르짖었다. "해리먼 이사님, 로테르담에서 전화입니다."

"가서 튤립이나 심으라고 해요."

"판더펠더 씨가 기다리고 계시는데요, 이사님."

"알았어요."

해리먼은 스크린에 나타난 네덜란드인의 이야기를 들은 다음 말했다. "판더펠더 씨, 내가 했다는 그 말들은 전부, 백 퍼센트 사실입니다. 기자들이 우주선에서 본 그 다이아몬드는 내가 이륙 전에 넣어둔 거예요. 바로 여기 지구에서 채굴한 다이아몬드입니다. 사실 저번에 당신을 만나러 건너갔을 때 거기서 산 거예요. 증명할 수 있습니다."

"하지만 해리먼 씨…."

"마음대로 생각하세요. 발에 채이다 못해 펄쩍펄쩍 뛰어넘어야 할 정도로, 아니 그 이상으로 달에 다이아몬드가 많이 있을 수도 있어요. 그건 보장할 수가 없군요. 하지만 신문에서 떠들어대는 그 다이아몬드들이 지구산이라는 점은 보장할 수 있습니다."

"해리먼 씨, 왜 다이아몬드를 달에 보내려고 하신 겁니까? 혹시 우리도 속여 넘기려고 하신 건지?"

"좋을 대로 생각하세요. 하지만 계속 말씀드렸듯이 그 다이아몬드는 지구 거라고요. 자, 들어보세요. 선생님은 옵션 거래를 하셨습니다. 말하자면… 옵션에 대한 옵션이죠. 그 옵션에 대해 2차 지불을 하고 효력을 유지하고 싶으시면 지불 기한은 계약서에 명시된 대로 목요일 9시 정각입니다. 뉴욕 시간으로요. 결정을 하세요."

스위치를 끈 그는 자기 동업자가 불쾌한 얼굴로 바라보고 있다는 걸 알아차렸다. "뭐 때문에 그런 표정인가?"

"해리먼, 나 역시 그 다이아몬드에 대해서는 좀 궁금하더라고. 그래서 파이오니어호 적재중량 기록을 조사해봤어."

"자네가 공학에 관심 있는 줄은 미처 몰랐군."

"수치 정도는 읽을 수 있어."

"음, 그럼 찾아냈겠군, 아닌가? 표 F-17-c, 56.6그램, 내게 개인적 용도로 따로 할당된 무게였어, 그건."

"봤네. 눈에 확 띄더군. 하지만 찾으려던 다른 건 찾지 못했어."

해리먼은 뱃속이 싸늘해지는 걸 느꼈다. "다른 거, 뭐?"

"소인 찍힌 봉투용으로 할당된 중량은 표에 없던데." 스트롱이 그를 노려보았다.

"있을 텐데. 내가 중량표를 확인해보지."

"그건 거기 없어, 해리먼. 있잖나, 자네가 르크루아 선장을 혼자 만나러 가겠다고 했을 때부터 좀 이상하다고 생각했어. 뭘 한 거야, 해리먼. 봉투들을 몰래 실은 거야?" 해리먼이 안절부절못하는 동안 스트롱은 계속 쏘아보았다. "우린 꽤 까다로운 사업 거래도 몇 건 성사시켰지. 하지만 이건 어느 누가 봐도 해리먼이랑 스트롱이 하는 회사가 사기를 쳤다는 소리를 들을 첫 번째 사례가 되게 생겼어."

"빌어먹을, 스트롱…. 난 사기든, 거짓말이든, 도둑질이든, 구걸이든, 뇌물 거래든… 그 어떤 일이라도 했을 거야. 지금 우리가 이뤄낸 일을 이루기 위해서라면."

해리먼은 자리에서 일어나 사무실 안을 왔다갔다했다. "우린 그 돈이 필요했어. 그게 없었으면 우주선은 이륙도 못했을 거야. 그럼 우린 끝나는 거였지. 자네도 그건 알잖나?"

스트롱이 고개를 끄덕였다. "하지만 그 우표들은 달에 갔다 왔어야 했어. 우리는 그렇게 하기로 계약을 했어."

"젠장, 그건 내가 그냥 깜빡해버렸다고. 알아차렸을 때는 그 무게를 도로 넣기엔 너무 늦어 있었어. 하지만 상관없어. 난 생각했어. 만약에 여행이 실패하면, 혹시 르크루아가 추락이라도 하면, 그 우표들이 우주선에 실리지 않았다는 사실 따위는 아무도 알거나 신경 쓸 일이 없을 거라고. 그리고 만약 여행이 성공하면, 역시 아무 상관없을 거라고 믿었어. 우린 엄청난 돈을 벌 거니까. 우린 정말 그럴 거야, 스트롱, 엄청나게 벌 거라고!"

"돈을 돌려줘야 돼."

"지금? 시간을 좀 줘, 스트롱. 지금 이 일에 관계된 사람들 모두 마냥 행복한데. 들인 돈 회수할 때까지만 기다려. 그다음에 내가 그 봉투들 한 장 한 장을 되살 테니… 내 개인 자금으로 사지. 약속할게."

스트롱은 계속 가만히 앉아 있었다. 해리먼은 그 앞에 다가가 섰다. "하나 물어보자고, 스트롱. 이 정도 규모의 사업을 순전히 논리 때문에 망친다는 게 과연 가치 있는 일인가?"

스트롱은 한숨을 쉬고 말했다. "그냥 회사 돈을 써. 내야 될 때 되면."

"바로 그런 자세야! 하지만 내 돈으로 내지. 약속해."

"아니, 회사 돈으로 해. 우린 어차피 같은 배를 탄 거니까."

"좋아. 그게 자네 뜻이라면 그렇게 하지."

해리먼은 자기 책상 쪽으로 등을 돌렸다. 두 동업자 모두 한참 동안 할 말이 아무것도 없었다. 그러고 있는데, 딕슨과 엔텐자가 도착했다는 말이 들려왔다.

“왔나, 엔텐자.” 해리먼이 말했다. “기분은 좀 나아졌어?”

“그래, 자네는 도와주지 않았지만. 그 방송을 하느라고 얼마나 곤욕을 치렀는지. 게다가 일부는 무허가 방송들이 지들 맘대로 막 갖다 쓰는데 방법이 없더라고. 해리먼, 역시 우주선에 TV 중계 장비를 챙겨 보냈어야 했어.”

“성급해하지 마. 말했듯이 우리가 이번에는 여유 중량을 확보하지 못했어. 하지만 다음번 여행이 있고, 그 다음번도 있잖아. 자네가 가진 영업권은 산더미처럼 많은 돈을 벌어들일 거야.”

딕슨이 헛기침을 했다. “해리먼, 사실 우리가 온 게 그것 때문이야. 앞으로 자네 계획은 뭔가?”

“계획? 계속 밀어붙여야지. 다음번에는 르크루아랑 코스터, 그리고 내가 같이 갈 거야. 영구히 이용할 수 있는 기지를 세울 거고. 어쩌면 코스터는 거기 남을지도 모르겠어. 세 번째 여행에는 진짜로 이민들을 보낼 생각이야. 원자력공학자, 광부, 수경 재배 전문가, 통신기사 들을 데려갈 거라고. 루나시티를 세울 거야. 다른 행성에 세워지는 첫 번째 도시가 되는 거지.”

딕슨이 생각에 잠긴 얼굴로 물었다. “그럼 우리 몫은 언제 돌아오기 시작하는데?”

“‘우리 몫’이라니 무슨 뜻인가? 출자금을 돌려받고 싶다는 건가, 아니면 투자에 대한 이윤이 돌아오는 걸 보고 싶다는 건가? 어느 쪽이든 해줄 수는 있네.”

엔텐자가 막 출자금이라고 말하려는데 딕슨이 그보다 먼저 끼어들었다. “물론 이윤이지. 투자는 이미 한 거니까.”

“좋아!”

“하지만 자네가 어떻게 이윤을 낸다는 건지 난 이해할 수가 없어. 분명 르크루아는 달 여행을 했고 무사히 돌아왔어. 그건 우리 모두한테 명예로운 일이지. 하지만 사용료는 어디 있나?"

"딕슨, 작물을 심었으면 무르익을 시간을 줘야 할 것 아닌가. 내가 불안해하는 것처럼 보이나? 우리 자산이 뭔데?" 해리먼은 손가락을 꼽으며 열거하기 시작했다. "사용료잖아. 뭐에 대한? 영화, 텔레비전, 라디오, 그리고…."

"그런 것들은 엔텐자한테 돌아가잖나."

"계약서를 읽어봐. 엔텐자가 영업권을 갖고 있지만 그 대가를 회사에 지불한다고… 우리 모두한테 말이야."

엔텐자가 뭐라고 말하기도 전에 딕슨이 말했다. "가만 있어, 엔텐자!" 그러고는 덧붙였다. "다른 건 또 뭐가 있는데? 그걸로는 우리 적자가 회복 안 될 텐데."

"유명인 추천이랑 홍보가 끝도 없이 이어질 거잖아. 그건 몽고메리네 팀 직원들이 추진 중이야. 사상 최대의 베스트셀러가 벌어들이는 저작권 사용료를 생각해봐. 르크루아한테 대필 작가랑 속기사를 각각 한 명씩 붙여놨어. 지금 이 순간에도 그 친구를 따라다니고 있다고. 지구 최초이자 유일한 우주항공노선에 대한 독점 사업권을…."

"누구한테 받을 건데?"

"어쨌든 받을 거야. 카멘스랑 몽고메리가 지금 파리에서 그 일을 알아보고 있는데, 오늘 오후에 나랑 만나기로 했어. 그리고 아무리 작더라도 달에 영구 식민지를 지을 수 있게 되는 대로, 우린 다른 방향에서 추진해 온 또 하나의 독점 사업권을 그 독점 사업권에다 묶어놓을 거야. 그곳은 UN의 보호를 받는 루나 자치주가 될 거고, 허락 없이는 어떤 우주선도 뜨고 내릴 수 없게 될 거야. 그것 말고도 우린 다양한 목적으로 여러 기업들에게 영업권을 주고, 세금을 부과할 권리를 갖게 돼. 루나주 법률에 따라 루나시티 지방자치단체를 설립하기만 하면 바로 할 수 있는 일이지. 우린 진공 상태만 빼고 뭐든 팔 거야. 아니, 실험 목적으로라면 진공 상태까지도 팔 수 있지. 그리고 잊지 마. 그러고도 우리한텐 엄청나게 큰 부동산 덩어리가 있단 말이야. 하나의 주에 대한 주권이 포함된 토지 소유권, 그것도 아직 하나도 안 팔린 땅의 소유권을 우리가 갖게 된다고. 달은 아주 커."

"자네 꿈이야말로 상당히 크군, 해리먼." 딕슨이 건조하게 말했다. "하지만 그다음엔? 실제로 무슨 일이 일어나는데?"

"우선 UN으로부터 토지 소유권 승인을 받을 거야. 안전보장이사회가 현재 비공개 회의 중이거든. 총회는 오늘 밤에 열려. 일들이 정신없이 터질 거야. 그래서 내가 거기 가봐야 돼. 달에 대한 진정한 권리는 오직 자기네들한테 소속된 비영리 법인한테만 있다고 UN이 결정을 내릴 거야. 분명히 그럴 거야! 그 순간부터 난 휴식 끝, 달리기 시작이야. 작고 힘없고 불쌍하기만 하던 우리의 비영리 법인이 강력한 진짜배기 법인들한테 많은 걸 가져다줄 거야. 그동안 진짜 법인들이 물리학 연구소랑 천문대, 월리학(月理學) 협회, 그리고 흠 없이 제대로 된 또 다른 비영리 법인들을 설립할 수 있게 도와준 대가로 말이지. 자치법을 갖춘 영구 식민지를 얻을 때까지 당분간 그게 우리가 집중할 부분이야. 그러고 나서…."

딕슨이 더는 못 참겠다는 몸짓을 했다. "법에 관련된 헛소리는 됐어, 해리먼. 내가 자네를 오래 알아왔잖아. 자네가 그런 음모를 꾸며낼 수 있다는 건 알아. 그래서 우리가 그다음에 실제로 해야 되는 일은 뭐냐고?"

"음? 우주선을 하나 더 만들어야지. 더 큰 걸로. 실제 크기는 더 크지 않더라도 더 효율적으로 쓸 수 있는 것 말이야. 코스터가 표면 발사대 설계를 시작했어. 매니토우스프링스에서 파이크스산 정상까지 닿을 거야. 그게 있으면 우주선을 지구 주위 자유 궤도에 올려놓을 수 있지. 그런 우주선 한 대를 다른 우주선들의 연료 공급선으로 사용하는 거야. 그러면 그게 일종의 우주정거장이 돼서 발전소처럼 기능하는 거지. 요컨대 우주선의 10분의 9를 허공에 던져버리지 않고도 화학연료만으로 달에 갈 수 있게 된다는 거야."

"돈이 엄청 들 것 같은 얘기로군."

"들겠지. 하지만 걱정 마. 우리가 상업적으로 기반을 마련하는 동안 돈을 계속 끌어다줄 소소한 일들이 수십 가지는 되니까. 그다음엔 주식을 팔면 돼. 우리가 전에도 주식은 팔아봤잖나. 하지만 전에 10달러에 팔던 걸 이젠 천 달러에 팔게 되는 거지."

"그래서 자넨 그걸로 버틸 수 있을 거라고 생각하나? 사업 전체가 흑자로 돌아설 때까지? 현실을 직시해, 해리먼. 이 사업 전체로 봐서 이윤이 발생하는 건 일단 여기서 달까지 운송료와 탑승료를 받는 유료 왕복 노선이 생긴 다음의 얘기야. 다시 말해 현금을 내는 고객이 있어야 된다고. 그런데 달에서 싣고 올 만한 게 대체 뭐가 있나? 누가 그런 데 돈을 내겠나?"

"딕슨, 정말 아무것도 없을 거라 생각하나? 그렇다면 자넨 왜 여기 있지?"

"있을 거라고 믿어, 해리먼…. 아니, 그냥 자네를 믿네. 하지만 사업 추진 일정은 어떻게 되는데? 예산은 어느 정도고, 주력 상품은 뭔데? 제발 다이아몬드 얘기는 하지 말게. 자네가 한 짓이 뭔지 대충 알 것 같으니까."

해리먼은 잠깐 동안 시가를 씹고 나서 말했다. "거기서 당장 실어 올 수 있고 가치도 있는 상품이 하나 있어."

"그게 뭔데?"

"지식."

엔텐자가 코웃음을 쳤다. 스트롱은 혼란에 빠진 표정이었다. 딕슨은 고개를 끄덕였다. "그거라면 나도 사겠어. 어떻게 활용해야 하는지 아는 사람한테 지식은 언제나 가치가 있으니까. 달이 새로운 지식을 찾아내기 적합한 장소라는 점에도 동의해. 자네가 다음번 여행에선 수익을 낼 거라고 믿어보지. 그러니까 다음번 여행 예산하고 사업 일정표를 좀 알려주지 않겠나?"

해리먼은 대답하지 않았다. 스트롱은 그의 얼굴을 꼼꼼히 뜯어보았다. 해리먼의 포커페이스는 스트롱에게는 커다란 활자가 인쇄된 종이만큼이나 속이 빤히 들여다보이는 것이었다. 스트롱은 동업자가 막다른 골목에 몰렸음을 깨달았다. 그는 초조했지만, 해리먼이 내놓는 패를 지지해줄 준비를 하고 가만히 기다렸다. 딕슨이 말을 이었다. "해리먼, 얘기하는 걸 듣자니 자넨 다음 단계에 쓸 예산이 없는 데다 어디서 돈을 끌어와야 할지도 모르는 것 같군. 난 자네를 믿어, 해리먼…. 그리고 돈이 없어서 새로운 사업이 말라죽게 놔두는 건 옳지 않다는 생각에는 나도 처음부터 동의했었지. 난 자네들 회사 지분의 5분의 1을 살 준비가 돼 있어."

해리먼은 그를 뚫어져라 쳐다보았다. "이봐…." 그런 다음 직설적으로 말했다. "자넨 지금 엔텐자 지분까지 갖고 있지 않나?"

"그렇다고는 말할 수 없어."

"그렇게 주장하려면 해. 이미 다 알려진 사실이니까."

엔텐자가 말했다. "그건 사실이 아니야. 나하곤 아무 상관이 없어. 나는 절대…."

"엔텐자, 자넨 빌어먹을 사기꾼이야." 해리먼이 차갑게 말했다. "딕슨, 자넨 이미 우리 회사 지분의 50퍼센트를 갖고 있어. 현 규칙에 따라서 난 여기서 교착상태를 선언하겠네. 그러면 스트롱이 내 편이 돼주는 한 여전히 내게 경영권이 있으니까. 만약 우리가 자네한테 또다시 지분을 팔면 자넨 지분의 5분의 3을 갖게 되고, 경영권을 갖게 되겠지. 이게 자네가 원하는 거래인가?"

"해리먼, 말했듯이 난 자네를 신뢰하고 있어."

"하지만 자넨 우위에 서는 데서 더 행복을 느끼는 것 같군. 흠, 난 그렇게는 못 하겠네. 지금부터 20년이 더 걸리더라도 우주여행을, 사업으로 제대로 정착된 진짜 우주여행으로 만들어놓기 전에는 물러날 생각이 없어. 우리가 전부 파산하더라도 영광 속에 살 수 있게 된 다음에야 나는 손을 뗄 생각이야. 자넨 좀 다른 음모를 생각해내는 게 좋겠어."

딕슨은 아무 말도 하지 않았다. 해리먼은 자리에서 일어나 왔다갔다 하기 시작했다. 그러다가 딕슨 앞에서 멈췄다. "딕슨, 이 모든 게 뭐에 관한 건지 자네가 정말로 이해한다면 자네한테 경영권을 넘겨줄 텐데. 하지만 자넨 이해 못 해. 이 일이 그저 돈 벌고 권력 얻을 또 하나의 방법이라고만 생각하지. 난 자네처럼 무자비한 독수리 같은 자들이 돈 버는 데는 절대적으로 찬성해. 하지만 경영권은 못 줘. 난 이 사업이 커나가는 걸 볼 거지, 쪽쪽 빨아먹히는 꼴은 안 볼 거거든. 인류는 별들을 향해 뻗어나가고 있고, 이 모험은 전에 없던 문제들을 만들어낼 거야. 그 문제들에 비하면 원자력 같은 건 애들 장난감처럼 느껴질 거라고. 인류는 이 일을 접할 준비가 전혀 되어 있지 않아. 모든 부분을 신중하게 다루지 않으면 엉망이 돼버리고 말 거라고. 내가 의사 결정권을 넘겨주면 자네가 망칠 거야, 딕슨…. 왜냐하면 자네는 이 일을 전혀 이해 못 하니까."

해리먼은 한숨 돌린 다음 말을 이었다. "안전 문제를 예로 들어보지. 내가 왜 직접 우주선을 몰지 않고 르크루아한테 조종사 자리를 넘겨줬는지 아나? 내가 겁이 많아서? 아니야! 우주선이 무사히 돌아오길 바랐기 때문이라고. 난 우주여행이 또 다시 좌절되는 걸 원치 않았어. 우리가 왜 최소한 몇 년 동안만이라도 이걸 독점해야 하는지 알아? 왜냐하면 이제 달 여행이 가능해졌다는 사실을 안 이상, 세상의 모든 어중이떠중이랑 그 어중이떠중이 형이랑 동생들이 죄다 달 우주선을 만들려고 할 게 틀림없기 때문이야. 해양 비행 초기 시절 기억나나? 린드버그가 대서양 단독 비행에 성공하고 나니까, 고물 비행기에 손 좀 댈 줄 안다는 이른바 조종사들이 너도나도 바다 위 어떤 지점까지 날아보겠다고 짐을 싸서 떠났지. 몇몇은 자기 애들까지 데리고 갔어. 그 사람들 대부분은 바다에 추락했네. 그리고 비행기는 위험한 교통수단이라는 오명을 쓰게 됐지. 그로부터 몇 년 뒤에는 항공사들이 경쟁이 심한 판에서 빨리 돈을 뽑아내보려고 어찌나 안달들을 했던지 하루라도 신문 머리기사에 여객기 사고가 등장하지 않는 날이 없었다고.

그런 일들이 우주여행에서도 벌어져서는 안 돼! 난 그렇게 놔두지 않을 거야. 우주선은 아주 크고, 만만치 않게 돈이 들어. 그런 우주선이 마찬가지로 위험하다는 평판을 얻게 놔둘 거였으면 우린 차라리 누워서 잠이나 자는 게 나았을 거야. 경영은 내가 하네."

해리먼은 말을 멈췄다. 딕슨이 조금 기다렸다가 입을 열었다. "말했듯이 난 자네를 믿어, 해리먼. 돈이 얼마나 필요한가?"

"응? 무슨 조건으로?"

"자네가 약속어음을 써주는 조건으로."

"약속어음? 나보고 약속어음을 쓰라고?"

"나도 담보는 있어야 하니까. 당연한 얘기지만."

해리먼이 욕설을 내뱉었다. "뭔가 속셈이 있을 줄 알았다니까. 딕슨, 내 전 재산이 이 사업에 묶여 있다는 건 자네도 충분히 알잖나."

"자넨 보험이 있잖아. 꽤 많은 보험에 들어 있다는 거, 다 알아."

"맞아. 하지만 그건 전부 내 아내 앞으로 돼 있다고."

"자네가 뭐 그 비슷한 얘기를 엔텐자한테 하는 걸 들은 것 같군." 딕슨이 말했다. "자, 이러지 말지…. 내가 자네같이 절세를 하는 부류를 모르는 것도 아니고, 자네 부인을 그 비참한 집에서 살지 않게 하려고 들어놓은 취소 불능 신탁이든지, 납입 만기된 연금이든지, 뭐 그런 게 최소한 하나는 있을 거 아니야."

해리먼은 그 말에 대해 열심히 생각해보았다. "이 어음 지급일은 언제지?"

"'언젠가'로 하지. 물론 파산면책불허 조항을 넣어서."

"왜지? 그런 구절은 법적인 효력도 없는데."

"자네 경우에는 효력이 있지 않겠나?"

"음… 그런가. 그럴지도."

"그럼 이제 자네 보험증서들을 꺼내서 얼마만 한 액수의 어음을 쓸 수 있을지 생각해보자고."

해리먼은 딕슨을 바라보다가 불쑥 몸을 돌려 금고로 갔다. 그는 길쭉하고 빳빳한 표지로 된 서류철 한 무더기를 들고 돌아왔다. 그들은 거기 쓰인 금액들을 합산했다. 당시로는 놀랄 만큼 커다란 액수였다. 딕슨은 주머니에서 꺼낸 메모를 들여다보더니 말했다. "하나가 빠진 것 같은데… 좀 큰 게. 내 생각엔 북대서양 상호보험증권인 것 같군."

해리먼은 눈을 부릅뜨고 딕슨을 보았다. "이런 빌어먹을, 이젠 내 비서들까지 다 해고해야 되나?"

"그렇지 않아." 딕슨이 부드럽게 대답했다. "자네 직원들한테서 정보를 캐내지는 않는다고."

해리먼은 금고로 돌아가 문제의 보험증권을 들고 와서 서류 무더기에 얹었다. 스트롱이 입을 열었다. "내 것도 가져올까, 딕슨 이사?"

"아니." 딕슨이 대답했다. "자네 건 필요 없을 걸세." 그는 주머니에 보험증권들을 쑤셔 넣기 시작했다. "이것들은 일단 내가 가져가서 보험료를 계속 내줄 거야, 해리먼. 당연히 자네 앞으로 청구는 할 거지만. 어음하고 보험금 수령인 변경 신청서는 내 사무실로 보내. 여기, 자네 어음." 그는 종잇조각 하나를 더 꺼냈다. 보험증권의 총액에 딱 맞게 미리 쓰인 약속어음이었다.

해리먼은 그것을 받아 들고 들여다보았다. "가끔은…." 그는 천천히 말했다. "누가 누구를 속이고 있는 걸까 하는 생각이 들어." 그는 어음을 스트롱에게 건넸다. "좋아, 스트롱. 그걸 잘 보관해줘. 여러분, 난 이제 파리로 가봐야겠습니다. 행운을 빌어주세요." 그는 폭스테리어처럼 활기차게 성큼성큼 밖으로 걸어나갔다.

스트롱은 해리먼이 닫고 나간 문을 쳐다보고, 딕슨에게 시선을 옮겼다가, 다시 어음을 들여다보았다. "이걸 찢어버려야겠어!"

"그러지 마." 딕슨이 충고하듯 말했다. "보다시피 난 저 친구를 정말 신뢰하고 있어." 그러고는 덧붙였다. "칼 샌드버그를 읽어본 적 있나, 스트롱?"

"책을 그렇게 많이 읽는 편이 아니라서."

"언제 한번 읽어보게. 그 작가가 쓴 것 중에 지옥에서 석유가 발견됐다는 헛소문을 퍼뜨린 남자에 관한 이야기가 있어. 얼마 지나지 않아 모든 사람이 석유 열풍에 합류하려고 지옥으로 몰려가지. 헛소문을 퍼뜨린 남자는 그들 모두가 떠나는 걸 지켜보고는, 머리를 긁적이며 혼잣말을 해. '이렇게 되면 결국 진짜로 뭔가가 있는 게 아닐까.' 그러고는 자기도 지옥을 향해 떠나지."

스트롱은 한참 동안 말이 없다가 마침내 입을 열었다. "요점이 뭔지 모르겠는데."

"요점은, 필요할 경우를 대비해서 나도 나 자신을 좀 보호해두고 싶다는 거야, 스트롱. 자네도 그래야 되고. 해리먼은 자기가 만들어낸 헛소문을 믿기 시작한 것 같아. 다이아몬드라니! 이제 가자고, 엔텐자."

## 12

그다음 몇 달은 파이오니어호를 발사하기 전만큼이나 바쁘게 지나갔다(파이오니어호는 이제 스미소니언 박물관으로 명예롭게 물러나 있었다). 한 명의 기술자와 수많은 사람들이 발사대 작업을 하고 있었고, 두 명의 다른 직원은 두 대의 새로운 우주선인 메이플라워호와 콜로니얼호 작업으로 바빴다. 세 번째 우주선은 설계 중이었다. 퍼거슨이 이 모든 일을 총괄하는 수석 기술자였고, 공학 컨설턴트가 된 코스터는 여전히 조크 버클리에게 보호를 받으면서, 일하고 싶을 때 자기가 일하고 싶은 곳에서 작업을 했다. 콜로라도스프링스는 새롭게 떠오르는 도시가 되었다. 덴버-트리니다드 로드시티 정착지들이 스프링스에 퍼져나갔고 피터슨 필드를 둘러싸기에 이르렀다.

해리먼은 꼬리가 둘 달린 고양이처럼 바빴다. 계속 규모가 커지는 개발과 홍보 사업 때문에 일주일에 8일을 투자해도 모자랄 판이었지만, 카멘스와 몽고메리를 거의 위궤양이 생길 때까지 볶아대고 그 자신도 잠을 잊은 채 일에 몰두한 결과, 그는 콜로라도로 건너가 코스터와 이런저런 논의를 할 기회를 자주 가질 수 있었다.

루나시티로 명칭이 결정된 도시는 바로 다음번 여행 때 세워질 예정이었다. 메이플라워호는 일곱 명의 승객뿐 아니라 그중 네 명이 그다음 여행까지 소비할 만큼의 공기와 물, 식량까지 포함한 유효 탑재량을 염두에 두고 설계되었다. 유사시에 승객들은 달의 푸석푸석한 흙 아래 묻힌 채, 외부로부터 차단되고 기압이 일정하게 유지되는 반원형 알루미늄 오두막 안에서 구조대가 (온다는 가정 하에) 올 때까지 생존할 것이었다.

네 명의 추가 승객을 선정하는 일로 또 다른 콘테스트가 열리게 됐고, 다시금 광고와 홍보가 시작됐으며, 주식도 더 많이 팔려나갔다. 전국 각지의 수많은 과학 기관들이 합심해 반대했음에도 해리먼은 추가 승객으로 두 쌍의 부부를 받아야겠다고 고집했다. 전문가들은 네 명 모두가 과학자여야 한다고 했고, 해리먼은 양보를 해서 그 의견에는 반대하지 않겠다고 했지만 반드시 두 쌍의 부부여야 한다는 단서를 달았다. 이 일 때문에 급하게 결혼하는 부부들이 여러 쌍 생겨났는데, 최종 선발자 명단이 발표되자 급하게 이혼하는 사람들도 나왔다.

메이플라워호의 크기는 발사대의 추진력과 자체 엔진의 폭발력을 더해 지구 주위를 도는 자유궤도에 오를 수 있다고 계산된 최대 크기였다. 메이플라워호가 발사되기 전에 비슷한 크기의 다른 로켓 네 대가 먼저 이륙하기로 되어 있었다. 그 로켓들은 우주선은 아니고 그저 운반선들로, 따로 이름이 지어지지도 않았다. 그 운반선들은 탄도학적으로 엄청나게 까다로운 계산과 더없이 정밀한 발사 과정을 거친 다음 메이플라워호와 같은 궤도, 같은 좌표로 올라갈 예정이었다. 그러고는 거기서 메이플라워호와 랑데부해 남은 연료를 공급할 것이었다.

이 계획이 프로젝트 전체에서 가장 어려운 부분이었다. 네 대의 운반선이 충분히 가까운 곳에 한데 모여 자리를 잡을 수만 있다면 르크루아는 교묘하게 남겨둔 소량의 연료를 사용해 메이플라워호를 그것들 쪽으로 몰고 갈 수 있었다. 하지만 만약 위치 조정이 실패하면… 글쎄, 우주는 지내기에 상당히 적막한 곳이었다.

운반선에 조종사들을 배치하자는 의견도 진지하게 고려되었다. 어쩔 수 없으니 운반선 한 대에서 연료를 충분히 써서 탈출선, 즉 날개 달린 구명정을 가동하고, 감속해 대기권을 통과한 다음 착륙하는 데 쓰게 하자는 계획이었다. 그러나 코스터는 그보다 훨씬 싸게 먹히는 방법을 찾아냈다.

근접신관(近接信管)의 후손이자 유도 미사일에 달린 자동 유도 장치의 자식뻘쯤 되는 무인 레이더 조종기가 운반선들을 한데 모으는 임무를 맡게 된 것이다. 첫 번째 운반선의 장비가 충분치 않더라도 두 번째 운반선이 인공지능으로 첫 번째를 탐지하고, 조그만 로켓 엔진을 써서 최소 이동 경로로 접근할 수 있다. 세 번째 운반선이 그 둘에 접근하고, 마지막 운반선도 그 셋에 따라붙는다.

이 계획이 제대로 된다면 르크루아는 아무 문제가 없을 것이었다.

## 13

스트롱은 해리먼에게 해리먼&스트롱 가정용 자동 스위치의 판매 실적을 보여주려 했다. 해리먼은 그걸 옆으로 치워버렸다.

스트롱은 기록을 다시 해리먼의 코 밑에 들이밀었다. "이런 일에도 신경을 좀 쓰는 게 좋을걸, 해리먼. 이 사무실의 누군가는 돈이 조금이나마 들어오는지 체크하기 시작해야 돼. 우리 개인한테 오는 돈 말이야. 안 그러면 자네는 길모퉁이 노점상에서 사과나 팔아야 될 거야."

해리먼은 등을 의자에 기대고 머리 뒤로 두 손을 깍지 꼈다. "스트롱,

오늘 같은 날 어떻게 그런 식으로 얘기를 할 수 있지? 자네 영혼엔 감성이란 게 전혀 없나? 내가 들어와서 한 얘기 못 들었어? 랑데부가 제대로 됐다니까. 운반선 1호랑 2호가 샴쌍둥이처럼 바짝 붙었어. 우리 이번 주 내로 출발할 수 있을 것 같단 말이야."

"그건 그거고. 사업은 계속해야 할 것 아닌가."

"자네가 계속해. 난 갈 데가 있어서. 딕슨은 언제 온다던가?"

"금방 올 거야."

"좋아!" 해리먼은 시가 끝을 깨물어 뜯어내고 말을 이었다. "나 말이야, 스트롱. 첫 번째 여행에 못 낀 게 이젠 아쉽지 않아. 이번에야말로 가고 말 거니까. 기대돼 죽겠어. 꼭 새신랑이 된 것 같아. 행복하기도 하고." 그는 콧노래를 부르기 시작했다.

딕슨이 들어왔다. 엔텐자는 같이 오지 않았는데, 그건 딕슨이 오직 한 사람 몫의 지분만 갖고 있는 척 연기하기를 그만둔 날부터 이어져온 상황이었다. 딕슨은 그들과 악수를 했다.

"소식 들었나, 딕슨?"

"스트롱이 말해줬어."

"이제 된 거야. 아니, 거의 다 된 셈이야. 이제 대략 1주일 후면 난 달에 있게 돼. 믿을 수가 없어."

딕슨은 말없이 자리에 앉았다. 해리먼이 계속했다. "나한테 축하도 안 해줄 거야? 이봐, 오늘은 엄청난 날이라고!"

딕슨이 말했다. "해리먼, 자넨 달에 왜 가나?"

"뭐? 무슨 그런 바보 같은 질문이 다 있어. 이건 내가 쭉 하려고 했던 일인데."

"바보 같은 질문이 아니야. 왜 자네가 가는 거냐고 물었어. 개척민으로 뽑힌 추가 승객 넷은 분명히 가야 할 이유가 있고, 각자 그 분야에서 엄선된 전문가이자 참관인이기도 하지. 르크루아는 조종사고, 코스터는 영구 식민지를 설계할 사람이고. 하지만 자넨 왜 가는 건가? 자네 역할은 뭐지?"

"내 역할? 음, 나는 일이 돌아가게 하는 사람이지. 이봐, 난 달에 가면 시장으로 출마할 거야. 담배 한 대 피워, 친구. 후보자 이름은 해리먼이야. 투표하는 거 잊지 마." 그는 씩 웃었다.

딕슨은 미소짓지 않았다. "자네가 거기서 살려고 한다는 건 몰랐는데."

해리먼은 당황한 표정이 되었다. "음, 그건 아직 확정되지는 않았어. 머무를 곳을 빨리 짓게 되면 물자도 충분히 절약될 테니, 그걸로 내가 다음번 여행 때까지 체류할 수 있지 않을까 싶어. 내가 그렇게 해도 배 아파 하지는 않을 거지?"

딕슨은 해리먼의 눈을 들여다보았다. "해리먼, 자네가 달에 가게 놔둘 수가 없네."

처음에 해리먼은 너무 놀라 아무 말도 하지 못했다. 마침내 그는 간신히 입을 열었다. "농담하지 마, 딕슨. 난 갈 거야. 자네는 나를 못 막아. 이 지구상의 어떤 것도 나를 막진 못한다고."

딕슨이 고개를 저었다. "허락해줄 수가 없어, 해리먼. 나는 이 일에 쏟아부은 게 너무 많아. 만약 자네가 갔다가 무슨 일이라도 생기면 난 그걸 전부 잃게 된다고."

"말도 안 되는 소리. 사업이야 자네랑 스트롱이 계속하면 되는 것 아닌가."

"스트롱한테 물어봐."

스트롱은 할 말이 없는 듯했다. 해리먼과 눈을 마주치고 싶지도 않은 듯했다. 딕슨이 말을 이었다. "교묘하게 빠져나갈 생각은 마, 해리먼. 이 사업은 곧 자네고 자네가 곧 이 사업이야. 만약에 자네가 죽기라도 하면 모든 게 통째로 엎어져. 우주여행 전체가 엎어진다는 얘기는 아니야. 사실 자넨 앞으로 덜 가진 사람들이 자네 대신 참여해도 우주여행이 쭉 이어져나갈 수 있도록 분위기를 이미 만들어줬다고 생각해. 하지만 이번 사업에 한해 말하면, 즉 우리 회사는… 일이 터지면 엎어질 수밖에 없지.

스트롱이랑 나는 1달러짜리 유가증권을 대충 0.5센트 정도에 현금화해야 될 거야. 그렇게 많은 돈을 갚으려면 특허권들도 내다 팔아야 할 거고. 유형자산은 아무 가치가 없어."

"젠장, 우리가 파는 건 무형자산 아닌가. 자네도 그걸 알고 여기까지 왔잖아."

"자네야말로 무형자산이야, 해리먼. 자넨 황금알을 낳는 거위야. 그러니 알을 다 낳을 때까지 여기 붙어 있어줬으면 좋겠어. 자넨 우주여행에 목숨을 걸어서는 안 돼. 이 사업을 수익을 내는 구조로 안정시키고, 그래서 스트롱이나 나처럼 웬만큼 실력이 되는 경영자면 누구든지 이어받아서 지불 능력이 있는 회사로 굴릴 수 있게 만들어놓기 전까지는 말이야. 진지하게 하는 얘기야, 해리먼. 자네가 그걸 다 걸고 폭주를 즐기는 걸 가만 보고 있기에는 내가 여기다 건 게 너무 많아."

해리먼은 자리에서 일어나 열 손가락으로 책상 모서리를 내리눌렀다. 그는 숨을 몰아쉬고 있었다. "날 막을 수는 없어!" 그는 천천히, 또박또박 힘을 실어 말했다. "내가 가기로 했다는 걸 지금까지 알고 있었잖아. 지금 와서 못 가게 할 순 없어. 천국이든 지옥이든 어디 힘을 동원해도 날 막을 수는 없을걸."

덕슨은 조용히 대답했다. "미안하네, 해리먼. 하지만 난 자넬 막을 수 있고 그렇게 할 생각이야. 난 밖에 서 있는 저 우주선을 땅에 묶어놓을 수도 있어."

"맘대로 해! 자네만큼이나 나도 데리고 있는 변호사가 많아. 자네 변호사들보다 실력도 낫고!"

"내 생각에 자네는 결국 이 나라 법정이 옛날만큼 자네를 알아주지 않는다는 사실만 깨닫게 될 것 같아. 달이 결국 미국 소유가 될 수 없다는 사실을 미국이 알아차린 뒤로는 특히 그렇지."

"다시 말하지만 맘대로 해봐. 아주 박살을 내줄 테니. 자네가 가진 지분도 뺏을 거야."

"진정하게, 해리먼! 자네가 마음만 먹으면 스트롱하고 나한테서 동업자의 기본적인 권리를 뜯어내 없애버릴 수 있다고 생각하는 건 잘 알겠네. 하지만 그럴 필요는 없어. 저 우주선을 묶어놓을 필요도 없고. 난 여행이 계획대로 성사되길 자네만큼이나 바라고 있어. 하지만 자넨 저 우주선에 안 탈 거야. 왜냐하면 안 타기로 자네가 결정할 테니까."

"내가? 하! 혹시 자네가 앉은 자리에선 내가 미친 사람으로 보이나?"

"아니, 그 반댈세."

"그럼 내가 왜 안 가기로 결정하는데?"

"나한테 있는 자네 어음 때문이지. 난 그 돈을 받고 싶거든."

"뭐라고? 거긴 지불 기한이 명시돼 있지 않잖아."

"그렇지. 하지만 난 그 돈을 확실히 받고 싶다고."

"이런, 이 멍청하고 어리석은 친구야, 만약에 내가 죽으면 자넨 훨씬 일찍 그 돈을 받게 돼."

"그런가? 자네가 잘못 알고 있군, 해리먼. 달 여행 중에 자네가 죽으면 나는 아무 돈도 못 받아. 다 알고 있네. 자네가 보험 가입을 한 모든 회사에 하나하나 다 확인해봤거든. 회사들 대부분이 초기 비행 시대로까지 거슬러 올라가는 '실험적인 교통수단'에 대해서는 예외 조항을 두고 있더군. 어떤 경우든 자네가 저 우주선 안으로 발을 들여놓기만 하면 그 회사들은 모두 계약을 무효화해버릴 거야. 게다가 법정까지 가서 싸우려고 들걸."

"그런 식으로 부추기다니!"

"흥분하지 마, 해리먼. 그러다 혈관 터지겠어. 내가 분명 그 회사들에 문의를 하긴 했어. 하지만 나 자신의 이익을 보호하기 위한 합법적인 행동이었어. 난 그 어음 지불을 당장 받고 싶은 것도, 자네가 세상을 하직해서 나온 보험금으로 받고 싶은 것도 아니야. 난 자네가 스스로 벌어서, 다시 말해 여기 있으면서 이 회사가 안정될 때까지 잘 돌봐서 번 돈으로 갚아주길 바라."

해리먼은 거의 피우지 않은, 마구 씹은 자국이 난 시가를 휴지통에

던졌다. 시가는 휴지통 밖에 떨어졌다. "자네가 돈을 못 받게 된대도 나하고는 아무 상관이 없어. 자네가 들쑤셔놓지 않았으면 그 회사들은 군말 없이 보험금을 내줬을 거라고."

"하지만 결과적으로 자네 계획의 부실한 부분이 드러났잖아, 해리먼. 우주여행이 성공하려면, 보험회사들이 더 멀리 내다보고 장소와 상관없이 그 어디서든 피보험자한테 보상을 해줘야 할 거야."

"빌어먹을, 지금 그렇게 해주는 회사가 한 군데는 있어. 북대서양 상호보험."

"그 회사 광고를 보고 거기서 해준다는 보상 내역을 검토해봤지. 그냥 눈속임이더라고. 거기도 통상적인 예외 조항이 들어 있었어. 안 돼. 보험 제도에는 대대적인 변화가 있어야 할 거야. 모든 종류의 보험에."

해리먼은 골똘히 생각하는 표정이 되었다. "내가 조사해보겠네. 스트롱, 카멘스 좀 불러줘. 어쩌면 우리가 직접 보험회사를 하나 차려야 할지도 몰라."

"카멘스 부를 필요 없어." 딕슨이 제지했다. "요점은, 자네는 이번 여행에 따라갈 수 없다는 거야. 자네가 지켜보고, 계획 세우고, 보살펴야 되는 자질구레한 일이 너무도 많아."

해리먼은 딕슨을 돌아보았다. "자네 머리로는 여전히 이해가 안 되는 모양인데, 딕슨. 나는 갈 거라니까! 우주선을 묶을 테면 묶어봐. 주위에 경찰들을 세우려면 세우라고. 조폭들을 동원해서라도 밀어낼 테니까."

딕슨은 마음이 아프다는 표정을 지었다. "이런 얘기까지 하고 싶지는 않은데, 해리먼. 하지만 유감스럽게도, 내가 죽어 없어지더라도 자네를 못 가게 할 사람이 있어."

"그게 누군데?"

"자네 부인."

"그 사람이 왜 여기서 나와?"

"지금 별거 수당 문제로 소송을 걸 준비를 하고 있어. 자네 부인이 이

보험 건에 대해 알아냈거든. 지금 이 계획에 대해 알게 되면 자넬 법정에 세우고 자산에 대한 회계 감사를 하려고 할 거야."

"이젠 내 마누라까지 끌어들여!"

딕슨은 망설였다. 엔텐자가 이미 심술궂게도 해리먼의 아내 샬럿에게 실마리를 흘려놓았다는 사실을 그는 알고 있었다. 하지만 그 말을 해서 일부러 개인적인 원한에 부채질을 할 필요는 없어 보였다. "어떤 부분은 혼자서 조사할 만큼 영리한 분이더군. 내가 자네 아내하고 얘기를 나눈 건 부인하지 않겠네. 하지만 부르니까 갔을 뿐이야."

"두 사람 다 내가 가만 안 둬!" 해리먼은 발을 쿵쿵 구르며 창가로 갔다. 그러고는 밖을 내다보며 서 있었다. 진짜 창문이었다. 그는 하늘을 바라보는 것을 좋아했다.

딕슨이 다가와 그의 어깨에 한 손을 올려놓으며 부드럽게 말했다. "이러지 마, 해리먼. 아무도 자네가 자네 꿈을 실현하는 거 안 막아. 하지만 지금 낭상 가는 건 안 돼. 자네가 우릴 실망시키면 안 되지. 지금까지 우리가 한몸이 돼줬는데 자네도 일이 마무리될 때까지는 우리한테 붙어 있어줘야지."

해리먼은 대답하지 않았다. 딕슨이 계속했다. "자네가 나한테는 아무 의무감도 느끼지 않는다고 해도, 스트롱한테는? 스트롱은 나한테 반대하면서까지 자네 곁에 있었지 않나. 자기가 힘들 때도, 심지어 자네 때문에 파멸하고 있다는 생각이 들 때도 그랬다고. 그리고 자네가 그 친구한테 해 끼친 건 사실이잖아. 이 사업을 완성시키지 못하는 한은 그래. 스트롱 생각은 안 하나, 해리먼? 스트롱마저 실망시킬 셈인가?"

해리먼은 몸을 돌려, 딕슨의 말을 무시하면서 스트롱을 향해 섰다. "어떻게 생각해, 스트롱? 자네도 내가 여기 남아야 한다고 생각해?"

스트롱은 두 손을 맞잡고 문지르며 입술을 깨물었다. 마침내 그는 고개를 들었다. "난 괜찮아, 해리먼. 자네가 최선이라고 생각하는 일을 해."

해리먼은 한참 동안 스트롱을 바라보며 서 있었다. 해리먼의 얼굴이 마치 울 것처럼 이리저리 일그러졌다. 결국 그는 쉰 목소리로 말했다. "알았어, 이 나쁜 인간들아. 알았다고. 여기 남는 걸로 할게."

## 14

천둥과 비가 하늘을 말끔히 닦아낸 지 하루가 지난, 파이크스산 일대에서는 이제 흔해진 어느 영광스러운 저녁이었다. 발사대 설치를 위해 등성이 전체를 깎아낸 산의 표면을 타고 발사대 트랙이 똑바른 직선을 그리며 올라가 있었다. 막 공사가 끝난 임시 우주항 한가운데, 해리먼은 구경 나온 유명 인사들과 함께 서서 메이플라워호 승객들과 승무원들에게 작별 인사를 하는 중이었다.

관중은 발사대 레일 바로 앞까지 몰려왔다. 그들을 우주선에서 멀리 떨어뜨려 보호할 필요는 없었다. 우주선이 산꼭대기 위로 높이 올라갈 때까지 제트 엔진은 분사하지 않게 되어 있었다. 보호받는 건 오직 우주선 자체와 빛나는 레일들뿐이었다.

딕슨과 스트롱은 말벗도 하고 도울 일이 있으면 서로 돕기 위해 함께 있었다. 그들은 승객들과 공식 관계자들만 출입할 수 있게 밧줄이 쳐진 구역 가장자리에 남아 있었다. 두 사람은 막 떠나려는 승객들에게 농담을 건네는 해리먼을 지켜보았다. "안녕히 가세요, 박사님. 재닛, 남편분 잘 감시하세요. 달 아가씨들 쫓아다니게 놔두지 마시고요." 그들은 해리먼이 코스터와 따로 대화를 나누고 코스터의 등을 두드리는 광경을 보았다.

"그렇게 우울해 보이지는 않네. 그렇지?" 딕슨이 속삭였다.

"어쩌면 저 친구, 보내줬어야 했던 게 아닐까." 스트롱이 대답했다.

"뭐? 말도 안 돼! 잡아놔야 된다니까. 어쨌거나 역사상 해리먼이 차지하게 될 자리에는 문제가 없을 거야."

"저 친구는 역사 따위에는 관심 없어." 스트롱이 진지한 어조로 받았다.

"그냥 달에 가고 싶어 할 뿐이지."

"어이구, 빌어먹을. 달에 가게 해주면 될 거 아닌가. 저 친구가 일만 끝내는 대로 얼마든지 보내줄 거라고. 결국 해리먼이 할 일이야. 저 친구 사업이라고."

"그래."

해리먼이 돌아서서 두 사람을 발견하고는 그들 쪽으로 걸어오기 시작했다. 그들은 입을 다물었다. "피하지들 마." 해리먼이 유쾌한 목소리로 말했다. "난 괜찮아. 다음번에 가면 되니까. 그때까지는 여행이 혼자서 잘 굴러가게 만들 거야. 두고 봐." 그는 메이플라워호 쪽으로 돌아섰다. "정말 근사한 우주선이야, 안 그런가?"

바깥쪽 문이 닫히고, 통제탑에서, 그리고 트랙을 따라 준비 완료 신호가 깜빡였다. 사이렌이 울렸다.

해리먼은 우주선 쪽으로 한두 발짝 다가섰다.

"올라간다!"

군중 모두가 한목소리로 환호성을 내질렀다. 거대한 우주선이 천천히, 그리고 부드럽게 트랙을 따라 올라가며 속도를 붙이더니, 먼 산꼭대기를 향해 발사되었다. 산 표면을 타고 곡선을 그리며 올라가 하늘로 치솟았을 때 그것은 이미 조그만 점이 돼 있었다.

우주선이 잠시 그 자리에 걸려 있나 싶은 찰나, 선미에서 불꽃 기둥이 폭발하듯 쏟아져 나왔다. 제트 엔진이 점화된 것이었다.

다음 순간 우주선은 하늘 한복판에 반짝이는 빛이, 불꽃으로 만든 공이, 그리고… 무(無)가 되었다. 그것은 운반선들과의 랑데부를 위해 하늘 위로, 지구 밖으로 사라졌다.

*

우주선이 산꼭대기로 올라갈 때 군중은 이미 플랫폼 서쪽 끝을 향해 몰려가기 시작했다. 하지만 해리먼은 그 자리에 서 있었고, 딕슨과 스트롱도 사람들을 따라 발걸음을 옮기지 않았다. 이제 그곳에 있는 것은 그들 셋뿐이었다. 그들 중 가장 외로워 보이는 사람은 해리먼이었는데, 그는 다른 두 사람이 곁에 있다는 사실조차 알지 못하는 것 같았다. 그는 하늘을 올려다보고 있었다.

스트롱은 그런 해리먼을 바라보고 있었다. 잠시 후 스트롱은 딕슨을 향해 겨우 속삭였다. "자네 혹시 성경 읽나?"

"조금은."

"모세가 꼭 저 친구처럼 보였을 것 같지 않나. 멀리 약속된 땅을 바라보았을 때 말이야."

해리먼이 하늘에서 눈을 거두고 그들을 보았다. "아직도 여기 있었나?" 그는 말했다. "어서 가자고. 해야 되는 일들이 있어."

작품해설

# SF는 미래를 예언하지 않는다

김창규

영어든 한국어든 '미래'와 '역사'라는 두 단어를 결합할 때 직관적으로 느껴지는 모순에는 큰 차이가 없다. 하지만 SF라는 장르명이 더해지면 이 모순은 금세 설득력으로 변신한다. 조금만 시간을 들여 곰곰이 생각해보면, 처음부터 모순될 일이 없는 결합이었다는 사실도 깨닫게 된다. 역사란 인간, 또는 거창하게 말해서 인류가 거쳐온 궤적과 그 기록이다. 한편, 모든 이야기는 각색을 통해서든 상상을 통해서든 사건과 삶과 감정을 기록이라는 형태로 전달하는 허구다. 그것이 현재 우리가 사는 이 행성에서 벌어질 법한 일이든, 꿈에서나 가능한 일이든, 아직 일어난 적 없고 앞으로도 (아마) 일어나지 않을 일이든 마찬가지다. 그렇다면 동일한 인류를 미래에 데려다놓고 펼쳐지는 이야기에 역사라는 명칭을 붙이고 즐기는 것도 가능할 것이다.

발표 당시 로버트 A. 하인라인의 특정 이야기들을 묶어 '미래사'라고 칭한 것은 상업적인 이유에서였다. 작가 본인이 처음부터 미래사 시리즈의 일부로 기획한 작품도 있다. 하지만 발표 후 70년이 넘어가는 지금 우리가 미래사라는 명칭을 받아들이려면 두어 가지 조건을 고려해야 한다.

첫째, 둘 이상의 작품에 있어 사건과 배경에 연속성이나 연계가 있어야 하며, 둘째, 등장인물들이 공유하거나 배척하는 사상에도 마찬가지다. 물론 그런 연속성은 작품에 따라 꽤 느슨할 수 있다. 심지어 특정 인물이 언급되는 것만으로 표현될 수도 있다. 대략 이와 같은 기준을 두고 미래사 중단편 묶음에 포함된 하인라인의 작품들을 일순하면, 하인라인의 미래사 세계는 대략 다음과 같은 특성을 지닌다.

— 인류는 제3차 세계대전을 겪었다.
— 1970년대 이후(미래사에 속하는 작품 대다수가 1940년대에 발표되었음을 기억하자) 인류는 종교에 기반한 야만의 시대를 지나 궁극적으로 이성을 존중하는 사회를 이루었다.
— 인류는 원자력을 첫 발판으로 삼아 우주로 진출하는 길을 연다. 또한 원자폭탄이 무기로 사용된다(실제 역사에서 맨해튼 프로젝트가 시작된 것이 1939년, 미국이 일본 히로시마와 나가사키에 원자폭탄을 투하한 것이 1945년이다).
— 태양계에는 인류 외의 지적생명체가 존재한다.
— 인류는 태양계 밖에서 독자적으로 진화한 외계지성체를 만난다.
— 미래사 전반에 걸쳐 자연과학, 사회과학, 기술발전이 인류사에 지대한 영향을 미친다.

조금 더 구체적으로 살펴보자. 〈생명선〉에서는 새로운 지식과 그에 반발하는 기성 전문가들의 반응을 이야기한다. 〈도로는 굴러가야 한다〉는 자동주행로를 중심으로 대도시의 확장과 파업을 다소 냉소적인 시각으로 그려낸다. 이후 〈폭발은 일어나야 한다〉를 포함한 여러 작품이 지구 밖으로 진출하려는 인류의 노력과 그에 따르는 희생을 다룬다. 〈달을 판 사나이〉와 〈레퀴엠〉은 해리먼이라는 인물을 통해 달을 생활권으로 끌어안는 인류의 모습과 더불어, (40년대 SF답게) 자본주의와 지구 밖으로 나가는 활동의 낭만성을 결합시키고 있다. 〈달의 검은 구덩이〉와 〈돌아오니 좋네!〉는 점차 달 생활에 익숙해지는 인류의 모습을 구체적이고 생동감 있게 그린다. 〈탐조등〉은 간결하면서도 착상이 눈에 띄는 작품이다. 유명한 〈지구의 푸른 언덕〉은 여타 영미권 초기 SF와 마찬가지로 우주노동자의 삶을 선원생활에 빗대어 거칠면서도 동시에 아름답게 그렸다.

〈개 산책도 시켜드립니다〉는 미래사 포함 여부에 의견이 엇갈리는 작품이다. 세계관의 연속성을 엄격하게 따지는 독자라면 그 이유를 금세 알아챌 수 있다. 본문에서 언급되는 태양계 내 지적 종족의 수 때문에 다른 작품과 같은 세계의 이야기가 아니라고 볼 수도 있기 때문이다. 미래사에 속하는 각 작품의 연결 고리가 상당히 느슨하다고 볼 수 있는 예라 하겠다.

〈제국의 논리〉, 〈이대로 간다면〉, 〈코번트리〉는 미래 인류사의 암흑기와 혼돈을 다룬다. 〈제국의 논리〉에서 인류는 삶의 영역을 금성까지 넓히지만 인신매매와 노예제라는 악습을 부활시킨다. 나머지 두 작품은 종교를 악용한 독재와 우민화 정책 때문에 중세시대 수준으로 후퇴하던 인류가 그 반작용으로 부상하는 과정을 보여주고, 특히 미래사 후기의 이야기에서 핵심적인 키워드인 '서약'이 등장하는 배경을 제공한다. 〈므두셀라의 아이들〉을 거쳐 〈우주〉 및 〈상식〉 연작에 이르러 미래사 속 인류는 비로소 기술을 통한 수명 연장과 외우주 진출이라는 종착점에 다다른다.

가상의 역사를 그리기 위한 연속성과 별개로, 미래사에 속하는 하인라인의 작품을 관통하는 또 다른 공통점이 있다. 그의 이야기에는 기술과 이성에 대한 신뢰가 빠지지 않는다. 이는 당시 활동하던 상당수 SF 작가들에게서 흔히 발견할 수 있는 공통점이다. 다만 그와 같은 생각을 펼쳐나가는 방법에는 차이가 있다. 아마 작가 본인의 활동 이력과 관련이 있겠지만, 미래사 작품들 대부분은 주로 기술자, 과학자, 항해사, 군인의 눈을 통해 세계를 묘사한다. 이는 자연스럽게 미래의 사회형태와 통치 방식, 처절하면서도 포기할 수 없게 만드는 우주여행 등의 주제로 이어진다. 또한 하인라인이 초기 작품에서 자주 주장하는 개인주의와 자유주의 신념이 강하게 부각된다. 표현을 바꿔보면 하인라인의 미래사는 미국식 개척과 탐험과 확장의 역사다. 거기에 1940년대 미국의 백인 남성 작가가 세상을 바라보는 시각이라는 요소가 더해지다 보니 이 시리즈에는 초기 주류 SF의 장점과 더불어 일부 한계까지 고스란히 담겨 있는 셈이다.

미래사 시리즈에는 한 개인이 아니라 인류가 긴 시간에 걸쳐 겪는 질곡과 극복의 과정이 본격적으로, 때로는 간접적으로 제시되어 있다. 실제 인류사를 처음부터 끝까지(그러니까, 현재까지) 조망한들 간단명료한 방향성을 발견할 수는 없다. 그것이 역사의 속성이다. 미래사도 마찬가지다. 이 시리즈에서 인류에게 큰 영향을 주는 사건들 역시 보는 이에 따라서는 퇴보일 수 있고 어리석음일 수도 있다. 하지만 우리가 실제 역사에서 인간미를 갈구하고 본받을 만한 행동을 찾아보고 삶의 지혜를 탐색하듯, 하인라인도 각 작품에서 옳은 행동과 해답을 찾아 활동하고 뜻밖의 삶을 살게 되는 인물의 노정을 그린다. 〈레퀴엠〉의 해리먼이 그렇고, 〈이대로 간다면〉의 존이 그렇고, 〈우주〉와 〈상식〉의 호일랜드가 그렇다. 〈므두셀라의 아이들〉의 라자러스는, 비록 다른 작품의 인물들과 유사한 신념을 포기하지는 않으나 상대적으로 열린 태도를 갖기에 이른다. 하인라인이 미래사를 썼다는 사실이 조금도 이상하지 않은 것은, 바로 군체 생물의 각 개체처럼 유동적으로 살아 있는 각 작품의 생동감 때문일 것이다.

많은 사람이 SF를 '미래를 예언하려는 시도'라고 생각하지만 그건 오해다. 그런 일을 시도하는 사람이 얼마나 있는지 모르나 적어도 SF 작가는 그런 사람이 아니다. SF 작가는 과학과 추론을 첫 계단으로 삼아 세계와 그 안에 사는 인물을 구축하고, 자신이 만든 생태계가 모순 없이 아름답게 작동하도록 만들 따름이다. 하인라인의 미래사는 거기에 여러 작품을 꿰뚫는 시간축을 추가한 하나의 소우주이고, 그렇기 때문에 영미권

고전 SF에서 커다란 자리를 차지하고 있다. SF의 속성과 장점을 즐기는 독자라면 이 우주가 품고 있는 매력을 쉽게 알아채고 충분히 즐길 수 있을 것이다.

# 하인라인 미래사 연대표 Heinlein's Future History Timeline

DATES STORIES
등장인물
기술
A.D.
생명선
빛이 있으라
도로는 굴러가야 한다
폭발은 일어난다
달을 판 사나이
데릴라와 우주건설꾼
우주비행사
레퀴엠
기나긴 불침번
여러분 앉아 계시죠
달의 검은 구덩이
돌아오니 좋네!
개 산책도 시켜드립니다
탐조등
2000
우주의 시련
지구의 푸른 언덕
제국의 논리
지구에서 온 위협
이대로 간다면
코번트리
2100
부적응자
우주(prologue only)
므두셀라의 아이들
우주
상식
피네로
윈게이트
노박
샘 존스
존 라일
마틴
짐꾼 하틀리
제브 존스
더글러스
라이슬링
피터 지부장
포드
게인즈
막달레나
블레킨솝
느헤미아 스쿠더
매키넌
하퍼
랜들 페이더
에릭슨
페르세포네
킹
박사
렌츠
리비
해리먼
매코이
매킨타이어
블래키 로즈
커밍스
도일
라자러스 롱
더글러스 마틴 태양광 발전기
기계화 도로
상업적 로켓 여행
헬리콥터
행성 간 우주여행
중단기
다시 시작
정신측정과 정신역학의 발전
텔레파시의 제한된 사용
정적 아질량 공학
우라늄 235
아질량 역학, 원자력 제어, 인공 방사능의 발전

| 기록 | 사회적 사건 | 참고 |
| --- | --- | --- |
| 대서양 횡단 비행<br>지구 반대편까지 로켓 서비스 | **광란의 시기**<br>1976년 파업<br>헛된 기대<br>달 착륙 첫 로켓 | 이 시기에는 풍속과 사회적 지향, 사회 제도가 점차 악화되다가 60년에 집단적인 정신 질환과 정치적 공백기를 거치며 중요한 기술적 발전이 멈추었다. |
| | 루나시티 건설<br>우주 사고 예방법<br>해리먼의 달 기업 건설 | 정치 공백기가 지난 후 재건의 시대가 시작되었다. 이때 부히스의 재정적 제안이 단기적인 경제적 안정과 새로운 방향을 설정할 기회를 제공했다. 이 기간은 새로운 개척 시대가 열리고, 19세기 경제로 돌아가면서 끝났다. |
| | **제국의 탐사 시대**<br>소 아메리카 혁명<br>행성 간 탐사와 개발<br>미국과 오스트랄라시아 통일 | 남극 대륙과 미국, 금성의 행성 간 제국 시대는 세 번의 혁명으로 마무리되었다. 우주여행은 2072년까지 중단되었다. |
| 살균 바이러스 | | 이 시기에는 소소한 연구와 규모가 작은 기술적 발전만 진행되었다. 극단적 청교도주의의 시대였다. 성직자 계급이 정신역학과 정신측정학, 집단 심리학, 사회통제학을 어느 정도 발전시켰다. |
| 여행사와 전투단<br>상업용 입체 영상<br>가속포<br>합성 식품<br>기상 통제<br>파동 역학<br>차폐막 | 종교적 광신의 발흥<br>신 십자군 운동<br>금성 개척자들 반란과 독립<br>미국 종교 독재<br>**최초 전 지구적 문명** | 시민권 재정립. 과학 연구의 부흥. 우주여행 재개. 루나시티 재건. 의미론의 부정적인 기본 표현에 기초한 사회관계학. 서약.<br>태양계 통합 시작.<br>성간 탐사 첫 시도.<br>인류의 청소년기가 끝난 후 시민 불복종의 시기를 지나 처음으로 성숙한 문화 시작. |
| 원자 맞춤 설계<br>원소 번호 98-416<br>차상(次狀)공학<br>강력 콜로이드<br>공생 연구<br>수명 연장 | | |

로버트 A. 하인라인 중단편 전집 **1**

# 달을 판 사나이

**초판 1쇄 발행** 2023년 4월 4일

**지은이** 로버트 A. 하인라인
**옮긴이** 고호관, 김창규, 배지훈, 서제인
**펴낸이** 박은주
**편집** 강연희, 설재인, 이다영, 최지혜
**표지 디자인** 김선예
**본문 디자인** 서예린, 오유진, 이수정, 장혜지, 황혜나
**마케팅** 박동준

**발행처** (주) 아작
**등록** 2015년 9월 9일 (제2021-000132호)
**주소** 04050 서울특별시 마포구 양화로 156 LG팰리스빌딩 1428호
**전화** 02.324.3945-6 **팩스** 02.324.3947
**이메일** arzaklivres@gmail.com
**홈페이지** www.arzak.co.kr

**ISBN** 979-11-6668-721-1 04840
979-11-6668-777-8 04840 (세트)

책 값은 표지 뒤쪽에 있습니다.
잘못 만들어진 책은 구입하신 서점에서 교환해 드립니다.